Bernd Frenz
Bannstreiter

Bernd Frenz

BANNSTREITER

Roman

Originalausgabe

blanvalet

MIX
Papier aus verantwortungsvollen Quellen
FSC® C014496

Verlagsgruppe Random House FSC-DEU-0100
Das für dieses Buch verwendete FSC®-zertifizierte
Papier *Super Snowbright* liefert
Hellefoss AS, Hokksund, Norwegen.

1. Auflage
Originalausgabe Dezember 2012 bei Blanvalet,
einem Unternehmen der Verlagsgruppe Random House GmbH, München

Umschlaggestaltung: Birgit Gitschier, Augsburg,
unter Verwendung einer Illustration von © Peter Bergting
Karte: © Jürgen Speh
Lektorat: Manuela Schomann
HK · Herstellung: sam
Satz: KompetenzCenter, Mönchengladbach
Druck und Einband: GGP Media GmbH, Pößneck
Printed in Germany
ISBN: 978-3-442-26808-5

www.blanvalet.de

Für Conny,
die uns viel zu früh verlassen musste …

Bannstreiter – sein Name war legendär.

Einem wie ihm wären viele gefolgt.

Mehr als einmal hätte er große Heerscharen anführen können, doch er blieb stets allein, ohne Freunde und Gefährten.

Vielleicht war das der Preis, den er für seine Siege zu zahlen hatte.

Denn es gab nur einen, der wusste, welcher Bann auf ihm lag.

Er selbst.

Dies ist seine Geschichte.

1.

Ungleiche Kampfgefährten

Kaum hatte Rorn die Schenke betreten, verstummten alle Gespräche. Dies passierte ihm nicht zum ersten Male. Doch dem Schweigen wohnte nichts Bedrohliches inne: Die meisten Gäste zogen es lediglich vor, wie gebannt auf den Becher in ihren Händen zu starren. Trotzdem, da stimmte etwas nicht. Ein merkwürdiges Knistern lag in der Luft, das ihn zur Vorsicht mahnte.

Grimmschnitter rührte sich nicht, also war keine Magie im Spiel. Nein, es war lediglich die angespannte Atmosphäre, die der weißblonde Krieger mit dem Zauberschwert wahrnahm. Irgendetwas musste in Rorns Abwesenheit vorgefallen sein, etwas.

In dem großen Schankraum war die Angst deutlich zu spüren, aber auch ein Hauch von Sensationsgier. Rorn waren diese Gefühle nur zu gut bekannt. Es war das typische Brodeln, mit dem ein schaulustiger Pöbel auf einen Gewaltausbruch wartete, den er aus sicherer Entfernung zu begaffen gedachte. Meistens ging es dabei um eine sich anbahnende Schlägerei unter Betrunkenen, an diesem besonderen Abend mochte aber weitaus mehr dahinterstecken.

Der Krieger nutzte den Schutz seiner tief herabgezogenen Kapuze, um die Gaststube unauffällig zu mustern. Gut zwei Dutzend Besucher hockten auf grob behauenen Bänken oder lungerten vor dem Schanktisch herum. Überwiegend kräftige, derb wirkende Gestalten, die nach ihrem harten Tagwerk einen

Humpen leeren wollten oder einfach nur einen Blick auf den Kerl werfen, von dem seit Tagen überall die Rede war.

Denn Rorn war jener sagenumwitterte Kämpfer, für den sie ihre letzten Münzen zusammengekratzt hatten. Der Mann, den alle Welt nur den Bannkrieger oder Bannstreiter nannte!

Seine Ankunft hatte sogar einige Auswärtige angelockt, zumindest entdeckte er verschiedene Gesichter, die ihm fremd vorkamen. Die meisten von ihnen waren wohl Fuhrleute, doch es befand sich auch eine junge Frau darunter, die viel zu vornehm gekleidet war, um ihren Lebensunterhalt im trostlosen Nebelbruch zu verdienen – ob nun auf redliche oder verwerfliche Weise.

Kein schlechter Abend für eine Bergschenke, die von Reisenden seit langem gemieden wurde.

Die verstohlenen Blicke, die Rorn aus allen Richtungen zugeworfen wurden, enthielten die übliche Mischung aus Furcht und Verachtung. Doch er spürte auch die Hoffnung, dass er den Bergbewohnern helfen würde. Dafür hatten sie ihn schließlich hergebeten – damit er sie von dem Ungemach befreite, das ihnen schon so lange zusetzte.

Früher einmal, da konnte man unterhalb des Passes gut leben; der Alltag war geprägt von bescheidenem Wohlstand. Auf dem Eisenstieg, dem gewundenen Bergpfad, der die hoch gelegenen Erzminen mit den Schmelzen und Schmieden in den östlichen Tälern verband, kamen viele Eselstreiber und Händler daher, die alle bewirtet werden wollten. Schenken wie der Kreuzkrug und zahllose Hirten, die Milch, Käse und frisches Fleisch für die Küchen lieferten, hatten dabei stets ein gutes Geschäft gemacht, bis zu jenem verhängnisvollen Tage, an dem zum ersten Mal die Nebelwandler erschienen waren. Seitdem beherrschten Angst und Schrecken die Berge. Die Eisentrasse wurde flüsternd nur noch *Hexenstieg* genannt.

Sicherlich war es kein Zufall, dass die Probleme erst nach

dem Niedergang der Greifensteiner aufgetaucht waren. Und wer die Macht der Jadepriester zerschlagen hatte – nun, das war allgemein bekannt. Doch obwohl viele, die unter entfesselter Magie litten, Rorn die Schuld an ihrem Unglück gaben, war er ein gefragter Streiter, der gegen die vagabundierenden Kräfte zu kämpfen verstand.

Grimmschnitter, der Name seines Bannschwertes, war dabei fast ebenso bekannt wie sein eigener.

Da kein Hinterhalt auszumachen war, steuerte Rorn einen kleinen Ecktisch an, den er schon in den vergangenen Tagen für sich in Beschlag genommen hatte. Auf dem Weg dorthin kam er am Ausschank vorbei. Hermok, der Wirt, war so etwas wie der Sprecher der weit verstreut lebenden Berggemeinde, deshalb hielt Rorn kurz inne und schlug die Kapuze seines gefütterten Ledermantels zurück.

»Das Gelände ist mir nun ausreichend vertraut«, erklärte er freundlich, um die Ängste der Menschen zu zerstreuen. »Und wenn ich meinem Begleiter glauben darf«, erklärte er, während er auf den Schwertgriff an seiner Hüfte klopfte, »wird es heute Nacht laut werden. Ich werde dann sehen, was ich für euch tun kann.«

»Sehr schön«, antwortete Hermok, ohne vom Zapfhahn aufzusehen, an dem er gerade einige schwere Humpen befüllte.

Rorn wusste nicht, was ihn mehr verwunderte. Die einsilbige Reaktion des sonst so geschwätzigen Wirtes oder die verstohlene Art und Weise, mit der dessen Schankmaid durch die rückwärtige Zwischentür schlüpfte. Ein kurzer Blick auf Almes honigblonden Haarschopf war alles, was der Bannstreiter von ihr zu sehen bekam, ehe sie eilends in der dampfenden Küche verschwand, aus der würziger Duft drang.

Rorn spürte ein warnendes Prickeln im Nacken.

Irgendetwas ging hier vor, er wusste nur nicht genau, was und warum.

Schweigend langte er bei seinem Eckplatz an, der ein wenig abseits der übrigen Tische lag. Die aneinanderstoßenden Wände gewährten doppelte Rückendeckung, das kam ihm entgegen. Rasch entledigte er sich des schweren Ledermantels und warf ihn über einen Schemel. Rorn wollte nicht frieren, wenn es zurück in die klamme Kälte hinausging, und was er an Schutz durch die mit Eisenfäden durchwirkte Wattierung einbüßte, gewann er an Bewegungsfreiheit hinzu. Bei einem Scharmützel, das über Tische und Bänke hinweg ging, mochte das von Vorteil sein.

Statt Grimmschnitter vom Waffengehänge zu lösen, ließ sich Rorn so nieder, dass der mit Leder umwickelte Schwertgriff neben seinem Oberschenkel aufragte. Falls es hart auf hart kam, zog er die Klinge auf diese Weise schneller aus der Scheide, als die meisten Anwesenden zwinkern konnten.

Süßlich riechende Schwaden vernebelten den Raum. Einige Gäste verbrannten berauschende Kräuter in ihren Pfeifen, anders war das entbehrungsreiche Bergleben für sie nicht zu ertragen. Rorn störte sich nicht an dem Rauch, der sich unter der Decke sammelte, ihn kitzelten eher die aus der Küche hereinziehenden Bratendünste in der Nase.

Müde wischte er sich eine schweißverklebte Strähne aus der Stirn.

Niemand erwiderte den festen Blick, mit dem er die Tabakwolken zu durchdringen versuchte, abgesehen von der wohlhabenden Fremden, die am Schanktisch stand und ihm aufmunternd zulächelte.

Rorns Mundwinkel rührten sich nicht, selbst als sie ihr rabenschwarzes Haar aus der Kapuze strich und über den Schultern auffächerte. Sie war von großem Liebreiz, ganz ohne Frage, trotzdem wusste er nicht, wie er sie einschätzen sollte. Ihre feingliedrigen Hände sahen weich und glatt aus. Nur schwer vorstellbar, dass sie regelmäßig harte Arbeit zu verrichten hatten. Ihre dunkle, leicht bronzefarbene Haut verriet die südländische Abstammung, ihre grünen Augen dagegen, dass auch thyrmisches Blut in ihren Adern floss.

Unter einem haselnussbraunen Umhang, den eine Kragenspange hielt, blitzte ein blaues, für die raue Bergwelt viel zu dünnes Gewand hervor.

Leuchtendes Blau – der teuerste Farbton, den Seidenweber und Färber zu bieten hatten. Einen derartigen Stoff vermochte sich niemand entlang des Hexenstiegs zu leisten, nicht einmal eine Schäferin, die ihre Geldkatze auffüllte, indem sie einsamen Reisenden die Zeit vertrieb. Außerdem sah die Fremde zwar prächtig genug aus, um als Konkubine eines reichen Händlers oder Adligen mühelos ein kleines Vermögen anzuhäufen, aber der unverhohlene Stolz in ihren smaragdgrün gesprenkelten Augen verriet, dass sie Männer für gewöhnlich lieber mit scharfem Stahl als mit ihren Fingern liebkoste.

Ein spöttisches Lächeln umspielte ihre Lippen, als hätte sie Rorns Gedanken erraten. Vermutlich belustigte sie aber vor allem, dass er nicht sofort aufsprang und sie auf einen Pokal des besten Weines einlud, den der Kreuzkrug zu bieten hatte.

Dummes Ding! Sollte sie ihn ruhig für einen schüchternen Tropf halten! Hätte sie nur im Entferntesten geahnt, wie schnell er jenen, die ihm zu nahe kamen, den Tod brachte, wäre sie sicher schreiend davongelaufen.

Rorn wandte den Blick ab, um weiter nach verdächtigen Anzeichen zu suchen, entdeckte aber immer noch nichts Ungewöhnliches. Die unterbrochenen Gespräche wurden langsam wieder aufgenommen, wenn auch wesentlich gedämpfter als vor seiner Ankunft.

Hermok eilte mit einem schmutzigen Lappen herbei und wischte derart nachlässig über die saubere Tischplatte, dass sie danach verschmierter als zuvor aussah. »Was darf ich Euch bringen?«, fragte er, ohne seinen Gast dabei anzusehen.

Rorn spürte erneut ein leichtes Ziehen im Nacken. Bisher war der Wirt noch nie zu einem Gast an den Tisch gekommen. »Alme soll mir ein wenig Brot und heißen Braten bringen«, verlangte der Bannstreiter. »Und etwas von dem dunklen Dünnbier, das du heute Mittag angestochen hast.«

»Alme hütet das Bett, es geht ihr nicht gut.« Hermok sah von dem Lappen auf, um seinen Worten eine höhere Glaubwürdigkeit zu verleihen. Trotzdem war er ein erbärmlicher Lügner.

Der Schmerz zwischen Rorns Schulterblättern wuchs zu einem Stechen an. *Der blonde Schopf, der so eilig in der Küche verschwunden war.* Zweifellos gab es einen Grund dafür, dass sich die bislang so unbefangene Schankmaid plötzlich verleugnen ließ.

»Sag Alme, sie soll aus der Küche kommen und mir mein Bier bringen!«, verlangte Rorn mit Nachdruck. »Und zwar sofort!«

Hermoks Adamsapfel hüpfte vor Aufregung auf und nieder. Er musste mehrmals hart schlucken, bevor er ein Wort hervorbrachte.

»Aber ich sage Euch doch …«, versuchte er aufzubegehren, verstummte aber mitten im Satz, als sich Rorns Linke demonstrativ um den Schwertgriff schloss.

Eigentlich keine sonderlich drohende Geste, dazu hätte die Rechte nach Grimmschnitter langen müssen, trotzdem hütete sich der Wirt, noch weiter nach Ausflüchten zu suchen. Eine unverständliche Zustimmung murmelnd zog er davon. Sobald Hermoks fleckige Lederschürze die Sicht freigab, erkannte Rorn mit absoluter Sicherheit, dass ihn seine Ahnung nicht getrogen hatte.

Über die Hälfte der Gäste starrte unverwandt zu ihm herüber, und auf den Zügen der Südländerin zeichnete sich stille Anerkennung ab. Keine zehn Herzschläge später kam Alme hinter dem Tresen hervor und brachte ihm einen bis zum Rand gefüllten Krug. Gleichzeitig erhoben sich in der Mitte der Schankstube drei junge Hirten, die schon die ganze Zeit über aufgeregt miteinander getuschelt hatten.

Der am höchsten Gewachsene unter ihnen war dünn wie eine Bohnenstange. Obwohl er keineswegs der Kräftigste aus der Gruppe war, marschierte er selbstbewusst voran, während ihm seine Freunde in kurzem Abstand folgten.

Rorn hätte beinahe verächtlich durch die Nase geschnaubt. War das alles, womit er es zu tun bekam? Drei mit geflickten Hosen und schmutzigen Fellwesten bekleidete Ziegenhirten? Die übliche Dorfmeute, die ihre Kräfte messen wollte?

Jedem der drei spross ein langer Kinnbart. Während die hinteren beiden dadurch eine gewisse Ähnlichkeit mit ihren Ziegen erlangten, spaltete sich Bohnenstanges dunkelblonder Flaum zu zwei geflochtenen Zöpfen auf.

Die betont lässig heranschlendernden Jungspunde, denen alle Blicke folgten, nahmen Rorns Aufmerksamkeit so stark in Anspruch, dass ihm Almes merkwürdiges Verhalten beinahe entgangen wäre. Geschwind stellte sie seinen Krug ab und wollte sich sofort wieder zurückziehen. Erst im letzten Moment schöpfte er Verdacht und bekam sie gerade noch am Arm zu fassen.

Statt wegen des harten Griffs zu protestieren, sah sie verlegen zur Seite. Die rechte Gesichtshälfte, die sie Rorn schon die ganze Zeit präsentierte, war so zart und wohlgeformt wie immer. Ein rosiger Schimmer glänzte auf ihrer milchweißen Haut, was ihn an Neele erinnerte, seine erste und einzige Liebe.

Allein deshalb hätte er Alme nie etwas Böses antun können. Und aus dem gleichen Grund duldete Rorn nicht, dass ihr sonst jemand ein Leid zufügte, nur weil sie sich ihm gegenüber freundlich gezeigt hatte.

Wohl zu freundlich für den Geschmack einiger Dorftölpel. Rorn wusste, was er zu sehen bekommen würde, noch ehe er Alme sanft am Kinn fasste und ihr Gesicht zu sich herumdrehte. Rund um ihr linkes Auge schillerte die Haut in verschiedenen Violett- und Blautönen. Zweifellos die Folge eines heftiges Schlages, vielleicht mit der offenen Hand, aber wohl eher mit der geschlossenen Faust ausgeführt.

Zorn wallte in dem jungen Krieger auf. Zorn auf sich selbst und den Bann, der auf ihm lag. *Ist das etwa dein Werk, Grimmschnitter?*, haderte er im Stillen. *Müssen nun auch schon jene leiden, die ein paar gute Worte mit mir wechseln?*

Natürlich blieb das Schwert die Antwort auf seine Fragen schuldig. Zu sprechen oder gar zu erklären war Grimmschnitter nicht gegeben. Nur so zu reagieren, wie es der auf Rorn liegende Bann von ihm verlangte.

Almes Augen begannen, feucht zu glänzen. Schweigend drängte sie die aufsteigenden Tränen zurück, anstatt vor Wut aufzuschreien und den Feigling zu benennen, der sie geschlagen hatte. Rorn hätte ihr gerne gesagt, wie sehr es ihn schmerzte, dass sie seinetwegen misshandelt worden war, doch die Blicke des ganzen Schankraums ruhten auf ihnen.

Er wusste, dass er jetzt kein Zeichen der Schwäche zeigen durfte.

»Geh nur«, empfahl er Alme so leise, dass es sonst niemand hörte. »Und richte Hermok aus, *er* soll mir den Rest meiner Bestellung bringen.«

Ihre Miene spiegelte weder Enttäuschung noch Erleichterung wider. Sie wandte sich einfach von ihm ab und eilte in Richtung Küche davon. Unterwegs wich sie den anmarschierenden Hirten im großen Bogen aus: Das verriet nur allzu deutlich, *wer* ihr die demütigende Verletzung beigebracht hatte.

Rorns Finger krampften sich so fest um den Schwertgriff,

dass seine Knöchel weiß anliefen, während die drei Ziegenbärte vor ihm Aufstellung nahmen.

Die Kerle gehörten leider zu der Sorte von Unruhestiftern, bei der eine Tracht Prügel wenig nutzte. Alle drei trugen Spuren alter Blessuren im Gesicht, jedem von ihnen war die Nase mehr als nur einmal gebrochen worden. Sie waren es von Kindheit an gewohnt zu raufen, fliegende Fäuste galten ihnen mehr als kluge Worte.

»Alles Feiglinge hier!«, verkündete der dürre Anführer, nervös auf seinen Absätzen vor- und zurückwippend. »Ein bisschen nächtliches Hufgeklapper hier, ein ums Haus pfeifender Wind da – und schon glauben alle, Geister, Hexen und entfesselte Magie gäben sich ein Stelldichein. Nur wir drei sind bereit, für unsere Heimat zu kämpfen, deshalb schließen wir uns dir an.«

Wortwahl und Tonfall des Großmauls stellten klar, dass er keine Frage oder gar Bitte vortrug, sondern eine von ihm beschlossene Tatsache verkündete.

Unter anderen Umständen hätte Rorn laut aufgelacht oder sogar mitleidig zu erklären versucht, warum er ausschließlich alleine ins Gefecht zog. Aber ihm stand noch deutlich vor Augen, was Alme erleiden musste. Die sinnlosen Prügel, die sie der Schankmaid verabreicht hatten, durften nicht ungesühnt bleiben.

»Eine hervorragende Idee!«, antwortete er rau. »Männer wie euch kann ich bei dem bevorstehenden Kampf gut an meiner Seite gebrauchen.«

Die Bohnenstange mit dem geflochtenen Bart überraschte es, auf so geringen Widerstand zu stoßen. Seine beiden Gefährten, die sich hinter ihm versteckten, begriffen dagegen, dass Rorns Worte durchaus als Drohung aufzufassen waren. Einer der beiden, kräftig wie ein Holzfäller, aber mit dem Gesicht eines schüchternen Kleinkinds gestraft, blickte verlegen zu Boden.

»Übertreib es nicht, Bao«, flüsterte der andere Ziegenbart dem Wortführer zu.

Berauscht vom schnellen Erfolg sah Bao allerdings keinen Grund, sich vorschnell zufriedenzugeben. Triumphierend drehte er sich zu den übrigen Gästen um, denen vor lauter Gafferei das Bier in den Humpen schal wurde.

Seht ihr?, schien Baos Blick zu verkünden. *Ich wusste doch, dass dieser Bannkrieger maßlos überschätzt wird.*

»Natürlich verlangen wir dafür etwas von der ausgesetzten Belohnung!«, forderte er so laut, dass es jeder im Kreuzkrug hören musste.

Rorns Mundwinkel zuckten erstmals in die Höhe.

»Aber selbstverständlich!«, antwortete er ebenso lautstark. »Jeder, der an meiner Seite streitet, soll seinen ihm gebührenden Anteil erhalten.«

Eine Vielzahl widerstreitender Gefühle plagte Baos Gesicht. Neben Triumph und Überraschung über seinen leichten Sieg zeigte sich auch ein gewisses Bedauern darüber, dass Rorn sich zu keinem Kampf provozieren ließ.

Dabei hätte Bao froh sein können, mit einem zerschlagenen Gesicht davonzukommen. Was ihm stattdessen blühte war weitaus schlimmer.

Seiner gefurchten Stirn nach zu urteilen überlegte der Hirte fieberhaft, welche Forderungen sich noch stellen ließen, um die Auseinandersetzung, auf die alle Gäste warteten, doch noch zu erzwingen. Aber ehe ihm etwas Geeignetes zur Provokation einfiel, gesellte sich die Südländerin zu ihnen.

»Ich will ebenfalls an eurer Seite streiten«, erklärte sie mit angenehmer, aber fester Stimme.

Ihre forschen Worte sorgten für allgemeine Verblüffung, aber nur einem fuhren sie derart in die Glieder, dass er umgehend reagierte.

Baos Gesicht zuckte, als hätte er eine Ohrfeige erhalten.

»*Was* willst du?« Er spie die Frage regelrecht aus. »Mit uns in den Kampf ziehen? So, wie du aussiehst, solltest du besser das Stroh für den heimkehrenden Sieger wärmen!«

Niemand lachte, obwohl schlüpfrige Witze in Schenken wie dieser zum guten Ton gehörten. Die Schläge für Alme waren allen noch in guter Erinnerung, doch das fiel Bao nicht auf. In Erwartung einer vorwitzigen Antwort hob er bereits die Hand, um mit der Fremden auf die einzige Art und Weise umzuspringen, die er kannte. Doch statt etwas zu erwidern, warf die junge Frau ihren Umhang zurück. Zwei nackte, nur mit silbernem Zierrat bedeckte Arme stießen darunter hervor.

Armreifen dieser Art hatte Rorn noch nie zuvor gesehen. Mehrere fein geschmiedete Schlangen schmiegten sich fest an ihre Haut, ohne im Geringsten ins Fleisch einzuschneiden. Das Besondere an diesem Schmuck war, dass es keinen umlaufenden Ring gab, der für Halt sorgte. Es waren einzig und allein die sich windenden Schlangenleiber, die das passende Armrund formten.

Rorns Miene verhärtete sich, als er die eingefassten Steine bemerkte, die den Reptilien als Augen dienten. Sie bestanden alle aus dem gleichen schwarz glänzenden Material: Schattenjade!

Grimmschnitter vibrierte sanft, als die Hexe einen Zauber zu weben begann. Noch ehe der Hirte begriff, wie ihm geschah, zeichnete sie ein Symbol in die Luft, dessen Linien knisternd zum Leben erwachten. Kaum war das Zeichen vollendet, verschmolz es zu einem faustgroßen Feuerball, der mit einem bösen Fauchen verpuffte.

Geblendet schloss Bao die Augen und riss den Kopf zurück. Zu spät – von seinen Bartzöpfen stiegen Rauchfäden auf.

Im Grunde hatte ihm die Hexe damit einen Gefallen getan, denn sie waren nun auf ein normales Maß zurechtgestutzt. Doch der Ziegenhirte sah das anders. Den Geruch von verschmorten Haaren in der Nase schlug er sich mehrmals mit den flachen Händen gegen das Kinn, um die vermeintlich noch lodernden Flammen zu löschen.

In der Gaststube brach vereinzeltes Gelächter aus, das rasch zu einem lauten Dröhnen anschwoll. Die lauernde Meute hatte ihr Schauspiel erhalten, wenn auch ein ganz anderes als ursprünglich erwartet. Zitternd vor Wut und Scham starrte Bao die Hexe an, die ihm mit dem Zeigefinger drohte.

»Schön ruhig bleiben«, mahnte sie leise. »Oder ich verschließe deine Lippen so fest, dass du in Zukunft nur noch durch die Nase trinken kannst. Verstanden?«

Ob sie dazu wirklich in der Lage war, schien Rorn fraglich. Das bisschen Flammenzauber, das sie gerade gezeigt hatte, beherrschten auch findige Gaukler. Zu größerer Magie bedurfte es einer angeborenen Gabe, die entsprechend geschult sein musste. Besonders, wenn die Hexe dabei auf die Kraft ihrer Armreifen zurückgreifen wollte. Bislang hatte sie aber nur aus sich selbst heraus geschöpft, ohne die Kräfte der Schattenjade anzuzapfen, sonst hätte Grimmschnitter weitaus stärker reagiert.

In Baos dumpfem Geist spielten Überlegungen dieser Art keine Rolle. Ihn interessierte nur, dass er gerade zum Gespött der Bergbewohner geworden war. Mit geballten Fäusten richtete er sich zu voller Größe auf. Die Muskeln in seinem Gesicht zuckten unkontrolliert, während er auf die zwei Köpfe kleinere Hexe herabblickte.

»Du elendes Weibsstück!«, geiferte er. »Dir werde ich gleich mal …«

Angst war tatsächlich ein Fremdwort für ihn, vor allem, weil er zu dumm war, sie im richtigen Augenblick zu empfinden. Rorn sprang von seinem Schemel auf, bevor sich die Auseinandersetzung zwischen der Hexe und dem Hirten noch weiter aufschaukeln konnte.

»Genug!«, bellte er erbost. »Ich bin hier, um den Pass von Nebelwandlern zu säubern. Diese drei Großmäuler hier dürfen mich gern begleiten, denn sie können heute Nacht eine Menge dazulernen. Aber du, Hexe, bleibst besser hier! Die letzte Jadeträgerin, die mir begegnet ist, ist am Ende in Rauch aufgegangen. Das sollte dir eine Warnung sein!«

Sein plötzlicher Wutausbruch brachte alle zum Schweigen. Stille erfüllte den großen Raum, wie Wasser, das in ein Gefäß strömte. Selbst Bao zuckte erschrocken zusammen. Die Fremde reagierte dagegen mit einem Lächeln.

»Schon gut, ich suche keinen Streit«, erklärte sie mit sanfter Stimme. »Ich wollte nur meine Hilfe anbieten.«

Sie log wirklich gut, sogar ohne den geringsten Funken Magie. Der aufrichtige Klang ihrer Worte rührte vermutlich Alten und kleinen Kindern das Herz. Hätte sie nicht die elende Schattenjade zur Schau getragen, wäre selbst Rorn ihr möglicherweise auf den Leim gegangen.

»Halt dich von mir fern«, warnte er, mühsam um Beherrschung ringend. »Falls deine Gabe nur halb so groß ist, wie du vorgibst, weißt du auch ganz genau warum.«

Die Hexe zuckte mit den Schultern, weiterhin lächelnd und mit ihren Reizen spielend. »Ich will mich nicht aufdrängen«, gab sie sich enttäuscht. »Aber solltest du deine Meinung ändern, ruf einfach nach Venea, und ich eile an deine Seite.«

»Das wird niemals passieren.«

Sie wollte etwas darauf erwidern, doch er kam ihr zuvor.

»Verschwindet endlich!«, verlangte er. »Alle vier! Ich will in Ruhe eine Mahlzeit einnehmen, sonst gehe ich heute Nacht nirgendwohin. Dann bekommt keiner von euch, was er gerne hätte.«

2.

Angriff der Nebelwandler

Rorn aß ohne Genuss, sondern nur, um sich den Bauch zu füllen. Alme suchte unterdessen das Gespräch mit der Hexe, die auf ihren alten Platz zurückgekehrt war. Die Art und Weise, wie sich Venea erfolgreich zur Wehr gesetzt hatte, imponierte der jungen Schankmaid. Nur zu gerne hätte sie die gleichen Fähigkeiten besessen.

Bao beobachtete die beiden ins Gespräch vertieften Frauen mit wachsendem Unmut. Jedes Mal, wenn sie ihre Stimmen zu einem verschwörerischen Tuscheln herabsenkten oder in leises Kichern ausbrachen, nahm er einen tiefen Schluck aus seinem Humpen. Die anderen beiden Hirten, die er mit Veit und Gosk ansprach, tranken dagegen in Maßen. Offensichtlich waren sie nicht nur stiller, sondern auch wesentlich klüger als ihr zum Jähzorn neigender Gefährte.

Rorn hatte gerade seinen ärgsten Hunger und den Durst gestillt, als Grimmschnitter sanft erzitterte. Nur wenige Herzschläge später begannen draußen die Gänse zu lärmen. Gleichzeitig kam starker Wind auf, der an den Fensterläden rüttelte. Obwohl kein spürbarer Luftzug ins Haus eindrang, fingen die überall im Raum verteilten Kerzen an zu flackern.

Die Menschen in der Gaststube erschraken, und das zu Recht, denn der abrupte Wetterumschwung war unnatürlichen Ursprungs. Plötzlich heulten scharfe Böen ums Haus. Die Dachschindeln klapperten, und das Gebälk knackte so laut, dass selbst das Vieh in den Stallungen in Panik geriet. In das Blöken der Schafe mischte sich Pferdewiehern. Ausschlagende Hinterläufe prallten hart gegen Bretterverschläge.

Auch viele Gäste im Schankraum hätten gerne mit der Faust auf den Tisch geschlagen, um ihre Anspannung abzuschütteln. Nur die dünne Schicht der Zivilisation, die sie vom Tiere trennte, verhinderte, dass sie die Beherrschung verloren. Doch Erziehung und Vernunft waren schnell vergessen, wenn tief verwurzelte Urängste an die Oberfläche kamen.

Dass eine unsichtbare Welt hinter der eigenen existierte, flößte jedem vernunftbegabten Wesen Furcht ein. Es war die Sphäre des Schöpfers und Allesverschlingers, die stets nach Ausgleich strebte und keine Rücksicht auf Einzelschicksale nahm.

War der Menschheit auf dem Weg zum aufrechten Gang auch so mancher Instinkt verloren gegangen – um das zu spüren, was sich draußen zusammenbraute, waren weder Grimmschnitter noch eine magische Gabe vonnöten. Das Wissen darum, dass sich im Schatten des Passes gerade unsagbares Grauen manifestierte, zerrte stärker an den Nerven als eine scharfe Klinge, die gegen die Kehle drückte.

Die Lippen fest aufeinandergepresst richteten die Menschen ihre Blicke Hilfe suchend auf Rorn.

Selbst Venea sah nun ernster drein.

Ohne ein Wort zu verlieren, legte der Bannstreiter seinen Mantel an und passierte die Tischreihen, die ihn vom Ausgang trennten. Auf seinem Weg nach draußen würdigte er weder Bao noch Venea eines Blickes. Niemand von ihnen sollte sich aufgefordert fühlen, ihm zu folgen. Taten sie es dennoch, sahen alle im Raum, dass sie aus freien Stücken handelten.

Rorn langte gerade nach dem Türriegel, als Bao, Gosk und Veit zu ihm aufschlossen. Keiner der drei war wohlhabend genug, ein Schwert zu besitzen, stattdessen hielten sie Hirtenstäbe sowie Knüppel in ihren Händen und trugen lange Messer im Gürtel. Entschlossenheit funkelte in ihren Augen.

»Wie ihr wollt«, brummte Rorn achselzuckend.

Ein saugendes Geräusch erklang, als er sich gegen das Türblatt stemmte. Er musste tatsächlich ein gehöriges Maß an Kraft aufwenden, um ins Freie zu gelangen. Zunächst leistete der ums Haus pfeifende Wind vehementen Widerstand, drehte dann aber und versuchte anschließend, ihm die Tür zu entreißen.

Ein harter Ruck jagte durch Rorns Handgelenk. Vor Schmerz leise aufstöhnend, verhinderte er gerade noch, dass die Tür mit voller Wucht gegen die Hauswand schmetterte. Gemeinsam mit Gosk und Veit drückte er sie gegen die wütenden Elemente ins Schloss zurück.

Kalter Wind schnitt ihnen ins Gesicht. Rorns weißblondes Haar flatterte wild umher, als wollte es ihm die Haut vom Kopf reißen. Die Kapuze brachte schließlich ein wenig Linderung, trotzdem kam es ihm vor, als würden seine Wangen mit Eisnadeln gespickt.

Verdrossen kämpfte er gegen den Sturm an, der an seinem Mantel zerrte. Die drei Hirten drängten sich dicht aneinander und folgten in seinem Windschatten. Am Himmel jagten schwarze Fetzen entlang. Das war das einzig Gute an diesem Unwetter – die dichte Wolkendecke war aufgerissen und hinweggefegt.

Mond und Sterne übergossen die karge Umgebung mit einem kalten Silberglanz. Dadurch wirkte der Pass, auf den sie zuhielten, wie mit einer Riesenaxt geschlagen. V-förmig ragte der Einschnitt vor ihnen auf. Am Boden war er so schmal, dass zwei mit Lasten bepackte Esel einander nicht passieren konnten, nach oben hin öffneten sich die von Vorsprüngen gesäumten Hänge aber zu einer breiten Schlucht, die einen guten Blick auf das dahinter ansteigende Massiv erlaubte.

Rorn hatte den schmalen, in unwirtliche Höhen führenden Stieg bei Tage gründlich erkundet. Zu Fuß, wohlgemerkt, denn reiten wäre angesichts des zerklüfteten Geländes zu gefährlich gewesen. Über weite Teile der Strecke fiel der schmale Pfad zu einer Seite hin steil ab, dort genügte bereits ein falscher Huftritt, um ins Bodenlose zu stürzen.

Dies war schon vielen Fremden und auch manchem Ortskundigen zum Verhängnis geworden. Zahllose Knochenreste, die an unzugänglichen Stellen in der Sonne bleichten, dienten Vorüberkommenden als stumme Mahnung. Zum Glück lag der größte Teil der Toten so tief, dass die Skelette mit bloßem Auge nicht auszumachen waren. Auf- und Abstieg waren so schon entmutigend genug.

Etwa auf halbem Wege zum Pass brach das Sturmbrausen unvermittelt ab. Die schlagartig einsetzende Stille verstärkte das Gefühl des Unbehagens, das sie alle spürten.

»Vorsicht«, flüsterte Veit, der kräftige Hüne mit dem Kindergesicht. »Das bedeutet, dass bald die Geisterreiter kommen.«

»Halt's Maul, du Ziegenbock.« Bao missfiel es, dass Rorn von dem Gefährten gewarnt wurde. »Das weiß dieser Söldner doch längst.«

»Selber Ziegenbock!«, antwortete Veit gereizt.

Es war unvermittelt kalt geworden. Sehr kalt. Ein weiterer Hinweis darauf, dass Magie in ihrer Nähe wirkte.

»Sie kommen immer über den Pass«, wandte sich Veit erneut an den Bannstreiter. »Und sie weichen nie allzu weit vom Weg ab, es sei denn, sie nehmen eine Verfolgung auf.«

Rorn wollte schon ein Wort des Dankes sprechen, als seine Aufmerksamkeit abgelenkt wurde. Weit hinter den drei Hirten, in der Dunkelheit, aus der sie gekommen waren, zeichnete sich plötzlich ein gelb schimmerndes Rechteck ab. Genau dort, wo der Eingang des Gasthofs lag. Die Tür des Kreuzkrugs schloss sich ebenso schnell, wie sie geöffnet worden war, ohne dass eine ein- oder austretende Gestalt den Lichthof verdunkelte.

Elende Hexe! Rorns Grinsen versank im Schatten der Kapuze. *Hätte mich auch schwer gewundert, wenn du dir etwas verbieten lässt.*

Dumpfer Hufschlag erfüllte die Nacht. Obwohl er weit oben am Hohlweg erklang, zuckten die Hirten zusammen wie unter dem Schlag einer Rute. Sich gegenseitig furchtsame Blicke zuwerfend suchte jeder von ihnen unbewusst die Nähe des anderen. Rorn taten die drei plötzlich leid, selbst Bao, der alle Welt tyrannisierte.

»Verbergt euch dort drüben!« Rorn deutete auf einen Geröllhaufen abseits des Weges, hinter dem zwei schief gewachsene Birken aufragten. »Und kommt mir erst zur Hilfe, wenn ich nach euch rufe!«

Dieser Ruf würde niemals erfolgen, nicht einmal, wenn er den Tod vor Augen hätte. Aber vielleicht reichte auch schon der unmittelbare Anblick der Nebelwandler, um den Kerlen einen heilsamen Schock zu versetzen. Falls nicht, bekam Bao eben doch noch Rorns Faust zu spüren.

Die Hirten folgten Rorns Anweisung, ohne dass er sie zu wiederholen brauchte. Der anschwellende Hufschlag trieb sie weiter zur Eile an. Mit langen Sprüngen setzten sie über das Geröll hinweg und verbargen sich zwischen wild wucherndem Gestrüpp, das bislang der Sense entgangen war.

Rorn trat auf den tief in den Boden gegrabenen Passweg hinaus, der die Narben zahlloser Hufeisen und Karrenräder trug. Wie ein braunes Band schlängelte sich der Pfad dem Felseinschnitt entgegen. Bis kurz vor dem Bergmassiv wuchs noch Gras, dahinter lag eine nur von wenigen Sträuchern und Krüppelkiefern durchsetzte Ödnis, in die jede Handvoll Nahrung mühsam transportiert werden musste.

Ohne die Versorgung aus dem tiefer gelegenen Umland war der Erzabbau zum Erliegen gekommen. Die Minen im Nebelbruch waren allesamt verwaist, und wer die wirbelnden Schlieren im vorderen Teil der Schlucht aufquellen sah, der verstand auch, warum niemand weiter dort oben ausharren wollte.

Die weißgrauen Schwaden, die auf Höhe des Passes waberten, waren nicht mit der klammen Witterung zu vergleichen, die diesem Landstrich den Namen eingetragen hatte. Nein, was sich da allmählich zu festen Umrissen verdichtete, war eine Manifestation vagabundierender Kräfte, die eine ganz neue, alles Lebende verspottende Form angenommen hatten.

Inzwischen war deutlich zu hören, dass die Hufschläge aus dem zehn Mannslängen über dem Boden schwebenden Nebelfeld drangen. Grimmschnitter erbebte so stark, dass die Schwertscheide mehrmals hart gegen Rorns Oberschenkel klopfte. Als er die Klinge einen Daumenbreit aus der Umhüllung zog, huschten ausfransende Lichtbögen über den Stahl.

Oben am Pass hallte ein lang gezogenes Heulen von den Felsen wider, vielleicht eine Reaktion auf Grimmschnitters Anwesenheit.

Unversehens wirbelten feste Vorderläufe aus der Wolke hervor. Auch sonst zeichneten sich immer stärkere Konturen ab, wie Pferdeköpfe auf zurückgebogenen Hälsen oder grotesk anmutende Reiter, deren aufrechte Haltung nicht über ihre erlittenen Knochenbrüche hinwegtäuschen konnte.

Metallisches Klirren erfüllte die Luft.

Eigentlich war die Entfernung viel zu groß, um das Rutschen und Scheuern des Zaumzeugs zu hören, aber genau genommen gab es auch keine Riemen, Ösen oder Haken, die scheppern konnten, sondern nur verfestigten Nebel. Darum schenkte Rorn diesem Phänomen keine große Beachtung. Lieber fixierte er die seltsame Nebelbank, die urplötzlich zerfloss und sich zu strecken begann. Begleitet von lautem Schnauben und Wiehern formte sie einen langen, in die Tiefe gerichteten Bogen, der an dem kreisrunden Platz endete, auf dem die Tal-

Fuhrwerke wendeten, wenn sie das Erz von den Packeseln übernahmen.

Aufwallender Dampf hüllte den Pass ein, während die Nebelwandler endgültig Gestalt annahmen. Niemand wusste, woher sie kamen oder wem sie zu verdanken waren. Viele glaubten, dass es sich um die ruhelosen Seelen abgestürzter Eselstreiber handelte, andere argwöhnten, dass iskandische Hexenmeister einen bösen Zauber gewirkt hatten, um sich die wertvollen Minen einzuverleiben.

Rorn wusste selbst noch nicht, was hinter diesen geisterhaften Erscheinungen steckte, aber eigentlich war die Ursache auch zweitrangig. Im Moment zählte nur, dass sich fünf Reiter auf schwarzen Hengsten aus dem Nebel hervorschälten. Weißer Brodem entwich den Nüstern der sofort angaloppierenden Rösser.

Irgendwie trug es zu Rorns Beruhigung bei, dass das Pferdegetrappel nun vom Boden widerhallte, wo es hingehörte. Inwieweit Mensch und Tier nun wirklich feste Gestalt besaßen, ließ sich allerdings erst nach dem ersten Schlagabtausch sagen. Die Hufe der Geisterpferde waren auf jeden Fall in der Lage, tödliche Wunden zu schlagen, was bereits etliche Opfer zu spüren bekommen hatten.

Grimmschnitter fuhr mit leisem Scharren aus der Scheide.

Die beidseitig geschliffene Klinge funkelte im Mondlicht. Die bläulichen Lichtbögen waren verschwunden, aber das hatte nichts zu bedeuten. Der Bann jener unseligen Nacht, in der Rorns Dorf von Lederhäutern angegriffen worden war, wirkte auch unsichtbar.

Den Schwertgriff mit beiden Händen umklammernd baute sich der einsame Streiter mitten auf dem Weg auf. Er suchte den Kampf, gleichzeitig wollte er verhindern, dass Unbeteiligte in Mitleidenschaft gezogen wurden. In leicht geduckter Haltung sah er den rasch nahenden Gegnern entgegen.

Rund um die Hufe wallte steter Nebel, sodass nicht zu sehen war, ob sie den Boden berührten. Auch Ross und Reiter umwehten durchscheinende Schleier. Leider verbargen die flatternden Fetzen nicht den Anblick der eingeschlagenen Schädel, genauso wenig wie die zerschmetterten Knochen, die wie bleiche Spieße aus dem Fleisch hervorstachen. Falls den näherpreschenden Nebelansammlungen wirklich die Seelen Verstorbener innewohnten, waren diese vermutlich eines grausamen Todes gestorben.

Rorn spürte nicht die geringste Erschütterung unter den Füßen. Dem heranjagenden Trupp ging auch kein Luftzug voraus, nur bittere Kälte, ledernes Knarren und der überlaute Hufschlag, der in den Ohren dröhnte.

Die Nebelwandler wollten Rorn über den Haufen reiten: Das wurde deutlich, als sie sich zu einer breiten Linie auseinanderfächerten, die über den Weg weit hinausreichte. Die geisterhafte Geschwindigkeit, mit der sie dieses Manöver vollzogen, raubte Rorn die Möglichkeit, sich durch einen Sprung zur Seite in Sicherheit zu bringen.

Instinktiv spannte er alle Muskeln an und machte sich auf das Schlimmste gefasst.

Kurz bevor ihn die Geister erreichten, flog ein faustgroßer Stein durch die Nacht. Von einer über den Kopf kreisenden Schleuder geworfen pfiff er mit hoher Geschwindigkeit heran. Dort, wo die Schulter des anvisierten Toten getroffen wurde, drang das scharfkantige Geschoss mühelos ein. Nebel stäubte lautlos auf, zog sich aber rasch wieder zur alten Kontur zusammen. Graue Wirbel zeichneten nach, wo er den Brustkorb durchquerte, am gegenüberliegenden Arm wieder austrat und im Dunkel der Nacht verschwand.

Welcher Hirte da auch immer hilfreich einzugreifen versuchte, hatte nicht allzu viel bewirkt, außer dass Rorn nun wusste, dass der Aufprall vergleichsweise sanft ablaufen würde.

Von neuer Hoffnung durchströmt sprang er auf das mittlere der fünf Nebelpferde zu.

Grimmschnitter beschrieb einen flirrenden Bogen.

Dort, wo die Klinge den Geisterleib berührte, entstand ein Glutkreis, der sich rasend schnell in alle Richtungen ausbreitete. Die Vorderhand des getroffenen Tieres wurde regelrecht zerfressen, während Rorn in die daneben heranreitende Erscheinung eintauchte. Kälte kroch seinen Rücken hinauf, während ihn dunkle Nebel umwallten. Eine Kälte, die nicht von außen, sondern aus seinem Innersten zu kommen schien.

Alles verlief gut, bis ihn die Schwerkraft in die Tiefe zog.

Rorn hatte Pferd und Reiter erst auf halber Länge durchdrungen, als er wieder den Boden berührte. Noch ehe er dies bedauern konnte, ereilte ihn ein harter Schlag, der ihm die Beine unter dem Leib wegriss.

Der rechte Hinterlauf hatte ihn mit voller Wucht am Knöchel erwischt.

Es stimmt also, dachte Rorn, während er mit der Schulter über den Boden rollte. *Die Hufe sind massiv.*

Ohne den schützenden Stiefel wäre sein Fußknöchel wohl zertrümmert worden. Als Rorn mit rechts auftrat, zuckte ein brennendes Stechen durchs Schienbein, doch er knickte wenigstens nicht um. Humpelnd setzte er dem getroffenen Pferd nach, das mit den anderen nicht mehr mithalten konnte.

Vergeblich versuchte die geisterhafte Kreatur den abgetrennten Vorderlauf neu auszuformen. Dort, wo die Nebel verglüht waren, klaffte eine dauerhafte Lücke in dem durchlässigen Gebilde. Das war ein Verlust, der sich nur schwer ausgleichen ließ.

Jedes lebende Tier wäre unweigerlich zusammengebrochen, die magische Erscheinung hielt sich dagegen aufrecht. Aber auch sie wurde durch die Amputation in der Bewegungsfreiheit eingeschränkt. Während die übrigen Nebelwandler vorausgaloppierten, scheute der verletzte Rappe, stieg mehrmals und tänzelte auf den Hinterbeinen umher.

Rorn setzte sofort nach.

Als er endlich heran war, drehte sich der entstellte Reiter im Sattel und hieb mit dem Krummschwert in die Tiefe. Instinktiv blockte Rorn die Attacke ab und staunte nicht schlecht, als sich die Wucht des Zusammenpralls bis in seine Schultern fortpflanzte. Stählernes Klirren erfüllte die Nacht, als er Grimmschnitter im Rückschwung durch Sattel, Pferd und Bein des Gegners zog.

Längst huschten blaue Irrlichter über das Bannschwert, das den Nebelwandler mühelos durchdrang. Einer normalen Klinge wäre das ebenfalls gelungen, aber hinter deren Schnitt hätten sich die Schwaden wieder geschlossen. Es gab genügend Schilderungen über wild um sich schlagende Männer, die den Gegner nicht zu fassen bekamen, während ihnen Hufe und Krummschwert laufend neue Wunden zufügten.

So lange, bis sie blutend zu Boden sanken.

Wo normale Waffen keinerlei Wirkung zeigten, hinterließ Grimmschnitter eine Schneise der Verwüstung. Knisternd fraß sich die magische Glut bis tief in die Erscheinung hinein, sodass sie von innen heraus zu leuchten begann.

Die Lippen des Nebelreiters verzogen sich wie unter heftigen Schmerzen.

Rorn tauchte unter einem zweiten Hieb hinweg und stieß erneut zu. Wieder und wieder, bis die Nebelgestalt vor den glühenden Treffern zurückweichen musste. Der Bannkrieger setzte umgehend nach. Dieser Kampf gestaltete sich leichter, als er zu hoffen gewagt hatte. Trotzdem musste er auf die massiven Hufe achten, die immer wieder nach ihm zielten. Brach ihm nur einer dieser mörderischen Tritte das Bein, war es um ihn geschehen.

Die anderen Nebelwandler verfolgten aus sicherer Entfernung, wie Rorn ihrem Gefährten stark zusetzte.

Schnaufend hielt der Bannstreiter inne. Sein Fußknöchel brannte mörderisch, außerdem lösten sich bereits große Teile des Gegners auf. Für einen Moment traten die Konturen von Pferd und Reiter deutlicher aus dem Dunkel hervor, als würden sie plötzlich Fleisch und Blut annehmen, aber nur, um gleich darauf vollends zu verschwinden.

Zufrieden sah sich Rorn zu den übrigen Nebelwandlern um, die immer noch in gebührender Entfernung verharrten, offensichtlich unschlüssig, ob sie den Kampf wagen sollten.

»Kommt schon«, lockte Rorn mit vorgestreckter Klinge. »Lasst es uns heute Nacht beenden, oder soll ich euch in euren Verstecken aufspüren?«

Vermutlich verstanden sie weder, was er sagte, noch handelten sie mit taktischem Geschick, wonach ein Rückzug der erste Schritt zum späteren Sieg sein konnte. Flüche oder vagabundierende Magie besaßen keinen Verstand, genau *das* machte sie ja so hartnäckig.

Rorn hielt Grimmschnitter den geisterhaften Gestalten vor allem entgegen, weil er davon ausging, dass sein Bann und ihr Zauber sich unweigerlich anzogen. Starke Kräfte störten die natürliche Balance, die, egal um welchen Preis, stets nach Ausgleich strebte. Diese Lehre hatte er auf viel zu schmerzhafte Weise lernen müssen, als dass er sie je vergessen …

Ein harter Schlag auf den Hinterkopf beendete alle Gedankengänge.

Grelle Lichtkreise zerplatzten vor Rorns Augen, während er nach vorne stolperte. Mit den Armen rudernd hielt er das Gleichgewicht, während er seine Überraschung zu verdauen suchte. Hatte die kurz zuvor besiegte Kreatur etwa einen Weg gefunden, aus dem Nichts zurückzukehren?

Mühsam gegen den dumpfen Schmerz ankämpfend wandte

Rorn gerade noch den Kopf, um einen faustgroßen Stein auf sich zufliegen zu sehen. Diesmal gab es keine wattierte Kapuze, die ihn vor dem Schlimmsten schützte. Diesmal hämmerte das Geschoss gegen seine blanke Stirn.

Ein Blitz, heller als tausend Sonnen, stach in seine Augen. Rorn spürte nicht, wie er hintenüberfiel, sondern fand sich nur plötzlich auf dem Rücken wieder.

Blut strömte ihm die Stirn herab. Übelkeit wühlte in seinen Eingeweiden. Unsichtbare Hände drangen in seine Brust und drückten ihm das Herz zusammen.

»Blattschuss!«, triumphierte eine Stimme, die eindeutig Bao gehörte. »Wusste ich doch, dass ich den Hundesohn auf diese Entfernung erwische.«

Tiefschwarze Finsternis engte Rorns Blickfeld ein. Eine erlösend anmutende Ohnmacht versuchte Besitz von ihm zu ergreifen. Statt sich ihr hinzugeben, kämpfte er gegen sie an.

Dadurch blieb ihm Baos Grinsen nicht erspart.

Triumphierend stopfte der Hirte seine Steinschleuder in den Gürtel zurück und holte dafür einen handlichen Eichenknüppel hervor. Spitze Eisennieten bedeckten das birnenförmige Rund, das er plötzlich in seiner Rechten hielt. Mit einer solchen Waffe ließen sich mühelos Köpfe einschlagen. Menschliche Häupter, die danach wie die entstellten Schädel der Nebelgeister aussahen! Plötzlich ahnte Rorn, wie die Seelen der Ruhelosen zu Tode gekommen waren.

»Hier endet dein Weg, Verfluchter!« Bei diesen Worten holte Bao zum tödlichen Hieb aus. »Ein rascher Tod für dich, nach alter Bergväter Sitte!«

Rorn spürte keine Furcht vor dem bevorstehenden Ende, nur Scham darüber, solch armseligen Gegnern unterlegen zu sein. Wenigstens erlosch mit seinem Tod auch der Bann, der auf seinen Schultern lastete, auf die einzig mögliche Weise.

»Bist du verrückt geworden?« Eine mächtige Pranke schloss

sich um Baos Handgelenk, bevor der Knüppel in die Tiefe fahren konnte. »Wer soll denn die Geisterreiter vernichten, wenn du ihn jetzt tötest?«

»Du Narr!« Baos verschmorte Bartzöpfe erzitterten, als er zu Veit in die Höhe blickte. »Du hast doch gesehen, wie sehr die Geisterreiter dem Zauberschwert unterlegen sind! Nein, mein Freund, es bleibt bei meinem Plan. Wir knacken den Schädel des Verfluchten und werfen ihn in einen tiefen Abgrund. Dann gehört uns nicht nur sein Schwert, sondern auch die ganze Belohnung. Und nicht nur das! Danach werden wir sogar als Helden gefeiert.«

So verführerisch es auch anmutete, einfach alles hinter sich zu lassen – Rorns Überlebensinstinkte sträubten sich gegen den drohenden Tod. Mühsam formten seine Lippen tonlose Worte, bevor er endlich krächzte: »Ihr seid verdammt hinterhältig, aber nicht sonderlich klug.«

Bao wollte zur Antwort zuschlagen, doch Veit hielt den Kameraden erneut zurück. »Was ist, wenn du einen besonderen Zauberspruch aufsagen musst?«, wandte er ein. »Einen Toten kannst du nicht mehr danach fragen.«

Obwohl der Einwand nicht zutraf, sprach einiges für ihn – das musste selbst Bao eingestehen. Zögernd sah er auf den Bannstreiter hinab.

»Einigt euch endlich«, drängte Gosk aus einiger Entfernung. »Die Nebelwandler formieren sich zum Angriff.«

»Ihr Memmen!« Aufgebracht steckte Bao seinen Knüppel in den Gürtel zurück. »Jetzt passt mal gut auf! Ich zeige euch, wie man es macht. Zunächst erledige ich die elenden Geisterreiter und werde so zum Helden des Eisenstiegs, danach ist der Weißkopf hier dran.«

Ehe Rorn sichs versah, bog ihm der Hirte bereits die Finger der Schwerthand auf. Sein Kopf dröhnte noch viel zu sehr, um den Raub zu verhindern.

»Lass das«, warnte er mit schwerer Zunge, als Bao mit Grimmschnitter bewaffnet in die Höhe federte. »Du ahnst nicht, mit welchen Mächten du spielst.«

»Ruhe!«, fuhr ihn der Hirte an. »Ich glaube nicht an deine Zaubersprüche! Ich hätte es gehört, wenn du einen gesprochen hättest. Du lebst bloß noch, weil der Dicke sonst keine Ruhe gibt.«

Der Faustschlag, den Bao dafür auf den Oberarm erhielt, machte klar, warum er in diesem Punkt nachgab. Im Zweifelsfall war Veit der Stärkste von ihnen.

Rorn wälzte sich herum, um den loseilenden Hirten etwas nachzurufen, doch neue Wellen der Übelkeit raubten ihm den Atem. So konnte er nur beobachten, wie die drei in ihr Verderben rannten.

3.

Die Warnung

Veit und Gosk ließen die ledernen Schleudern über ihren Köpfen kreisen.

Wo ihre Steine trafen, stoben die angaloppierenden Pferde auseinander. Zwar hielt dies die getroffenen Tiere nicht auf, verlangsamte sie aber so weit, dass sie ein Stück zurückfielen. Die einsamen Tage auf abgelegenen Wiesen und Weiden hatten aus den Hirten gute Werfer gemacht, die geschwind einen Stein nach dem anderen ins Ziel brachten.

Der Geschosshagel zeigte Wirkung. Die Linie der Nebelwandler brach auseinander. Einen triumphierenden Schrei ausstoßend warf sich Bao dem Vordersten von ihnen entgegen. Der weit ausholende Schlag, zu dem er ansetzte, besaß keinerlei Finesse, doch er traf ins Ziel. Dort, wo die bläulich umflirrte Klinge den scheuenden Rappen touchierte, wurde der Nebel durchscheinend und glühte auf.

Vor wirbelnden Vorderhufen schützte das Bannschwert allerdings nicht.

Ein dumpfer Laut erfüllte die Nacht, bevor Bao getroffen zurückstolperte. Wo jeder normale Mensch mit zerschlagenen Knochen zusammengebrochen wäre, hustete der Hirte nur trocken und ging zum Gegenangriff über. Mit ungelenken Hieben drang er auf Ross und Reiter ein, obwohl ihm dabei das gegnerische Krummschwert in die Schulter biss.

Grimmschnitter verstand sein Handwerk. Wo er den Nebelwandler durchbohrte, entstanden tiefe Löcher in der unheimlichen Gestalt.

Rotglühende Fetzen wirbelten durch die Luft, während Bao voller Zorn auf den Gegner eindrosch. Dabei gelang es ihm sogar, zwei von oben herabsausende Hiebe des Reiters zu parieren. Aber dass ein zweiter Nebelwandler angeritten kam, bemerkte der im Schwertkampf unerfahrene Hirte erst, als ihm dessen Waffe den Rücken aufriss.

Fellweste und Hemd klafften danach ebenso auseinander, wie das darunterliegende Fleisch. Das Schaffell sog sich umgehend mit dem aus der Wunde tretenden Blut voll. Wie ein mahnendes Zeichen schimmerte der von der rechten Schulter bis zur linken Hüfte reichende Fleck im Mondlicht.

»Lauf doch!«, versuchte Rorn zu rufen, während er sich auf Hände und Knie quälte. Sein Vorhaben, gleich darauf aufzustehen, scheiterte an hämmernden Kopfschmerzen, die ihn sofort zurück auf alle viere zwangen. »Wirf das Schwert weg und lauf!«

Rorns Stimme trug nicht allzu weit, aber selbst lauter schreiend hätte er kein Gehör gefunden. Wie von Sinnen brüllend wirbelte Bao herum und zog Grimmschnitter tief durch den Leib des zweiten Rappen. Ein gewaltiger Treffer, der die Nacht zum Leuchten brachte und ihm Luft verschaffte. Mit verzerrtem Gesicht nutzte er den neu gewonnenen Spielraum, um abwechselnd auf die ihn bedrängenden Gegner einzuschlagen.

Die Tritte und Stiche, die er dabei selbst einstecken musste, kümmerten den Hirten nicht. Für einen unbeteiligten Zuschauer mochte es wie das Wüten eines vom Kampfrausch Besessenen wirken. Rorn zweifelte jedoch keinen schmerzvollen Atemzug daran, dass gerade Grimmschnitters unheiliger Einfluss wirkte.

Bao fehlte der schützende Zauberbann, der Rorn vor dem Einfluss der eigenen Waffe bewahrte.

Veit und Gosk erging es kaum besser. Die beiden verbliebenen Nebelwandler hatten zu ihnen aufgeschlossen. Sich mit Knüppeln oder Messern zur Wehr zu setzen nutzte nicht viel gegen diese Reiter. Fortzulaufen barg zwar die Gefahr eines todbringenden Hiebes auf Hinterkopf oder Rücken in sich, trotzdem hätte sich so zumindest eine geringe Hoffnung aufs Überleben geboten. Stattdessen duckten sich die beiden Hirten unter den niederprasselnden Schlägen hinweg und wühlten die Nebelleiber mit ihren Waffen auf, ohne dabei nennenswerten Schaden anzurichten.

Grimmschnitters Werk, kein Zweifel.

Ein Menschenleben genügte wohl nicht, um die Macht der Reiter zu brechen. So wurden alle drei Hirten in den Mahlstrom des Todes gezogen.

Obwohl Rorn wusste, was ihn erwartete, richtete er den Oberkörper auf. Augenblicklich wurde das Hämmern hinter seiner Stirn so stark, dass er glaubte, ihm würde gleich die Schädeldecke platzen. Blut strömte in sein linkes Auge und machte ihn auf dieser Seite blind. Er fand kaum die Kraft, das klebrige Rinnsal abzuwischen, versuchte aber trotzdem aufzustehen.

»Sitzen bleiben.« Eine schlanke, aber dennoch feste Hand legte sich auf seine rechte Schulter und drängte ihn mit sanfter Gewalt zurück. »In deinem Zustand stehst du nicht lange, sondern schlägst der Länge nach hin. Damit ist niemandem gedient.«

Obwohl Venea von rechts an ihn herangetreten war, tauchte sie wie aus dem Nichts heraus vor ihm auf.

»Verschwinde!«, befahl Rorn unter leisem Stöhnen. »Sonst ergeht es dir wie den Dummköpfen dort.«

Anstatt auf ihn zu hören, langte die Hexe nach einem der drei kleinen Ledersäckchen, die sie am Gürtel trug.

»Schnell!«, drängte Rorn erneut. »Fort mit d…«

»Kannst du eigentlich nie Ruhe geben?«, unterbrach sie ihn kopfschüttelnd.

Zwischen ihren Fingerspitzen ragten plötzlich scharf riechende Kräuter hervor, die sie ihm ohne Vorwarnung gegen die Stirn presste. Rorn spürte ein Prickeln unter der Kopfhaut, das sich rasch bis zum Nacken ausbreitete. Der Blutstrom, der längst über Wange und Hals bis zum Brustkorb reichte, versiegte augenblicklich. Die hämmernden Schmerzwellen ließen ebenfalls nach.

Verwirrt legte Rorn den Kopf in den Nacken. So rasch konnte doch selbst das beste Kraut nicht wirken! Als er Veneas Jadesteine in den Armbändern von innen heraus aufglühen sah, stieg Übelkeit in ihm auf.

»Nicht!« Von einem tiefen Widerwillen geleitet drängte er ihre Hand zur Seite, reflexartig, ohne darüber nachzudenken. »Keinen Jadezauber!«

»Zu spät.« Sie entzog sich ihm mit einem raschen Schritt zur Seite. »Der Heilzauber schadet nicht, das verspreche ich dir. Ich bin eine sehr gute Hexe. Du wirst nicht mal eine Beule zurückbehalten.«

Seufzend sah sie zu Veit und Gosk hinüber.

Ersterer hatte sich mit seinem ganzen Körpergewicht durch den ihn bedrängenden Nebelwandler geworfen. Das verschaffte ihm eine kurze Atempause, bis die verwirbelten Fetzen erneut die Gestalt von Pferd und Reiter annahmen. Der andere Hirte hauchte gerade unter den Hufen des zweiten Gegners sein Leben aus.

Venea öffnete die silberne Kragenspange und warf Rorn ihren Umhang über die Schultern. »Ruh dich aus«, riet sie. »Ich muss noch ein Versprechen einlösen.«

»Geh nicht!«, versuchte er zu warnen. Vergeblich.

Lachend ging Venea davon.

»Ich sagte dir doch, dass ich eine gute Hexe bin«, rief sie, ohne den Kopf dabei zu wenden. »Was genau hast du daran nicht verstanden?«

Mit ihrem dünnen, in einer aufkommenden Brise flatternden Gewand wirkte sie fast selbst wie eine geisterhafte Erscheinung. Furchtlos hielt sie auf Veit zu, der heulend um sich schlug und dabei meistens nur die Luft mit seinem Knüppel zerteilte.

Der Nebelwandler, der es auf ihn abgesehen hatte, stach immer wieder aus sicherer Entfernung auf ihn ein, fügte dem massigen Hirten aber nur leichte Wunden zu, ganz so, als wolle er die Angst und das Leiden seines Opfers möglichst lange hinauszögern.

»Lass von dem ab, der für dich zu mächtig ist!«, rief sie mit scharfer Stimme. »Geh lieber in die Schenke, in der schon Alme auf dich wartet!«

Veit drehte ihr den Kopf zu, schien aber nicht zu erkennen, wer da mit ihm sprach. Der Tränenvorhang, der seine Sicht verschleierte, war schon zu dicht.

Mit zwei schnellen Schritten war Venea bei ihm. Ihre Hände zuckten zu Veits Kopf und berührten seine Schläfen. Die Schattenjade an ihren Armen leuchtete dabei auf.

Wie von einer unsichtbaren Faust am Kinn getroffen schoss Veit ein Stück weit in die Höhe und stolperte zurück. Sein Leib erzitterte. Verwirrt schüttelte er den Kopf. Gleich darauf zeichnete sich maßloses Entsetzen auf seinem Gesicht ab. Als wäre er gerade aus einem Traum erwacht – oder ein Bann von ihm abgefallen –, schien ihm erstmals klar zu werden, in welcher Gefahr er schwebte. Keuchend sprang er zur Seite, um möglichst schnell Abstand zu gewinnen. Ohne sich noch einmal umzusehen, rannte er zurück zum Gasthaus.

Venea sah dem fliehenden Hirten scheinbar unbesorgt nach.

Der zweite Nebelwandler wollte offenbar ihre Unaufmerksamkeit ausnutzen und hielt aus dem Stand heraus auf sie zu. Schon zwei lange Sprünge später prallte er gegen eine unsichtbare Barriere. Lautlos zerschellte sein nebelhafter Körper an einer kugelrunden Sphäre, die Venea auf Armlänge umgab.

Vier oder fünf Herzschläge lang umflossen sie pechschwarze Schlieren, die sich zu peitschenden Tentakeln verdichteten. Mit kräftigen Schlägen trommelten die Fangarme auf den unsichtbaren Wall ein. Vergeblich suchten sie dabei nach einer Lücke, durch die sie eindringen konnten. Daraufhin wallte der Nebel zurück und nahm erneut die Gestalt von Ross und Reiter an.

Das Kinn des entstellten Reiters reckte sich so stark in die Höhe, dass sein zertrümmerter Hinterkopf mit der in den Nacken geschlagenen Kapuze verschmolz. Unverständliche Laute drangen aus seinem Mund hervor. Sein Mantel und der Hinterleib des Geisterrappen verloren ihre feste Kontur.

Zerfetzten Lumpen gleich flatterten sie im Nachtwind umher. Vorderhufe und Krummschwert wirkten dagegen fester denn je.

Rorn spürte, dass der Nebelwandler alle Kraft auf seine massiven Stellen konzentrierte, um mit ihnen Veneas Schutzhülle zu zertrümmern. Unter lautem Wiehern stieg der Rappe – und verstummte schlagartig, als ihm die Hexe ihre gespreizten Hände entgegenreckte.

Im gleichen Moment, da die Steine der Schlangenarmbänder aufleuchteten, entsprangen Veneas Fingerspitzen grelle Lichtbögen, die mitten in den aufgerichteten Pferdeleib fuhren. Acht zuckende Blitze erfüllten die Nebelgestalt rasend schnell mit einem sich laufend weiter verästelnden Netzgeflecht, das Ross und Reiter von innen heraus aufzehrte. Flackernd und wabernd stand das Pferd wie festgewurzelt da, ohne einen Muskel zu regen oder sich den Gesetzen der Schwerkraft zu beugen.

Auch der zum Reiter geformte Auswuchs löste sich auf, ohne eine Regung zu zeigen. Zischend verging die hoch aufgerichtete Gestalt zu feinen Rauchfäden, die schlangengleich im Mondlicht tanzten.

Rorn hätte am liebsten vor Wut aufgeschrien, als er sah, dass die silbern glitzernden Fäden nicht etwa mit dem Wind verwehten, sondern Venea entgegenstrebten. Genauer gesagt, hielten sie auf die polierten Steine in ihren Armbändern zu. Wie duftende Blüten die Bienen anlockten, so zog die Schattenjade die umherschwebenden Kräfte an. Hatte eine der Fadenspitzen ihr Ziel erreicht, wurde der gesamte Strang im Nu aufgesogen.

Vagabundierende Magie – das also hatte die Hexe in den Nebelbruch gelockt.

Mit einem Zipfel von Veneas Mantel wischte sich Rorn den letzten Rest des Blutes aus dem Gesicht, bevor er in die Höhe taumelte. Noch ein wenig wacklig auf den Beinen machte er sich auf den Weg.

Wäre nicht Bao gewesen, der inzwischen den letzten noch verbliebenen Nebelwandler attackierte, hätte Rorn Venea mit Schimpf und Schande überzogen. Es war noch gar nicht lange her, da hatte die Magie des Jadeordens alle umliegenden Reiche ins Unglück gestürzt. Mochte die schöne Hexe auch seine Wunden versorgt haben – dass sie sich Großmeister Ruppels unseliger Zauberpraktiken bediente, widerte den Bannkrieger dennoch an. Zunächst musste er sich aber einem Kampf zuwenden, der zeitweise seinem Blickfeld entschwunden war.

Nachdem Bao die ersten beiden Gegner vernichtet hatte, war er nun tatsächlich dabei, auch den Mörder von Gosk zu bezwingen. Große Teile der Nebelgestalt waren bereits verglüht, doch er zahlte einen hohen Preis für diesen Triumph.

Baos Kleidung bestand nur noch aus blutgetränkten Fetzen. Ihm schwanden die Kräfte. Er konnte sich kaum noch auf den

Beinen halten, und das nicht nur wegen der zahlreichen Wunden. Sein dunkelblondes Haar war ergraut, und blasse, beinahe durchschimmernde Haut spannte sich über die nun scharfkantig hervorstehenden Wangenknochen. Obwohl sein Gesicht keine tiefen Falten aufwies, wirkte es dennoch wie das eines Greises.

Lediglich Grimmschnitters Macht hielt den Hirten aufrecht, gleichzeitig hatte ihm die Klinge das Leben regelrecht ausgesogen.

»Jetzt stirb doch endlich!«, flüsterte Bao, der nicht einmal mehr schreien konnte. »Verreck dafür, dass du meinen besten Freund getötet hast.« Allein der Wunsch nach Rache befähigte ihn, das Bannschwert über den Kopf zu heben.

Dem von tiefen Kratern übersäten Nebelwandler fehlten die Mittel zur Gegenwehr. Kopf, Hals und Vorderlauf des Pferdes waren verschwunden, und der Schwertarm des Reiters bloß noch ein ausgefranster Stumpf unterhalb des Ellenbogens. Vergeblich versuchten die Hinterbeine den Pferdeleib aus der Reichweite des Schwertes zu schieben.

Grimmschnitter verharrte weiterhin in der Luft. Anstatt auf den Nebelwandler niederzufahren, neigte sich die Schwertspitze immer stärker nach hintenüber.

Bao drohte das Gleichgewicht zu verlieren. Ein leiser Fluch erstarb auf seinen Lippen, kurz bevor sein Herzschlag für immer aussetzte. Noch ehe Rorn etwas unternehmen konnte, gaben die Knie des Hirten nach.

Lautlos knickte Bao ein, bevor er wie ein nasser Sack zu Boden fiel. Gleichzeitig zerschnitt ein waagerechter Blitz die Dunkelheit und schlug in die Überreste des Nebelwandlers ein.

Ohne Bao eines einzigen Blickes zu würdigen, sammelte Venea die neu entstandenen Silberfäden ein. Noch mehr vagabundierende Magie für ihre Schattenjade. Große, alte Kräfte, die einst im Schwingenschild oder dem Schmuck der Jadeträgerinnen gespeichert gewesen waren.

Rorn war es inzwischen egal, was die Hexe da trieb. Kopfschüttelnd sah er auf Bao herab. Auf dem harten Boden wirkte der Hirte noch abgezehrter als zuvor. Kaum zu glauben, dass seine dürren Finger das Bannschwert so lange hatten festhalten können.

»Das ist der Grund, warum ich Grimmschnitter nicht fortwerfen kann«, sagte er halblaut, als spräche er zu sich selbst. »Weil er in unbefugten Händen noch viel mehr Unglück über die Menschheit bringen würde. Und mein Bannschwert *würde* in neue Hände gelangen, selbst wenn ich es auf dem tiefsten Meeresgrund versenken würde – das weiß ich genau.«

»Trauere nicht um den räudigen Hund zu deinen Füßen, er hatte den Tod tausendfach verdient!«

Alarmiert wirbelte Rorn herum, denn es war eine tiefe Männerstimme gewesen, die zu ihm gesprochen hatte. Statt eines fremden Kriegers war aber nur Venea zu sehen. Zunächst glaubte Rorn, sie hätte sich einen bösen Scherz mit ihm erlaubt, aber dann bemerkte er ihre angespannte Haltung mit den unnatürlich zur Seite abgespreizten Armen. Ihr leerer Blick ging mitten durch Rorn hindurch, als wäre er auf einen weit hinter ihm liegenden Punkt gerichtet.

»Bao war ein Mörder!« Die dunkle Stimme kam aus Veneas Mund, ohne dass sich ihre Lippen oder der Kehlkopf bewegten. »Er erschlug wohlhabende Reisende, um sie auszurauben, und warf ihre Leichen in tiefe Abgründe. Viele Bergbewohner ahnten, was er trieb, doch anstatt ihm Einhalt zu gebieten, begnügten sie sich mit seinem Gerede von den unbesonnenen Fremden, denen wieder einmal der schmale Eisenstieg zum Verhängnis geworden war.«

»Wer bist du?« Rorn stellte diese Frage, ohne über sie nachzudenken.

»Hardemar«, antwortete die männliche Stimme bereitwillig. »Ich war ein iskandischer Schamane ohne große Macht, doch als uns Bao und Gosk in einen Hinterhalt lockten, wuchs ich über mich selbst hinaus. Denn wahrlich: Der Fluch, mit dem ich die Menschen des Nebelbruchs belegte, brachte mehr Unheil über diesen Landstrich, als ich mir hätte vorstellen können.«

Rorn verkniff sich die Bemerkung, dass es vermutlich vagabundierende Magie gewesen war, die den Zauber des Sterbenden verstärkt hatte.

»Doch eins habe ich in meinem haltlosen Zorn nicht bedacht«, fuhr Hardemars Stimme fort. »Dass in der Welt des Schöpfers und Zehrers alles seinen Tribut kostet. So hat mein Wunsch nach Rache nicht nur Leid über den Nebelbruch gebracht, sondern auch meine Begleiter und mich gepeinigt. Zur Ruhelosigkeit verdammt vegetierten wir fünf an der Grenze zwischen Diesseits und Schattenreich dahin, dazu verdammt, auf einen zu warten, der uns von unserem ruhelosen Zustand erlöst. Darum danke ich dir, du von einem mächtigen Bann geschlagener Streiter, dass deine Klinge nicht nur unsere Mörder vernichtete, sondern uns auch die ewige Ruhe schenkte.«

Rorn zuckte mit den Schultern, um eine gewisse Verlegenheit zu überspielen. Dass Venea plötzlich mit der Stimme eines Toten sprach, war für ihn schon verwirrend genug. Als sich dieser Tote aber auch noch für seine Niederlage bedankte, beschämte ihn das.

»Darum, Bannstreiter, höre zur Belohnung eine Warnung! Über viele Jahrhunderte wurden die Urkräfte in feste Bahnen gezwängt und zum einseitigen Vorteil der Baroser missbraucht. Doch seitdem du die Vorherrschaft der Jademeister gebrochen hast, strömen sie mit aller Macht zurück ins Gleichgewicht. Das setzt nicht nur vagabundierende Magie frei, nein, das Beben im ewigen Gefüge war so stark, dass dadurch Risse entstanden. Die Siegel von Myandor, sie drohen nun zu brechen! Hüte dich vor dem Geschlecht der Greifen, die zurück ins Diesseits streben.«

Die immer leiser verklingenden Worte verwirrten Rorn mehr, als dass sie ihn vor etwas warnten. »Die Greifen?«, staunte er. »Die sind doch seit Ewigkeiten tot, sie sind kaum mehr als eine Legende.«

»Nein, sie sind nicht tot!« Hardemars Stimme klang eindringlich, obwohl sie immer unverständlicher wurde. »Nur hinter den Zeiten verborgen. Sie …«

Was immer der Iskander noch sagen wollte, verwehte so leise in weiter Ferne, dass es einfach nicht mehr zu verstehen war. Selbst als Rorn sein linkes Ohr ganz nah an Veneas Lippen hielt, konnte er nichts vernehmen.

»Was sagst du da?«, rief er aufgeregt. »Ich kann dich nicht mehr hören!«

Statt einer Antwort erntete er zunächst nur einen verwirrten Blick.

»Das ist doch kein Grund, mich so anzuschreien!«, empörte sich die Hexe in ihrer eigenen, leicht melodiösen Stimme. Der kurze Moment, den sie wie in Trance verbracht hatte, schien ihr gar nicht bewusst zu sein. Sichtlich darüber erschrocken, Rorn so dicht vor sich zu sehen, fügte sie hinzu: »Was wollte ich eben sagen?« Fröstelnd rieb sie sich über ihre nackten Arme. »Wahrscheinlich nur, dass es ein Fehler war, dir meinen Mantel zu überlassen!« Bei diesen Worten streckte sie die rechte Hand aus, um ihr wärmendes Kleidungsstück zurückzufordern. »Mir ist entsetzlich kalt.«

Rorn fixierte sie einen Moment mit strengem Blick, um sicherzugehen, dass sie ihm nichts vorspielte. Aber sie schien tatsächlich keinerlei Erinnerung daran zu haben, dass eine ruhelose Seele von ihr Besitz ergriffen hatte. Vermutlich war es den magischen Strömen zu verdanken, die Venea ihren Jadesteinen einverleibt hatte, dass dieser Hardemar Besitz von ihr ergreifen konnte.

Rorn überlegte kurz, ob er der Hexe von dem unheimlichen Ereignis erzählen sollte, entschied sich dann aber dafür, ihr den Umhang wortlos in die Hände zu drücken. Trotz des fahlen Mondlichts entdeckte Venea die Stelle, mit der er sich die blutige Stirn abgewischt hatte.

Tadelnd hielt sie den besudelten Zipfel in die Höhe.

»Zaubere ihn dir doch sauber, Jadeträgerin«, empfahl Rorn mürrisch. »Du hast dich doch gerade erst mit neuen Kräften versorgt.«

»Jadeträgerin!« Ein spöttisches Lächeln umspielte ihre geschwungenen Lippen, als sie seinen verächtlichen Tonfall imitierte. »Männer haben mich schon weitaus Schlimmeres genannt.«

Statt seinem Ratschlag zu folgen, wickelte sie ihren Umhang zusammen, sodass die verschmutzte Stelle im Inneren des Ballens verschwand. Sie war also klug genug, keine Magie für Dinge zu verschwenden, die sich auf normale Weise bewältigen ließen.

»Gib mir deinen Mantel, bis wir wieder in der Schenke sind«, verlangte sie von Rorn. »Immerhin habe ich deine Wunde geheilt, du Held.«

Sie zitterte bereits in der kalten Nachtluft, darum tat er ihr den Gefallen. Das war ihm lieber, als dass sie sich mit Hilfe ihrer Schattenjade vor dem schneidenden Wind schützte. Danach nahm er Grimmschnitter an sich.

Baos Hand hatte sich um den Schwertgriff verkrampft. Rorn musste jeden Finger des Toten einzeln brechen, bevor er die Klinge zurück in die Scheide stecken konnte. Auf dem Stahl zeichnete sich nicht die geringste Entladung ab. Die Nebelwandler gehörten endgültig der Vergangenheit an.

Venea half Rorn dabei, die Leichen von Bao und Gosk unter

einen Baum zu betten, damit sie nicht länger auf dem Weg herumlagen. Die Bergbewohner sollten die beiden später so aufbahren, wie sie es für richtig hielten.

Gemeinsam kehrten die Hexe und der Krieger in den Kreuzkrug zurück.

Hermok und seine Gäste ahnten bereits, dass es die Hirten nicht überlebt hatten. Veit, der mit verheulten Augen am Schanktisch saß, hatte schon vom bisherigen Kampfverlauf berichtet. Obwohl es keinen offenen Jubel über das Ende der Nebelreiter gab, machte sich doch eine allgemeine Erleichterung breit.

Rorn nutzte die Gelegenheit, um den Menschen des Nebelbruchs ins Gewissen zu reden.

Venea staunte nicht schlecht, als er den Bergbewohnern erzählte, dass sie die Gewaltherrschaft der Nebelreiter selbst zu verantworten hätten, weil es nur Baos ungesühnte Morde waren, die den Fluch des iskandischen Schamanen nach sich gezogen hatten. Die Hexe konnte sich weiterhin nicht daran erinnern, dass Hardemar durch sie gesprochen hatte, und so blieb es auch, denn Rorn behielt die Quelle seines umfangreichen Wissens für sich.

Die Bewohner des Nebelbruchs sollten ruhig glauben, dass er ihre Lügengespinste jederzeit durchschauen konnte. Umso größer war die Gewissheit, dass zukünftige Reisende von nächtlichen Überfällen verschont blieben.

Bevor sich Rorn in die Schlafkammer begab, sah er ein letztes Mal zum Schanktisch, an dem Alme gerade Veit tröstend den Kopf streichelte. Warum die liebreizende Schankmaid ihr Herz ausgerechnet an diesen gutmütigen Trottel verloren hatte, der sie nicht einmal vor Baos Schlägen hatte schützen können, würde dem Bannstreiter auf ewig ein Rätsel bleiben. Aber nun, da Veit dem unheiligen Einfluss seiner alten Freunde entzogen war, stand dem Glück des ungleichen Pärchens wohl nichts mehr entgegen.

»Eifersüchtig?«, neckte ihn Venea.

Die Hexe, die von hinten an ihn herangetreten war, flüsterte so leise, dass sie niemand außer ihm verstehen konnte. Trotzdem stieß Rorn einen unwilligen Laut aus.

»Würdest du mich besser kennen, wüsstest du, dass ich über jeden froh bin, der Abstand zu mir hält«, beschied er ihr, bevor er grußlos über eine hölzerne Stiege hinauf zu den Schlafstuben verschwand.

Jede andere Frau hätte sich daraufhin zurückgezogen, aber eine Hexe wie Venea war nicht so leicht zu verschrecken. Das bekam der Bannstreiter wenig später zu spüren.

Rorn war noch viel zu aufgewühlt, um raschen Schlaf zu finden. Er hatte sich in seinem Bett gerade zum dritten Mal von der einen Seite auf die andere gewälzt, als sich der vorgelegte Querbalken seiner Kammertür leise schabend aus der Halterung löste. Er wollte schon nach Grimmschnitter langen, der neben ihm am Bettpfosten hing, als eine barfüßige Gestalt in die kleine Kammer huschte.

Der Bannstreiter hatte schon viel erlebt, aber noch keinen nächtlichen Überfall, bei dem ein ernstzunehmender Angreifer kein schweres Schuhwerk getragen hätte.

»Ich muss dir irgendwann mal zeigen, wie du deinen Türriegel gegen magischen Einfluss schützen kannst«, flüsterte eine Stimme, die eindeutig Venea gehörte. »Aber nicht heute Nacht.«

»Was willst du?«, fragte er überrascht. Und kam sich schon dumm vor, noch während seine Frage im Raum nachhallte.

Ihr leises Kichern bestätigte Rorn in seiner Selbsteinschätzung.

»Ist das nicht offensichtlich?«, fragte Venea, während sie zu ihm unter die Decke schlüpfte.

Ein warmer Schauer durchlief seinen Körper, als sie sich dicht an ihn drängte. Sie trug keinen Faden am Leib, sondern war genauso nackt wie er. Selbst ihre Armbänder hatte sie abgelegt. Das spürte er genau, als sie mit ihren Fingerkuppen über seine Brust zu streichen begann. Sie war erregt. Eine ihrer kleinen, harten Brustwarzen drückte fest gegen seinen Oberarm.

So angenehm ihre Berührungen auch waren, Rorns Muskeln verkrampften sich.

»Lass das lieber«, murmelte er. »Ich bringe allen, die mich lieben, nur Unglück.«

»Wer spricht denn von Liebe?« Sie schnurrte wie eine Katze, der man den Bauch streichelte. »Morgen früh gehen wir wieder unserer Wege.«

»Stell dich nicht dumm«, wehrte er ab. »Du weißt genau, wie ich es meine.«

Ihre kreisenden Fingerkuppen verharrten einen Augenblick, bevor sie langsam in Richtung Bauch herabzuwandern begannen. »Ich weiß, du trägst tiefe Narben in deiner Seele.« Veneas Stimme klang nun ernster. »Lass mich heute Nacht deine Seelenheilerin sein.«

Bevor er darauf antworten konnte, glitt sie geschmeidig unter der Decke entlang. Ehe er sichs versah, spürte er sie schon auf sich ruhen. Es fühlte sich gut an, ihre Haut auf der seinen zu spüren, doch die in ihm wühlenden Ängste schnürten ihm beinahe die Kehle zu.

Neele und Yako – die Erinnerung an die beiden war plötzlich so stark, dass er ihre Gesichter im Dunkeln vor sich sah.

»Mein Bann …«

Rorn wollte nicht, dass noch eine weitere Frau wegen ihm starb.

»Lass die Bitterkeit aus deinem Herzen«, forderte Venea, während sie mit einer Hand über seine Wangen strich. »Kein Mensch kann auf Dauer in Einsamkeit leben.«

»Mein Bann …«

»Kann mir nicht gefährlich werden«, unterbrach sie ihn. »Du hast es doch draußen gesehen. Mir wurde kein einziges Haar gekrümmt, trotzdem habe ich bekommen, was ich wollte. Mit deiner Hilfe natürlich, das muss ich zugeben.« Ihr schelmischer, von leisem Kichern begleiteter Unterton war wieder zu vernehmen. »Dafür sollst du auch eine Belohnung erhalten.«

Sie war wirklich eine verdammt gute Hexe. Nicht einmal die Anspielung auf die Schattenjade konnte noch seinen Zorn entfachen. Ja, sogar die Erinnerung an die Toten begann langsam zu verblassen.

»Bao und Gosk«, stammelte er trotzdem.

»Vergiss sie! Wenn je zwei Kerle zu sterben verdient haben, dann die beiden.«

»Aber wegen Grimmschnitter sind auch schon viele Unschuldige zu Tode gekommen.«

»Nicht, wenn ich in der Nähe bin.« Aus ihrer Stimme sprach kein Hochmut, sondern eine tiefe Überzeugung, die Rorn allerdings nicht teilte.

All seine Bedenken verflüchtigten sich jedoch, als Venea sich abrupt aufsetzte. Eine dünne Bahn einfallenden Mondlichts verlieh ihrer Haut einen bronzenen Ton. Rorn spürte, wie ihm das Blut in den Lenden zusammenströmte. Er konnte plötzlich nicht anders, als die Linien ihres Körpers mit seinen Händen nachzuzeichnen.

Die Hexe lächelte zufrieden. »Sei unbesorgt. Ich bin zu stark, als dass mir dein Bann gefährlich werden könnte«, behauptete sie. »Pass auf, ich beweise es dir.«

Und sie hielt Wort.

Sie bewies ihm ihre Kraft und ihre Geschmeidigkeit, bis weit in den frühen Morgen hinein.

Später hielt sie sogar das zweite Versprechen, das sie ihm gegeben hatte. Als Rorn gegen Mittag erwachte, war der Platz an seiner Seite verwaist. Auch in ihrer Kammer und den übrigen Räumen der Wirtschaft war Venea nicht aufzufinden. Sie hatte den Kreuzkrug bereits verlassen, um ihre eigenen Ziele zu verfolgen.

Doch eine innere Stimme sagte Rorn, dass er sie irgendwann wiedersehen würde. Und das vielleicht schon eher, als ihm lieb sein konnte.

Zur Zeit der Zyklopen

»Sie kommen!« Niemand vermochte später noch zu sagen, wer diese Worte zuerst gewispert hatte, vermutlich war es einer der Torposten gewesen. Zumindest flammte das Raunen, das der Ankunft des Großmagiers vorausging, nahe des Eingangs auf, bevor es sich wie das Knistern eines Lauffeuers durch die ganze Halle ausbreitete.

Sofort richtete sich alle Aufmerksamkeit auf das von zwei mächtigen Säulen flankierte Portal. Die Anspannung stieg, auch wenn sich die meisten nach außen hin gelassen gaben. Unbewusst fuhr Eonis, der Gebieter aller Leu, die scharfen Krallen seiner Vorderpranken aus und zog sie sofort wieder zurück.

Weit hinter ihm, an der Rückseite des Thronsaals, erklangen die sanften Schläge eines Glockenspiels. Es bestand aus fünf bronzenen Röhren, die in einen Balken aus geöltem Rotnussbaum eingelassen waren. Je höher das stufig ansteigende Metall aufragte, umso tiefer wurden die Töne, die ihm die mit Leder umwickelten Klöppel entlockten. Die zu Ehren der eintreffenden Gäste erklingende harmonische Melodie füllte den Thronsaal bis in den letzten Winkel aus und hallte noch längere Zeit in der mächtigen Kuppelwölbung über ihren Köpfen nach.

Viele Gryff sahen verwundert in die Höhe, und manch einer

von ihnen spreizte das Gefieder unter seinem geschlitzten Mantel. Selbst Eonis, dem das beeindruckende Echo wohlvertraut war, spürte, wie sich ihm das Nackenfell sträubte.

Stolz erhob er sich von seinem weißen Marmorthron und sah über die vor ihm versammelte Menge hinweg. Für das, was bevorstand, wäre ein geweihter Tempel geeigneter gewesen, doch nur der hochherrschaftliche Palast von Myandor bot ausreichend Platz, um die aus allen Landesteilen angereisten Gesandten aufzunehmen.

Über zweihundert seiner Untertanen bevölkerten das Marmorparkett, dazu die zwanzig stärksten Krieger der königlichen Leibgarde, sowie eine fünfzigköpfige Abordnung der Gryff.

Obwohl sie bei weitem nicht so dicht gedrängt wie ihre Gastgeber standen, fühlten sich die Trutzadler, wie die Leu sie gerne nannten, sichtlich unwohl unter ihrem Gefieder. Geschlossene Räume waren dem geflügelten Volk generell zuwider, und ihre zahlenmäßige Unterlegenheit steigerte noch das vorhandene Unbehagen. Unter solchen Umständen war die friedliche Stimmung schnell gefährdet. Ein falsches Wort oder eine unachtsame Berührung mochten bereits genügen, um die Krallen auszufahren oder nach dem Streithammer am Gürtel zu langen …

Nicht auszumalen, was solch gewaltsame Händel – und sei der Anlass auch noch so nichtig – zur Folge haben konnten. Tief sitzende Instinkte und Abneigungen hatten schon manches Bündnis gesprengt, ehe es überhaupt richtig geschlossen war. Das Misstrauen der Geschnäbelten musste daher eingeschläfert werden, zumindest, bis die Zeremonie begann. Erst musste der unauflösbare Pakt besiegelt sein, dann konnte nichts mehr passieren. Aus diesem Grund hatte Eonis befohlen, den Gryff so viel Platz wie möglich einzuräumen.

Ohne die Zyklopen, deren Launen das Volk der Gryff und

der Leu gleichermaßen bedrohten, hätten die beiden so unterschiedlichen Völker wohl niemals zueinandergefunden. Dass sie überhaupt die Hilfe der Geschnäbelten benötigten, war selbst Eonis ein Dorn in der Tatze, doch der Niedergang der Trutzadler war ihm mahnendes Beispiel genug, um sich nach außen hin nichts anmerken zu lassen.

Schon vor Leu Gedenken hatten sich die Zyklopen in ihre steinernen Türme zurückgezogen, die so hoch in den Himmel ragten, als wollten sie an den Wolken kratzen. Es hieß, die Einäugigen verfolgten dort oben den Lauf der Gestirne, weil sie einst selbst von den Sternen gekommen waren. Auf jeden Fall kümmerten sie sich nur wenig um das, was zu ihren Füßen geschah, es sei denn, ein neues Volk erhob sich aus dem Staub der Zeit und unternahm den Versuch, nach Höherem zu streben.

Sobald die Zyklopen ihre Allmacht gefährdet sahen, setzten sie alles daran, die Nebenbuhler zurück in die Bedeutungslosigkeit zu stoßen. Selbst die einst so mächtigen Gryff waren auf diese Weise über Generationen hinweg ausgeblutet worden. Längst waren sie ein im Abstieg begriffenes Volk, das vollends in die Primitivität zurückzustürzen drohte. Stark dezimiert und vor den Trümmern ihrer einstmals blühenden Kultur stehend näherte sich ihr Verstand wieder dem der Tiere an. Ein Bündnis mit den aufstrebenden Leu war ihre letzte Möglichkeit, dem Abstieg zu entgehen. Die knapp fünfzig Adligen, die sich heute in Myandor zusammengefunden hatten, waren der traurige Rest verbliebener Intelligenz, der noch von alter Größe zeugte. Doch auch diese Abordnung hatte bereits große Mühe, sich in einen standesgemäßen Ablauf einzufügen.

Wahrlich, das Volk der Gryff war bloß noch ein Schatten seiner selbst. *Jedes Feuer, so hell es auch lodert, brennt einmal nieder und erlischt.* Aus Eonis Sicht galt das nicht nur für die Trutzadler, sondern auch für die Zyklopen.

Den Leu war die Degeneration der geflügelten Rivalen lange Zeit äußerst recht gewesen, hatte der Krieg zwischen Gryff und Riesen doch beide davon abgehalten, sich mit anderen Völkern zu beschäftigen. Doch als die Leu den aufrechten Gang verfeinerten und andere Völker unterwarfen, erregten sie auch die Aufmerksamkeit der Zyklopen.

Seit einigen Sommern wussten sie nun, wie unbarmherzig der Kampf gegen die Einäugigen war, die stets im Schutz der Dunkelheit zuschlugen. Riesenhafte Fußabdrücke in den zerstörten Siedlungen und Städten waren alles, was sie hinterließen. Niemand, den sie angriffen, überlebte lange genug, um anschließend davon zu berichten. Das machte ihre Form der Kriegsführung so unheimlich. Denn keiner wusste, *wann* sie ihre Türme verließen, und *wo* und *wie* sie als Nächstes zuschlugen. Selbst das Aussehen der Zyklopen war unter den Leu umstritten.

Die Zeit, da die Riesen noch auf Erden wandelten, lag schon unzählige Generationen zurück. Die Erinnerung an ihr Äußeres war mit den Sommern verschwommen und schließlich gänzlich in Vergessenheit geraten. Ohne jene Knochenreste, die im Staub der Vergangenheit überdauert hatten, wäre nicht einmal sicher gewesen, dass sie überhaupt Wesen aus Fleisch und Blut waren.

Eonis betrachtete kurz einen der beiden verwitterten Schädel, die seine Thronlehnen krönten. Mehr war von den Skeletten der Riesen nicht geblieben, doch ein jeder, der von dem Umfang der mächtigen Häupter auf den Rest des Körpers schloss, musste schaudernd anerkennen, dass die Zyklopen jeden Krieger der königlichen Leibgarde um mindestens das Dreifache überragten. Die große Augenhöhle inmitten der gewölbten Stirn belegte zudem, dass diese furchtbaren Wesen einäugig auf ihre Opfer herabblickten, wenn sie zu ihren vernichtenden Schlägen ausholten.

Um solch einem überragenden Gegner beizukommen, bedurfte es weit mehr als nur Mut und Kampfeskraft, dazu waren auch List und Magie vonnöten. Das hatten am Ende selbst die Gryff einsehen müssen, die viel zu groß und zu schwer für ihre Schwingen waren, um ganz bis zu den Zyklopen aufsteigen zu können. Und auch viel zu schwach, um die Fundamente der steinernen Türme zu erschüttern.

Aus diesem Grunde lagen die Hoffnungen der freien Völker auf den Schultern von Großmeister Perac, der die Halle gerade mit seiner ständigen Begleiterin betrat: Einer gertenschlanken Hexe, die auf den Namen Hatra hörte.

Ein leises Knurren durchlief die Reihen derer, die das ungleiche Paar zum ersten Mal sahen. Eonis konnte es keinem seiner Untertanen verdenken. Der gebrechlich wirkende Alte und seine junge Favoritin ähnelten stark den nackthäutigen Menschen, die sich schon mehrmals aus dem Schlamm der Bedeutungslosigkeit erhoben hatten, aber von den Leu bisher immer wieder in die vierbeinige Gangart zurückgezwungen worden waren.

Die Unmutsbekundungen verstummten, sobald die Menge die geschlitzten Pupillen der Magier erblickte. Spätestens da dämmerte auch dem Letzten im Saal, dass die beiden Überlebende aus der Zeit der Schlangentempel waren.

Nur noch vereinzelt waren Überreste dieser Kultur zu finden, vielerorts waren die Ruinen schon komplett zu Staub zerfallen.

Niemand wusste genau, unter welchem Stein der Großmeister und seine Hexe hervorgekrochen waren – Schamanen von Rang vermuteten, dass sie das Ende ihres Geschlechts an einem Ort jenseits der Zeit überdauert hatten – aber wen interessierte das schon? Entscheidend war doch nur, dass sie Rache an den Zyklopen nehmen wollten und deshalb Eonis ihre Unterstützung angeboten hatten.

Von Perac hieß es, er besäße die Macht, Berge zu versetzen, und das im wahrsten Sinne des Wortes. Das hatte selbst die Trutzadler angelockt, die nicht ahnten, welche Rolle sie *wirklich* in dem bevorstehenden Bündnis spielen sollten.

Trotz ihres gemessenen Schrittes hatten der Großmeister und seine Gefährtin ihr Ziel fast erreicht. Hatra ging nur zwei Schritte hinter dem Alten, was ihre beinahe ebenbürtige Stellung bezeugte. Sie trug einen schweren Gegenstand in den Händen, den ein mit goldenen Fäden durchwirktes Tuch verdeckte.

Eonis spürte, wie ihm das Maul austrocknete. Das musste sie sein! Die geheimnisvolle Waffe, die Peracs Beschwörung zum Erfolg verhelfen sollte!

Myandors geschickte Baumeister hatten den Thronsaal so errichtet, dass die Worte des Gebieters bis in den letzten Winkel der Halle drangen, ohne dass er die Stimme zu erheben brauchte. Das Gleiche galt für die stufenförmig ansteigende Empore, auf der Eonis thronte, und den Bereich, der sich davor erstreckte. Der respektvolle Abstand, in dem Perac und Hatra ihre Grüße entboten, war allerdings fast ein wenig zu groß, um in den Genuss des lauten Widerhalls zu gelangen.

Vielleicht lag es an dem königlichen Harem auf den schneeweißen Stufen, dass die beiden nicht näher traten? Diese Frage stellte sich Eonis, während er die Grußformel erwiderte. Seiner Favoritin Kimue, die direkt zu seinen Füßen lag, gingen wohl ähnliche Gedanken durch den Kopf. Jedenfalls entblößte sie ihre scharfen Zähne zu einem breiten Lächeln, das aber eher abschreckend denn einladend zu wirken schien.

Perac zuckte jedenfalls leicht zusammen, bevor er seine Hände auf Schulterhöhe hob.

»Wir haben uns heute versammelt, um die Macht der Zyklopen zu brechen!« Schon bei diesen Worten zeigte sich, dass der Weißbärtige keine schallverstärkende Kuppel benötigte, um sich Gehör zu verschaffen. Was er sagte, trieb auch so jedem Anwesenden kalte Schauer über den Rücken. »Die Macht der Riesen ist beinahe so groß wie ihre Arroganz! Doch vereinen wir hier und jetzt unsere Kräfte, sind wir ihnen überlegen, das verspreche ich Euch!«

Zufriedenes Knurren stieg von der Versammlung auf. Einige Trutzadler schlugen unter ihren Ledermänteln begeistert mit den Flügeln. Sollten sie. Sie würden nicht mehr oft Gelegenheit dazu haben. Auf den vorlauten Schnabel von Razar, einem Gryff niederen Adels, hätte Eonis allerdings gut verzichten können.

»Wie genau sieht *dein* Beitrag zu unserem Bündnis aus, Schlangenmagier?«, rief der mit einem Streithammer Bewaffnete misstrauisch. »Verfügst du über einen Zauber, der die Türme der Zyklopen zum Einsturz zu bringen vermag?«

Noch ehe Unmut über diesen Zwischenruf laut werden konnte, zog Perac das Wort an sich. Lächelnd wandte er sich Razar zu, denn er war alt und weise genug, um sich nicht über eine abwertende Bemerkung bezüglich seiner Herkunft zu ärgern.

»Die Türme umstürzen?«, rief der Weißbärtige aus. »Um die Zyklopen zu erzürnen, anstatt sie zu besiegen? Wäre das mein Plan, solltet Ihr mich umgehend aus Simwae verjagen! Aber nein, ich will Euch so stärken, dass Ihr den Riesen auf Augenhöhe begegnen könnt.«

»Ja! Ja! Ja!«, riefen Gryff und Leu gemeinsam aus.

Wahrlich, der Alte verstand es, eine Menge zu begeistern. Selbst Eonis fühlte sich mitgerissen. Vermutlich war längst Magie im Spiel, anders war die aufwühlende Wirkung seiner Worte nicht zu erklären.

»Tod allen Zyklopen!«, gab der Gebieter begeistert vor.

Und sofort stimmten all seine Untertanen mit ein.

»Das, was Eonis von mir begehrt, übersteigt selbst meine

Kräfte.« Perac lächelte kurz in stillem Triumph, als sich haltlose Enttäuschung in den Gesichtern seiner Zuhörer abzeichnete. Dann fuhr er fort: »Zumindest die Kräfte, die ich auf einen Schlag entfesseln kann, ohne selbst dabei Schaden zu nehmen. Deshalb habe ich meine Macht über fünf Mondwenden hinweg in Beschwörungen gesammelt, um sie heute auf eine Art und Weise zu verwenden, wie es noch nie zuvor möglich war.«

Bei seinen letzten Worten enthüllte er den Gegenstand in Hatras Händen. Unter dem Tuch, das er mit einem schnellen Ruck fortzog, kam eine schwarzglänzende Kugel in der Größe eines Affenkopfes zum Vorschein.

»Feinste Schattenjade«, pries er den polierten Stein an. »Einen Machtspeicher dieser Größe findet Ihr kein zweites Mal in Simwae. Seht selbst, wozu er fähig ist.«

Bei dieser verabredeten Ankündigung spannte Eonis jeden Muskel seines Körpers an, ebenso sein Harem, die auserwählten Fürsten und alle königlichen Gardisten. Nur insgesamt fünfzig Leu waren in das eingeweiht, was gleich folgen sollte.

Perac und Hatra umfassten die Jadekugel gemeinsam mit ihren Händen. Zischelnde Beschwörungsformeln, die einem Leu die Stimmbänder verdreht hätten, drangen über ihre blutleeren Lippen. Um sie herum wurde es still. Nicht nur die beiden Schlangenmagier, alle Anwesenden im Saal konzentrierten sich auf den bevorstehenden Zauber.

Zunächst fing die schwarze Kugel an zu glänzen, dann stiegen kleine Lichtbögen von ihr auf. Es war so weit, ihre Magie begann zu wirken. Die dabei freigesetzte Macht war so stark, dass die Welt hinter der bekannten Welt in Bewegung geriet.

Der Boden unter Myandor erbebte, Sturm kam auf. Von draußen erklang ein lautes Heulen, als der Wind über die Weiße Stadt hinwegfegte. Eonis spürte ein heißes Prickeln im Nacken, das sich rasend schnell über seinen ganzen Rücken ausbreitete. Den Leibgardisten erging es nicht viel besser, doch auch sie litten stumm, während die Gryff unruhig umhertänzelten und schnarrende Laute ausstießen.

Eine dunkle Macht fuhr zu ihnen in die Halle herein, griff nach ihnen und durchdrang sie. Erste Todesschreie erklangen.

Der Blutzoll – nun wurde er gezahlt.

Eonis spürte eine fremde Kraft in sich vor- und zurückfluten. Ein Weben und Wirken, als würden Myriaden scharfer Klingen in sein Fleisch fahren und es in kleinste Stücke zerschneiden, nur um es neu anzuordnen und sogleich wieder zu vernähen. Perac hatte ihn auf dieses Gefühl vorbereitet, darum wusste der Gebieter aller Leu, dass er diesen Schmerz aushalten musste. Er musste die Verwandlung still über sich ergehen lassen, obwohl sein Selbsterhaltungstrieb etwas ganz anderes von ihm verlangte.

Glühende Qualen füllten seine Welt aus. Plötzlich war da nur noch Schmerz, nur noch brennendes Feuer, das Eonis verzehrte.

Der Herrscher wusste nicht, wie lange dieser Zustand andauerte, sondern spürte nur, wie er sich seiner Umgebung plötzlich wieder bewusst wurde. Anfangs glaubte er völlig aus dem Gleichgewicht geraten zu sein, denn er fühlte keinen Boden mehr unter den Füßen. Erst als sich sein Blick vollständig geklärt hatte, begriff er, dass er über den Köpfen der versammelten Menge schwebte. Die Gryff krümmten sich dagegen, zu flügellosen Schatten verkohlt, auf dem von Ascheflocken bedeckten Marmor.

Beim Steppengott mit der Silbermähne, es war gelungen! Das große Blutopfer, das den Leu zu neuer, bisher ungeahnter Macht verhelfen würde. Eonis wusste es, noch ehe er den Schwingenschlag zu seiner Rechten spürte.

Stolz flammte in ihm auf, als er seine Favoritin sah, die begeistert mit ihren Flügeln schlug und dabei so wirkte, als wäre sie mit ihnen geboren worden. Es waren nicht die rabenschwarzen Schwingen der Gryff, die Kimues Schultern entsprangen, sondern goldgelbe, die perfekt mit dem Farbton ihres Fells harmonierten.

All jene, die gemeinsam mit ihnen verwandelt worden waren, wirkten ebenso wohlauf. Die am Boden verbliebenen Leu stießen dagegen Rufe höchster Überraschung aus.

»Seht nur, mit welch großer Macht wir die Zyklopen überwinden werden«, pries Perac seinen Zauber an. »Die Gryff mussten sterben, denn für jeden Gewinn an Kraft bedarf es eines Verlustes im ewigen Gleichgewicht. Doch die Schwingen, die den auserwählten Leu verliehen wurden, sind kräftig genug, um zu den Türmen der Riesen aufzusteigen. Eurem Volk steht nun eine Garde von Greifen zur Verfügung, die sich mit jedem Gegner messen kann.«

»Greifen?« Eonis sank ein Stück in die Tiefe, um sicherzustellen, dass er richtig gehört hatte. »Was hat diese Bezeichnung zu bedeuten?«

»Dass diese Schar von Auserwählten in sich das Beste zweier Völker vereint«, verkündete Perac mit solcher Leidenschaft, als hätte er bloß auf die Frage gewartet. »Die Kraft des Löwen und die Flügel des Adlers in einer Gestalt vereint – Geschöpfe dieser Art nannte man zu meiner Zeit Greifen. Und wahrhaftig, Ihr dort oben habt Euch diesen Ehrennamen ebenfalls verdient.«

Eonis schätzte es nicht sonderlich, wenn die Leu mit ihren tierischen Vorfahren verglichen wurden, doch der Stolz, der ihn bei Peracs Worten durchfloss, überwog seinen Missmut bei weitem. *Greifen!* Dieses Wort besaß einen wirklich guten Klang.

Plötzlich war er vollkommen sicher, dass sein Volk im Krieg gegen die Zyklopen siegen musste.

4.

Der Tod des Hexenmeisters

Vorsichtig setzte Rorn einen Fuß vor den anderen, trotzdem knirschte es bei jedem zweiten Schritt. Was da genau unter seinen Sohlen knackte oder zerplatzte, ließ sich nicht richtig ausmachen. Der vor ihm liegende Korridor war auf ganzer Länge mit einem bunten Durcheinander aus Scherben, Bruchstücken und zerfetzten Stoffen übersät. Eine schwere Eichentruhe lag ebenso in Trümmern wie ihr bis zur Unkenntlichkeit verwüsteter Inhalt. Selbst eiserne Zangen, Gestelle und andere Metallgegenstände lagen verbogen in den Ecken herum.

Ein Ort der totalen Zerstörung – anders ließ sich das aus schwerem Sandstein errichtete Gebäude nicht bezeichnen. Von draußen hatte noch alles einigermaßen normal ausgesehen, nur die geborstene Tür und die zerschlagenen Fensterscheiben waren Rorn bereits vom Sattel aus aufgefallen.

Rund um das große Anwesen lagen Glassplitter im Gras verstreut. Was auch immer hier im Haus gewütet hatte, war nicht brutal von außen eingedrungen, sondern hatte seinen Weg von innen heraus ins Freie genommen.

Leider gab es keine Nachbarn, die etwas gesehen haben mochten. Magnus Jonar schätzte die Einsamkeit, deshalb lebte er weit abgeschieden auf einer von hohen Bäumen umsäumten Lichtung.

Möglicherweise war ihm genau das zum Verhängnis geworden.

Das, oder eine zu riskante Beschwörung.

Ab und zu hielt Rorn inne und lauschte atemlos in den leeren Flur hinein. Vergeblich. Um ihn herum wirkte alles wie ausgestorben. Nicht mal ein paar Ratten huschten umher. Nichts. Nur völlige Stille, die einzig und allein von seinem eigenen Herzschlag durchbrochen wurde.

Auch Grimmschnitter regte sich nicht.

Die Bannkreise, die Orte wie diesen für gewöhnlich vor ungebetenen Gästen schützten, hatten jegliche Wirkung verloren. Nicht mal ein Hauch von Macht hing noch in der Luft, beinahe so, als hätte zwischen diesen Wänden niemals ein Magnus gelebt oder gewirkt.

Feiner Staub rieselte von der Decke. Das massive Gebäude war bis in seine Grundfesten erschüttert worden. Die Tür am Ende des Flures existierte nicht mehr. Nur eine Handbreit zersplitterten Holzes hing noch an den gusseisernen Angeln.

Hinter dem offenen Durchgang zeichnete sich ein großer Raum ab, in dem die Verwüstung so schlimm war, dass sich die Trümmer darin stapelten. Mixturen aus zerschlagenen Tiegeln und Phiolen hatten überall Spritzer und Pfützen hinterlassen. Dies musste der Zeremonienraum sein.

Vor der Türschwelle breitete sich etwas aus, das einem grauen Fleck ähnelte. Einige darin versunkene Fliegen warnten Rorn davor, versehentlich hineinzutreten. Geräuschlos zog er blank und tippte mit Grimmschnitter in die feucht glänzende Masse. Als er die Klingenspitze anhob, zog sie klebrige Fäden mit sich. Es kostete ihn einige Mühe, die gallertartige Substanz am Türrahmen abzustreifen.

Durch ein Loch im Dach strahlte eine breite Lichtbahn in den zwei Stockwerke durchmessenden Raum herab. Myriaden feinster Staubkörnchen tanzten im grellen Schein der Sonne auf und nieder. Was sich durch die große Öffnung an Insekten ins Innere verirrt hatte, klebte hingegen an weiteren Klumpen jener grauen Masse, die noch an mehreren Wänden und Trümmerstücken haftete.

Ein Regal mit alten Schriften war besonders in Mitleidenschaft gezogen worden. Was nicht in Fetzen verstreut am Boden lag, klebte auf ewig zur Unleserlichkeit verdammt zusammen.

Magnus Jonar war einer der vielen freien Magier, die sich seit dem Ende der Jademeister wie die Schmeißfliegen vermehrten. Viele von ihnen hatten einst zur Priesterschaft gehört, andere zuvor im Verborgenen gewirkt oder erst vor kurzem ihre Berufung entdeckt. Ihnen allen war gemein, dass sie sich von diesen Zeiten des Umbruchs einen persönlichen Aufstieg erhofften. Jene Kräfte, die zuvor gebändigt und geknechtet worden waren, brachen nun ungehemmt über das Land herein. Nie zuvor hatte die Bevölkerung die Unterstützung von kundigen Magiern dringender gebraucht, das lockte auch viele Scharlatane an.

So manch neuer Gelehrter wusste kaum, worauf er sich einließ.

Dazu kam noch, dass verschiedene Lehren miteinander konkurrierten. Wo einige sich auf Heiltränke und Schutzzauber beschränkten, boten andere Flüche und noch weitaus dunklere Dienste an. Ob Magnus Jonar einer von jenen gewesen war, die versucht hatten, Dienerkreaturen zu erschaffen? Jedenfalls schien irgendetwas in seinem Zeremonienraum zerplatzt zu sein. Etwas, das nicht aus Fleisch und Blut gewesen war. Rorn besaß keine innere Gabe, trotzdem spürte er eine Aura des Todes, die ihm entgegenschlug.

Mit einem großen Schritt trat er über die klebrige Pfütze hinweg und warf sichernde Blicke in alle Richtungen. Zu seiner Rechten entdeckte er einen Durchgang zu einem vollgestopften Nebenraum, der offensichtlich als Rumpelkammer diente. Ein Vorhang, der den achtlos übereinandergestapelten Plunder zuvor gnädig verdeckt hatte, lag nun als zerfetzter Lumpen am Boden.

Rorn ließ das Schwert sinken. Wer auch immer hier in höchster Raserei gewütet hatte, war längst auf Nimmerwiedersehen verschwunden.

Oder geplatzt.

Oder sonst irgendwas.

Vorsichtig umrundete der Krieger einen Scherbenhaufen und blieb abrupt stehen. Hinter einem umgestürzten Tisch ragte ein schmutziger Fuß hervor. Er gehörte einem Toten, der mit dem Gesicht in einer Pfütze halb eingetrockneten Blutes lag. Nur die angekohlten Reste eines Gewandes bedeckten seine Blößen. Sein Leib war ebenso übel zerschunden, wie die einstmals weinrote Kleidung.

Der Kopf des Toten sah noch schlimmer aus.

Viel schlimmer.

Irgendetwas Rundes, Spitzes hatte sich von beiden Seiten in die Schläfen gebohrt. Die mit Blut und Knochensplittern verklebten Löcher waren groß genug, um einem Esslöffel bequem darin drehen zu können. Die Gesichtszüge des Mannes waren kaum zu erkennen, doch Rorn vermutete, dass es sich um Magnus Jonar handelte. Der Krieger kniete nieder, um die Verletzung näher zu untersuchen. Überrascht stellte er fest, dass das Gehirn verschwunden war. Rorn konnte mühelos von Wundrand zu Wundrand, einmal quer durch den Kopf sehen.

Angewidert spuckte der Krieger aus. »Eins steht fest«, murmelte er leise. »Hadik hat sich zu Recht um dich gesorgt.«

Im rußgeschwärzten Nacken des Toten zeichnete sich eine dünne rote Linie ab, was dem Bannstreiter zu denken gab. Bei näherer Betrachtung handelte es sich um eine blutige Furche, wie sie eine ins Fleisch gebrannte Halskette hinterlassen hätte.

Irgendjemand hatte Magnus nach seinem Tod bestohlen,

aber wer? Sein Mörder, der ansonsten alles Wertvolle zerstört hatte?

Kaum vorstellbar!

Wie als Folge dieser Überlegungen erklang ein leichtes Scharren. *Ratten!*, schoss es Rorn durch den Kopf, während er in die Höhe wirbelte.

Seine Vermutung bestätigte sich, wenn auch anders als erwartet. Die flinken Gestalten, die sich zuvor in der Rumpelkammer verborgen hatten, wühlten zwar auch gerne in fremder Leute Sachen, bewegten sich aber auf zwei Beinen fort. Halbwüchsige Plünderer mit schmutzigen Gesichtern, die prall gefüllte Leinenbeutel in den Händen oder über ihren Schultern trugen.

Einmal zur Flucht entschlossen sahen sie nicht zu Rorn herüber, sondern konzentrierten ihren Blick ausschließlich auf den Korridor, durch den sie zu entkommen gedachten. Ehe der Bannstreiter richtig begriffen hatte, was vor sich ging, waren schon zwei der fünf zur Tür hinaus.

Rasch verkürzte er den Abstand zu den Übrigen mit raumgreifenden Schritten.

Zu spät! Um die vorderen beiden noch aufzuhalten, hätte er sie schon mit Grimmschnitter von den Beinen holen müssen. Aber der Krieger spürte ohnehin keinen Drang, sich mit zappelnden Rotzlöffeln herumzuärgern. Ihm genügte es, dem Nachzügler den Weg zu vertreten, der beim Anblick der blanken Klinge vor Angst erstarrte.

Er war der Kleinste der Bande, vielleicht gerade vierzehn Sommer alt. Struppiges rostrotes Haar umrahmte ein Gesicht, das dringend eines feuchten Lappens und einer zarten Mutterhand bedurfte. So, wie er seinen Kopf zwischen den Schultern einzog, hatte er jedoch ein Leben lang mehr Schläge als Liebe erfahren.

»Nur die Ruhe, Feuerkopf!«, brummte Rorn so freundlich,

wie er vermochte. »Den Letzten beißen die Hunde, so ist das nun mal.«

Die Kameraden des Kleinen waren der gleichen Meinung. Nicht einer von ihnen verlangsamte den Schritt. Alle sahen zu, dass sie möglichst schnell mit der Beute davonkamen. Obwohl sie durchweg älter und größer als der Rothaarige waren, fühlten sie sich nicht verantwortlich für ihn. Im Gegenteil. Es schien viel mehr, als wären sie losgerannt, ohne ihm ein Signal zu geben, damit er in die Fänge des Fremden geriet und ihnen so einen Vorsprung verschaffte.

Dass der Kleine keinen Sack besaß, sondern seine Beute mit beiden Händen an den zitternden Leib pressen musste, bekräftigte diesen Verdacht.

Rorn senkte die Klinge. »In der Rumpelkammer gab es wohl kein Fenster, durch das ihr verschwinden konntet?«

Der Kleine nickte verschüchtert.

Sein Hemd und die Hose waren mit Flicken übersät. Knapp oberhalb des Herzens trug er grünen Klee, dessen mit Kletten übersäte Blätter von alleine am Hemd anhafteten. Der einfache Schmuck eines Habenichtses. Wer wollte schon einem wie ihm böse sein, wenn er etwas an sich nahm, das ihm herrenlos erschien?

Draußen stampfte der Grauschimmel mit den Hufen auf und wieherte schrill. Gleich darauf wurden Flüche und schmerzerfüllte Schreie laut. Das Tier war gut abgerichtet. Es wehrte sich, sobald ein Fremder in den Sattel zu steigen versuchte.

»Lasst die Hände von meinem Pferd!«, brüllte Rorn über die Schulter hinweg. »Oder ich komme raus und mache euch alle einen Kopf kürzer!«

Die Drohung zeigte umgehend Wirkung. Sich rasch entfernende Schritte erklangen, der Schimmel beruhigte sich.

Als Rorn wieder nach vorne sah, presste der verbliebene

Junge das gestohlene Buch noch fester an seinen Leib und starrte wie gebannt auf Grimmschnitter.

»Wir haben nichts Böses getan«, versicherte er mit bebender Stimme. »Der Mann da drüben war schon tot, als wir durch die offenen Türen kamen.«

Rasch streckte Rorn sein Schwert zurück. »Das mit dem Kopf abschlagen habe ich nur gesagt, um deinen Freunden Angst einzujagen«, erklärte er dabei.

Der Junge entspannte sich etwas, wenn auch nur ein wenig. Seine Augen wanderten weiter unruhig umher, vergeblich nach einer Fluchtmöglichkeit suchend. Doch wohin er sich auch wandte, Rorn brauchte nur einen langen Schritt nach vorne zu machen, um ihn mit beiden Armen zu umklammern. Als er die Aussichtslosigkeit seiner Lage endlich einsah, ergab sich der Junge seinem Schicksal.

Zumindest äußerlich.

»Wie heißt Euer Pferd?«, wollte er plötzlich wissen.

»Einfach nur Pferd«, brummte Rorn. »Oder Schimmel.«

»Es hat keinen Namen?« Der Junge schniefte, weil es aus seinen Nasenlöchern tropfte. »Warum nicht? Alle Reiter geben ihrem Pferd einen Namen!«

»Nur Dummköpfe machen so etwas«, behauptete Rorn. »Das Streitross eines Kriegers kann jederzeit im Gefecht sterben, sich einen Vorderlauf brechen oder durch eine Niederlage verloren gehen. Trägt es dann einen Namen, fällt dem Reiter der Abschied nur unnötig schwer.«

»Ich heiße Gerwin«, erklärte der Junge eilig.

»Verdammt«, knurrte Rorn in gespielter Verärgerung. »Jetzt, wo ich deinen Namen weiß, kommen mir bestimmt die Tränen, wenn ich dich erschlagen muss.«

Gerwin krauste einen Augenblick die Stirn, dann schüttelte er entschieden den Kopf. »Nein, Ihr tötet mich nicht, das bringt Ihr nicht fertig.« Möglicherweise war es mehr Wunschdenken denn echte Überzeugung, die er da verkündete, trotzdem hörte er zu zittern auf.

»Allzu viel Beute habt ihr ja nicht gemacht«, stellte Rorn fest.

»Nein«, antwortete der Junge traurig. »Das meiste im Haus ist kaputt. Und alles, was sonst noch heil aussah, haben die anderen eingesteckt.« Dem unversehrt gebliebenen Buch hatte die übrige Bande wohl keinen sonderlich großen Wert beigemessen.

»Wusstet ihr, dass das hier das Haus eines Magiers ist?«, wollte Rorn wissen.

Gerwin erschauerte bei der Frage. »Nein«, flüsterte er. »Unsere Familien sind Pilger, wir stammen nicht von hier. Meine Freunde und ich haben das Haus zufällig beim Pilzesammeln entdeckt und dachten, es stehe schon länger leer. Aber so, wie der Tote aussieht, wundert es mich nicht, wenn er ein Hexenmeister war. Habt Ihr gesehen, dass sein Kopf leer ist? Als ob ihm jemand das Hirn ausgesaugt hätte …«

Die bloße Gegenwart des Toten schien Gerwin weit weniger zu stören als der Gedanke, er könnte zu Lebzeiten ein Magier gewesen sein. Vermutlich hatte der Junge schon häufiger Erschlagene in ihrem Blut liegen sehen.

»Das Buch in deinen Händen! Was glaubst du, was du dafür bekommen wirst?«

Gerwin zuckte mit den Schultern. »Genug, um mir etwas zu essen zu kaufen, hoffe ich.«

Rorn holte einen barosischen Halbmond aus den Falten seines Ledermantels hervor. Eine Münze, die selbst einen Erwachsenen eine Woche lang satt machen konnte. Die Augen des Rotschopfs leuchteten auf, als Rorn sie zwischen Daumen und Zeigefinger präsentierte.

»Wie wäre es damit?«, fragte er. »Aber zeig die Münze nicht deinen Freunden, sonst bist du sie schneller los, als du dir den Bauch vollstopfen kannst.«

Bereitwillig hielt ihm Gerwin den abgegriffenen Lederband entgegen. Rorn blätterte kurz darin herum, entdeckte aber nur eine verschnörkelte Symbolschrift. Mit etwas Glück enthielt das Buch einige nützliche Rezepturen und Beschwörungsformeln, unter Umständen aber auch nur die Erinnerungen eines Lüstlings, der mit seinen Eroberungen prahlte. Die Zeichnung einiger mit Löwenköpfen versehener Tiermenschen sprach leider für die zweite Vermutung.

»Hast du sonst noch etwas gefunden?«, fragte Rorn beiläufig. »Etwa das Amulett, das Magnus Jonar um den Hals getragen hat?«

Der Kleine war dem Toten nahe genug gewesen, um den entleerten Schädel zu bemerken. Das hatte Rorn nicht vergessen. Obwohl sein Blick scheinbar fest auf das Buch gerichtet war, bemerkte der Krieger genau, wie Gerwin vor dem Kopfschütteln leicht zusammenzuckte.

Rorn sah in die Höhe. Streng, mit einer Spur von Enttäuschung im Blick.

Gerwins Kinn sackte herab.

Leise seufzend langte er in seine Hosentasche und zog eine aus winzigen Gliedern bestehende Silberkette hervor, deren Anhänger einem Spinnennetz nachempfunden war. Bei dem Toten handelte es sich also tatsächlich um Magnus Jonar. Mit Hilfe dieses Amuletts konnte Rorn das sogar beweisen.

Erneut langte er in seinen Mantel. Diesmal zog er ein Silberstück hervor.

Gerwins Augen weiteten sich vor Überraschung.

»Für mich?«, rief er erfreut, als könnte er sein Glück kaum fassen.

»Versteck die Münze gut«, riet ihm der Bannstreiter. »Sonst wirst du nicht lange Freude an ihr haben.«

Gerwin nahm sie ehrfürchtig entgegen und umklammerte

sie mit beiden Händen, als könnte sie ihm sonst davonfliegen. Dass er plötzlich einen solchen Schatz sein eigen nennen durfte, erschien ihm wie ein Traum.

»Braucht Ihr keinen Diener, Herr?«, fragte er hoffnungsvoll. »Ich könnte für Euch kochen, waschen und nähen. Ich bin sehr fleißig und stehle auch nicht!«

Rorn ließ Jonars Amulett vor- und zurückpendeln, um daran zu erinnern, wie es wirklich um Gerwins Ehrlichkeit bestellt war. »Wenn du so gut kochst, wie du lügst, dürfte dein Fraß ungenießbar sein«, spottete er dabei.

Schmollend schob der Junge die Unterlippe vor. »Ich stehle nichts von einem Herren, dem ich diene, wollte ich damit sagen.« Plötzlich hellte sich seine Miene wieder auf. »Aber ich würde jederzeit *für* Euch stehlen!«

Der bettelnde Blick, den er dabei aufsetzte, hätte selbst steinerne Herzen zu erweichen vermocht. Aber selbst wenn Rorn gewollt hätte, er durfte diesen Jungen nicht in seine Dienste nehmen. Das wäre nur Gerwins sicherer Tod gewesen, kein Weg in ein besseres Leben.

»Verschwinde lieber«, empfahl der Krieger grob, »bevor ich meine Großzügigkeit bereue und dir die beiden Münzen wieder abnehme.«

Gerwin fragte nicht nach Gründen, sondern senkte nur den Kopf. Sein Leben bestand bereits aus einer unendlichen Abfolge von Enttäuschungen, deshalb würde er auch diese verkraften. Statt davonzurennen, schlich der Rotschopf mit hängenden Schultern hinaus. Der Knabe wusste wirklich ganz genau, wie er einem Erwachsenen ein schlechtes Gewissen bereiten konnte. Aber spätestens in zwei Jahren, wenn er einen Schuss in die Höhe getan hatte und sein pausbäckiges Gesicht so abgehärmt wie das seiner Kameraden aussah, half ihm diese Taktik nicht mehr weiter.

»Such dir lieber ein ehrliches Handwerk«, rief ihm Rorn

zum Abschied nach. »Als Dieb bist du nicht sonderlich gut zu gebrauchen.«

Mehr konnte er für den Jungen nicht tun. Dazu gab es einfach zu viele Streuner wie ihn, auf dem Lande wie in den Städten. Rechtlose, denen die Straße längst die Familie ersetzte.

Nachdem Rorn den toten Magnus hinter dem Haus begraben hatte, machte er sich ebenfalls auf den Weg. Mit dem Silberamulett und dem Buch in der Satteltasche ritt er nach Leru, wo Hadik schon auf ihn wartete.

5.

Schattenschwestern in Gefahr

Die Kaufleute am Untermarkt wussten aus Erfahrung wie schnell die Dunkelheit hereinbrach, sobald die Sonne im Westen versank. Als Venea den großen, zur Küste hin offenen Platz erreichte, waren bereits die meisten Standplätze verwaist. Und dort, wo man noch zusammenpackte, hielt niemand mehr nach verspäteten Käufern Ausschau. Alles, was die Händler noch wollten, war, die letzten Kisten, Säcke und Körbe auf Handkarren zu verladen und in die angrenzenden Speicher zu schaffen.

Auch die Frauen aus den umliegenden Kiepengassen, die ihre Waren in geflochtenen Tragekörben feilboten, nutzten das letzte Tageslicht, um noch im Hellen nach Hause zu gehen. Venea trieb das genaue Gegenteil an. Sie wartete darauf, dass das glutrote Halbrund hinter den westlichen Turmspitzen endlich zu einem schmalen Streifen verlief. Sobald sich die Dunkelheit über die Hafenstadt senkte, würde es ein Leichtes sein, etwaige Verfolger im Gewirr der engen Gassen, Stichwege und Hinterhöfe abzuhängen.

Die Hexe ließ es sich nicht anmerken, während sie an der hüfthohen Grenzmauer entlangflanierte, doch sie fühlte sich schon den ganzen Nachmittag über beobachtet. Konnte es sein, dass Hadik von ihrem Vorhaben wusste, oder zumindest etwas ahnte? Falls er wirklich irgendwelche Schergen auf sie angesetzt hatte, verstanden es diese jedoch gut, sich vor ihr zu verbergen. Sosehr sie sich auch mit allen Sinnen bemühte, es gelang ihr einfach nicht, eine verdächtige Gestalt auszumachen.

Die emsigen Händler ignorierten Veneas forschende Blicke, so wie sie jedem den Rücken zukehrten, der womöglich fordern könnte, die frisch verstaute Ware noch einmal auszulegen. Ein halbes Dutzend Kinder mit schmutzigen Gesichtern balgte sich um drei verwelkte Kohlköpfe, die so aussahen, als wären sie schon mehrmals über den ganzen Markt gerollt, bis ein paar mit Reisigbesen bewaffnete Frauen dem lautstarken Treiben ein Ende setzten. Die daraufhin folgende Stille verstärkte noch den trostlosen Eindruck des tagsüber so belebten Platzes.

Es war jene ruhige Zeitspanne zwischen den Geschäften des Tages und den Vergnügungen der Nacht, die die meisten Einwohner in den eigenen vier Wänden verbrachten und die Venea auf ihre Weise zu nutzen gedachte. Entspannt legte sie beide Hände auf die Sandsteinbrüstung und sah aufs offene Meer hinaus. Die natürliche Felsbucht, der ursprüngliche Hafen, aus dem Leru entstanden war, lag gut dreißig Königsellen tiefer. Eine Unzahl von Rampen, Seilzügen, schmalen Stiegen und breiten Treppen sorgte dafür, dass die im Hafen angelandeten Waren trotzdem zügig in sämtliche Viertel der terrassenförmig ansteigenden Stadt gelangten.

Ein würziger, von Salzwasser und angeschwemmten Algen geschwängerter Geruch erfüllte die Luft. Nur ein paar heimkehrende Fischerboote zerpflügten noch die spiegelnde Wasseroberfläche. Bei Einbruch der Dunkelheit wurde die eiserne Sperre, die tagsüber auf dem Meeresgrund ruhte, so weit angezogen, dass sie jedem Schiff mit nennenswertem Tiefgang unweigerlich den Kiel aufriss. Die Männer des Wachkommandos, die die schwere Kettenwinde bedienten, marschierten bereits über die äußere Seemauer heran.

Venea schloss die Augen, um sich besser konzentrieren zu

können. Etwa auf ihre Ohren, die prompt das samtpfötige Tippeln der gefleckten Katze wahrnahmen, die leise von der Seite her nahte. Vor allem aber auf ihren verborgenen Sinn, der rechts oberhalb des Herzens schlummerte! Zumindest spürte die Hexe jedes Mal ein Prickeln in der Brust, wenn sie ihren Geist öffnete und in alle Richtungen entließ.

Die Gefühle der Menschen, die sie mit ihrem *dritten Auge* streifte, erzeugten eine Art Rauschen, das mal heller und dann wieder dunkler brauste, je nachdem, wie es um die jeweiligen Stimmungen bestellt war. Eine magische Aura war allerdings nicht auszumachen, darum tastete Venea in Gedanken nach den Jadesteinen ihrer Armbänder und zapfte die in ihnen schlummernden Kräfte an.

Kein menschlicher Beobachter, der die junge Hexe so stehen sah, konnte erahnen, was in ihr vorging. Nur die Katze, die über den handbreiten Grat der Brüstung heranstolzierte, hielt abrupt im Schritt inne und schoss plötzlich fauchend über den Platz davon.

Falls sich irgendjemand über dieses Verhalten wunderte, brachte er es vermutlich nicht mit der unbeweglich dastehenden Frau in Verbindung, und falls doch, hätte die Hexe keine Zeit gehabt, dem irgendwelche Beachtung beizumessen. Denn in genau diesem Moment spürte sie etwas, das ihre Aufmerksamkeit voll und ganz in Anspruch nahm! Ein Gefühl fremden Erschreckens, das ebenso schnell verschwand wie es aufgeflackert war, fast so, als hätte jemand ihre geistige Annäherung bemerkt und verschlösse sich nun vor ihr.

Von dieser flüchtigen Entdeckung geleitet wirbelte Venea herum und starrte in die Richtung, aus der die starke Emotion gedrungen war. Hinauf zu dem Dach eines dreistöckigen Gebäudes, auf dem ein unförmiger Schatten gerade hinter einem rauchenden Schornstein verschwand. Zumindest wirkte es so, oder gaukelten ihr das ihre überreizten Sinne nur vor?

Venea kniff die Augen zusammen, um die helle Sandsteinfassade genauer abzusuchen. Vergeblich. Das Einzige, was sich dort oben noch regte, war der senkrecht in die Höhe steigende Rauch, der nur allmählich mit dem Wind verwehte. Auch ihre unsichtbaren Fühler entdeckten nichts Verdächtiges, aber das hatte nichts zu bedeuten. Jede magische Aura ließ sich mit etwas Geschick verschleiern.

Einem alten Rat der Schattenmutter folgend lauschte Venea deshalb nach Herzschlägen. Erfolglos. Entweder war dort oben wirklich niemand (mehr), oder das Herz des Betreffenden war zu klein, als dass sich ein Pochen ausmachen ließe.

Ob sich hinter dem Schornstein nur ein vorwitziges Kind verbarg, das den Marktplatz in spielerischer Neugierde beobachtet hatte? Oder eine streunende Katze, die ziellos über die Dächer streifte? Venea wusste es nicht. Doch sie nahm sich vor, von nun an nicht nur vorsichtige Blicke über die Schulter, sondern auch in die Höhe zu werfen. Ermattet von der Anstrengung verschloss sie ihren Geist wieder.

Inzwischen war die Dämmerung hereingebrochen. Vor Tavernen und Schenken wurden die ersten Lampen entzündet.

Venea machte sich auf den Weg.

Die Richtung, die sie einschlug, führte in ein älteres Viertel, in dem die Gebäude schon seit vielen Generationen standen, sodass die Sandsteinfassaden überall schwarz verkrustet waren. Auch das Pflaster wurde hier nicht so gründlich gefegt wie dort, wo die reichen Seehändler lebten. An vielen Ecken roch es nach Unrat und überquellenden Kanälen. Nur weit verstreut stehende Feuerkörbe schufen Lichtinseln, zwischen denen tiefe Dunkelheit lastete.

Für gewöhnlich machte Venea das nichts aus.

Normalerweise war ihr die Nacht eine Freundin, die sie vor lästigen Blicken verbarg, und der Mond ein Gefährte, dessen fahler Schein ihr vollauf zum Sehen genügte. Doch was nutzte all das gegen einen Gegner, der sich mit beinahe traumwandlerischer Sicherheit über die Dächer fortzubewegen verstand? Immer wieder hörte sie Tonziegel knarren. Links über ihr streifte irgendetwas durch die Nacht, das viel zu schwer für eine Katze oder einen anderen harmlosen Streuner war.

Plötzlich wünschte sich Venea, sie hätte keinen so großen Umweg eingeschlagen. Im *Fetten Fang* warteten ihre Schwestern auf sie. Mit ihnen an der Seite wäre es leichter gewesen, einer aufziehenden Gefahr zu trotzen.

Schnell trat die Hexe in einen leeren Hauseingang, um aus dem Schutz des Schlagschattens heraus zur gegenüberliegenden Dachreihe aufzusehen. Aber die vorstehenden Erker und Einfassungen, die sich dort erhoben, verschmolzen bereits mit der Dämmerung. Und die aufsteigende Mondsichel stand noch nicht hoch genug am Himmel, um das lastende Dunkel zu vertreiben.

Erneut glaubte Venea etwas durch die Nacht gleiten zu sehen. Etwas Großes, Unförmiges, von groteskem Ausmaß, das nicht im Mindesten an eine menschliche Gestalt erinnerte.

Zum ersten Mal seit langer Zeit stieg kalte Angst in ihr auf. Die Schattenmutter hatte sie davor gewarnt, dass der Raubzug, den die Schwesternschaft in Leru durchführen sollte, gefährlicher als gewöhnlich war. Ihr Gegner schloss seine Reihen! Unbemerkt von der normalen Bevölkerung tobte längst ein unsichtbarer Krieg, in dem beide Parteien mit gnadenloser Härte gegeneinander vorgingen. Pardon war nicht zu erwarten und wurde selbst nicht gewährt.

Leru ist eine von Grund auf verdorbene Stadt, hatte die Alte gewarnt. *Ein schneller Tod mag noch das Beste sein, das euch dort ereilen kann.*

Leises Kichern schallte von den umliegenden Häusern wider.

Als Venea aus dem gemauerten Eingang hervorspähte, entdeckte sie eine Gruppe von fünf Männern und Frauen, die eine Pechfackel bei sich führte. Die blakenden Flammen malten lange Schatten an die Fassaden, nur dort, wo eine Lücke zwischen den Gebäuden klaffte, sog die Dunkelheit das Licht vollständig auf. Die beiden Frauen trugen geflochtenes Grün im Haar, die Männer hatten sich frischen Klee an die Hemden geheftet. Ein seltsamer Schmuck, der in letzter Zeit aber häufiger anzutreffen war.

Geschmeidig glitt Venea aus ihrem Versteck und eilte an der fröhlichen Truppe vorüber. »Komm mit uns, zur Domäne!«, rief ihr der Fackelträger nach, ehe sie im nächsten Hauseingang Deckung suchte. »Dorthin, wo das Volk herrscht und nicht der König.«

Die Worte des Mannes ergaben wenig Sinn für sie, der liebeskranke Unterton in seiner Stimme schon. Veneas anfängliche Bedenken, er könnte ihr nacheilen, erwiesen sich zum Glück als unbegründet. Die beiden Pärchen der Gruppe zerrten den Alleinstehenden mit sich. Sie hatten es eilig und wollten nicht auf seine Fackel verzichten.

Erleichtert lehnte sich Venea gegen die schwere Eichentür, die sie in ihrem Rücken spürte. Tief im Schatten des Rundbogens verborgen fixierte sie den dunklen Einschnitt in der gegenüberliegenden Häuserfront, der im Nichts zu enden schien. Nicht der kleinste Lichtschimmer war dort zu sehen, nicht mal ein schmaler Streifen, der durch die Ritze eines Fensterladens sickerte. Gegen den klaren Sternenhimmel betrachtet hob sich die Lücke allerdings deutlich zwischen den Dächern ab.

Wer auch immer ihr über die Dächer hinweg folgte, musste seine Deckung an dieser Stelle verlassen, um ihr auf den Fersen zu bleiben. Erwartungsvoll spähte Venea zu der betreffenden Abschlusskante. Gleich darauf waren schemenhafte Bewegungen zu erkennen, wenn auch viel tiefer im Stichweg als von ihr erhofft. Was Venea ausmachen konnte, war keine menschliche

Silhouette, sondern erinnerte mehr an zerknickte Birkenstämme, die im Wind erzitterten.

Noch während die Hexe überlegte, ob ihr die Augen einen Streich spielten, erklang ein tönerner Laut! Dort, wo sich die seltsamen Bewegungen abzeichneten, stießen tatsächlich Dachpfannen aneinander.

Ihre Hoffnung, der geheimnisvolle Verfolger würde seine Gestalt bei einem Sprung von Haus zu Haus offenbaren, erfüllte sich allerdings nicht. Statt durch die Luft zu schnellen, kippte der Schemen nach vorne über. Genaueres war nicht zu erkennen, denn der Umriss wurde mit der zwischen den Häusern nistenden Finsternis umgehend eins. Vergeblich wartete Venea auf einen dumpfen Aufprall am Boden.

Ihr Verfolger war nicht aus Versehen ins Leere getreten, aber was hatte er dann getan? War er auf einen umlaufenden Sims gesprungen, den sie von ihrem Beobachtungspunkt aus nicht erkennen konnte?

Die Hexe hatte endgültig genug davon, sich zu verstecken.

Sie gierte nach Gewissheit.

Entschlossen langte sie nach ihrem linken Armband und strich mit den Fingern über die Augen der Silberschlangen. Ein kalter Hauch vereiste ihren Körper, aber das erschreckte sie nicht. Im Gegenteil. Die aufsteigende Kälte bewies lediglich, dass der gewünschte Tarnzauber wirkte. Zufrieden stieß sich Venea mit dem Rücken von der Eichentür ab und trat in die vor ihr liegende Gasse hinaus. Obwohl sie an sich herabblickte, waren weder ihre Kleidung noch ihre Beine zu erkennen. Der flackernde Schein des nächstgelegenen Feuerkorbes malte auch keine verräterischen Schatten auf das Kopfsteinpflaster.

Solcherlei Zauber, wie sie gerade wirkte, machte einen Menschen ganz und gar unsichtbar. Es war der stärkste Bann, den Venea beherrschte, aber auch ein äußerst kraftraubender.

Kaum hatte sie ein paar Schritte zurückgelegt, erklang ein unangenehmes Sirren.

Ein sanfter Luftzug streifte über Veneas Kopf hinweg. Keinen Lidschlag später erklang ein harter Laut in ihrem Rücken. Der in der Eichentür steckende Pfeil vibrierte noch, als sie herumfuhr. Ungläubig starrte sie auf den gefiederten Schaft, der genau die Stelle markierte, an der sie eben noch gestanden hatte. Hätte sie nur einen kurzen Moment länger unter dem Rundbogen ausgeharrt, die eiserne Spitze wäre ihr mitten durchs Herz gefahren.

Instinktiv trat die Hexe zur Seite.

Keinen Atemzug zu früh.

Schon schnitt das nächste Geschoss durch die Dunkelheit, zwei Handbreit tiefer als das erste. Ein weiterer Schlag erklang, ähnlich dem einer Faust, die verdrossen gegen den Eingang hämmerte. Wie lange mochte es wohl noch dauern, bis der heimtückische Schütze begriff, dass sie nicht mehr im Schatten des Türbogens stand, sondern unbemerkt entkommen war?

Blanke Wut flammte in Venea auf. Heiß und lodernd genug, um das kalte Gefühl der Lähmung abzuschütteln. Ihr Gegner ahnte noch nicht, dass sie sich allen Blicken zu entziehen vermochte. Diesen Vorteil galt es zu nutzen, solange er währte. Von Angriffslust getrieben eilte die Hexe in den vor ihr liegenden Stichweg.

Die leisen Tritte ihrer Sohlen waren das Einzige, das sie vielleicht verraten mochte. Zum Glück übertönte ein neuerliches Zurückschnellen der Bogensehne ihre Schritte, gefolgt von einem weiteren Treffer in der Tür.

Diesmal konnte die Hexe den aus dem Dunkel hervorzischenden Pfeil genau erkennen. Seine abwärts geneigte Flugbahn gab ihr zu denken. Der Angriff erfolgte nicht einfach nur aus der dunklen Gebäudelücke heraus, sondern auch von schräg oben herab! Aber dort in der Höhe gab es weder einen

Vorsprung noch sonst eine Möglichkeit für den unbekannten Heckenschützen, sich auf die Lauer zu legen. Nur eine vollkommen glatte, senkrecht aufsteigende Mauer.

Wer oder *was* auch immer von dort aus schoss, war offenbar in der Lage, sich in den schmalen Steinfugen festzuklammern. Eigentlich vollkommen unmöglich, aber welche Erklärung gab es sonst für diese präzisen Schüsse?

Der lichtlose Schlund zwischen den hohen Fassaden umschloss Venea wie eine zweite Haut. Trotzdem wagte sie nicht, sichtbar zu werden. Selbst auf die Gefahr hin, dass sich ihre Arme mit Eiskristallen überzogen, wollte sie erst wissen, *was* für ein Gegner sie da bedrohte. Während Venea die Schattenjade des rechten Armbands rieb, konzentrierte sie sich auf die grenzenlose Empörung, die in ihrem Innersten wütete. Ein in die Luft gezeichnetes Symbol half zusätzlich, ihre Kräfte zu kanalisieren.

Ein blauweißes Leuchten umspielte Veneas Rechte. Nur einen Herzschlag später loderte vor ihren Fingerspitzen ein Feuer auf, das unter lautem Brausen in die Höhe fauchte.

Für ihren Gegner wirkte es vermutlich, als entstünde die orangerote Säule aus dem Nichts heraus, trotzdem war sie es, die vor Überraschung zusammenzuckte. Die schmale Sackgasse, die nach zwanzig Königsschritten vor einer fensterlosen Rückfront endete, wurde in gelbstichiges Licht getaucht. Abrupt wich die Finsternis bis in die letzten Winkel zurück. Dadurch schälte sich eine Riesenspinne, die über ihr an der Mauer klebte, deutlich aus der Finsternis hervor.

Venea wusste nicht, was ihr größeren Ekel bereitete: die mit schwarzen Borsten übersäten Knickbeine, die weiterhin an gebrochene Baumstämme erinnerten, oder das große, mit zwei Kieferzangen bewehrte Maul, aus dem weißschäumender Geifer tropfte. Auf dem Rücken des Untieres saß ein Bogenschütze, der gerade einen neuen Pfeil auflegte. Dass er nahezu waagerecht in der Luft lag, machte dem spindeldürren Mann nichts aus. Ungerührt zog er die Sehne durch, bis die Befiederung an sein Kinn stieß.

Die Riesenspinne erleichterte ihm das Zielen, indem sie sich mir der unteren Beinreihe so weit wie möglich von der Fassade abdrückte, während die obere fest an der Mauer anlag. Trotz des Reiters klebte das Tier so fest an dem Haus, als wäre es dort angenagelt. Sein nach hinten anschwellender Rumpf, dem acht lange Beine entwuchsen, verlief direkt hinter dem Kopf so schmal, dass der Bogenschütze seine Füße bequem darunter überkreuzen konnte. Ein Sattel mit hoher Rückenlehne verbesserte zusätzlich seinen Halt. Auf dem ausgezehrten Gesicht zeigte sich nicht die geringste Regung, während er den Ursprung des Flammenstoßes anvisierte.

Venea reagierte, ohne darüber nachzudenken.

Die zurückkehrende Dunkelheit schlug wie eine schwarze Welle über ihr zusammen, während sie zur Seite sprang. Neben ihr zersplitterte der Pfeil auf dem Pflaster. Ein umherfliegendes Bruchstück traf sie an der Wade.

Hadik, du Ungeheuer!, grollte sie im Stillen. *Was hast du mir da auf den Hals gehetzt?*

Ihr Blut zog sich immer weiter in ihren Körper zurück, während sie sich für einen zweiten, weitaus stärkeren Feuerstoß sammelte. Ein Mantel aus Eis umhüllte Veneas grazilen Körper, während die Flammensäule in die Höhe stieg.

Steinstaub rieselte die Wand herab.

Rückwärts gehend wich die Spinne zurück, doch die Hexe musste nur die Haltung ihres Armes korrigieren, um das Tier trotzdem zu rösten. Der Geruch von verbranntem Fleisch erfüllte die Luft, während das Untier weiter die Fassade emporkrabbelte.

Wo der Flammenstrahl traf, spaltete er sich auf. Einige der entstehenden Ausläufer züngelten an dem Spinnenreiter empor und setzten sein strähniges Haar in Brand. Die feurige Rasur störte ihn nicht im Mindesten, obwohl sein linkes Ohr verkohlte. Ungerührt spannte der Hohlwangige erneut den Bogen und zielte auf die Stelle, an der er seine unsichtbare Gegnerin vermutete.

Vor Kälte zitternd taumelte Venea zurück.

Im Schein der langsam verglühenden Brandherde verfolgte sie, wie die qualmende Bogensehne an genau der Stelle riss, die kurz zuvor den Flammen ausgesetzt gewesen war. So groß die Enttäuschung des entwaffneten Attentäters auch sein mochte, er blieb stumm wie ein Fisch, während sein Reittier ein grässliches Zischen ausstieß.

Blitzartig kreiselte das Tier an der glatten Mauer herum und reckte seinen Hinterleib in die Höhe. An seiner Kehrseite befand sich eine nässende Öffnung, die große Ähnlichkeit mit einer aufgeplatzten Warze hatte. Ein krampfhaftes Zucken schüttelte die Drüse. Einen Herzschlag später schossen graue Fäden durch die enge Gasse. Rasch breiteten sie sich zu einem filigranen Gebilde aus, einem klebrigen Spinnennetz, dem Venea nur entging, indem sie sich mit einem raschen Sprung aus der Gefahrenzone katapultierte.

Obwohl ihr die Kälte schmerzlich in die Knochen biss, hielt sie ihre Tarnung auch im Dunkeln aufrecht. Ihr Herz trommelte wie wild. Übelkeit stieg in ihr auf, während sie kniend das Symbol für einen weiteren Flammenstoß in die Luft zeichnete. Ihr stummer Gegner dachte aber gar nicht daran, sich ein weiteres Mal einheizen zu lassen. Angesichts seiner zerbrochenen Waffe wäre das auch unsinnig gewesen.

Über Venea erklang ein Scharren, gleichzeitig schwächte sich der Gestank der verschmorten Borsten ab. Geschmeidig glitt das monströse Wesen die Senkrechte empor und verschwand über das angrenzende Dach. Die dünnen Beine zeichneten sich kurz im Sternenlicht ab, sodass Venea die vorbereitete Attacke im letzten Moment zurückhielt. Sie wäre auch sinnlos gewesen, denn der anvisierte Hinterleib tauchte bereits hinter einer Barriere aus massivem Stein ab. Die Spinne und ihr in Leder gekleideter Reiter waren längst außer Reichweite.

Venea zitterte vor Kälte.

Beide Hände überkreuz unter die Achseln gepresst, beendete sie ihren Tarnzauber. Wieder sichtbar für das menschliche Auge, lauschte sie nach den Herzschlägen der Flüchtenden. Doch sosehr sie sich auch bemühte, sie machte kein einziges Pochen aus, weder den Herzschlag eines Menschen noch den eines Tieres.

Sowohl der Reiter als auch die Spinne schienen im wahrsten Sinne des Wortes herzlos zu sein.

Dafür bemerkte Venea einen hämmernden Rhythmus zu ihrer Linken! Wer auch immer von dort nahte, schickte sich gerade an, zu ihr in die Sackgasse zu stürmen. Keuchend malte Venea ein knisterndes Zeichen in die Luft. Es fehlte nur noch die letzte, alles entscheidende Linie, als eine Frau um die Hausecke bog.

Jung, schlank, rothaarig – mit drei ledernen Beuteln an der Hüfte und einem haselnussbraunen Umhang über den Schultern.

»Halt ein, Schwester!«, rief die Unbekannte angesichts der aufglühenden Linien. »Wir beide sind vom gleichen Schlag.«

Obwohl Venea das Gesicht des Rotschopfs noch nie zuvor gesehen hatte, spürte sie ebenfalls, dass die andere eine der ihren war. Eine Schattenschwester.

Aber in Zeiten wie diesen zählten keine Gefühle. »Beweise deine Worte«, forderte Venea, den Zeigefinger weiter drohend in das knisternde Symbol gebohrt.

Lächelnd schlug der Fuchskopf den Mantel zurück und präsentierte ihre silbernen Schlangen, die Veneas Armbändern bis auf die letzte Schuppe glichen. Das allein war zwar noch kein Beweis, denn solcher Schmuck konnte imitiert oder gestohlen werden, doch als die Fremde sich anschließend über den linken Oberarm strich, trat auf ihrer blassen Haut eine zuvor unsichtbare Tätowierung hervor. Selbst im Zwielicht war zu erkennen, dass es sich um die Silhouetten zweier mit langen Mänteln bekleideter Frauen handelte, die dicht beieinanderstanden. Das war es! Das geheime Zeichen der Schattenschwestern!

»Tabeth«, stellte sich die fremde Hexe vor, mit der es die Natur gut gemeint hatte. Sie war schlank und geschmeidig, mit grünen, intelligent dreinblickenden Augen in einem offenen Gesicht, das leicht errötete und wenig zu verbergen mochte.

Venea umschloss ihr langsam verblassendes Flammensymbol mit der Faust, um es aus der Luft zu wischen. Danach wiederholte sie Tabeths Geste am eigenen Arm. Auch Venea nannte ihren Namen, während ihr Schattenmal dunkel hervortrat, um gleich darauf wieder den normalen Hautton anzunehmen.

»Die Schattenmutter hat dein Kommen angekündigt«, flüsterte Tabeth erfreut. »Bree und ich waren schon in Sorge, dass dir etwas zugestoßen sein könnte. Darum habe ich mich auf die Suche nach dir begeben.«

Rasch umfassten sich die beiden an den Unterarmen, zum Zeichen ihrer Verbundenheit.

Venea erklärte in wenigen Sätzen, dass sie einen Umweg eingeschlagen hatte, um einen Verfolger abzuschütteln. Als sie dabei auf die Riesenspinne und den schweigsamen Bogenschützen zu sprechen kam, wurde Tabeths bleiche Haut so weiß wie eine frisch getünchte Wand.

»Das kann nur Hadiks Werk sein!«, vermutete sie sofort. »Er weiß bereits, dass Schattenschwestern in der Stadt sind.«

»Bist du dir da sicher?«, fragte Venea, obwohl sie die gleiche Vermutung hegte.

»Ganz sicher!«, bekräftigte Tabeth. »Er ist vorhin mit zwei Leibwächtern im *Fetten Fang* aufgetaucht. Das kann unmöglich ein Zufall sein.«

Venea vertrat die gleiche Meinung. Gleichzeitig beschlich sie ein ungutes Gefühl. »Und die Dritte aus unserem Bunde ist jetzt alleine mit diesem Kerl?«, fragte sie beunruhigt.

»Hadik wagt nicht, uns in aller Öffentlichkeit anzugreifen«, wiegelte Tabeth ab. »Du bist dagegen allein durch die Dunkelheit spaziert, deshalb war die Gefahr für dich viel größer. Der Angriff des Spinnenreiters beweist, wie Recht wir mit dieser Vermutung hatten.«

Dem konnte Venea nur schlecht widersprechen, trotzdem drängte alles in ihr danach, der allein gebliebenen Bree zur Seite zu eilen. Aber schon nach wenigen Schritten in die erleuchtete Hauptgasse hinein wurde ihr schwindelig. Der Kampf gegen den Spinnenreiter hatte sie ausgelaugt. Venea spürte, wie auch das letzte bisschen Kraft aus ihren Gliedern wich. Unversehens geriet sie ins Wanken. Hätte sie Tabeth nicht mit beiden Händen gepackt und festgehalten, wäre Venea in sich zusammengesackt.

»Was ist mit dir?«, fragte die Schattenschwester besorgt. »Hat dich der Feind vergiftet? Oder mit einem bösen Bann belegt?«

Sobald keine schwarzen Punkte mehr vor ihren Augen tanzten, schüttelte Venea mühsam den Kopf. »Es ist nur die verdorbene Jade, die ich so stark nutzen musste«, antwortete sie. Und erzählte dann, dass sie gezwungen gewesen war, gleichzeitig einen Flammen- und einen Tarnzauber auszuführen.

»Kein Wunder, dass du so ermattet bist«, erklärte die Rothaarige mitfühlend. »Komm, hak dich bei mir ein, es ist nicht mehr weit bis zur Schenke. Sobald du sitzen und dich stärken kannst, wird es dir rasch wieder besser gehen.«

Venea hätte gerne auf fremde Hilfe verzichtet, doch sie durften keine Zeit verlieren. Aus diesem Grund stützte sie sich eine Weile auf, bis es ihr wieder besser ging. Sie wollte sich gerade gänzlich von der Schattenschwester lösen, als sie an ein Fachwerkhaus gelangten, das sich stark von den üblichen Sandsteinbauten unterschied.

Auch ohne das verwitterte Holzschild, auf dem die drei Worte *Zum Fetten Fang* ein prall gefülltes Fischernetz umkränzten, war nicht zu übersehen, dass es sich um eine gut besuchte Gaststätte handelte. Trotz der geschlossenen Fensterläden drangen Rauch und laute Stimmen ins Freie.

Im Inneren des stark geneigten Gebäudes konnte jeder Besucher deutlich erkennen, warum es für die Lehmbauweise in Leru keine Zukunft gab. Feuchte und salzhaltige Meeresluft machten solcherlei Mauerwerk schwer zu schaffen. Innerhalb des Schankraums war kein einziger rechter Winkel mehr zu finden. Sämtliche Stütz- und Deckenbalken wirkten gegeneinander verdreht, sodass die Risse, die überall durch die Wände liefen, nicht weiter verwunderten.

Trotz unablässiger Ausbesserungsarbeiten rieselte ständig Putz auf die Gäste herab. Den meisten Zechern machte das nicht das Geringste aus. Wenn sie einmal weißen Staub auf ihrer Kleidung entdeckten, klopften sie ihn einfach mit den Fingern aus. Niemand schien ernstlich zu fürchten, dass das Haus über ihnen zusammenbrechen könnte. Die Schankmaiden hatten alle Hände voll damit zu tun, die gewünschten Speisen und Getränke aufzutragen.

Auch ohne Tabeths geflüsterten Hinweis hätte Venea sofort gewusst, an welchem der vielen Tische Hadik weilte. Allein der weißblonde Schwertträger, der dem Magier gegenübersaß, verriet ihr den richtigen Platz. Es konnte ganz einfach kein Zufall sein, dass es Rorn in die gleiche Schenke wie sie verschlagen hatte.

Hadik fuhr wirklich schweres Geschütz auf! Erst ein herzloser Spinnenreiter, jetzt auch noch der Bannstreiter!

Venea spürte, wie alle Anspannung von ihr abfiel. Seit jener Nacht im Nebelbruch, als sie Rorn zum ersten Mal begegnet war, hatten sich die Wege der beiden wiederholt gekreuzt – und beim Schöpfer und Zehrer, sie waren nicht immer einer Meinung gewesen. Aber selbst wenn er im Sold des Magiers stand, so wusste er sicherlich nichts über den Anschlag, dem sie kurz zuvor entgangen war.

Rorn mochte schon vielen Menschen den Tod gebracht haben, gewollt oder ohne jede Absicht, doch Heimtücke dieser Art war ihm fremd, das wusste sie genau.

Ein Lächeln umspielte Veneas Lippen, als sich der Blick des Verfluchten mit dem ihren kreuzte. Rorns Augen dagegen nahmen einen harten Ausdruck an, und seine Brauen zogen sich über der Nasenwurzel zusammen.

Ich freue mich genauso, dich zu sehen, dachte die Hexe amüsiert.

»Dahinten, das ist Bree!« Tabeth war nur wenige Jahre jünger als sie, aber noch so aufgeregt wie ein kleines Kind, als sie Venea an der Hand fasste und mit sich zog.

Gemeinsam eilten sie auf eine junge Frau mit honigblondem Haar zu, dass diese nicht offen, sondern zu einem Pferdeschwanz gebunden trug. Unter ihrem Umhang zeichnete sich – im Gegensatz zu Tabeth und Venea – kein Gewand ab, nein, Brees Beine steckten in weichen Lederhosen, über denen sie kniehohe Stulpenstiefel trug. Ein geschnürtes Leinenhemd und eine Fellweste rundeten die robuste Erscheinung ab.

Das Mal der Schattenschwestern sah bei ihr trotzdem genauso aus wie bei allen anderen, wie sie mit einer unauffälligen Geste unter Beweis stellte.

»Ist etwas passiert, während ich weg war?« In Tabeths Gesicht zuckte es so aufgeregt, dass ihre Sommersprossen auf der Nase zu tanzen begannen.

»Und ob«, antwortete Bree. »Hadik muss gewusst haben, dass der *Fette Fang* unser Treffpunkt ist. Er spricht mit einem Kerl, der offensichtlich mit ihm verabredet war. Und mir scheint, er hat den Fremden nur hierher bestellt, damit er uns zu sehen bekommt.«

»Ein anderer Magier?«, fragte Tabeth aufgeregt.

»Nein, eher ein Söldner.« Bree besaß offensichtlich eine Schwäche für bezahlte Schwertkämpfer. Zumindest bekam ihre Stimme einen schwärmerischen Klang, als sie fortfuhr: »Aber was für einer! Seht ihn euch doch an! Groß, schlank, weißblondes Haar! Sicherlich weiß er eine Frau zu verführen.«

»Glaubst du wirklich?«, fragte Tabeth zweifelnd. Sie schien einen ganz anderen Männerschlag zu bevorzugen.

Bree spitzte die Lippen. »Also ich würde ihn nicht verschmähen.«

»Versprich dir lieber nicht zu viel von diesem Krieger«, versuchte Venea die Gefühlswallungen der Schattenschwester zu dämpfen. »Er gibt sich gerne unnahbar.«

»Woher willst du das denn wissen?« Brees Stirn legte sich in Falten, bis sie begriff. »Ach? Du bist ihm offenbar schon recht nahegekommen!«

Venea setzte ein viel sagendes Lächeln auf, bereute aber insgeheim, sich die Anspielung nicht verkniffen zu haben. Auf Verschwiegenheit war bei Bree sicher nicht zu hoffen. Deshalb wehrte Venea alle weiteren Fragen ab.

»Nun, vielleicht zu nahe«, stichelte die Blonde, als sie einen von Rorns finsteren Blicken bemerkte. »Wie oft seid ihr euch denn schon begegnet?«

Venea zuckte mit den Schultern. »Öfter, als uns beiden lieb ist, fürchte ich.«

6.

Zum Fetten Fang

Rorn lehnte wortlos ab, als ihm die Schankmaid eine Schale mit eingelegten Heringen entgegenhielt. Von einer Kaschemme, die sich *Zum Fetten Fang* nannte, hatte er eigentlich mehr erwartet als kalten Fisch. Die beiden grobschlächtigen Kerle, die einen Tisch entfernt saßen und Hadik keinen Moment aus den Augen ließen, machten sich dagegen sofort über die angebotene Speise her. Eine aufgerollte Fischhälfte nach der anderen verschwand zwischen ihren mahlenden Kiefern. Es hätte Rorn nicht im Geringsten gewundert, wenn sie den Magier lediglich für das billige Essen bewachten, das er ihnen spendierte.

Aber Hadiks Geiz war nicht der Grund dafür, dass sie in dieser Absteige gelandet waren. Nein, daran trugen die drei jungen Frauen Schuld, die zum wiederholten Male die Köpfe zusammensteckten und dabei glucksend zu Rorn und dem Magier herübersahen.

Für den Liebreiz, den sie ausstrahlten, war Hadik jedoch nicht empfänglich. »Möchte wissen, was diese Weibsbilder dauernd zu tuscheln haben«, knurrte er gereizt.

Rorn konnte sich schon denken, worum es ging, behielt aber lieber für sich, dass ihm Venea schon mehrmals begegnet war.

»Magnus Jonar«, erinnerte er an den Toten, von dem er berichtet hatte. »Ihr scheint nicht sonderlich überrascht über die Art und Weise zu sein, in der ich Euren Zunftbruder vorgefunden habe.«

Angesichts des allgemeinen Lärms waren seine Worte schon einen Tisch weiter nicht mehr zu verstehen. Hadik sah sich trotzdem vorsichtig nach allen Seiten um, bevor er antwortete. Der korpulente Mann in der viel zu engen Kleidung, die noch aus schlankeren Zeiten stammen musste, kam nicht oft unter Menschen, das war ihm deutlich anzumerken.

»Mir war klar, dass Jonar etwas zugestoßen sein musste, als er nicht mehr auf unsere Anrufungen reagierte«, erklärte der Magier nach einigem Zögern.

»*Unsere* Anrufungen?« Rorn horchte auf. »Es gibt also auch noch andere, die um ihn in Sorge waren?«

Hadik zuckte zusammen, als hätte ihn Rorn mit der Hand unter dem Rock einer Schankmaid ertappt. »Wir gehörten beide einem Bund von Gleichgesinnten an«, erklärte der Magier, unbewusst nach einem um seinen Hals baumelnden Anhänger tastend. »Vieles gelingt leichter, wenn man sich gegenseitig unterstützt. Auch in unseren Kreisen.«

»Ein Zauberbund?« Rorn lächelte kalt. »Wohl eher eine Art Netz, nehme ich an. Oder wie ist sonst die seltsame Form Eurer Amulette zu erklären?«

Bei dieser Frage zog er das silberne Spinnennetz hervor, das er Gerwin abgekauft hatte und das Hadiks Anhänger bis auf den letzten Silberfaden glich. Unter den gegebenen Umständen war nicht schwer zu erraten, dass es sich um ein Zunftzeichen handelte.

»Das war Jonars Idee!« Hadiks Stimme bekam einen wehmütigen Klang. »Obwohl er nur ein Magnus war, wusste er doch andere für sich zu begeistern. Das Netz symbolisiert unsere feste Verbundenheit untereinander, so weit voneinander entfernt wir uns auch aufhalten mögen.«

»Merkwürdig«, spottete Rorn. »Früher oder später suchen alle Baroser Schutz in einem Orden! Wolltet Ihr gerne den Jademeistern nacheifern?«

»Darum ging es nicht«, wehrte Hadik verärgert ab. »Sondern nur darum, sich nicht durch unnötige Rivalitäten zu schwächen. Vor allem, da andere längst vereint handeln.«

»Dann gibt es also einen Grund, sich zu wehren.«

Hadiks Blick wanderte zu Venea und ihren Begleiterinnen: »Und ob. Diebische Elstern, die alles dafür tun, um ihre Macht zu mehren. Dabei ahnen sie wahrscheinlich nicht einmal, mit welch dunklen Kräften sie spielen.«

Hadik wirkte nicht alt genug, um bei den Barosern als erfahrener Magier zu gelten. Durch seinen kläglichen Spitzbart hoffte er wohl, ein wenig an Weisheit zu gewinnen. Ein Bemühen, das sein feister, wenig asketischer Körper wieder zunichtemachte.

Mürrisch goss er sich noch etwas von dem schweren Rotwein ein, der in einem irdenen Krug vor ihm stand. »Das Ende der Jademeister hat die Welt hinter der Welt erschüttert!«, verkündete er düster. »Wer auf den Grund der Dinge zu schauen vermag, entdeckt dort Risse und Spalten, hinter denen Schrecken verborgen sind, die niemals zu uns gelangen dürfen.«

»Wovon redet Ihr?«, fragte Rorn beunruhigt. »Von Siegeln, die brechen könnten?« Die Weissagung vom Nebelbruch war ihm nie aus dem Sinn gegangen. »Wie das Siegel von Myandor?«

»Die umwehte Stadt in der Großen Öde?« Hadik sah misstrauisch in seinen Becher, bevor er in großen Zügen trank. »Von einem solchen Siegel habe ich noch nie zuvor gehört«, fuhr er nach dem Absetzen fort. »Aber das wäre eine Beschwörung wert. *Was* ich jedoch weiß, ist Folgendes: Die Frevel der Jademeister haben die Welt des Schöpfers und Zehrers an ihre Grenzen gebracht. Die Zerstörung von Schwingenschild und Geschmeide hat das Ungleichgewicht zwar aufgehoben, doch der schnelle Rückfluss der Kräfte blieb nicht ohne Folgen. Durchgänge entstanden, Brücken zwischen den Welten oder tiefe Schlünde – nennt es, wie Ihr wollt. Die vagabundierende Magie ist der für alle sichtbare Teil dieser Veränderung, doch es gibt Risse, die mir weitaus mehr Sorgen bereiten. Spalten, hinter denen unbekannte Mächte lauern. Eigensinnige Mächte, die unbeherrschbar sind, doch manchem Magier verführerisch erscheinen. Versteht Ihr jetzt, warum ich gerade Euch um Hilfe gebeten habe?«

Rorn fühlte einen kalten Schauer über seinen Rücken rieseln. »Wovon sprecht Ihr?«, fragte er, unbewusst nach Grimmschnitter tastend. »Von einem neuen Schwingenschild?«

»Ach, vergesst die Schattenjade.« Hadik winkte ab. »Ich rede von Blutopfern, von unzähligen Blutopfern. Unter gewissenlosen Magiern ist von der weitaus mächtigeren Blutjade die Rede, aber ich weiß nichts Genaues darüber. Wir vom silbernen Netz verachten solche Praktiken, und genau das wird uns jetzt zum Verhängnis. Zuerst Valgard von Kardos, dann Golan aus Obuk und nun Magnus Jonar! Unsere Zahl schmilzt schneller als Schnee in der Sonne.«

»Und Ihr glaubt wirklich, die Hexen dort drüben stecken hinter diesen Morden?« Zugegeben, Rorn traute Venea den einen oder anderen Diebstahl zu, aber das, was er im Hause des Magnus gesehen hatte, passte nicht recht zu ihr.

Andererseits – Menschen konnten sich ändern.

»Die drei dort – und andere von ihrer Sorte!« Hadik sprach mit großer Überzeugung. »Habt Ihr denn noch nie von den Schattenschwestern gehört?«

»Nein«, gestand Rorn ehrlich ein. »Aber da Ihr sie für Hexen haltet, handelt es sich wohl um einen Hexenbund?«

»Einen der schlimmsten Sorte! Sie stehlen wie die Raben. Kein Magier ist vor ihnen sicher. Und Männer …« Hadiks Stimme senkte sich zu einem kaum noch verständlichen Flüstern herab. »… müssen befürchten, sich auf dem Opferstein wiederzufinden, wenn Ihr versteht, was ich meine. Ich mag mir gar nicht ausmalen, welch Untaten diese Weiber in ihrem Hexenzirkel aushecken.«

Zumindest die letzte Behauptung war eine glatte Lüge. Der gesunden Röte seiner Wangen nach zu urteilen malte sich Hadik die pikanten Einzelheiten ihrer Zusammenkünfte gerade in aller Deutlichkeit aus.

»Und was ist mit dem Bund, den Jonar, Ihr und die anderen gegründet habt?« Rorn deutete mit dem Kinn auf das silberne Netz, das zwischen ihnen auf dem Tisch lag.

»Wie könnt Ihr es wagen, unseren Bund mit dem Hexenzirkel zu vergleichen!«

»Nun …« Rorn erlaubte sich ein breites Grinsen.

»Ihr habt wohl schon vergessen, was mit dem Magnus passiert ist?«, brauste der Magier auf. »Und so ist es auch seinen Vorgängern ergangen, lasst Euch das gesagt sein! Ihnen allen wurde der Schädel durchbohrt und das Gehirn entfernt. Wollt Ihr auch darüber spotten?«

»Beruhigt Euch«, forderte Rorn. »Wenn Ihr wirklich gegen die Schattenjade seid, werde ich Euch helfen, ganz gleich, wer dem Silbernetz das Leben sauer macht. Und falls die Hexen tatsächlich damit zu tun haben, werden sie es bereuen, das verspreche ich.«

»Am liebsten würde ich gleich hier und jetzt …«

»Beherrscht Euch!«, mahnte Rorn eindringlich.

»Keine Sorge.« Hadik stürzte weiteren Wein in sich hinein. »Ich weiß so gut wie die Schattenschwestern, dass wir kein öffentliches Aufsehen erregen dürfen. Der Niedergang der Jadepriester hat im Volk tiefes Misstrauen hinterlassen, und seit letztem Sommer ist es noch schlimmer geworden …«

Noch ehe Rorn fragen konnte, was im letzten Sommer geschehen war, kamen einige Männer und Frauen zur Tür herein. Die Frauen trugen Blumen im Haar und geflochtene Körbe in den Händen, in denen einfacher Schmuck, Lederwaren und mancherlei Tand zum Verkauf auslagen. Obwohl sie nichts Essbares anboten, wurden sie sogleich von mehreren Schankmägden angegangen, die sie aus dem Wirtshaus zu drängen versuchten. Als sich die Männer der Händlerinnen in den Streit einmischten, fühlten sich auch die Knechte des *Fetten Fangs* zum Eingreifen genötigt.

Einen unheilvollen Moment lang sah es so aus, als bahne sich eine größere Schlägerei an, aber dann warfen zwei Betrunkene eine Handvoll Münzen in die Kiepen und forderten die bekränzten Frauen auf, für sie auf dem Tisch zu tanzen. Zur allgemeinen Überraschung gingen zwei von ihnen auf das Angebot ein.

Mit wirbelnden Röcken tanzten sie über den Tisch. Angesichts des allgemeinen Beifalls, den ihre nackten Waden auslösten, sahen sich die Schankknechte und -mägde gezwungen, von einem Rauswurf abzusehen.

»Aber verkauft wird nichts von eurem Tand!«, lautete die abschließende Drohung, bevor sie wieder an ihre Arbeit gingen.

Rorn hätte dem Zwischenfall keinerlei Bedeutung beigemessen, hätten die Begleiter der jauchzenden Tänzerinnen nicht grünen Klee an ihren Hemden getragen. Sofort musste er wieder an Gerwin und seine Bande denken.

Mit einer glänzenden Münze zwischen den Fingerspitzen lockte er einen der Männer näher. »Sag mal, was hat dein grüner Schmuck zu bedeuten?«, fragte Rorn, nachdem das Geld in der verschwitzten Hand des anderen verschwunden war.

»Wir sind Pilger, auf dem Weg zur Domäne«, antwortete der Angesprochene bereitwillig. »Dieser Klee ist das Zeichen, an dem wir uns erkennen.«

»Zur Domäne?«, wiederholte Rorn verdutzt. »Wo liegt die?«

»Dort, wo das Volk herrscht und nicht der König!« Als wäre

dieser dürftigen Wegbeschreibung nichts hinzuzufügen, kehrte der Pilger zu seinen Freunden zurück, ehe ihn Rorn davon abhalten konnte.

Verwirrt sah er Hadik an, der jedoch mit den Schultern zuckte. »Nicht nur die hohen Mächte, auch viele Menschen spielen derzeit verrückt«, lautete seine lakonische Erklärung, bevor er mit ernstem Gesicht hinzufügte: »Ich habe nicht vor, in meinem Turm zu warten, bis es einen nach dem anderen von uns erwischt. Morgen reisen wir nach Syrk, um meinen Zunftbruder Rabold zu treffen. Gemeinsam können wir der Bedrohung durch die Schwesternschaft besser entgegentreten. Aber wir müssen uns eilen, bevor es ihm wie Jonar oder den anderen ergeht.«

»Syrk?«, überlegte Rorn laut. »Ich kenne zwei furchtlose Krieger, die dort leben. Ein schneller Sendfalke könnte sie damit beauftragen …«

»Die beiden Iskander?« Hadiks Stimme schraubte sich unangenehm schrill in die Höhe. »Der Bleichling und sein haarloser Freund mit den zwei Schwertern?« Der Beschreibung nach redete er tatsächlich von Alvin und Bornus. »Nein danke. Die beiden sind in unseren Kreisen nicht gut gelitten. Bevor Rabold die beiden um Schutz ersucht, kann er sich auch gleich freiwillig auf einen Opferstein legen.«

An den Nebentischen verstummten die ersten Gespräche. Neugierig sahen einige Zecher herüber, um zu ergründen, was das Gemüt des Magiers derart erregte. Was auch immer die beiden Iskander angestellt hatten, ging Hadik offenbar recht nahe. Um den Mann nicht noch stärker aufzubringen, verzichtete Rorn auf weitere Erklärungen. Lieber holte er das in Leder gebundene Buch hervor, das die Zerstörung in Jonars Haus überstanden hatte, und schob es in die Mitte des Tisches.

Zunächst blätterte Hadik lustlos darin herum, doch beim Anblick des gezeichneten Löwenmenschen weiteten sich seine

Pupillen. »Was hat das zu bedeuten?«, entfuhr es ihm. »Dem Text nach geht es doch um Greifen!«

Aber erst Gleichgültigkeit heucheln!, dachte Rorn ergrimmt. *Als würde sich deinesgleichen nicht nach alten Schriften über das geflügelte Pack verzehren.*

Was auch immer in dem Buch des Zunftbruders stand, schien Hadik bislang völlig unbekannt zu sein. Seine Maske des Desinteresses zerbröckelte, als er sich begierig über die Lippen leckte. Unauffällig versuchte er den Einband an sich zu ziehen, doch Rorn war schneller.

Wie der Blitz fuhr die Hand des Bannstreiters auf das offene Buch herab.

»Soso, eine alte Schrift über die Greifen!«, knurrte er, während das Papier unter seinen Fingern unangenehm raschelte. »Wozu braucht Ihr die, frage ich Euch? Wo doch die Zunft vom Silbernen Netz keine Jadezauber durchführt.«

Ein kurzer Anflug von Furcht wanderte über Hadiks Gesicht, gefolgt von einem Ausdruck der Empörung. »Wer den Feind bekämpfen will, muss schließlich seine Schlichen kennen«, brauste er auf.

»Und nach diesem Grundsatz hat auch Magnus Jonar gehandelt?«

»Davon gehe ich aus.« Hadik fuhr sich verlegen über den zerzausten Spitzbart. »Aber wer will schon seine Hand für einen anderen ins Feuer legen?«

So etwas in der Art hatte sich Rorn schon gedacht. Wütend presste er die Lippen zusammen, bis sie eine dünne, blutleere Linie ergaben: »Jonars Haus war völlig verwüstet. Die Türen waren von innen nach außen geborsten, und drinnen ist kaum ein Gegenstand heil geblieben. War das bei den anderen Opfern genauso?«

»Nein.« Hadik schüttelte den Kopf. »Als man sie fand, lagen sie einfach tot am Boden. Ihre Räume waren unversehrt und die Türen von innen verschlossen. Das war ja das Unheimliche, die Türen mussten aufgebrochen werden, um zu den Toten zu gelangen. Vermutlich sind sie also einer magischen Attacke zum Opfer gefallen.»

»Vielleicht ist Jonar dann doch nur eine Beschwörung misslungen?«

»Ihr vergesst die Kopfverletzung«, erinnerte ihn der Magier. »Sie stimmt mit denen der anderen überein. Nein, ich glaube vielmehr, Jonar hat sich mit einem Gegenzauber zur Wehr gesetzt. Aber wie immer der auch ausgesehen haben mag, er konnte nicht den Verlust seines Gehirns verhindern.«

»Und Magnus Jonar hat niemals Schattenjade eingesetzt?«

»Nicht den kleinsten Splitter«, versicherte Hadik im Brustton der Überzeugung.

»Ich hoffe, Ihr lügt mich nicht an«, entgegnete Rorn. »Es war die Schattenjade, die einst alles ins Ungleichgewicht brachte. Das scheinen viele schon wieder vergessen zu haben.«

Hadik seufzte.

»Rorn, ich hätte Euch nicht in meinen Sold gestellt, wenn ich etwas von Euch zu befürchten hätte«, versicherte er mit Nachdruck in der Stimme. »Euer Schwert ist eine starke Waffe, viel mächtiger, als Ihr selbst vielleicht ahnt. Niemand außer Euch kann Grimmschnitter gebrauchen, ohne sich selbst zu schaden. Das macht Euch zu einem Krieger, wie es keinen Zweiten gibt. Darum zähle ich auf Eure Hilfe, anstatt Euch zu fürchten.«

Hadik klang ehrlich. Und er versuchte auch nicht, den Bannstreiter durch einen Zauber zu betören – dies hätte Grimmschnitter durch ein Zittern angezeigt.

»Na gut.« Rorn schob das Buch dem Magier zu. »Gebt mir jetzt ein paar Münzen, damit die Hexen glauben, wir hätten uns nur getroffen, um ein Geschäft abzuschließen.«

»Ihr wollt schon gehen?«, keuchte Hadik erschrocken.

»Ich behalte die drei im Auge, keine Sorge.« Der Bannstreiter lächelte den beiden Leibwächtern zu, die schon seit geraumer Zeit zu überlegen schienen, ob ihr Auftraggeber noch verhandelte oder bereits ausgeraubt wurde.

Hadik stellte sich offensichtlich gerade die gleiche Frage. Umständlich zog er seinen ledernen Geldbeutel hervor und suchte nach ein paar Münzen. Die Entscheidung, von welcher er sich trennen sollte, fiel ihm schwer. Jede Einzelne wanderte zwischen seine Finger und kehrte wieder klimpernd zurück.

»Gebt mir einfach die wertvollsten Münzen, die Ihr dabeihabt«, forderte Rorn. »Es soll schließlich echt aussehen.«

Widerwillig zählte Hadik ein paar barosische Heller in die offene Hand des Kriegers.

»Soll das ein Witz sein?«, gab sich Rorn empört.

»Ich habe nicht mehr dabei«, versicherte der Magier, und ließ Rorn zum Beweis seiner Worte in die Geldkatze sehen. Auf dem Grund des Beutels schimmerte tatsächlich nicht das kleinste Stückchen Silber geschweige denn ein Funken Gold.

Rorn verzog das Gesicht, um seine Unzufriedenheit sichtbar zur Schau zu stellen. Beinahe angewidert legte er zwei erhaltene Kupferstücke auf den Tisch, um Speisen und Getränke zu begleichen. Den Rest seiner Münzen warf er in den Geldbeutel zurück, allerdings nur, um ihn gleich darauf ganz an sich zu nehmen.

»So billig kommt Ihr mir nicht davon!«, erklärte er dem verdutzten Hadik, während er sich erhob. »Morgen früh komme ich zu Euch und hole mir den Rest der vereinbarten Summe!«

Seine lauten Worte waren für die Zecher an den Nebentischen bestimmt, denen er einen Streit vorgaukelte. Da es keine vereinbarte Summe für das Buch gab, musste das Hadik eigentlich von selbst erkennen. Und falls nicht, würde er eben ein wenig schwitzen.

Grinsend verließ Rorn den Schankraum, ohne sich noch

einmal nach Venea umzudrehen. Er wusste, dass sein Aufbruch zu überraschend kam, als dass ihm eine der Hexen unbemerkt folgen konnte. Draußen in der Gasse machte sich der Krieger die Dunkelheit zunutze. Mit raschen Schritten tauchte er in die Nacht ein. Geschickt den Schatten einiger unbeleuchteter Häuser nutzend arbeitete er sich bis zu einer Säule vor, die ihm ausreichend Deckung bot.

Von hier aus beobachtete er in aller Ruhe, wie Hadik im Eingang des *Fetten Fangs* erschien und kopfschüttelnd nach ihm Ausschau hielt. Die leere Gasse verwirrte den Magier so sehr, dass er seine Augen schloss und in die Nacht hineinlauschte. Falls er dabei die Umgebung mit seinen inneren Sinnen abtastete, kam er nicht weit. Rorns Bann verhinderte, dass ihm mit solchem Zauber beizukommen war.

Einen leisen Fluch ausstoßend signalisierte Hadik seinen Leibwächtern mit einem kurzen Wink, dass es heimwärts ging. Weder eine der Hexen noch ein Bannfluch folgte den drei Männern, sonst wäre Grimmschnitter nicht so ruhig geblieben. Rorn machte sich nicht die Mühe, Venea und den anderen Frauen aufzulauern. Er wusste, wo er sie früher oder später finden würde:

In der Heimstatt des Magiers.

Dem schlanken Turm im Westen der Stadt.

Zur Zeit der Zyklopen

Nur drei Zyklopen hatten in steinernen Sesseln vor sich hin gedämmert und nach anfänglicher Überraschung Widerstand geleistet. Nur drei dieser Giganten gegen eine Übermacht von vierzig Greifen – trotzdem lagen nun zehn Getreue erschlagen auf dem grauen Granit. Ihre Flügel hatten bei diesem Kampf auf engem Raum keinen großen Vorteil geboten, und wo doch genügend Platz zum Aufsteigen gewesen war, hatte sie auch der Gegner aus der Luft attackiert. Ja, die Zyklopen waren ebenfalls geflügelt. Perac hatte sie vor dieser Gefahr gewarnt, doch die Leu hatten es erst mit eigenen Augen sehen müssen, um es wirklich glauben zu können.

Der Gedanke an die toten Gefährten lastete schwer auf Eonis. Der Boden war blutbedeckt. Hier oben, in der kugelförmigen Turmspitze, war es so kalt, dass dem noch körperwarmen Lebenssaft feine Dampfschleier entstiegen. Ein widerlicher Geschmack von Eisen lag in der Luft.

Als er durch das Blut watete, um einen toten Gegner genauer zu betrachten, vernahm er bei jedem seiner Schritte ein saugendendes Geräusch. Aus den klaffenden Wunden des Fleischbergs war eine Flüssigkeit ausgetreten, die viel dunkler als das Blut eines Leu wirkte. Auch sonst sahen die Zyklopen anders als erwartet aus. Eine der großen Lederschwingen – in der Mitte gebrochen und von scharfem Stahl zerfetzt – zuckte noch, obwohl das Herz des Giganten längst nicht mehr schlug.

Ein anderer Zyklop röchelte dagegen vernehmlich. Sie hatten ihm den Gnadenstoß verwehrt, weil Perac einen Gefangenen brauchte. Der schwerverletzte Riese mit den zerschmetterten Gliedern schien zu ahnen, was ihm bevorstand.

Seine Augen glänzten feucht.

Ja, Augen! *Zwei* überraschend kleine Augen anstatt eines großen. Eonis konnte es immer noch nicht fassen. Über Generationen hinweg hatten sich die Leu ausgemalt, wie die Bewohner der Türme wohl aussehen mochten, doch selbst in ihren wildesten Phantasien war keiner von ihnen der Wahrheit nahe gekommen. Besonders was die große Stirnhöhle in den Schädeln anging, hatten sie sich vollkommen falsche Vorstellungen gemacht.

Eonis wandte sich ab, weil er den grotesken Anblick nicht länger ertragen konnte. Der seltsame Fortsatz inmitten des Zyklopengesichts ließ den Gebieter aller Leu erschaudern. Was hatten sich die Steppengötter nur dabei gedacht, als sie ein Wesen von solcher Hässlichkeit erschufen?

Kein Wunder, dass die Riesen im Schutze der Nacht angriffen. Eonis hätte sich an ihrer Stelle auch nicht ans Tageslicht getraut.

Während er und die übrigen Greifen in stumpfer Erschöpfung verharrten, traten Perac und Hatra von draußen herein. Niemand wusste, wie der Großmeister und seine Hexe auf den mit Zinnen bewährten Rundgang gelangt waren, aber Magiern ihres Ranges war vieles möglich, was normalen Sterblichen auf ewig verwehrt bleiben würde. Und so betraten die beiden, die auf ein hohes Maß an Reinheit achteten, auch nicht den besudelten Boden zu ihren Füßen, sondern schwebten eine Handbreit über ihm durch die Luft. Weder das Schlachtfeld noch die erschöpften Sieger erregten ihr Interesse. Ihre Aufmerksamkeit galt einzig und allein dem pechschwarzen Steinbogen, der sich inmitten der gewölbten Halle erhob.

Der Steinbogen. Das war auch so eine Enttäuschung, die Eonis während der Erstürmung erlitten hatte.

Statt marmornem Prunk und goldenem Gerät, das der Erforschung oder gar Beherrschung der Sterne diente, hatten sie nur granitsteinerne Schlichtheit vorgefunden. Drei aus einem Stück geschlagene Sitzblöcke, auf denen die Zyklopen vor sich hin gedämmert hatten, und diese Arkade ohne ersichtlichen Nutzen.

Über einer Schlucht hätte der Bogen wenigstens als Brücke getaugt, aber zu welchem Zweck sollte man ihn im Inneren der Turmspitze beschreiten? Der Verstand der Zyklopen musste längst so verkrüppelt wie ihre Leiber sein.

Perac und Hatra betrachteten das steinerne Halbrund dagegen mit großer Ehrfurcht. Angst und Begierde rangen in ihren Blicken um die Oberhand. Offensichtlich stellte der fugenlose Bogen ein äußerst wertvolles Objekt dar, aber auch eines, das große Gefahren barg. Ihn zu beherrschen, erschien den beiden von höchster Wichtigkeit, zumindest wichtiger, als die Leu für ihren Sieg zu preisen.

Schweigend und ohne sich anzusehen glitten sie über den Boden hinweg, bis sie an die unbefleckte Stelle unterhalb der Arkade gelangten. Erst jetzt fiel Eonis auf, dass eine unsichtbare Barriere existierte, vor der sich das Blut der Leu und Zyklopen staute. Eine Art Bannkreis, der selbst feinsten Staub am Absinken hinderte.

Der Wölbung musste wirklich eine besondere Kraft innewohnen, ansonsten hätte Perac sich nicht direkt unter ihren Scheitelpunkt gestellt, die Arme seitlich ausgebreitet und ein wohliges Seufzen ausgestoßen. Hatra, die erneut über die Schattenjade wachte, holte die matt schimmernde Kugel aus einer ledernen Umhängetasche hervor und legte sie zu Füßen des Großmeisters ab, bevor sie ihm von Angesicht zu Angesicht gegenübertrat.

Täuschte es nur, oder erzeugte die bloße Berührung von Jade und Granitboden kleine Funken, die zischend zur Seite stoben? Die Reaktion war kaum zu erkennen und noch viel schlechter zu hören, weil plötzlich eine laute Stimme von den Wänden widerhallte.

»Was für ein Ort der Macht!«, rief Perac voller Verzückung. »Ich spüre die Kräfte, die ihn durchströmen, mit jeder einzelnen Faser meines Körpers!«

Seine Augen waren fest geschlossen, während er den Kopf in einer Art Ekstase von einer Seite zur anderen rollte. Aus diesem Grunde bemerkte er nicht, wie die Magierin und die müden Kämpfer auf sein Verhalten reagierten.

Hatra wirkte ein wenig verlegen, als sie flüchtig in die Runde schaute.

Es gab keinen Greif im Turm, der nicht wenigstens eine leichte Verletzung davongetragen hatte. Einige hockten oder lagen sogar am Boden und mussten versorgt werden. Wunden wurden geleckt, gebogene Dornen klammerten die zerfetzten Ränder tiefer Schnitte zusammen, während Perac, der völlig unversehrt war, vor Triumph beinahe zu bersten drohte.

Nicht nur Eonis umklammerte seinen Axtstiel so fest, dass das harte Holz zu knacken begann. So allwissend der Großmeister auch in Sachen Magie sein mochte, für die vorherrschende Stimmung fehlte es ihm an Weisheit – und vielleicht auch am nötigen Mitgefühl.

»Komm!«, rief der Magier seiner Gefährtin mit drängender Stimme zu. »Wir dürfen keine Zeit verlieren.«

Leises Murren erhob sich und verstummte unter des Königs herrischer Geste sofort wieder. Noch war Perac zu wichtig, als dass sie ihre Abneigung offen zeigen durften.

Der Großmeister und seine Hexe kreuzten ihre Arme vor dem Oberkörper, sodass ihre Fingerspitzen flach an den Schultern anlagen. Zunächst verstand niemand, was sie mit dieser Geste bezweckten, aber dann baute sich eine körperlich spürbare Spannung auf. Leises Knistern erfüllte den Raum, gleichzeitig flackerten weiß umrandete Elmsfeuer auf. Die mit einem hellblauen Kern versehenen Flammen huschten über den Steinbogen hinweg.

Dem Großmeister entfuhr ein leises Stöhnen, dem nichts Verzücktes mehr anhaftete, sondern nur noch purer Schmerz. Hatra blieb stumm, aber ihr schlanker Leib begann sich zu winden wie der einer Schlange. Was für einen Zauber die beiden auch immer webten, er strengte sie mehr an, als auf den ersten Blick zu erkennen war.

Kimue trat von hinten an den König heran und versuchte seine Wunden zu lecken. Eonis schüttelte seine Favoritin unwillig ab. Sollte ruhig das Blut in seinem Fell verklumpen, dann sahen seine Untertanen wenigstens auf Anhieb, dass er an der Spitze ihrer Elite gefochten hatte.

Ja, der Tod der Zehn, er durfte nicht umsonst gewesen sein, sondern musste das Volk der Leu auf die Opfer vorbereiten, die der Krieg gegen die Zyklopen noch fordern würde. Mochten Eonis und seine Getreuen auch in diesem Turm gesiegt haben, es würden weitere Schlachten folgen. Doch in Zukunft waren die Riesen gewarnt, darum quälte Eonis ein Gedanke: Wie würde es ausgehen, wenn ihnen beim nächsten Mal nicht drei, sondern dreihundert dieser geflügelten Riesen gegenüberstanden?

Den Angriff auf die uneinnehmbar geglaubten Türme und die Demaskierung ihrer entstellten Gesichter – all das würden die Zyklopen nicht unbeantwortet lassen. Ohne Peracs Magie waren die Leu verloren, wenn der Gegner zum Sammeln blies, daran bestand für Eonis nicht der geringste Zweifel.

Ein lautes Prasseln wischte seine dunklen Gedanken schlagartig zur Seite.

Aus dem steinernen Monument züngelten mehr und mehr blauweiße Flammen hervor. Obwohl sie keinerlei Hitze verbreiteten, brachten sie die Luft unterhalb der Wölbung zum flirren. Die eben noch scharf umrissenen Gestalten von Perac und Hatra verschwammen wie in starkem Sonnenglast, bis schließlich rote Blitze aus der Jadekugel schossen und in die Unterseite des Stegs stachen. Sich rasch immer weiter verästelnd woben die Strahlen ein zuckendes Geflecht, das den Bereich zwischen Granitboden und Halbrund vollständig ausfüllte, ohne den Großmeister oder die Hexe zu verletzen.

Das war der Augenblick, in dem Eonis erstmals der Gedanke kam, vor einem Durchgang und nicht vor einer Brücke zu stehen. Noch ehe die aufkeimende Erkenntnis wachsen konnte, glaubte er in dem Wabern die Schemen weiterer Zyklopen zu sehen, die auf Rache sinnend zu ihnen durchbrechen wollten.

Nicht nur Eonis riss vor Schreck die Streitaxt in die Höhe, auch Kimue und ein Dutzend weiterer Getreuer fletschte die

Zähne. Instinktiv machten sich die Greifen kampfbereit, doch die wahre Schlacht wurde am Tor ausgetragen.

Immer stärker wucherte das zuckende Blitzgeflecht an den Seiten des Steinbogens empor und breitete sich auch über die Oberseite der Wölbung aus. Derart bedrängt loderten die hellblauen Flammen höher, zuckten und flackerten und mussten doch zurückweichen. Das Prasseln der einander feindlich gesonnenen Energien schwoll zu einem Missklang an, der an das Kratzen von Stahl auf Stein erinnerte.

Nur mühsam unterdrückte Eonis den Wunsch, sich die Ohren zuzuhalten.

Zum Glück gewann Peracs Magie rasch die Oberhand. Die blauweißen Elmsfeuer erstickten unter dem übermächtigen Feind, der einfach über sie hinwegwucherte, bis sein roter Schimmer den gesamten Steinbogen umschloss. Das Hitzeflirren innerhalb des Tores löste sich daraufhin genauso rasch auf, wie es entstanden war, und die Leiber der Schlangenmagier gewannen ihre Konturen zurück.

Gleichzeitig erstarben die Blitze aus der Jadekugel. Der rote Mantel glühte noch eine Weile nach, bevor er direkt in den steinernen Bogen einzudringen schien.

»Es ist vollbracht!«, triumphierte Perac voller Stolz. »Das elende Portal, es ist versiegelt.«

Eonis vermochte seine Neugier nicht länger zu zügeln. »Was hat das zu bedeuten?«, verlangte er zu wissen.

Perac schwankte noch vor Erschöpfung, trotzdem stahl sich ein wissendes Lächeln in sein schmales Gesicht. »Hast du dich denn nie gefragt, wie es den Zyklopen möglich war, ihr Antlitz so gut vor der Welt zu verbergen, mein König?«, fragte er vergnügt. »Wie sie sich an jedem Punkt deines Reiches sammeln können, ohne dass ihre grauen Schwingen den Himmel verdunkeln?«

»Beim großen Gott mit der Silbermähne!« Eonis bleckte die

scharfen Zähne, als er die dreiste Anrede des Magiers vernahm. »Ich bin nicht in der Stimmung, deine kindischen Fragen zu beantworten!«

Verwundert über die scharfen Worte starrte der Großmeister den König sprachlos an. Den tiefen Furchen auf seiner Stirn nach zu urteilen überlegte er, womit er die harsche Replik verdient hatte. Erst, als ihn Hatra leicht mit zwei Fingerspitzen am Arm berührte, schien Perac zu ahnen, dass er es dem Gebieter aller Leu und Greifen gegenüber an Respekt hatte fehlen lassen.

»Dieses Portal und andere, die ihm gleichen«, erklärte er mit plötzlich samtweicher Stimme, »sind die Grundpfeiler, auf denen die Macht der Zyklopen ruht. Nur dank dieser Tore, die entlang der Sternenlinien verlaufen, vermögen sie noch Angst und Schrecken zu verbreiten. Und das, obwohl ihre Zahl beständig schrumpft und sie die meiste Zeit im Dämmerschlaf verbringen.«

Eonis spürte, wie sich die Anspannung in seinem Nacken löste. Ein Gegner, der nur noch wenige Köpfe zählte! Das klang nach einem todgeweihten Volk.

»Fahre fort«, forderte er den Großmeister auf.

Peracs Gestalt straffte sich wieder. »Ich weiß um den Blutzoll jener, die Euch am nächsten stehen, mein König«, behauptete er mit neuem Selbstbewusstsein in der Stimme.

Schlangenzunge!, dachte Eonis voller Verachtung, ohne sich seine Gefühle nach außen hin anmerken zu lassen.

»Aber leider haben Eure Getreuen nicht den Trompetenhall verhindert, vor dem ich so sehr gewarnt habe.« Dieser unerhörte Vorwurf rief ein vielfaches Echo von knackenden Axtstielen hervor. Falls Perac erkannte, auf welch schmalem Grat er gerade wandelte, ließ er es sich nicht anmerken. Unbeeindruckt fuhr er fort: »Dadurch wurden die übrigen Zyklopen gewarnt. Wisset, Ihr alle«, sprach der Magier und deutete auf den über ihm aufragenden Steinbogen, »dass Tore dieser Art in jedem Turm und jeder Höhle der Zyklopen zu finden sind. Wer durch sie zu reisen versteht, der tritt durch eines von ihnen hindurch und erscheint schon einen Lidschlag später unter dem, das er angesteuert hat. Hatra und ich mussten dieses Portal sofort versiegeln, sonst wären Heerscharen rachsüchtiger Zyklopen eingedrungen. Ich hoffe, Ihr vergebt uns, wenn wir deshalb Euren Toten nicht den gebührenden Respekt entgegenbrachten. Doch wir Magier müssen in größeren Zusammenhängen denken, allein Euch, den Lebenden, zuliebe.«

Hätte Eonis nicht die aufgebrachten Zyklopen im wogenden Glast gesehen, er hätte Perac kein einziges Wort geglaubt. So blieb ihm aber gar nichts anderes übrig, als das überlegene Wissen des Schlangenmagiers anzuerkennen. Magische Tore, durch die der Feind ohne den geringsten Zeitverlust zu reisen vermochte – solange sie es mit solch mächtigen Zaubern zu tun bekamen, brauchten sie einen Verbündeten, der dem entgegenzutreten wusste. Und hoffentlich noch andere Wunder zu wirken verstand.

»Auch ohne dieses Tor werden uns die Zyklopen aufspüren und Rache nehmen«, sprach Eonis aus, was alle seine Getreuen dachten. »Und ich fürchte, dass selbst wir Greifen ihrer Übermacht nicht lange gewachsen sein werden.«

Peracs schmale Schlangenlippen kräuselten sich vergnügt. So sehr er auch seinen stillen Triumph zu verbergen suchte, es gelang ihm einfach nicht.

»Ihr habt Recht«, verkündete er nicht nur an Eonis, sondern an alle geflügelten Leu gewandt. »Ihr Greifen seid zu wertvoll, um Euch in endlosen Kämpfen aufzureiben. Zum Glück hat uns Euer Handstreich aber einen überlebenden Gegner beschert.« Der Blick des Magiers wanderte zu dem zerschmetterten Zyklopen, dessen Atemzüge kaum mehr zu vernehmen waren. »Mag er auch schon an der Schwelle des Todes stehen, so steckt noch genügend Leben in ihm, um einen Zauber zu wirken, der den Leu helfen wird, die treuesten Hilfstruppen aller Zeiten auszuheben.«

Das hasserfüllte Funkeln, mit dem der Großmeister die hilflose Kreatur bedachte, ließ selbst Eonis frieren. Doch für Edelmut unter Kämpfern war es zu spät. Von nun an herrschte Krieg, darum war der König bereit zu tun, was getan werden musste.

»Wie viele dieser Riesen existieren noch?« Es war Kimue, die diese Frage stellte. Seine Favoritin war auch die Einzige, die das wagen durfte. Jedem anderen Untertanen hätte Eonis zur Strafe die Krallen durchs Gesicht gezogen.

»Einige Hundert vielleicht«, antwortete Perac, ohne den Blick von seinem Opfer zu nehmen. »Wie viele genau ist unbedeutend. Wichtig ist nur, dass das Geschlecht der Zyklopen seinen Zenit längst überschritten hat. Wir verhindern nur, dass sie noch über Generationen hinweg an der Macht festhalten, bis auch der letzte ihrer Art in seinem Steinsessel zu Staub zerfallen ist.«

Mit einem kalten Funkeln in den geschlitzten Pupillen sah Perac auf. Was auch immer die Zyklopen ihm und den Seinen angetan hatten, er gedachte bittere Rache zu nehmen. Selbst wenn ihm nur ein sterbender Gegner dafür zur Verfügung stand.

»Geht, bevor es zu spät ist!«, befahl Perac mit der ihm angeborenen Arroganz, die er nicht mehr in gefällige Worte zu kleiden versuchte. »Für den Zauber, den ich plane, brauche ich Zyklopentränen. Ernte ich nicht genügend von ihnen, bevor der Gefangene stirbt, haben wir der Rache der grauen Riesen nichts entgegenzusetzen.«

Was Perac da unverhohlen forderte, war nichts anderes als Gehorsam, aber solange einzig und allein sein Wissen zwischen den Greifen und den Zyklopen stand, konnte er sich diesen Affront erlauben. Zumindest in Augenblicken wie diesen.

Hatra trat schon wie selbstverständlich an den Großmeister heran, die Jadekugel in ihren Händen.

Um das Gesicht zu wahren, gab Eonis den Befehl, die ihnen zustehende Beute zusammenzuraffen. Einige dicke Wandteppiche waren der einzig brauchbare Schmuck im Raum. Trotz ihrer unansehnlichen Motive, die die Zyklopen im Kampf gegen andere, noch widerlicher anzusehende Völker zeigten, wollte Eonis sie in seinem Palast aufhängen. Alle seine Untertanen sollte das wahre Gesicht des Feindes sehen, um den Blutzoll der Greifen gebührend würdigen zu können.

Entschlossen trat der König auf einen der beiden toten Riesen zu und trennte ihm mit wuchtigen Axthieben den Kopf vom Rumpf. Eonis brauchte einen Beweis für die wartenden Leu, damit sie die Wahrheit glaubten. Das riesige Haupt mühsam hinter sich herschleifend, trat er ins Freie hinaus.

Hinter ihm wurde ein gequältes Winseln laut, doch Eonis drehte sich nicht um. Er wollte gar nicht wissen, *wie* Perac die Zyklopentränen schöpfte, sondern einfach nur seine Flügel ausbreiten und ins satte Grün Simwaes zurückschweben.

Seine Getreuen taten es ihm gleich.

Gemeinsam hoben sie vom Wehrgang ab und segelten, beladen mit ihren Toten, der Beute und dem Haupt des Zyklopen, in die Ebene hinab. Die frische Brise, die ihnen durchs Fell strich, half dabei, den Gestank des vergossenen Blutes zu vertreiben.

Unzählige helle Punkte hoben sich vor dem dunklen Grund ab, der den Sockel des massiven Turms umgab. Hunderte bis an die Zähne bewaffnete Leu empfingen die Rückkehrer mit lautem Jubel, der nur kurz in ein entsetztes Stöhnen überging, als das Haupt des Zyklopen zu Boden schlug. Aber kaum hatten sich der aufgewirbelte Staub und die allgemeine Überraschung gelegt, jubelte die wartende Menge noch lauter als zuvor. Doch so laut die Triumphgesänge auch waren – sie vermochten nicht das leise Klagen des Zyklopen zu übertönen, das Eonis weiterhin in den Ohren hallte.

7.

Im Netz der Spinnenreiter

Hadik gehörte nicht zu den Magiern, die sich auf menschliche Wächter verließen. Sein aus Sandstein errichteter Turm, der die Nebengebäude um ein ganzes Stockwerk überragte, war von einer doppelt mannshohen Mauer umgeben, die weder ein Tor noch eine Pforte oder sonst einen Durchschlupf besaß. Niemand in Leru wusste, wie Hadik sein Anwesen betrat oder verließ – wenn er denn einmal den Markt besuchte oder auf Reisen ging –, und niemand, nicht einmal der Stadtvogt und seine Vasallen, wollte es genau wissen. Selbst die nagende Neugier darüber, was sich wohl Wertvolles in Hadiks Gemächern befinden mochte, war gänzlich erloschen, seit einige Wagemutige nach dem Überwinden der Mauer nie wiedergesehen wurden.

Bree und Tabeth hatten sich nicht lange in den umliegenden Gassen herumdrücken müssen, um die ersten Warnungen vor dem Magier zu hören. Gefolgt von den Geschichten über die furchtbaren Schreie jener Tollkühnen, die sich, allen Warnungen zum Trotz, ins Unglück gestürzt hatten.

Lerus Diebe machten jedenfalls schon lange einen großen Bogen um Hadiks Anwesen, höchstens auswärtige Gildenbrüder fanden hier noch ihr Verderben. Oder zum Tode verurteilte Lumpen, die von ihresgleichen vor die Wahl gestellt wurden, sich zwischen Vierteilung und einem Sprung über die Mauer zu entscheiden: Für gewöhnlich zogen die Delinquenten das Ende zwischen den Seilen vor.

Bree, die als Erste mit dem Auskundschaften an der Reihe gewesen war, hatte lange Zeit vermutet, wilde Tiere würden durch den üppigen Garten streifen. Erst in der dritten Nacht, die sie auf der Mauerkrone verbrachte, fiel ihr auf, dass sich nicht einmal Insekten in das wild wuchernde Grün verirrten. Ein Umstand, der nichts mit den Bannkreisen zu tun hatte, die das Anwesen vor magischen Attacken sicherten.

Dicht an eine Hausmauer geschmiegt spähte die Blonde zu der torlosen Mauer hinüber. »Seht ihr?«, flüsterte sie heiser, auf einen im Mondlicht tanzenden Mückenschwarm deutend.

Venea, die dicht hinter ihr stand, wusste sofort, worauf die Schattenschwester hinauswollte. Angelockt von Hadiks erleuchteten Turmfenstern, die weder Vorhang noch Holzladen verdunkelte, setzten die geflügelten Plagegeister dazu an, das Anwesen zu überfliegen. Aber schon kurz hinter der Einfriedung stiegen sie senkrecht empor, als lauere unter ihnen etwas, das ihnen schon beim bloßen Überflug gefährlich werden konnte.

Die zuvor einheitliche Formation stob auseinander und zerstreute sich, wenn auch keineswegs in alle Winde. Zurück über die Mauer! Dieser rettende Instinkt war allen im Schwarm gemein. Wie groß musste die abschreckende Wirkung des Gartens sein, wenn sie selbst Mücken auf Abstand hielt?

Venea spürte einen kalten Griff um ihren Hals. Es war die Furcht vor dem Unbekannten, die das Atmen schwer machte.

Ohne die genauen Anweisungen der Schattenmutter hätte sie sich keinen Schritt weiter gewagt, und den Schwestern an ihrer Seite erging es ganz ähnlich. So aber lauschten die drei mit allen Sinnen in die Stille der Nacht hinein. Zum Glück lagerten keine obdachlosen Pilger in dieser Straße, oder sie waren bereits von der Stadtwache für diese Nacht vertrieben worden. Jedenfalls war kein fremder Herzschlag in der Umgebung zu hören, nur die lauernde Intelligenz jenseits der Einfriedung war zu spüren.

»Also los!«

Auf Veneas Kommando hin holte jede von ihnen ein kleines Fläschchen hervor. Bree ein aus Hirschhorn geschnitztes, Tabeth eines, das aus Silber gegossen war, und Venea eine gläserne Philole. So unterschiedlich die Behältnisse auch waren, sie enthielten alle den gleichen übelriechenden Inhalt.

Es kostete die drei Frauen einige Überwindung, sich mit dem Sud am ganzen Körper zu benetzen, doch es musste sein. Sie durften ihre Kräfte nicht schon dafür verschwenden, unbeschadet bis zum Fuß des Turms zu gelangen. Seite an Seite huschten sie durch die Nacht und halfen sich gegenseitig dabei, die Mauer zu erklimmen. Im dunklen Garten angelangt atmete Venea tief durch – und musste unmittelbar darauf einen aufsteigenden Hustenreiz unterdrücken. Denn je länger der selbstgebraute Sud auf der Haut haftete, desto stärker entfaltete er seine Wirkung.

Bree musste unwillkürlich kichern.

»Still!«, mahnte Venea. »Denk an den Spinnenreiter, von dem ich euch erzählt habe.«

Angesichts des vor ihnen liegenden Dickichts verstummte die Blonde umgehend. In dem undurchdringlich erscheinenden Unterholz vermochte sich eine ganze Armee Herzloser verbergen. Das war ein beängstigender Gedanke, doch für eine Umkehr war es zu spät. Es gab eine Aufgabe, die erfüllt werden musste.

Dicht an die Innenmauer gepresst bewegten sie sich auf den Anfang des Pfades zu, den sie von der Mauerkrone aus gesehen hatten. Obwohl es vollkommen windstill war, knarrten die Bäume. Vor allem jene, an denen sie gerade entlanggingen. Blätter rauschten, wie unter einer steten Brise, während sich die hohen Wipfel zu den Frauen herabneigten.

Tabeth stieß einen spitzen Laut aus, als sie mit ihrem rechten Fuß gegen etwas Schmales, Bleiches stieß, das große Ähnlichkeit mit einem menschlichen Hüftknochen besaß. Plötzlich wirkten die dicht belaubten Äste, die sich ihnen entgegenstreckten, noch bedrohlicher.

Was nur, wenn die Untiere irgendwann nicht mehr angewidert zurückwichen, weil der Sud seine Wirkung verlor? Wurden die Hexen dann genauso gepackt und ins Dickicht gezerrt wie die Unglücklichen, deren Knochen überall verstreut im hohen Gras vermoderten?

Wir haben immer noch unsere Schattenjade, versuchte Venea sich Mut zuzusprechen. Gleichzeitig hoffte sie inständig, dass die Rezeptur der Schattenmutter nicht versagen möge.

Am Schlängelpfad angekommen fühlte sie sich etwas sicherer, aber auch hier rückten die Zweige von allen Seiten dicht an sie heran. Veneas Kehle trocknete aus, als sie ein feuchtes Glitzern auf mehreren Blättern bemerkte. Was auf den ersten Blick wie harmloser Tau aussah, war in Wirklichkeit giftiger Schleim, der über die Haut einwirkte und das Opfer binnen weniger Herzschläge willenlos machte. Die drei Hexen gingen hintereinander über den mit Feldsteinen befestigten Weg, um sich möglichst weit in der Mitte zu halten. Aus dem Dunkel hervorzuckende Ranken, die sich wie Schlangenzungen vor ihren Gesichtern wanden, machten jedoch immer wieder deutlich, dass es vor dem Gestrüpp kein Entrinnen gab.

Wer ungeschützt in diesen lebenden Urwald geriet, wurde erst betäubt und dann bei lebendigem Leibe verdaut.

Ihre Kapuzen tief ins Gesicht gezogen und die Mäntel fest um den Körper geschlungen bewältigten sie eine Strecke von knapp dreißig Königsschritten, die ihnen allerdings wie ein Marsch durch einen endlosen Wald vorkam. Unterhalb eines erleuchteten Fensters angelangt stellten die drei fest, dass von ihren Mänteln vereinzelte Gifttropfen perlten.

Allzu blindes Vertrauen auf den Schutztrank wäre ihnen zum Verhängnis geworden. Angeekelt stellten sie sicher, dass keine Stelle betroffen war, die mit der bloßen Haut in Berührung geraten konnte. Venea hatte einen bitteren Geschmack im Mund, und auch ihre Schwestern sahen aus, als müssten sie sich gleich übergeben. Die Möglichkeit, dass eine von ihnen vom Weg abgekommen und im Unterholz zusammengebrochen wäre, schien plötzlich mit Händen greifbar. Tiefes Unbehagen schüttelte ihre Glieder.

»Der Bannkreis«, mahnte Venea, um sie alle auf andere Gedanken zu bringen.

In einem Schritt Abstand zu dem raschelnden Efeu, der den quadratischen Turm umrankte, stellten sie sich auf. Als Venea ihren Geist öffnete, spürte sie bereits die Anwesenheit der anderen Hexen. Gemeinsam leise Formeln sprechend, die dabei halfen, die Kräfte zu bündeln, tasteten sie mit unsichtbaren Händen in Richtung des Turms, bis sie einen Widerstand spürten.

Die Barriere war schwächer als erwartet. Es fiel ihnen nicht allzu schwer, sich der fremden Schwingung anzupassen und sie zu überwinden. Ein bisschen fühlte es sich an, als würden sie sich durch ein enges Schlupfloch in einer Hecke zwängen. Nach einem kurzen Moment der Beklemmung war der Weg endgültig frei.

Der gute Schutz des Gartens hat Hadik unvorsichtig gemacht! Es war nicht Venea alleine, die das dachte. Der Gedanke durchfuhr sie alle drei gemeinsam.

Trotzdem wurde es jetzt erst richtig schwierig. Der einzige Weg in Hadiks Zeremonienstube führte durch die offenen Turmfenster. Doch selbst mit dem Sud der Schattenmutter versehen wäre es zu gefährlich gewesen, am Efeuspalier hinaufzuklettern. Der tückische Saft, den die Pflanzen absonderten, glitzerte auch hier auf den Blättern. Eine einzige Ranke zu schütteln hätte sicherlich schon gereicht, um einige Dutzend dieser matt schimmernden Perlen in die Tiefe regnen zu lassen.

»Leicht wie eine Feder«, intonierte Bree leise, ohne einen entsprechenden Wink abzuwarten. Schon bei der ersten Wiederholung fiel Tabeth mit ein.

Gleichzeitig knieten die beiden Schattenschwestern nieder und fassten einander so an den Händen, dass ihre Arme die Beine der dritten Hexe umrahmten. Venea selbst sprach kein Wort, sondern legte ihren Mantel ab, der ihr bei der folgenden Unternehmung nur hinderlich gewesen wäre. Danach dachte sie an ein klares Gewässer, bei dem sie bis auf den Grund hinabblicken konnte. Gleichzeitig strich sie mit ihren Fingern über die Jadeaugen ihrer Schlangenarmbänder.

Unter ihren Fußsohlen begann es zu prickeln.

Rasch kreuzte sie ihre Arme vor der Brust, um ihre Haltung zu stabilisieren. Noch bevor ihre Hände die Schulterblätter berührten, begann ihr Körper zu verblassen. Angesichts des fahlen Mondlichts fiel die Veränderung zunächst kaum auf, doch sobald die ersten Ranken durch ihren Finger hindurchschimmerten, wusste sie, dass der Tarnzauber erneut gelang. Schon einen Herzschlag später waren bloß noch die Konturen ihrer Gliedmaßen zu sehen, und als auch diese schwanden, war von Venea nicht mehr das Geringste zu erkennen.

Gleichzeitig spürte sie, wie sie in die Höhe wuchs.

»Leicht wie eine Feder, dem Himmel entgegen!«, murmelten Bree und Tabeth unter ihr. Nur ein einziges Mal, doch das reichte, um die Richtung zu bestimmen.

Getragen von dem Willen der Hexenschwestern stieg Venea senkrecht empor. Ranke um Ranke rauschte der Efeu an ihr vorüber. Das Kribbeln in ihren Füßen erstreckte sich längst bis in die Beine, trotzdem hatte sie nicht den Eindruck, dass irgendwelche Kräfte an ihr zerrten. Vielmehr fühlte es sich an, als stünde sie auf einem massiven Untergrund, der sie sicher in die Höhe hob. In Wirklichkeit gähnte unter ihr ein Abgrund von dreifacher Körperlänge.

Das erleuchtete Turmfenster rückte immer näher.

Bree und Tabeth beherrschten die Kunst der Levitation wahrhaft meisterlich. Kein Wunder, dass die Schattenmutter sie für den Einbruch in Hadiks Turm ausgewählt hatte. Mit geschlossenen Augen saßen sie da und orientierten sich alleine mit der Kraft ihres Geistes. In die Höhe zu blicken, hätte sie auch nur irritiert, denn Venea war auch für sie nicht zu sehen. Der Zauber, der die Schattenschwester vor den Blicken der Stadtwachen, den schlaflosen Nachbarn und anderen zufälligen Beobachtern schützte, machte auch vor anderen Hexen nicht halt.

Selbst Venea konnte sich nicht sehen, was es oftmals schwierig machte, sich vorwärts zu tasten oder nach Dingen zu greifen.

Nur das Zittern der Efeuranken verriet, auf welcher Höhe sie sich gerade befand. Schattenmutters Abwehrtrank mochte das fleischfressende Gezücht am Zuschnappen hindern, seine Begierden dämpfte es jedoch nicht. Immer wieder streckten sich Venea einzelne Blätter entgegen. Darum war sie froh, als der grüne Wall endete und das offene Rechteck des Turmfensters vor ihr auftauchte.

Bis auf Höhe des Bauchnabels glitt sie daran vorbei, bevor sie plötzlich mitten in der Luft verharrte. Perfekt. Venea brauchte nur noch ihre Hände auszustrecken, um sich über den Fenstersims ins Innere zu ziehen. Bree und Tabeth schoben sie sogar noch etwas näher ans Mauerwerk heran, das bereits frei von jedem Bewuchs war.

Dabei sackte Venea ein kleines Stück ein, als hätte sich der feste Grund, auf dem sie stand, plötzlich in eine weiche Wolke verwandelt. Venea spürte ein schmerzhaftes Ziehen in ihren

Leisten, bezähmte aber den aufkeimenden Wunsch, sich nach vorne, in die vermeintliche Sicherheit des Fensters zu stürzen. Völlig auf die Fähigkeiten der Zunftschwestern vertrauend rührte sie keinen Muskel, bis sie wieder völlig reglos in der Luft verharrte.

Was nun kam, war der schwierigste Teil ihres Unterfangens.

Sobald Venea ihre Füße bewegte, entzog sie sich dem Einfluss der Levitation. Darum streckte sie zunächst vorsichtig beide Arme aus und tastete nach dem Mauerwerk. Einer ihrer Fingernägel brach ab, als sie versehentlich mit ihrer unsichtbaren Rechten die Fensterbank rammte, anstatt sie gleich an der hinteren Kante zu packen. Vorsichtig zog sie die Linke nach und tastete so lange über den massiven Stein, bis sie knapp unterhalb des Sturzes Halt fand.

Von der See her auffrischender Wind fächerte Veneas Haare auf, während sie eines ihrer Beine anwinkelte und durchs Fenster schob. Der Halt unter dem anderen Fuß geriet umgehend ins Wanken. Rasch spannte sie alle Muskeln an, um sich nach vorne zu ziehen, doch im gleichen Moment, da sie ihr Körpergewicht spürte, tauchten vor ihren Augen schwarze Punkte auf.

Bleierne Schwere überkam ihre Glieder. Alle Kraft schien auf einen Schlag wie weggesaugt. Der Kampf gegen den Spinnenreiter steckte Venea noch immer in den Knochen. Die Zeit der Erholung, die sie in der Schenke genossen hatte, war einfach zu kurz gewesen, um sich schon wieder ungefährdet der Schattenjade zu bedienen.

Veneas Knie rutschte über den Sims, ihr in der Luft schwebender Fuß fand keinen Halt mehr. Sobald ihr Knie den Kontakt zum Fensterbrett verlor, folgte unweigerlich ein Absturz, der nach drei Stockwerken freien Falls auf steinhartem Boden enden würde. Das überlebte niemand, auch keine Hexe.

Bree und Tabeth schrien vor Entsetzen auf, als sie Veneas Todesangst spürten.

Vielleicht war das der Moment, in dem Venea noch einmal alle Reserven mobilisierte. Ihre Finger krallten sich regelrecht in das Mauerwerk. Verzweifelt drängte sie die anrückende Ohnmacht zurück und zog sich mit letzter Kraft nach vorne. Die schwarzen Kreise vor ihren Augen zerplatzten. Wellen der Übelkeit schüttelten ihren Körper. Sie erkannte nur noch schemenhaft, wie der vor ihr liegende Gang aussah. Plötzlich bestand die Welt um sie herum nur noch aus wirbelnden Sandsteinwänden, während sie mit dem Oberkörper voran ins Turminnere fiel.

Gerettet, doch um welchen Preis?

Eine unter dem Fenster stehende Truhe dämpfte Veneas Sturz, trotzdem schlug sie mit dem Kopf auf, während sie über den Boden rollte. Leises Eindringen klang anders. Ein Keuchen entfuhr ihrer Kehle, bevor sie endlich flach ausgestreckt zu liegen kam. Eisige Kälte kroch ihr unter die Haut. Sie hatte ihrem Körper wirklich zu viel zugemutet.

Erneut drohte bleierne Ohnmacht wie eine schwarze Sturzwelle über die Hexe hinwegzurollen. Schwarze Schleier wehten am Rande ihres Sichtfeldes, doch bewusstlos zu werden, konnte ihren Tod bedeuten. Einmal ausgesprochen wirkte ein Tarnzauber, bis er widerrufen wurde. Selbst, wenn er seinem Träger dabei den letzten Lebensfunken aussaugte.

Angesichts des Lärms, den sie beim Eindringen gemacht hatte, durfte sie aber unter keinen Umständen sichtbar werden. Falls Hadiks Spinnenreiter sie in ihrem angeschlagenen Zustand entdeckten, war es um sie geschehen. Alles, was Venea also blieb, war, den stillen Kampf aufzunehmen.

Verzweifelt richtete sie ihren Blick auf eine blakende Fackel an der gegenüberliegenden Wand. Solange sie die heruntergebrannte Flamme flackern sah, war sie noch bei klarem Verstand. *Wach bleiben!*, sagte sich Venea immer wieder vor. *Du musst wach bleiben!*

Ihre Augenlider begannen zu flattern, doch kurz bevor sie sich gänzlich schlossen, gelang es der Hexe, sie wieder aufzureißen. Bis schließlich die bleierne Müdigkeit nachließ und sie wieder befreit durchatmen konnte. Ein Stechen in den Rippen ließ sie den ersten tiefen Atemzug umgehend bereuen, außerdem dröhnte ihr Kopf, als schlüge jemand mit einem Hammer darauf herum.

Venea, die Meisterdiebin, spottete sie über sich selbst, während ihre Finger die schmerzende Stelle hinter dem linken Ohr abtasteten. Zum Glück klebte kein Blut in den Haaren. Sie entdeckte nur eine leichte Wölbung, die vermutlich zu einer stattlichen Beule anschwellen würde. Damit konnte sie leben.

Wenigstens besaß Hadik einen gesunden Schlaf. Anders ließ sich kaum erklären, warum er noch nicht nach dem Rechten gesehen hatte.

Nachdem sie wieder einigermaßen bei Kräften war, rappelte sie sich auf und schlich zähneklappernd den Gang entlang. Venea fror entsetzlich, wollte aber auf keinen Fall mit leeren Händen zurückkehren. Links von ihr stand eine Tür offen, die einen Blick in eine kleine, fürchterlich unaufgeräumte Schlafkammer gestattete. Rund um das ungemachte Bett stapelten sich Folianten und Schriftrollen, aber auch mit Essensresten verklebte Schüsseln, über denen nur deshalb keine Fliegen kreisten, weil der lebende Garten alle Insekten fernhielt.

Hadik gehörte scheinbar zu den Magiern, die ihre Studien gerne bei Kerzenlicht im Bett fortführten.

»Myandor, die Umwehte …«

Der kurze Gang endete vor einem schweren Vorhang, hinter dem ein undeutliches Murmeln zu hören war. Venea ahnte, was das zu bedeuten hatte, noch ehe sie die doppelt verstärkte Umsäumung zur Seite schob. Wie erwartet blickte sie in einen

Zeremonienraum, in dem Hadik mit untergeschlagenen Beinen inmitten eines großen Berges von Seidenkissen thronte. Brennende Kräuter verbreiteten einen süßlichen Duft, der die Konzentration fördern sollte, aber Veneas Nase aufs Fürchterlichste beleidigte.

»Das Siegel, das Siegel der Weißen Stadt!«

Völlig in sich versunken ließ der Magier seinen Inneren Blick in weiter Ferne umherschweifen. Kein Wunder, dass Veneas Poltern unbemerkt geblieben war. Vermutlich hätte sogar eine Rotte Wildschweine durchs Fenster springen können, ohne dass er aus seiner Trance erwacht wäre.

Rasch rieb sich Venea über die eiskalten Arme, um sie wenigstens ein wenig anzuwärmen, bevor sie durch den Vorhang schlüpfte. Rund um den Kissenberg, in dem Hadik vor sich hin murmelte, gab es einen leeren Kreis, in dem nicht das kleinste Staubkörnchen den dunklen Holzfußboden verunreinigte. Außerhalb dieses Bereichs herrschte allerdings ein Chaos, das der Unordnung in der Schlafkammer nur wenig nachstand.

Mehrere Tische bogen sich nur so unter der Last irdener Tiegel, Töpfe und Krüge, zwischen denen Mörser unterschiedlichster Größe standen, worin Hadik die Kräuter verarbeitete, die überall in dicken Bündeln von den Querbalken hingen, über denen sich die kegelförmige Turmspitze erhob. Zwischen all den angemischten Tränken und Salben stapelten sich Bücher jeglicher Größe, sowie Teller mit abgenagten Hühnerknochen.

Eine Kochstelle mit gemauertem Rauchfang war an der nordwärts gelegenen Wand zu finden, während sich direkt gegenüber, so weit wie nur möglich von den offenen Flammen entfernt, mehrere Regale zu einem kleinen Labyrinth gruppierten.

In all diesem Chaos die gesuchte Schattenjade aufzufinden

stellte eine Kunst für sich dar. In den meisten Quartieren brauchte sich ein Dieb nur nach der schwersten und am stärksten durch Eisen und Bannsprüche geschützten Kiste umzuschauen, um zu finden, was er suchte. In einem solchen Durcheinander konnte allerdings selbst der wertvollste Besitz unter einem Berg von schmutzigem Geschirr verborgen sein.

Zunächst einmal nahm sie den Magier selbst in Augenschein, konnte aber auch bei genauester Beobachtung kein Amulett oder sonstiges Hilfsmittel entdecken, das nach der gesuchten Schattenjade aussah. Hadik trug nur das silberne Netz um den Hals, das aber als Zunftzeichen und vielleicht noch als Hilfsmittel zur besseren Konzentration diente. Aber irgendwo musste er doch sein, der Machtspeicher, den die Schattenmutter und ihr Innerer Zirkel bei ihren Beschwörungen aufgespürt hatten. Mochte Hadik auch noch so beteuern, dass er auf anderen Pfaden wandelte – die Schattenmutter irrte nie, wenn es um die Jade ging.

Hadik besaß Schattenjade und setzte sie gewiss auch ein. Niemand vermochte auf Dauer der zusätzlichen Macht zu widerstehen, die die Steine zur Verfügung stellten.

Venea kannte die damit verbundenen Verlockungen aus eigener Erfahrung. Wer einmal eine Flammensäule ins Leben gerufen hatte, gab sich danach nur noch ungern mit einem Funkenregen zufrieden. *Verfüge über uns*, schienen die Armbänder beständig zu flüstern. *Du weißt doch, wie schnell und leicht du dadurch ans Ziel gelangst.*

Aber natürlich war es nicht die Jade, die da zu ihr sprach, sondern es waren die dunklen Charakterzüge, die in jedem Menschen schlummerten. Etwa die Eitelkeit, die zu beeindrucken wünschte, oder der Hochmut, der auf andere herabblicken wollte, aber auch ganz einfach die Faulheit, die alle unnötigen Anstrengungen ablehnte. Die Schattenmutter hatte ihnen oft genug von diesen Gefahren erzählt. Und von dem hohen Preis, den es kosten konnte, seinen dunklen Neigungen nachzugeben.

Ein leises Schaben riss Venea aus ihren Gedanken.

Verblüfft sah sie zur Decke empor, die nur aus einigen tragenden Balken bestand. In der sich darüber erhebenden Kegelspitze zeichnete sich das Rechteck eines offenen Fensters ab, durch das die bei Tage aufgestaute Hitze entwich. Ansonsten nistete dort oben tiefe Finsternis, die Venea vergeblich mit ihren Blicken zu durchdringen versuchte.

Zu hören war nichts mehr, trotzdem bewegte sich irgendetwas.

Feiner Staub rieselte vom Gebälk herab.

Venea erstarrte mitten in der Bewegung. Jeden einzelnen Muskel angespannt stand sie reglos da, als etwas Kleines, Flinkes aus dem Dunkel hervorschoss und behände auf die Unterseite des Balkens wechselte. Trotz ihrer kurzen Beine jagte die Feldmaus wie ein Blitz an dem rauen Holz entlang. An einem hohen Regal angelangt ließ sie sich einfach fallen. Leise fiepend wirbelte sie in der Luft herum und kam mit den Füßen voran auf. Ohne auch nur einen Moment innezuhalten, lief sie von dort mit großen Sätzen weiter und sprang über niedrigere Regale und Tische zu einem mit Stroh gefüllten Drahtkäfig, der auf einem der Tische stand.

Venea hatte sich schon gewundert, wie die Maus ins Haus gelangt war, wo doch selbst Insekten einen Überflug des Gartens scheuten. Wie es schien, hielt sich Hadik den kleinen Nager als Haustier, um die selbstgewählte Einsamkeit ein wenig zu vertreiben. In dem Käfig lagen Getreidekörner aus, außerdem stand ein Napf mit frischem Wasser bereit.

Noch ehe die Hexe ihren Schreck richtig verdaut hatte, verschwand das Tier im ausgelegten Stroh. Nur noch seine Schwanzspitze ragte zwischen den Halmen hervor.

Missratener Nager! Veneas Herz trommelte wild in der Brust.

Kaum hatte sich das Herz beruhigt, beschleunigte es auch schon wieder, als ihr Blick auf ein in Leder gebundenes Buch fiel, das in unmittelbarer Nähe des Magiers lag. Er musste darin gelesen haben, bevor er in Trance versunken war, denn es war noch aufgeschlagen. Venea konnte nicht die Sprache erkennen, in der es verfasst war, nur die Zeichnung eines aufrecht gehenden Löwen, der eine Streitaxt in Händen trug. Doch das war es nicht, was sie erschreckte, sondern der glitzernde Raureif, der die Seiten bedeckte. Die Dielen rund um das Buch waren ebenfalls weiß verkrustet, und eines der in der Nähe liegenden Seidenkissen sogar mit einer Art Eisblume bedeckt.

Rund um dieses Buch war es also wesentlich kälter als im übrigen Raum. Ein sicheres Zeichen dafür, dass dort gerade eine kräftige Magie wirkte.

Der Bannkreis!, zuckte es der Hexe durch den Kopf. Aber natürlich, deshalb war es so leicht gewesen, Hadiks Abwehrzauber zu durchdringen. Weil er bereits von anderer Seite attackiert wurde!

Oder galt die Magie, die dort wirkte, etwa ihr, weil Hadik für diese Nacht mit einem Einbruch rechnete? Spielte ihr der Magier seine tiefe Trance etwa nur vor?

Nein, seine Augäpfel wanderten unter den geschlossenen Lidern unruhig umher, wie es bei dieser Art von Beschwörung üblich war. So etwas konnte man nicht vortäuschen. Oder etwa doch?

Veneas Blick wanderte von Hadik zurück zu dem Buch, von dem der kalte Hauch ausging. Es musste mit einem schlafenden Bann belegt gewesen sein, der erst durch das Wirken von Magie geweckt wurde. Im gleichen Moment, da Hadik seinen Geist auf Wanderschaft geschickt hatte, war der Zauber erwacht und hatte sein zerstörerisches Werk begonnen.

Aber das konnte doch nur bedeuten, dass …

Veneas Blick kehrte zu dem Mäuseschwanz zurück, der weiterhin zitternd aus dem Stroh hervorragte. Aber natürlich! Dieses Tier war nicht aus Hunger oder Müdigkeit in seinen Stall zurückgekehrt, sondern es versteckte sich vor irgendetwas! Vor etwas, das ihm unter dem Dach begegnet war.

Venea bewegte sich instinktiv auf den Schutz der hinter ihr liegenden Mauer zu, noch ehe sie in die Höhe blickte. Was sie zu sehen bekam, hätte sie fast aufschreien lassen. Die Dunkelheit oberhalb des Gebälks war in Bewegung geraten. Groteske Schatten schälten sich unter dem Dach hervor und nahmen die Gestalt von umherwirbelnden Beinen an.

Spinnenreiter! Nicht einer, sondern knapp ein halbes Dutzend von ihnen. Venea stach die Angst so eisig in die Brust, dass es sich anfühlte, als würde ihr die Haut mit einem kalten Messer vom Fleisch abgezogen.

War sie Hadik etwa doch in die Falle gegangen? Ein grauer Strang, der mit leisem Schmatzen quer durch den Raum schoss, belehrte sie eines Besseren.

»Das Siegel!«, stöhnte der Magier gerade leise. »Es soll gebrochen werden!« Seine weiteren Worte endeten in einem erstickten Röcheln, als ihm eine große Menge des klebrigen Spinnstoffes mit solcher Wucht in den Nacken klatschte, dass er an beiden Seiten des Halses vorbeifloss und sich unter dem Kinn zu einer Art Schlinge vereinte.

Schlagartig wurde Hadik in die Höhe gerissen.

Eine Riesenspinne mitsamt Reiter glitt als Gegengewicht in die Tiefe, während der daumendicke Netzstrang über einen Querbalken rieb. Gleichzeitig krabbelten drei Spinnen mitsamt ihren Reitern kopfüber die Wände herab. Eine von ihnen verschwand durch die Bodenluke in die unteren Stockwerke des Turms, die anderen beiden hielten auf halber Höhe inne und zielten mit ihren Hinterleibern auf den in der Luft zappelnden Magier.

Hadik stieß unartikulierte Laute höchster Überraschung aus. Noch ehe er richtig wusste, wie ihm geschah, sprühten zwei filigrane Netze durch die Luft. Klebrige Fäden hüllten ihn von den Füßen bis zum Hals ein. Gleichzeitig begann der Strang, an dem er hing, sich zu drehen, sodass er regelrecht eingesponnen wurde.

Die Spinnenreiter hatten es eindeutig auf ihn und nicht auf andere Eindringlinge abgesehen.

Völlig überrumpelt hob Hadik die Arme, um die Spinnfäden mit bloßen Händen abzuwehren, aber es gab kein Entkommen. Wo die klebrigen Fasern auftrafen, verbanden sie sich schneller zu einer undurchdringlichen Schicht, als er ein Flammensymbol in die Luft zeichnen konnte. Dadurch, dass er sich wie ein Gehängter am Galgen drehte, umhüllte ihn rasch ein zäher Kokon, der jede Bewegung zu einer quälenden Kraftanstrengung werden ließ.

Hadik schrie. Er kreischte vor Todesangst, mit einer hohen, vor Anstrengung zerfasernden Stimme, die von tiefster Verzweiflung kündete. Doch er gab nicht auf. Wild hin und her zappelnd gelang es ihm tatsächlich, seinen rechten Arm in die Höhe zu stemmen. Transparente Fäden nach sich ziehend tastete er nach dem Strang in seinem Nacken, um sich aus der Gewalt seiner Peiniger zu befreien.

Falls es ihm tatsächlich gelänge, die strangulierende Fessel zu zerreißen, würde er unweigerlich zu Boden stürzen. Dort mochte sich der Kokon vielleicht noch abwälzen lassen.

Aber ein weiterer Spinnfaden, diesmal auf Hadiks Füße gezielt, machte alle entsprechenden Anstrengungen zunichte.

Eine fünfte Spinne surrte mitsamt Reiter von der Decke herab. Der feste Strang, den sie nach sich zog, schleuderte Hadik herum, sodass er plötzlich kopfüber in der Luft baumelte. Gleichzeitig wurde er von mehreren Netzladungen getroffen, die sich wie biegsame Fangarme um ihn schmiegten und seine

Arme und Beine fest an den Körper zurrten. Hadiks Gegenwehr erlahmte immer mehr und wurde schließlich gänzlich unmöglich.

Wie in ein festes Segeltuch eingeschnürt hing er da, nur noch zu leisem Wimmern fähig. Auch wenn sie ihn kurz zuvor noch bestehlen wollte, hätte Venea dem hilflosen Mann nun gerne geholfen. Aber sie hatte schon Mühe gehabt, gegen nur einen der Spinnenreiter zu bestehen, und das, obwohl sie bei vollen Kräften gewesen war. Nun war sie nicht nur geschwächt, es bewegten sich auch gleich fünf dieser grauenvollen Gegner durch den Raum.

Am liebsten wäre Venea Hals über Kopf geflohen, doch um sie herum wimmelte es nur so vor umhertastenden Spinnenbeinen. So blieb ihr nichts weiter übrig, als sich noch tiefer in ihre Ecke zurückzuziehen und still zu beobachten, was weiterhin geschah.

Hadik hatte sich inzwischen ein wenig gefasst.

»Was wollt ihr von mir?«, fragte er, ohne einen der hageren Reiter direkt anzusprechen. »Haben euch etwa diese elenden Schattenschwestern geschickt?«

Venea presste ihre Lippen aufeinander, um nicht vor Empörung aufzuschreien. Glaubte Hadik denn wirklich, was er da andeutete? Andererseits – hatte sie nicht selbst bis vor wenigen Augenblicken gedacht, *er* würde hinter dem Angriff stecken, den einer der Spinnenreiter auf sie verübt hatte?

Wer waren bloß diese Herzlosen, die aus kaum mehr als Haut und Knochen bestanden? Und vor allem – in wessen Auftrag handelten sie?

Kurz geschnittenes Haar bedeckte ihre Köpfe, was sie einander noch ähnlicher machte als die einheitliche Wildlederkleidung. Der Bogenschütze, der sie in der Gasse attackiert hatte, stach nur durch sein verbranntes Ohr von den anderen ab. Ansonsten glichen sie einander wie ein Ei dem anderen. Sie alle trugen eng anliegende Hosen, die in wadenhohen Stiefeln steckten, und dazu enge Hemden, unter denen sich einzelne Rippenbögen abzeichneten.

In wessen Diensten sie auch immer standen, sie erhielten eindeutig zu wenig Sold, um sich satt zu essen.

Immer unruhiger lenkten die Männer ihre Tiere durch den Raum. Mannshohe Spinnenbeine stießen gegen Tische und Regale. Tiegel, Töpfe und Geschirr krachten zu Boden. Splitter flogen durch die Luft, und der Stößel eines Mörsers rollte Venea vor die unsichtbaren Füße. Schließlich stampften die Tiere sogar laut auf, um den Boden und die Wände nach verborgenen Hohlräumen abzuklopfen. Mehr als einmal drohten dabei die Borsten eine Spinnenbeines Venea zu streifen. Eigentlich war es nur eine Frage der Zeit, bis sie durch Zufall entdeckt wurde, aber dann erklang ein unverständlicher Laut des Triumphes, der alle erstarren ließ.

Einer der Reiter hatte gefunden, was sie suchten. Ein matt schimmerndes Stück Schattenjade, von der Größe und der Form eines Hühnereis.

Venea hätte am liebsten die Hände danach ausgestreckt, aber selbst, wenn sie das wirklich gewollt hätte, sie war dazu gar nicht mehr fähig. Der Tarnzauber laugte sie immer stärker aus. Ihre Knie zitterten bereits so stark, dass sie sich kaum noch auf den Beinen halten konnte. Aber sie musste weiterhin unsichtbar bleiben, sonst erging es ihr wie in der Gasse, oder schlimmer noch, wie Hadik, der den Diebstahl seines wohl wertvollsten Gutes hilflos mit ansehen musste.

»Jetzt habt ihr, was ihr wollt«, rief er mit hochrotem Gesicht, weil ihm das Blut in den Kopf gestiegen war. »Nun verschwindet endlich und grüßt eure Schattenmutter.«

Statt seinen Worten Folge zu leisten, stiegen die Herzlosen von ihren Reittieren. Schweigend umringten sie den von der Decke hängenden Magier und platzierten die Schattenjade direkt unter seinem Kopf.

»Nein!«, flüsterte Hadik ahnungsvoll. »Bitte…, alles, nur das nicht!«

Zu spät. Eine der Spinnen drängte sich bereits durch den Kreis der Reiter, ihre mächtigen Kieferzangen waren weit geöffnet. Mühelos richtete sie sich so weit auf, dass sie Hadiks Kopf erreichte.

»Nein«, stammelte der Magier erneut, obwohl sich das Schicksal nicht mehr abwenden ließ.

Seine Stimme hallte noch leise nach, als die Zangen schon zuschnappten. Mit einem dumpfen Laut schlugen die beiden Spitzen auf Höhe der Schläfen ein. Knirschend bohrten sie sich weiter, bis sie tief ins Hirn vordrangen.

Der herabhängende Kokon erbebte unter heftigen Zuckungen. Dunkler, gutturaler Gesang aus den Kehlen der Spinnenreiter begleitete Hadiks Todeskampf. Saugend und schmatzend labte sich die Spinne an dem austretenden Gehirn.

Veneas Magen drohte sich umzustülpen.

Sie wusste kaum, was ihr mehr Übelkeit bereitete. Die kalte Präzision, mit der die Herzlosen ihr Opfer hingerichtet hatten, oder die durchscheinenden Schleier, die von Hadiks Kopfwunden zur Schattenjade herabzogen. Wie auch immer die Spinne es anstellte, sie löste etwas aus dem Gehirn des Magiers und führte es der mattschwarzen Jade zu, die sich unter diesem Einfluss rot einfärbte.

Der Mord an Hadik war im Grunde nichts anderes als ein Blutopfer. Ein grauenhaftes Ritual, das seine Lebenskraft in den Jadestein bannte.

Schattenjade, die zu Blutjade wurde! Davor hatte die Hexenmutter immer gewarnt!

Venea spürte, wie ihr die Sinne schwanden.

Nicht einschlafen, befahl sie sich selbst, *sonst wache ich vielleicht nie wieder auf.* Doch zu spät, ihre Gedanken lösten sich bereits auf. Gleich darauf glitt sie in die Dämmerung hinab, die direkt in das alles verschlingende Nichts der Ohnmacht führte.

Zur Zeit der Zyklopen

Der Fürstenhof der Gryff hob sich schon aus weiter Ferne deutlich von der Umgebung ab. Dichte Schwärme umkreisten die bizarre Anhöhe, die inmitten einer von Wäldern und Felsketten umrahmten Graslandschaft lag. Wie schlecht es um die Flugfähigkeit der Trutzadler stand, war dabei nicht zu übersehen.

Die Gryff hatten sich über Generationen hinweg immer mehr zu Erdbewohnern entwickelt, die sich nur noch eine begrenzte Zeit in der Luft halten konnten. Zwischen der dichten Traube am Himmel und den auf dem Horst befindlichen Kriegern fand darum ein reger Austausch statt. Für jeden von ihnen, der erschöpft zur Landung ansetzte, stieg ein anderer in die Wolken auf. Nur so war zu gewährleisten, dass sich immer genügend Späher im Einsatz befanden.

Eonis und seine Getreuen schwebten hingegen ihrem Ziel mit majestätischer Ruhe entgegen. Gelegentliche Flügelschläge reichten aus, um die Höhe zu halten. In einer stufenförmig hinter dem König abfallenden Formation flogen sie mit der Sonne im Rücken heran. Es dauerte ungewöhnlich lange, bis die Gryff sie endlich erspähten. Schrille Laute, die weniger nach einem freudigem Willkommen denn nach Alarmrufen klangen, zerrissen die Stille. Wie zur Antwort drangen Dutzende weiterer Gestalten aus dem Horst hervor, der von außen so aussah, als hätten die Erbauer einfach hunderte von rechteckigen Säulen und Steinblöcken übereinandergeworfen.

Das chaotisch wirkende Geflecht aus Winkeln und Vorsprüngen verfügte über den unbestreitbaren Vorteil, dass es viele Deckungsmöglichkeiten bot, egal, ob der Feind aus der

Luft oder vom Boden her anrückte. Obwohl der Horst so porös wie ein Schwamm wirkte, war er doch massiv gebaut. Mannshohe Löcher reihten sich in regelmäßigen Abständen aneinander, nur das steil abfallende untere Drittel wies keine einzige Öffnung auf. Ein mit Wasser gefüllter Graben und ein dicker Streifen Dornengestrüpp vervollständigten die Schutzvorkehrungen.

Fußtruppen konnten eine Feste dieser Größe nur unter hohen Verlusten erobern. Den Leu war es aber schon gelungen, kleinere Kolonien dieser Art zu erstürmen. Deshalb wussten sie, dass das Innere der Gryff-Bauten aus einer einzigen großen Halle bestand. Die Schlupflöcher im Felsgewirr dienten vor allem dem Lichteinfall.

Leu waren ebenfalls gesellige Wesen, die in großen Verbänden lebten. Doch so dicht beieinander hätten sie sich eingepfercht gefühlt. Aber auch die Gryff waren dafür bekannt, dass sie ihre Horste hauptsächlich als Rückzugsorte betrachteten und ansonsten gerne auf Bäumen, hohen Felsen und anderen schwer zugänglichen Orten lebten. Auch wenn ihre Flügel sie nicht mehr über weite Strecken trugen, halfen sie ihnen doch dabei, große Höhenunterschiede zu bewältigen, die für andere unüberwindlich blieben.

Von einem nahen Wald, in dessen Kronen sich unzählige Rundhütten abzeichneten, erhoben sich weitere Schwärme, die dem steinernen Horst zustrebten. Hunderte von wehrhaften Kriegern bevölkerten die unregelmäßig verlaufenden Terrassen und sahen der Ankunft der Greifen mit Spannung entgegen. Ob nun Männer oder Weiber unter den langen Ledermänteln steckten, konnte Eonis nicht erkennen. Die Geschlechter dieser Eier legenden Brut ähnelten einander in Größe und Gesichtsform. Nur ihr Gefieder war unterschiedlich gefärbt, aber mit solchen Feinheiten waren andere Völker wenig vertraut.

Eonis fiel auf, dass nirgendwo Kinder zu sehen waren. Das gab ihm zu denken. Vielleicht war es nur die Furcht um die eigenen Nachkommen, die die Trutzadler zu dieser Maßnahme veranlasst hatte. Vielleicht besaßen sie aber doch noch genügend Intelligenz, um das Auftauchen der Greifen mit dem Verschwinden ihrer Unterhändler in Verbindung zu bringen. Zumal sie wissen mussten, dass König Eonis noch bis vor wenigen Tagen ein ganz normaler Leu gewesen war.

Lediglich ein Dutzend Lichtschächte, die sich gegen Regen abdichten ließen, durchbrachen das leicht eingesunkene Dach des Fürstenhorstes. Innerhalb der Vertiefung gab es einen freien Platz, der den Gästen vorbehalten war. Je näher die Greifen ihrem Ziel kamen, desto enger rückten sie zusammen. Eonis ließ die linke Schwinge sinken und führte die Formation in eine kurze Kehre, bevor sie, unter den am Himmel kreisenden Gryff hindurch, zur Landung ansetzten.

Von Perac war weit und breit nichts zu sehen, obwohl er dieses Treffen ausgehandelt hatte. Seine Abwesenheit war kein gutes Omen. Eonis wusste zwar, dass der Großmeister ebenso auf die Leu angewiesen war, wie sie auf ihn, doch Schlangen neigten von Natur aus zu Betrug und Hinterlist, davon war er überzeugt. Trotzdem konnte Perac es sich nicht leisten, sie zu hintergehen. *Noch* nicht, jedenfalls. Aber irgendwann würde ihr Zweckbündnis brüchig werden, daran zweifelte der König nicht. Aus diesem Grunde galt es, stets wachsam zu sein und im entscheidenden Augenblick als Erster zuzuschlagen. Zunächst galt es aber, die Gryff auf ihre Linie einzuschwören.

Wer bei den Geschnäbelten das Sagen hatte, war schnell offensichtlich, als sich eine kräftige Gestalt aus der über ihnen schwebenden Traube löste und im Sturzflug zum Horst herabschoss. Erst im letzten Moment riss er den Oberkörper zurück und kam mit den Stiefeln voran auf dem harten Felsgrund auf. Der auf beiden Seiten bis zu den Schulterblättern geschlitzte

Mantel flatterte wie eine Fahne im Sturm, doch kaum hatte der Gryff die Flügel angelegt, fiel der wattierte Schutz in sich zusammen und schmiegte sich ohne sichtbare Lücke am Körper an.

Zweifellos handelte es sich um einen hochgestellten Krieger. Sein schnabelförmig vorstehender Helm wies goldene Intarsien auf: zwei Blitze auf Schläfenhöhe, die sich am Hinterkopf vereinten.

Das halsbrecherische Manöver imponierte den übrigen Gryff gewaltig. Spitze Laute der Unterstützung zerschnitten die Luft. Schmerzhaft hohe Töne, die sich an der Grenze zum Hörbaren bewegten.

Der gewaltige Gryff nahm die Huldigung der Menge mit sichtlicher Genugtuung entgegen. Zufrieden schlug er mit seiner Rechten mehrmals auf die eigene Herzgegend ein.

»Goron!«, rief er dabei aus. »Kriegsherr der Nordermark!«

Sehr gut. Solange er auf seinem Brustkorb herumtrommelte, langte er wenigstens nicht nach dem Streithammer an seiner Seite. Außerdem wusste Eonis nun, wie sich der neue Anführer der Gryff-Dynastie nannte. Ob Goron sich als Kriegsherr bezeichnete, weil ihm kein Adelstitel zustand oder weil er die Herren der Nordermark tatsächlich in die Schlacht führen wollte, stand dagegen noch offen.

Eonis trat aus der Deckung seiner Leibgarde hervor.

Angesichts der allgegenwärtigen Übermacht vermochte ihm ein Schutzwall aus Leibern ebenso wenig zu helfen wie die drei Kompanien treuer Gardisten, die an dem eroberten Turm in Stellung lagen.

»Du!« Gorons Stimme zitterte vor Erregung, als er anklagend auf Eonis deutete. »Du bist der Gebieter aller Leu! Drum sage uns, was aus unseren Fürsten wurde, die zu dir nach Myandor aufgebrochen sind!«

Primitiv, aber keineswegs ahnungslos. Eonis bereute umgehend, dass er – Peracs Rat folgend – auf den eigenen Helm verzichtet hatte, um seine friedlichen Absichten zu demonstrieren.

»Genau aus diesem Grunde hat der König dich um diese Audienz gebeten!« Eonis schrak zusammen, als Peracs Stimme nur zwei Schritte von ihm entfernt zur Antwort ansetzte. »So, wie ich es dir und deinem Volk versprochen habe!«

Wie aus dem Boden gewachsen standen der Großmeister und seine Hexe plötzlich unter ihnen. Es war Eonis ein Rätsel, wie sie das fertiggebracht hatten, aber er wusste inzwischen, dass die Schlangenpriester solch überraschende Auftritte liebten.

»Hört her, ihr stolzen Herrscher der Lüfte!«, fuhr Perac ohne Pause fort. »Ich will euch berichten, was den Edlen der Gryff widerfahren ist. Aber Vorsicht! Was ich zu erzählen habe, ist eine traurige Geschichte. Macht euch also bereit, dicke Tränen der Trauer zu vergießen.«

Dicke Tränen.

Das war die verabredete Losung.

Ohne den Blick von Goron zu nehmen, tastete Eonis nach einer Falte seines Gewandes, in der mehrere Zyklopentränen klebten. Unauffällig streifte er die trüben Perlen ab, sodass sie neben ihm zu Boden fielen. Leises Klirren bezeugte, dass sie beim Aufprall zerplatzten. Nicht nur zu seinen Füßen, sondern auch zu denen der übrigen Greifen. Der sterbende Gigant hatte vor seinem Tode so viel geweint, dass jedem Greif eine Handvoll geronnener Tränen zur Verfügung stand.

Keiner der Trutzadler bemerkte, was vor sich ging.

Die Perlen zersplitterten zu leise, als dass es für jemanden außer den Greifen zu hören war. Und da die feinen Reste verwehten, ohne eine Spur zu hinterlassen, fragte sich selbst

Eonis kurz darauf, ob die matten Perlen wirklich je existiert hatten oder nur eine Ausgeburt seiner überreizten Phantasie waren.

Der versprochene Zauber ließ jedenfalls auf sich warten. Eonis spürte nichts von der sich ausbreitenden Kälte oder dem Schmerz, der Peracs letzten Zauber begleitet hatte. Ratlos lauschte er der rührseligen Geschichte, die der Weißbärtige den Trutzadlern auftischte: Angeblich hatte eine Horde Zyklopen den Fürsten der Nordermark aufgelauert und sie bis auf den letzten Mann niedergemacht. Eonis und seine Getreuen wären den Verbündeten zwar noch zur Hilfe geeilt, aber als die Zyklopen die Flucht ergriffen, war ihnen eine Verfolgung unmöglich gewesen.

Anfangs musste sich Eonis noch ein Grinsen verkneifen, doch je länger er Peracs geschliffenen Ausführungen lauschte, desto stärker rührten sie auch an seinen Gefühlen. Und als die Schlangenzunge auch noch ausschmückte, wie die sterbenden Gryff mit ihren letzten Atemzügen bedauert hatten, ihre Schwingen nicht den Lebenden schenken zu können, damit die Zyklopen ihre gerechte Strafe erhielten, flackerten entsprechende Erinnerungsfetzen auf.

Ja, wirklich, Eonis sah den Ablauf der Ereignisse mit einem Mal ganz deutlich vor sich: *Der weise Perac hatte schließlich die Flügel der Todgeweihten einfach den Leu angehext.*

Aber … das stimmt doch gar nicht! Eonis spürte, wie ihm heiß und kalt zugleich wurde. *In Wirklichkeit haben wir die geschnäbelten Fürsten hinters Licht geführt, das weiß ich genau!*

Wider besseres Wissen erinnerte er sich gleich darauf der heißen Tränen, die er für Razar und die anderen waidwunden Gryff vergossen hatte, und der wilden Freude darüber, die hinterlistigen Zyklopen in ihrem Namen niedermachen zu dürfen.

Seltsam. Diese falschen Erinnerungen, die immer neue Bilder zu Tage förderten, fühlten sich vollkommen echt an. Beinahe noch echter als die Wahrheit, die ihm so gut bekannt war! Verstört schüttelte Eonis den Kopf, um endlich das Lügengespinst abzuschütteln, das seine Erinnerung zu umgarnen drohte.

Überlagerten die falschen Bilder erst einmal die echten, war es möglicherweise für immer zu spät! Erst, als sein umherirrender Blick den von Hatra kreuzte, ging ihm auf, dass Peracs Zauber diesmal viel feiner und hintersinniger wirkte als bei der brachialen Verwandlung in einen Greifen.

Die salbungsvollen Worte, die der Großmeister sprach, enthielten pures Gift. Es waren *Machtworte*, die sich in den Köpfen der Zuhörer festsetzten und dort ein Eigenleben entwickelten, das die Gedanken und Gefühle ihrer Opfer rasch beeinflusste. Ja, die sogar imstande waren, die Erinnerung an selbst Erlebtes zu verfälschen!

Sogar einige Gardisten aus Eonis' Leibgarde weinten vor Ergriffenheit, als sie an die toten Gryff zurückdachten, die ihnen angeblich so gute Freunde gewesen waren. Um wie vieles einfacher musste es da sein, die tumben Trutzadler zu belügen?

Hatra schenkte Eonis ein belustigtes Lächeln, in dem er auch eine Spur von Verheißung zu entdecken glaubte. Oder bildete er sich das unter dem Einfluss der Zyklopentränen nur ein?

Der König wusste es nicht.

Doch eins stand für ihn fest. Dieser elende Schlangenpriester war noch weitaus gefährlicher, als er geahnt hatte. Wahrlich, das Volk der Leu musste den Tag fürchten, an dem Peracs gespaltene Schlangenzunge versuchen würde, auch sie zu willenlosen Sklaven zu machen …

8.

Tumult im Turm

Aus dem Schatten einer Ulme heraus beobachtete Rorn, wie Veneas Gestalt langsam durchscheinend und schließlich gänzlich unsichtbar wurde. Dem Rascheln am Efeuspalier nach zu urteilen schwebte sie anschließend senkrecht die Südmauer hinauf.

Verglichen mit anderen Magiern, die schon seinen Weg gekreuzt hatten, bewegten sich die Schattenschwestern auf der Stufe mäßig begabter Adepten. Indem sie ihre Kräfte bündelten, vermochten sie doch das eine oder andere Hindernis zu überwinden. Tabeth und Bree – es war nicht schwer gewesen, ihre Namen in Erfahrung zu bringen – schien es darüber hinaus an der Erfahrung zu fehlen, die Venea vorzuweisen hatte. Wer auch immer die Schattenmutter war, die der Schwesternschaft vorstand, sie scheute sich nicht, Novizinnen die Arbeit von erfahrenen Hexen erledigen zu lassen.

Noch während Rorn überlegte, ob dies auf Verzweiflung oder kalte Berechnung schließen ließ, bröckelte oben am Fenster feiner Putz in die Tiefe. Bei Veneas Einbruch schien nicht alles wie geplant zu laufen. Tabeth und Bree schrien vor Schreck leise auf.

Rorns Herzschlag beschleunigte sich.

War die Hexe etwa auf ein Siegel gestoßen, das sie zum Fenster hinausbeförderte? So gerne er das Weibsstück auch übers Knie gelegt hätte, so wollte er es doch nicht mit zerschmetterten Gliedern auf dem Boden sehen.

Der befürchtete Aufschlag, auf den er sich innerlich eingestellt hatte, blieb zum Glück aus. Stattdessen erklang ein leises Poltern jenseits des Fensters, das die draußen verbliebenen Schattenschwestern aufatmen ließ.

Venea war noch einmal mit dem Leben davongekommen.

Fest in ihre Mäntel gehüllt blieben Tabeth und Bree am Fuße des Turms hocken. Rorn brauchte nicht einmal einen Zweig zur Seite schieben, um die beiden im Auge zu behalten. Das gleiche Strauchwerk, das sich sonst nach jedem lebenden Besucher verzehrte, hielt so weit wie möglich Abstand zu ihm. Einen Vorteil musste es ja haben, dass das Blut, das durch seine Adern floss, verdorben war.

Grimmschnitter spielte hingegen fast verrückt.

Angesichts des lebenden Gartens erzitterte er so stark, dass Rorn den Schwertgriff festhalten musste, um ein Klappern der Waffe zu verhindern. Die Klinge hätte sich nur zu gerne in das umliegende Holz gefressen, um sich die darin verborgene Magie einzuverleiben.

Trotzdem ließ Rorn den Stahl vorsichtig aus der Scheide gleiten. Leises Knistern erklang. Ein blauer Schimmer, der nicht mit dem fahlen Mondlicht zu erklären war, überzog die Klinge.

Das vor ihm liegende Dickicht teilte sich raschelnd, als er hindurchschritt. Manchmal, in ganz seltenen Fällen wie diesem, bereitete ihm sein Bann große Freude.

Die beiden Hexen hörten das Zittern der sich von ihm abwendenden Zweige, doch noch ehe sie reagieren konnten, senkte sich Grimmschnitters Spitze in Brees Nacken.

»Wer ist das?«, fragte die Blonde, ohne einen Muskel zu regen.

Tabeth rang nach Worten, während sie auf den blau schimmernden Stahl starrte, der ihre Schattenschwester mühelos zu töten vermochte.

»Der Bannstreiter«, stieß sie kurzatmig hervor.

»Gut erkannt«, lobte Rorn. »Und damit ist hoffentlich auch klar, dass ihr nicht nach euren Schlangenarmbändern zu greifen braucht. Sonst ...«

Tabeth nickte so eilig, wie es ihr zitternder Körper zuließ. Bree war aus härterem Holz geschnitzt. Sie schwieg.

Rorn war der Meinung, dass sich Drohungen abnutzten, wenn sie wiederholt wurden, darum verstärkte er einfach den Druck seiner Waffe, bis unter der Spitze ein Tropfen Blut aufperlte.

»Ja, verstehe!«, erklärte Bree gereizt.

»Sehr gut.« Zufrieden hob er das Schwert weit genug an, dass sich Bree zu ihm umdrehen konnte.

Prüfend tastete die Hexe in ihren Nacken und betrachtete das klebrige Nass, das anschließend an ihrer Fingerkuppe haftete. »Bei allen Göttern«, brach es aus ihr hervor. »Lass es gefälligst nicht an mir aus, dass Venea dich als Gefährtin enttäuscht hat.«

Wenn sie Rorn mit dieser Aussage in Verwirrung stürzen wollte, war ihr das gelungen, obwohl er es sich nach außen hin nicht anmerken ließ.

»Hüte deine Zunge«, drohte er. »In Leru wird niemandem ein Strick daraus gedreht, wenn er zwei auf frischer Tat ertappte Diebinnen einen Kopf kürzer macht. Außerdem würde niemand von eurem Tod erfahren, wenn ich eure Leichen im Garten ablege.«

»Was hast du mit uns vor?« Tabeth zitterte immer noch wie Espenlaub. »Wir haben doch nichts Böses getan!«

Rorn senkte seine Klinge ein Stück, damit es nicht mehr ganz so aussah, als wollte er jeden Augenblick auf die beiden einschlagen. Aber auch nicht so weit, dass er ihnen Grimmschnitter nicht wieder mit einer kurzen Drehung aus dem Handgelenk an den Hals setzen konnte.

Tabeth bedankte sich dafür mit einem Lächeln.

»So, ihr diebischen Elstern«, begann er, um endlich auf sein eigentliches Anliegen zu sprechen zu kommen. »Jetzt, da die Widerspenstige aus eurer Runde mit ihrem Raubzug beschäftigt ist, verratet ihr beiden mir, was es bei Hadik Wertvolles zu stehlen gibt. Ist es wieder einmal die Schattenjade, die euch Schwestern nicht ruhen lässt?«

»Widerspenstige«, wiederholte Bree kichernd, bevor sie zu sticheln begann: »Wusste ich doch, dass die Südländerin ein wenig eigensinnig ist.«

Ärgerlich fuhr Rorn zu ihr herum. »Habt ihr eigentlich nichts anderes im Kopf, als …«

Er hatte die beiden Frauen unterschätzt, das wurde ihm im gleichen Moment klar, da ihm Grimmschnitter beinahe mit einem harten Schlag aus der Hand geprellt wurde. Tabeth, die plötzlich nicht mehr im Geringsten zitterte, hatte nur ihr Kinn heben und die Klinge fixieren müssen, um ihre Levitationskräfte einzusetzen.

Jedes andere Schwert wäre daraufhin durch die Luft gewirbelt, doch Grimmschnitter verleibte sich einen Teil der auftreffenden Energie ein und dämpfte dadurch die unsichtbare Attacke. Trotzdem geriet Rorn so weit aus dem Gleichgewicht, dass Bree die Möglichkeit sah, ihn anzuspringen.

Geschmeidig schnellte sie aus der Hocke empor, als über ihnen ein fürchterlicher Schrei erklang. Der Schrei eines Mannes, der gerade gefoltert wurde oder gar seinen eigenen Tod vor Augen sah.

Hadik! Das war seine Stimme, kein Zweifel. Hatte er sich wirklich so sehr in Venea getäuscht?

Wütend beförderte Rorn die blonde Bree mit einem groben Tritt zurück auf den Boden. »Was geht da oben vor?«, rief er erbost. »Ermordet ihr tatsächlich die Brüder vom Silbernen Netz, wie Hadik behauptet hat?«

Sein aufwallender Zorn – auf sich selbst, aber auch auf die Hexen – übertrug sich auf Grimmschnitter. Weißglühende Flammen schossen aus dem Stahl hervor. Dadurch wirkte die erhobene Klinge noch bedrohlicher, als sie ohnehin schon aussah.

»Nein, bestimmt nicht!«, versicherte Tabeth, die ebenso überrascht wie ihre Schattenschwester schien. »Wir sollten nur die Jade stehlen, die Hadik heimlich hortet! Damit kein Schindluder mit ihr getrieben wird, wie es unter der Herrschaft der Greifensteiner geschehen ist.«

Natürlich, das behaupteten ja alle, die solche Machtspeicher schufen oder sich vagabundierende Magie untertan machten. *Nie* hatte jemand etwas Böses im Sinn, wenn er die Dinge zu seinen Gunsten beeinflusste, doch das ewige Gleichgewicht ließ sich nicht betrügen. Für jeden Vorzug, den die Welt hinter der Welt gewährte, musste ein anderer den Preis zahlen. Niemand wusste das besser als Rorn, denn der Bann, unter dem er stand, erinnerte ihn jeden Tag aufs Neue daran.

Die beiden jungen Schattenschwestern ahnten nichts von den Gedanken, die ihn quälten. Ihre ganze Aufmerksamkeit galt nur noch dem Stöhnen und Poltern, das aus dem Turmfenster zu hören war.

Namenloser Schrecken spiegelte sich auf den Gesichtern der beiden Frauen wider, die Auseinandersetzung mit Rorn schien vergessen.

»Venea!«, hauchte Tabeth, bevor sie Rorn bettelnd ansah. »Sie ist doch auch dort oben!«

Wenn ihn die Rothaarige mit ihren tränennassen Augen gerade ein zweites Mal täuschte, dann verdiente er es eben, überrumpelt zu werden.

»Kommt schon!«, befahl er grob. »Auf der Westseite gibt es einen Eingang. Auf diese Weise kommen wir am schnellsten nach oben.«

Tabeth und Bree schlossen sich ihm an, und anstatt ihn hinterrücks zu überfallen, machten sie sich sofort an der verschlossenen Tür zu schaffen.

»Ein Siegel!«, schrie Bree schon nach wenigen Atemzügen auf. »Und ein sehr starkes noch dazu. Ich weiß nicht, ob wir es zu zweit brechen können.«

Was die Hexen beinahe zur Verzweiflung trieb, erfüllte Rorn mit großer Freude. »Tretet zur Seite«, forderte er sie auf. »Ich glaube, ich habe einen Dietrich in der richtigen Größe dabei.«

Sobald sie genügend Abstand gewonnen hatten, setzte er mit Grimmschnitter zum Stoß an. Notfalls wollte er die ganze Tür zerschmettern, aber das war überhaupt nicht nötig. Als Siegel und Bannschwert aufeinandertrafen, reagierten sie in genau der gewünschten Weise. Es gab einen lauten Knall, begleitet von einer Stichflamme, die aus dem schweren Stahlschloss hervorstach.

Grimmschnitter zog einen großen Teil der Entladung an sich, trotzdem spürte Rorn heiße Funken auf den Händen. Dichter Qualm wallte ihm entgegen. Für einen kurzen Moment verschwand die Tür hinter einer grauen Wand, in der sich nur das rotglühende Schloss abzeichnete, das ihnen wenige Augenblicke später vor die Füße fiel.

Der Weg schien frei, doch als Rorn sich mit der Schulter gegen das Türblatt warf, gab sie kaum zwei Fingerbreit nach und federte umgehend wieder zurück. Was hatte das zu bedeuten? Ein vorgelegter Querbalken konnte es nicht sein, dann hätte sich die Tür überhaupt nicht bewegt. Wütend versuchte Rorn es erneut und stieß dabei sein Schwert in den entstehenden Spalt.

Grimmschnitter leuchtete auf, während er die Klinge nach oben zog. Genauso verfuhr er mit der unteren Hälfte und dem am Türsturz klaffenden Spalt. Je weiter Rorn vorankam, desto besser sah er, was ihm den Weg versperrte. Eine graue Masse, die von innen den Rahmen verklebte. Zum Glück blieb sie nicht an der Bannklinge haften, sondern verschmorte, wenn sie mit ihr in Berührung geriet.

Der ekelhafte Gestank, der dabei aufstieg, war wenigstens nicht giftig. Hustend drückte Rorn die Tür so weit auf, wie es ging, und zwängte sich ins Erdgeschoss. Anstatt ihn zu unterstützen, hatten sich die beiden Hexen ihrer Umhänge entledigt und rieben mit ihnen über den Efeu, der links und rechts des Eingangs wucherte.

»Was tut ihr da nur?«, fragte Rorn.

»Das wirst du bald sehen«, antworteten die Hexen, während sie die mit Tautropfen benetzten Außenseiten nach innen schlugen.

Der Bannstreiter fragte nicht weiter, sondern lief voran. Tabeth und Bree folgten ihm mit wenigen Schritten Abstand die Treppe hinauf. Von oben war kein einziger Laut mehr zu hören. *Venea!* Er wusste selbst nicht genau, warum ihn der Gedanke schmerzte, dass ihr etwas zugestoßen sein könnte.

Die beiden unteren Stockwerke flogen so schnell an ihm vorbei, dass er nicht einmal registrierte, wozu sie Hadik nutzte. Keuchend kam er im Obergeschoss an. Obwohl er auf alles gefasst zu sein glaubte, blieb er wie angewurzelt stehen, als er sich fünf riesigen Spinnen gegenübersah, und ebenso vielen hageren Gestalten in Waldläuferkleidung, die ein von der Decke hängendes Bündel umringten.

Erst, als einer der Eindringlinge zur Seite trat und dabei den Blick auf Hadiks Kopf freigab, begriff Rorn, *was* da kopfüber an einem grauen Strang baumelte.

Der von einem grauen Kokon ummantelte Magier.

Zwei rote Sturzbäche rannen den Kopf des Toten herab und vereinten sich unter ihm zu einer immer weiter anwachsenden Blutlache. Hadik war auf die gleiche Weise wie Magnus Jonar und die anderen Hexenmeister des Silbernen Netzes umgekommen. Durch den Biss einer Riesenspinne, die ihre überdimensionalen Kiefer in seine Schläfen gebohrt hatte!

Dem betreffenden Tier tropfte es immer noch rot und grau vom Maul herab.

Einer der Männer hielt ein blutrot schimmerndes Ei in Händen, dem ein böser Glanz anhaftete. Beim Anblick des Bannstreiters ließ er den Gegenstand in einer aufgenähten Tasche seines Lederhemdes verschwinden. Das war für Rorn das Signal, mit dem Schwert in der Hand nach vorne zu stürzen, noch ehe die erste Spinne in Bewegung geriet.

Fauchend kreiselte Hadiks Mörderin herum, die ihm am nächsten stand, und reckte ihm den Hinterleib entgegen. Rorn brauchte nicht zu sehen, wie die Spinndrüse erzitterte – der Kokon, der Hadiks Leiche umgab, war ihm Warnung genug. Blitzschnell ließ er sich fallen und rollte über den Boden.

Klebrige Fäden verdunkelten die Luft und klatschten gegen die hinter ihm liegende Wand. Noch im Liegen ließ Rorn Grimmschnitter durch die Luft wirbeln. Dem doppelseitig geschliffenen Stahl war das vor ihm aufragende Bein nicht gewachsen. Mit einem Schlag trennte er es oberhalb des Knickgelenks in zwei Hälften.

Kein einziger Tropfen Blut spritzte aus der Wunde hervor. Es war, als wäre Grimmschnitter durch ein Stück morsches Holz gefahren.

Fauchend wich die Spinne zurück, um sich Rorn mit der Vorderseite zu stellen. Das fehlende Bein verlangsamte ihre Bewegungen nur unwesentlich, trotzdem federte er schneller in die Höhe, als sie sich in Stellung bringen konnte. Den Schwertgriff mit beiden Händen umschlossen beschrieb er mit der Klinge einen flirrenden Halbkreis. Diesmal erwischte er das Vorderbein der verletzten Seite.

Ohne auf die gefährlichen Beißzangen zu achten, marschierte Rorn weiter und trennte ein drittes Bein direkt am Rumpf ab.

Jetzt, da nur noch ein Bein auf der linken Seite verblieben war, war die Beweglichkeit der Bestie erheblich eingeschränkt.

Voller Grimm wollte er die Gelegenheit nutzen, den Wanst der Bestie aufzuschlitzen, als etwas Großes, Feuchtes zwischen seine Schulterblätter hieb. Rorn ahnte, dass es ein Spinnwebstrang war, als er gleich darauf nach hinten gerissen wurde. Es war eine warme Sommernacht, deshalb stand sein wattierter Greifenmantel offen. Ohne auch nur einen Atemzug lang zu überlegen, ließ er Grimmschnitter fallen und bog die Arme nach hinten. Der Mantel machte sich selbstständig, bevor Rorn zu Boden fiel. Raschelnd und knisternd rutschte der Mantel über Rorns Hände hinweg und flog durch die Luft. Ein aufgefächertes Netz, das von einer weiteren Spinne versprüht wurde, ging über dem Leder nieder und drückte es zu Boden, wo es liegen blieb.

Das war eigentlich das Schicksal, das sie dem Bannstreiter zugedacht hatten.

Stattdessen kroch er schon zu seinem Schwert und nahm es auf. Eine quer liegende Acht aus dem Handgelenk schlagend drehte er seinen Rücken dem Aufgang zu, über den gerade Tabeth und Bree heranstürmten. Wild ihre Wollumhänge schwenkend rannten sie auf zwei der Spinnen zu und schlugen auf sie ein.

Rorn wollte sie schon auffordern, diesen sinnlosen Angriff abzubrechen, als er sah, dass die Tiere unter dieser Attacke zurückwichen und wie benommen umhertaumelten. Erst da begriff er, warum die Hexen den vermeintlichen Tau von den Efeublättern gewischt hatten. Offenbar handelte es sich dabei um pflanzliche Absonderungen, die ein Opfer kampfunfähig machten. Die Tropfen, die an den Spinnen hängenblieben, ließen die großen Tiere zwar nicht gleich zusammenbrechen, stifteten aber gehörig Verwirrung.

Das Chaos auf Seiten des Gegners steigerte sich weiter, als

die Hexen ihre Umhänge fortwarfen und dafür die Arme hoben. Sie verstanden nichts von den Feuerzaubern, die Venea beherrschte, aber als die Schattenjade an ihren Armen zu funkeln begann, wurden die Spinnen von unsichtbaren Schlägen gejagt. Die Kunst der Levitation ließ sich auch auf diese Weise nutzen.

Selbst einer der hageren Waldläufer taumelte zurück, wie von einer Riesenfaust getroffen.

Lachend sprang Rorn auf die Spinne mit den fehlenden Beinen zu, die ihm schon wieder den Hinterleib zukehren wollte. Ein rascher Hieb beraubte sie der letzten Stütze ihrer linken Seite. Hilflos mit den anderen Beinen zappelnd gab es für sie kein Entkommen. Rorn hieb auf ihren monströsen Rücken. Knapp hinter dem leeren Holzsattel fuhr Grimmschnitter in den marmorierten Hornpanzer, der den Hinterleib umschloss.

Ein widerliches Knacken hallte von den Wänden wider. Unter dem geborstenen Chitin roch es nach Verwesung, trotzdem versuchte sich das Tier herumzuschieben und nach ihm zu schnappen. Zwei weitere, weit ausgeholte Hiebe setzten dem ein Ende. Der Steg zwischen Rumpf und Bruststück brach auseinander. Danach war es ein Leichtes, den Kopf von hinten einzuschlagen.

Der Gestank von Fäulnis wurde beinahe unerträglich, doch nicht der geringste Tropfen Flüssigkeit benetzte die Dielen. Das Leben, das in diesen Riesenspinnen steckte, war nicht natürlichen Ursprungs. Nein, sie waren von Magie beseelt. Das bewies schon die freudige Erregung, mit der Grimmschnitter auf ihren Tod reagierte. Knisternd und Funken schlagend erglühte die Klinge so hell wie schon lange nicht mehr.

Von aufbrandender Kampfeslust erfüllt wandte Rorn sich den übrigen Gegnern zu. Unter dem überraschenden Ansturm des Bannkriegers und der beiden Hexen beschlossen Hadiks

Mörder, ihr wichtigstes Gut in Sicherheit zu bringen. Den blutrot funkelnden Jadestein.

Der Reiter mit dem verbrannten Ohr, der ihn eingesteckt hatte, saß bereits auf einer unverletzt gebliebenen Spinne. Ein anderer schwang sich ebenfalls in den Holzsattel. Die übrigen drei hatten ihre Bögen aus den Sattelhalterungen gerissen und versuchten die Flucht der Kameraden mit einem Pfeilhagel zu decken.

Die Hexen kamen dem zuvor, indem sie immer wieder körperlose Schläge auf die Männer einprasseln ließen, doch es war nicht zu übersehen, dass ihre Kräfte allmählich erlahmten. Den Bogenschützen machte es dagegen nicht das Geringste aus, dass sie immer wieder durch die Luft schleuderten und hart zu Boden prallten. Wenn sie dabei nicht gerade in dem großen Kissenstapel landeten, der sich inmitten des Raums auftürmte, war dabei sogar das Knacken ihrer brechenden Knochen zu hören. Trotzdem standen sie immer wieder auf und legten neue Pfeile auf die Sehne.

Der Einohrige und sein Kumpan hielten indessen auf die nächstgelegene Wand zu und ließen ihre Reittiere daran emporklettern.

Einen leisen Fluch auf den Lippen machte Rorn sich daran, ihnen noch den Weg abzuschneiden. Nein, dieser Blutstein durfte auf keinen Fall verloren gehen! Sonst hatten jene, die hinter Hadiks Tod steckten, ihr Ziel erreicht!

Schon nach wenigen Schritten kam ihm eine der umhertorkelnden Spinnen in die Quere. Ihr Versuch, sich vor ihm aufzurichten, endete damit, dass er ihr Grimmschnitter in den Hals stieß und ihr den Kopf mit einer harten Drehung vom Rumpf trennte. Ein rascher Sieg, der Rorn dennoch zu viel Zeit kostete.

Der Einohrige war schon fast an dem Fenster angelangt, das sich in dem kegelförmigen Dach abzeichnete. War er erst einmal verschwunden, würde es schwer werden, ihn noch einzuholen. Alles in Rorn schrie danach, sofort die Verfolgung aufzunehmen, doch das bösartige Zirpen durch die Luft pfeifender Pfeile sorgte dafür, dass er sich anders entschied.

Die als Nachhut verbliebenen Spinnenreiter hatten sich inzwischen so im Raum verteilt, dass sie nicht mehr so leicht getroffen werden konnten. Sie selbst verstanden es dagegen, auch auf große Entfernung zu kämpfen.

Tabeth und Bree mussten ihre besonderen Kräfte nun dazu verwenden, die auf sie einprasselnden Pfeile abzuwehren. Ein ums andere Mal wurden die gefiederten Schäfte zur Seite abgedrängt oder verharrten plötzlich mitten in der Luft, um dann lotrecht zu Boden zu fallen. Aber den beiden Frauen glänzte längst der Schweiß auf der Stirn. Sie wussten, dass es nur noch eine Frage der Zeit war, bis die erste Pfeilspitze ins Ziel fand.

Rorn verwarf sofort jeden weiteren Gedanken an die Blutjade. Das Leben der Hexen war wichtiger. Sie hatten ihm gegen eine Übermacht beigestanden, vor der manch gestandener Krieger sofort Reißaus genommen hätte. Das durfte sich nicht zu ihrem Schaden auswirken. Es war schon schlimm genug, dass es nicht den kleinsten Hinweis auf den Verbleib von Venea gab.

Wenn es der Südländerin gut ginge, hätte sie sich doch sicherlich schon gezeigt …

Den Kopf tief zwischen die Schultern geklemmt trat Rorn hinter der toten Spinne hervor und rannte auf einen Bogenschützen zu, der ihn bemerkte, als er gerade einen neuen Pfeil aus dem Köcher zog.

Geschwindigkeit war nun alles, was zählte. Grimmschnitter lechzte nach einem neuen Gegner. Rorn wollte diesem Wunsch gerne nachkommen. Den Schutz seines Mantels vermissend spielte er die dadurch gewonnene Beweglichkeit voll aus.

Als sich der Bogen spannte, war der Bannstreiter bereits heran.

Das gewölbte Holz zersplitterte unter seiner prasselnden Klinge. Der hagere Gegner zeigte nicht die geringste Furcht, als seine Waffe auseinanderfiel, sondern stieß den Pfeil in seiner Hand schlagartig nach vorne.

Rorn drehte sich instinktiv zur Seite, jedoch nicht weit genug. Die scharfe Spitze fuhr über seinen Oberarm, während er Grimmschnitter in den gegnerischen Brustkorb trieb. Mühelos drang der Stahl durch den Körper und trat am Rücken wieder aus. Erst ein hinter dem Spinnenreiter aufragender Stützpfeiler stoppte den hart ausgeführten Stoß. Mindestens drei Fingerbreit drang Grimmschnitter in das massive Holz ein.

Stöhnend ließ Rorn von seinem Schwertgriff ab, um seine schmerzende Wunde zu begutachten. Sein Hemd saugte sich mit Blut voll, doch ein kurzer Blick durch den aufklaffenden Stoff bewies, dass die Verletzung nur oberflächlich war.

Ein harter Schlag ins Gesicht brachte ihn ohnehin auf andere Gedanken. Verblüfft sah Rorn zu dem Spinnenreiter auf, den er an den Pfosten genagelt hatte. Trotz der normalerweise tödlichen Verletzung nahe des Herzens zischte nicht das kleinste bisschen Blut auf Grimmschnitters Klinge. Dafür stank der Kerl plötzlich wie eine der aufgeschlitzten Spinnen.

Schmerz schien diesen Reitern ebenso fremd wie ihren Tieren zu sein. Knurrend trat der Verletzte näher auf Rorn zu, obwohl er dabei die feststeckende Klinge immer weiter durch seinen Brustkasten schob. Auch dieser menschlich aussehende Gegner lebte nur noch durch Magie. Sein morsches Inneres musste schon seit Ewigkeiten vor sich hin rotten.

Es war nicht das erste Mal, dass Rorn einer widernatürlichen Kreatur gegenüberstand, deshalb gab es auch keinen lähmenden Schrecken für ihn. Verärgert statt verängstigt packte er seinen Schwertgriff und sprang zurück.

Kaum war Grimmschnitter frei, hieb er die Klinge schon mit solcher Wucht in die Halsbeuge des Untoten, dass sie erst auf der gegenüberliegenden Hüftseite wieder zum Vorschein kam. Einmal in der Mitte durchgeschlagen fiel die attackierte Gestalt zu Boden, doch ihre einzelnen Glieder bewegten sich weiter.

Das hatte auch er noch nie erlebt …

Ein Lebender Toter, dessen Körper tatsächlich von Kopf bis Fuß zerstört werden musste, um ihm endgültig den Garaus zu machen. Aber das konnten sie später dem Garten überlassen, zuvor musste Rorn der bedrängten Bree helfen. Zwar war es der Hexe gerade gelungen, einen der Bogenschützen mit unsichtbaren Händen zu packen und durchs Fenster hinaus ins Freie zu schleudern, doch diesen Sieg hatte sie mit einem Pfeil bezahlen müssen, der ihr nun im Oberarm steckte.

Verzweifelt presste sie die Finger auf die verletzte Stelle, um die Blutung zu stoppen. Siegesgewiss zog der im Raum verbliebene Spinnenreiter einen weiteren Bolzen aus dem Köcher, um Bree den Gnadenschuss zu verpassen.

Rorn ballte die Fäuste. Nein, so weit sollte es auf keinen Fall kommen! Es durften nicht immer wieder jene sterben, die an seiner Seite stritten!

Vor Wut schreiend stürmte der Bannstreiter gebückt heran, umklammerte den Untoten auf Kniehöhe und riss ihn empor. Drei lange Schritte genügten, um ihn bis zu dem großen Fenster zu tragen, durch das auch schon sein Gefährte verschwunden war.

Alles Tasten nach dem Dolch nützte nichts mehr – noch ehe der Stahl aus der Lederscheide an seinem Gürtel gleiten konnte, verschwand der Spinnenreiter schweigend im Dunkel der Nacht. Selbst als die Büsche, zwischen denen er landete, nach ihm griffen, drang kein einziger Ton zwischen seinen Lippen hervor.

Mit der betäubten Spinne, die den perlweißen Efeusaft nicht vertragen hatte, würde Rorn in Kürze ebenso verfahren, doch zunächst spähte er durch das Fenster zum Turmdach hinauf. Wie erwartet klebte nicht weit über ihm ein straff gespanntes Seil an der Mauer, das schräg über den Garten hinweg zu einem Nachbardach führte. Auf diese Weise waren Hadiks Mörder also eingedrungen. Eine der Spinnen war tatsächlich in der Lage gewesen, einen so dicken Faden über diese große Entfernung zu schießen. Und mehr als das brauchten die Untiere nicht, um sich und ihre Reiter über die hohen Abgründe zu schieben.

Schnell kamen sie auf diese Weise allerdings nicht voran.

Die beiden Flüchtlinge hatten es gerade einmal geschafft, sich bis kurz vor die Außenmauer des Anwesens vorzuarbeiten. Voll grimmiger Freude sah Rorn zu dem über ihm haftenden Strang empor. Er reichte zwar bis zu dem Spitzkegel, der die Turmspitze bildete, doch wenn er sich streckte, würde es trotzdem klappen. Mit Grimmschnitter in der Linken, stellte sich der Krieger ins Fenster und klammerte sich an der Innenseite des Sturzes fest. Danach musste er sich auf den Zehenspitzen in die Höhe drücken und nach außen lehnen, um mit der Schwertspitze an den schräg über ihm entlangführenden Strang zu gelangen.

Normaler Stahl wäre schon bei der ersten Berührung haften geblieben, aber Grimmschnitters Entladungen zersetzten die Spinnfäden schneller, als die scharf geschliffene Schneide mit dem Zertrennen hinterherkam. Nur vier oder fünf Mal musste Rorn den Arm auf- und abbewegen, danach riss der Strang von alleine unter dem auf ihm lastenden Gewicht auseinander.

Ein dumpfer Laut, der dem Zurückschnellen einer Bogensehne ähnelte, erfüllte die Luft. Danach flatterte das kurze, am Haus verbliebene Stück im Wind, während das andere in die gefräßigen Baumwipfel absank.

Ein Blick über die Schulter bewies Rorn, dass er gerade noch rechtzeitig gehandelt hatte. Die beiden Spinnen und ihre Reiter stürzten innerhalb der Einfriedung herab. Dort, wo sie durch die Bäume schlugen, erhob sich ein wütender Sturm. Zuerst war es nur das Bersten von Ästen, das die Stille der Nacht zerriss. Danach war zu hören, wie sich Wipfel, Zweige und Sträucher auf die Eindringlinge warfen und für immer zum Schweigen brachten.

Zufrieden kehrte Rorn in den Zeremonienraum zurück.

Bree hatte inzwischen den Pfeil aus ihrem Oberarm entfernt und die Wunde mit einer Kräutermischung aus ihrer Hüfttasche versorgt. Rorn half ihr dabei, ein Stück Stoff zu zerreißen und um die heilende Auflage zu wickeln. Die Hexe hatte noch einmal Glück gehabt. Die Spitze hatte nur Fleisch durchdrungen und weder die Hauptschlagader noch den Knochen getroffen.

»Wo sind deine Schattenschwestern?«, wollte er von der Blonden wissen.

Bree schüttelte den Kopf, um anzudeuten, dass sie es nicht wusste.

»Ich habe Tabeth aus den Augen verloren«, erklärte sie, tapfer gegen die Schmerzen angehend. »Aber ich nehme an, sie sucht bereits nach Venea.«

»Was ist mit ihr?«, setzte Rorn besorgt nach. »Jetzt, wo alles vorbei ist, könnte sie sich doch wieder sichtbar machen.«

»Das ist es ja, was mir am meisten Sorgen bereitet«, antwortete Bree niedergeschlagen. »Ich fürchte, der Tarnzauber übersteigt Veneas Kräfte. Falls sie ohnmächtig geworden ist, ohne zuvor ihren Bann zu widerrufen, kann es passieren, dass ihr die Schattenjade den letzten Lebensfunken aussaugt.«

Rorn unterdrückte einen bitteren Fluch, der ihm über die Lippen schlüpfen wollte. *Nicht schon wieder!*, schrie er innerlich auf. *Oh du elender Zehrer! Lass nicht schon wieder jemanden an meiner Seite sterben, während ich unbeschadet aus dem Kampf hervorgehe!*

Zur Zeit der Zyklopen

Dicke Rauchsäulen am südlichen Horizont kündeten vom Rachefeldzug der Zyklopen. Allein der Gedanke daran, dass dort eine befestigte Siedlung der Leu brannte, machte den Aufstieg zur Turmkuppel noch schwerer, als er ohnehin schon war. Der mächtige Pfeiler, auf dem die eroberte Halle mit dem Portal ruhte, bestand tatsächlich aus massivem Granit. Nicht der kleinste Hohlraum war vorhanden, keine Wendeltreppe führte darin empor. Um auf diesen Turm zu gelangen, musste man tatsächlich von außen bis in die Wolken vorstoßen. Entweder mit Hilfe von kräftigen Flügeln, wie sie die Greifen besaßen, oder indem man die Kunst der Levitation so gut wie Perac und Hatra beherrschte.

Die scheinbare Leichtigkeit, mit der die beiden Magier, jeweils einen Trutzadler im Schlepptau, senkrecht in die Höhe stiegen, täuschte jedoch. Dem Großmeister und der Hexe liefen längst dicke Schweißperlen über die Gesichter, so sehr strengte sie ihr Tun an.

Eonis und den anderen Greifen, die ihre lebende Fracht auf dem Rücken transportierten, erging es kaum besser. Unermüdlich segelten sie in die Tiefe und stiegen mit neuer Last beladen empor.

Perac legte bereits die zweite Pause ein, angeblich, um das versiegelte Portal zu überprüfen. In Wirklichkeit stieß der Greis an die Grenzen seiner körperlichen Belastbarkeit. Hatra machte hingegen unermüdlich weiter, als wollte sie beweisen, dass sie in jeder Hinsicht mit den Greifen mithalten konnte. Ihr offenes Haar flatterte im Wind, wenn sie mit atemberaubender Geschwindigkeit zurück in die Tiefe rauschte und erst kurz vor einem vermeintlichen Aufschlag so langsam wurde, dass ihre Sohlen sanft und ohne den geringsten Laut im Gras aufsetzten. Bei den Gryff löste ihr Imponiergehabe wahre Begeisterungsstürme aus, doch ihre herausfordernden Blicke galten einzig und allein Eonis, was nicht nur er, sondern auch seine Favoritin bemerkte.

»Wenn sie noch länger eine solche Dreistigkeit an den Tag legt, wird sie meine Krallen kennen lernen!«, drohte Kimue mit leisem Knurren in der Stimme.

»Achte nicht auf das Schlangenauge«, wehrte Eonis ab. »Onra brennt, und die Paläste von Myandor werden als Nächstes in Flammen aufgehen, falls wir heute versagen!«

Kimue fletschte die Zähne. Vor aller Augen, in aller Öffentlichkeit. Ein weithin sichtbares Zeichen ihrer Unzufriedenheit. Zwei wartende Gryff, die sie auf ihre Rücken hieven mussten, hinderten sie zum Glück daran, den Disput fortzusetzen.

Oben, am rundum laufenden Wehrgang, wartete schon Perac auf sie.

»Das sind genug«, beschied er ihnen. »Vermutlich schon mehr, als wir für die erste Angriffswelle brauchen.«

Eonis war froh, sich keine Gryff mehr aufladen zu müssen. Ihre Federn waren ihm ebenso zuwider wie der säuerliche Geruch, der ihren Schnäbeln entströmte. Trotz der Kapuzenmäntel, die sie als Rüstung trugen, war er immer wieder mit ihrem Gefieder in Berührung gekommen. Zu allem Überfluss kitzelte ihn auch noch weißer Flaum im Mundwinkel.

»Endlich«, knurrte er verstimmt. »Es wird höchste Zeit, zum Gegenschlag auszuholen.«

Der Himmel über Onra war längst schwarz vor Rauch. Die mächtigen Palisaden und die traditionellen Langhütten, die die Siedlungen im Grenzgebiet zur Nordermark kennzeichneten, mussten bereits bis auf die Grundmauern abgebrannt sein. Leiser Trompetenhall wehte mit dem Wind herüber. Das verdammte Lärmen der elenden Zyklopen!

Krieg erforderte Opfer, diese Erkenntnis war nichts Neues für Eonis, doch der Tod auf dem Schlachtfeld schreckte ihn weniger als das Geschrei von Alten und Kindern. Tapfere Recken für einen Scheinangriff in den sicheren Tod zu schicken, das war das Vorrecht jedes Königs, der selbst mit blanker Klinge auf einem Leichenberge focht. Doch ein Herrscher unterlag auch Pflichten. Etwa der, das eigene Volk und seine Errungenschaften auch über die nächsten Generationen zu erhalten.

Myandor!, dachte Eonis wehmütig. *Myandor darf niemals fallen.*

»Kommt jetzt!«, rief Perac. »Die Zeit drängt.«

»Nein«, widersprach Kimue energisch. »Zuerst muss der König noch einmal zu seinen Garden sprechen.«

Die Augen des Herrschers verengten sich wegen ihres Eigensinns. Doch als sie ihm den ungeschützten Hals darbot, erkannte er, wie ernst es ihr mit diesem Anliegen war.

»Du hast Recht«, gestand er ein und kraulte seiner Favoritin den Nacken. »Ich darf jene nicht vernachlässigen, die schon so lange treu meiner Fahne folgen.«

Perac setzte zum Sprechen an, schluckte den Widerspruch, der sich in seinem Gesicht widerspiegelte, aber herunter, als Eonis ungerührt fortfuhr: »Gerade jetzt nicht, da der fürchterliche Feind zu jeder Zeit über uns herfallen kann.«

Sein eindringlicher Tonfall stellte klar, dass er in diesem Punkt nicht mit sich verhandeln ließ.

Mit den übrigen Greifen an seiner Seite flog Eonis zu den Gardisten herab. Vor den drei Kompanien angelangt bemerkte er endlich die Unruhe, die ihm zuvor entgangen war. Die Rauchwand über Onra war vom Boden aus nicht zu erkennen, zu viele Wälder und Erhebungen versperrten die Sicht. Trotzdem spürte er eine Kluft zwischen sich und den Männern und Frauen, die das Abzeichen der kampfbereiten Pranke mit der darüber gekreuzten Streitaxt auf ihrer Brust trugen.

»Was ist mit ihnen?«, fragte Eonis leise, als er die Feindseligkeit in den Augen der Truppe bemerkte.

Es waren Situationen wie diese, in denen ihm Kimue eine gute Ratgeberin war. »Die Umbrüche der letzten Tage kamen zu schnell für sie«, antwortete sie ebenso gedämpft wie er. »Man munkelt, wir hielten uns mit unseren Flügeln für etwas Besseres als die gewöhnlichen Leu. Das wäre auch der Grund dafür, dass wir lieber mit den Gryff an unserer Seite kämpfen. Weil wir nur noch jene schätzten, die uns in der Luft gleichen.«

Am liebsten hätte Eonis vor Wut aufgeheult, auch wenn sich das für einen König nicht ziemte. Wozu sollte er seine Heerscharen auf den Türmen einsetzen, die von dort nicht einmal aus eigener Kraft fliehen konnten? Verstanden diese flügellosen Leu denn nicht, dass er nur zu ihrem eigenen Besten handelte?

Nein, sie verstanden es nicht. Und es hatte auch keinen Zweck, ihnen die Wahrheit mit der Pranke einzubläuen. Dies war einer der Momente, in denen ein König mit Weisheit anstatt mit Strenge regieren musste. Wenn seine treuen Vasallen gerne sterben wollten, so durfte er es ihnen nicht verwehren.

Noch während er überlegte, wie er das Band zwischen Greifen und Fußtruppen wieder verstärken konnte, baute er sich vor Nibar auf, einem altgedienten Veteranen, dessen Meinung großen Einfluss besaß.

Sie hatten schon in manchem Schildwall Seite an Seite gestanden und sich in offener Schlacht den Rücken gedeckt. Nibars Ohren wiesen tiefe Kerben auf, geschlagen von Schnabelhämmern der Gryff, aber auch von den primitiven Faustkeilen und Steinspitzen der Nacktaffen, die sich selbst Menschen nannten. Trotz Nibars fortgeschrittenem Alter war der seinen Hals umschließende Fellkragen voll und dicht, obwohl bereits silberne Fäden aus dem sandfarbenen Fell hervorblitzten.

Der unter dem Wappenrock schimmernde Brustharnisch war verkratzt und zerbeult – Nibar hatte noch nie zu denen gehört, die Wert auf äußeren Pomp legten. Doch sein Rundschild war ebenso tadellos in Schuss wie das Schwert an seiner Seite. Und der stählerne Schulterpanzer, der bis zum Ellenbogen des Waffenarms reichte, funkelte in der Sonne. Ein Rock aus einander überlappenden eisenverstärkten Lederstreifen vervollständigte die typische Offiziersrüstung. Wer noch mehr Schutz brauchte, war es nicht wert, sich Leu zu schimpfen!

Eonis brauchte den Stolz, mit dem er seinen Hauptmann betrachtete, nicht zu heucheln. »Die Zeit der Entscheidung naht«, erklärte er so laut, dass es noch in der letzten der vor ihm angetretenen Reihen zu hören war. »Wir sind gezwungen, uns mit den Gryff zu verbünden, doch ich brauche Gardisten an meiner Seite, die die Trutzadler überwachen. Kluge Kämpfer, die auch auf sich selbst gestellt, große Taten vollbringen. Sag mir, Nibar, wo kann ich solche Krieger finden?«

Die eben noch von Bitterkeit erfüllten Augen begannen bei dieser Frage zu leuchten.

»Nur hier, mein König«, antwortete der Hauptmann voller Stolz. »Bei Euren Euch treu ergebenen Garden.«

Eonis nickt zufrieden, er hatte keine andere Antwort erwartet. »Dann wähle neununddreißig deiner besten Kämpfer aus«, forderte er. »Und folge uns mit ihnen dorthin, wo die Trompeten erschallen.«

Niemand kannte die Gardisten der Kompanien besser als Nibar, und so dauerte es nicht lange, bis er mit den handverlesenen Kriegerinnen und Kriegern bereitstand.

Mit den Auserwählten auf dem Rücken stiegen die Greifen

ein letztes Mal an diesem Tag gen Himmel, zur Spitze des grauen Turmpfeilers hinauf.

Keinen Moment zu früh!

Vor den dunklen Wolken über Onra zeichneten sich bereits die Schemen fliegender Giganten ab, die Simwae weiter mit Tod und Vernichtung zu überziehen gedachten. Ihr neues Ziel lag allerdings nördlich von ihnen. Es war nicht zu übersehen: Sie hielten direkt auf den von den Greifen eroberten Turm zu.

Nun galt es, sich zu eilen.

9.

Die Silberspinne

»Ganz ruhig«, empfahl Rorn, obwohl er selbst mit der Beherrschung rang. »Mein Schwert reagiert auf Magie. Das kommt uns jetzt zugute.«

Ein leichtes Zittern der Klinge bestätigte seine Worte, außerdem glühte der in Stahl eingefasste Jadesplitter auf. Auch das war ein untrügliches Zeichen dafür, dass irgendwo Magie wirkte, selbst wenn keine unmittelbare Gefahr von ihr ausging.

Grimmschnitter am ausgestreckten Arm haltend durchmaß er den Raum mit langen Schritten und drehte sich dabei immer wieder um sich selbst. Sorgsam einen Fuß vor den anderen setzend ließ er keine Ecke außer Acht, bis Grimmschnitter deutlich stärker reagierte. Als er dem Regal mit den Büchern und Schriftrollen nahe kam, leuchtete der dicht unter dem Heft sitzende Jadesplitter auf, was auch Bree nicht verborgen blieb.

»Venea ist tatsächlich hier«, rief sie erfreut, bevor sie sich in Richtung des Vorhangs wandte, der den Gang zu den Gemächern verdeckte. »Tabeth, komm schnell her, Venea ist bei uns im Zeremonienraum.«

Rorn wusste, dass die Hexe richtiglag, als er mit seiner Stiefelspitze mitten in der Luft hängen blieb, obwohl nicht das kleinste Hindernis – etwa ein straff gespannter Faden – auszumachen war. Rasch kniete er nieder und streckte die freie Hand aus. Knapp eine Elle über den Dielen stieß er auf einen unsichtbaren Widerstand. Auf etwas Weiches, Nachgiebiges, aber leider auch furchtbar Kaltes …

»Verdammt.« Der Fluch kam ihm nur leise über die Lippen, trotzdem kniete Bree sofort neben ihm. Ohne jede Scheu tastete sie über den durchsichtigen Körper. Venea reagierte nicht im Geringsten auf die Berührungen. Nicht mal ein leises Stöhnen war zu hören.

Rorns Kopfhaut begann zu kribbeln.

»Ist sie schon tot?«, fragte er beklommen.

»Ich glaube nicht«, antwortete Bree, ohne aufzusehen. »Sobald ihr Lebenslicht erlischt, versiegt normalerweise auch die Kraftquelle der Jadesteine.«

Ich glaube nicht. Normalerweise. Wenn bisher noch Zweifel daran bestanden hatten, dass Bree eine Novizin war, waren sie spätestens jetzt ausgeräumt.

Trotzdem wusste sie besser als Rorn, was zu tun war. Mit fliegenden Händen zeichnete sie die Konturen der Schattenschwester nach. Endlich fand sie Veneas Arm und tastete an ihm herab, bis sie die Schlangenarmbänder spürte.

»Fest wie eine Mauer«, flüsterte sie und ließ dabei ihre Fingerkuppen über den Jadeaugen kreisen.

Wichtiger als die Formel war wohl die Konzentration, die sie aufbrachte, während sie die unsichtbaren Steine rieb. Ihre Oberarmwunde schien ganz vergessen, obwohl die Bewegungen des verletzten Arms natürlich unbeholfener wirkten als die des gesunden.

»Der Schattenmutter sei Dank!« Bevor Rorn sah, worüber sich die Blonde freute, bemerkte er, dass Grimmschnitters Jadesplitter aufglühte.

Gleich darauf wusste er, auf welchen Vorgang sein Schwert reagierte. Das unsichtbare Etwas, das Bree mit ihren Händen umklammerte, nahm die Konturen eines erschlafften Frauenarms an. Der übrige Körper schälte sich ebenfalls langsam aus dem Nichts hervor.

Das war Venea! Kein Zweifel! Ihre Gesichtszüge traten bereits deutlich hervor, obwohl sie noch transparent waren. Innerhalb weniger Herzschläge wurde die ganze Gestalt immer undurchlässiger, allerdings blieb Veneas von Natur aus dunkle Haut ungewöhnlich blass, während ihr Gewand wieder den ursprünglichen Farbton annahm. Sofort zog Bree den Oberkörper der Bewusstlosen an sich und bettete Veneas Kopf in ihren Schoss.

»Atmet sie?«, fragte Rorn, während er sein Schwert zurück in die Scheide steckte.

»Ich glaube schon«, sagte Bree, während sie Veneas Wange mit ihrem Handrücken streichelte. »Aber sie ist eiskalt. Wir müssen sie aufwecken. Bloß wie?«

»Lass nur, ich mach das schon.« Noch ehe die Blonde begriff, was er vorhatte, beugte Rorn sich über die beiden Hexen und versetzte Venea zwei kräftige Ohrfeigen.

»Du grober Klotz!«, fuhr Bree auf, bezähmte aber ihre Empörung, als ihre Schattenschwester zu ächzen begann.

Nur einen Atemzug später schlug Venea die Augen auf.

»Siehst du?«, triumphierte Rorn. »Ich habe vielleicht keine Ahnung von Zauberei, aber dafür jede Menge Lebenserfahrung.«

Bree bedachte ihn mit einem giftigen Blick, sparte sich aber jede weitere Vorhaltung. Zum Streiten war einfach keine Zeit.

»Mir ist kalt«, jammerte Venea leise, bevor ihre Stimme zu einem undeutlichen Murmeln verkam. Ein sicheres Anzeichen dafür, dass sie zurück in die Ohnmacht zu gleiten drohte.

Bree begann mit ihren Händen die Arme der Zunftschwester zu reiben. Das wärmte sie auf und regte den Blutfluss an. »Tabeth!«, rief sie dabei. »Sieh nach, ob du eine Decke findest und komm endlich her!«

Dass die Rothaarige sich nirgendwo blicken ließ, gab Rorn allmählich zu denken. Seine Rechte fest am Schwertgriff sah er sich vorsichtig um. Nun, da die ärgste Sorge um Venea abgeklungen war, überprüfte er sorgsam jedes Detail im Raum. Hadik hing noch immer kopfüber von der Decke, und die betäubte Spinne musste dringend durch das Fenster verschwinden, ehe sie wieder erwachte. Aber all das wurde nebensächlich, als er einen schmalen, fein gearbeiteten Frauenschuh hinter einer schweren Kiste hervorragen sah.

Rorn spürte ein nagendes Gefühl in der Magengrube, das sich noch tiefer in ihn hineinfraß, als er die Kiste vorsichtig umrundete. Die verkrampfte Haltung des nun sichtbaren Beins verhieß nichts Gutes. Seine Befürchtung, dass es sich um Tabeth handelte, wurde rasch zur Gewissheit, als er das Gesicht über dem in der linken Brusthälfte steckenden Pfeil entdeckte. Rund um den Schaft hatte sich das Gewand mit Blut vollgesogen. Tabeths Finger umkrampften noch das eingedrungene Geschoss, hatten es aber nicht mehr herauszuziehen vermocht. Ein Volltreffer, mitten ins Herz!

Auf Tabeths Gesicht zeichnete sich ein Ausdruck ungläubigen Erstaunens ab, als hätte sie bis zuletzt nicht fassen können, dass es wirklich mit ihr zu Ende ging.

Rorn spürte, wie seine Augen feucht wurden. *Dummes, junges Ding*, dachte er. *Wärst du doch nie an meiner Seite in den Kampf gezogen. Gegen meinen Bann sind selbst Hexen nicht gefeit.*

»Tabeth!« War es wirklich Ärger, der Brees Stimme keifen ließ, oder ahnte sie schon die Wahrheit? »Schläfst du, oder was ist los mit dir?«

Rorn sah über die Schulter, um Bree zu sagen, dass ihre Hexenschwester nie wieder erwachen würde. Als sie seinen Blick auffing, erbleichte sie. Plötzlich ahnte sie, was geschehen war, obwohl sie den Leichnam von ihrer Position aus unmöglich sehen konnte.

»Tabeth, nein.« Bree wollte sich in die Höhe stemmen, doch es fehlte ihr an der nötigen Kraft.

Rorn trat näher an die Tote heran. Er hatte schon viele Menschen gewaltsam sterben sehen, viel zu viele. Trotzdem ließ ihn der Anblick niemals kalt. Vor allem dann nicht, wenn solche Unschuld mitten aus dem Leben gerissen wurde. Und diese Novizinnen, die von ihrer Zunftmutter in einem unerbittlichen Kampf verheizt wurden, waren noch unschuldig gewesen. Wer auch immer die Spinnenreiter befehligte, die Hadik und die anderen Magier ermordet hatten, der kannte keine Gnade.

Das musste die Oberste aller Schattenhexen doch wissen!

Rorn legte Zeige- und Mittelfinger seiner rechten Hand an Tabeths Halsschlagader, um ganz sicherzugehen, aber natürlich war nicht der geringste Pulsschlag zu spüren. Der Tod ließ sich nicht betrügen.

Schweigend brach der Bannstreiter den Pfeil über der Wunde ab und warf ihn zur Seite. Danach streckte er Tabeths Körper gerade aus und faltete ihre Hände über dem Bauch zusammen. Der Ausdruck auf ihrem Gesicht verlor ein wenig von seinem Schrecken, nachdem er die weit aufgerissenen Augenlider herabgedrückt hatte. Als er sich erhob, um eine als Leichentuch geeignete Stoffbahn zu suchen, standen die anderen beiden Hexen vor ihm.

Veneas Haltung war gebeugt, sie zitterte wie Espenlaub. Es sah aus, als könnte sie sich kaum auf den Beinen halten. Dennoch schien sie es zu sein, die Bree stützte, und nicht umgekehrt. »Es ist nicht deine Schuld«, brachte sie mühsam hervor. »Wärst du nicht aufgetaucht, hätten wir vermutlich alle drei den Tod gefunden.«

»Mag sein«, antwortete Rorn, obwohl er genau wusste, dass Tabeth von nun an eines der zahllosen Gesichter sein würde, die ihn jede Nacht im Schlaf verfolgten.

Ohne ein weiteres Wort zu verschwenden, ging er auf den Vorhang zu, der den Zeremonienraum vom Schlaftrakt trennte. Mit einem harten Ruck zerriss er die Lederbänder, die ihn an der Führungsstange hielten. Den schweren Brokat in Händen kehrte er zurück und warf ihn der zitternden Venea über die Schultern. Sie war immer noch unterkühlt und musste sich schleunigst aufwärmen.

»Mach ihr etwas Heißes zu trinken«, befahl er Bree. »Auch wenn es schwerfällt – die Lebenden gehen vor.«

Die junge Hexe nickte verstehend. Als er sah, dass ihre Rechte unbewusst zu den Lederbeuteln an ihrem Gürtel fuhr, wusste er, dass sie über heilsame Kräuter verfügte, die sie zu einem Tee zubereiten konnte.

Während sich die Schattenschwestern umeinander kümmerten, machte Rorn sich daran, die Überreste ihrer Gegner aus dem Fenster zu werfen. Das war eine unangenehme Arbeit, besonders, was die Spinnen anging. Aber sie musste getan werden, bevor das Grauen noch einmal von vorne begann. Solange Venea derart geschwächt war, durften sie den Turm nicht verlassen. Niemand wusste, wie viele Spinnenreiter noch in der Stadt lauerten.

Der Garten verschaffte ihnen zumindest ein gewisses Maß an Sicherheit. Der gleiche Garten, der sich nun an klein gehackten Riesenspinnen gütlich tat.

Zuletzt schickte Rorn sich an, Hadiks Leichnam zu bergen. Der vormals graue Kokon, in dem der Magier steckte, war mittlerweile schmutzig weiß angelaufen und hart geworden. Als Rorn auf die Hülle klopfte, klang es hohl, und als er fester zuschlug, bildeten sich Risse. Mit etwas Druck gelang es ihm, einen Finger in das getrocknete Sekret zu bohren. Nachdem er einige Bruchstücke zwischen Daumen und Zeigefinger zerrieben hatte, war der Bannstreiter davon überzeugt, dass die riesenhaften Spinnweben nach einiger Zeit von selbst zu Staub zerfielen. Das erklärte auch, warum bei den bisher ermordeten Hexenmeistern keine vergleichbaren Rückstände gefunden wurden.

Die hinter geschlossenen Türen stattgefundenen Rituale hatten einfach schon so lange zurückgelegen, dass sich alle Spinnweben bereits wieder aufgelöst hatten. Und damit auch jeder Hinweis darauf, wie die Mörder durch Luken und Fenster in die normalerweise unzugänglichen Häuser gelangt waren.

»Konntest du sehen, was vor sich ging?«, fragte er Venea, die sich gerade die Hände an einem heißen Becher wärmte.

Was die Hexe zu berichten hatte, verwunderte ihn wenig.

Hadik hatte also doch nicht die Finger von der Schattenjade lassen können, das war ihm zum Verhängnis geworden. Wo ihn die Zunftschwestern nur bestehlen wollten, hatten ihm die Spinnenreiter brutal das Leben genommen, um ein Ritual durchzuführen. Eines, bei dem Hadiks magische Aura zur Schaffung von Blutjade missbraucht worden war.

Venea sprach auch über ein verzaubertes Buch, das den Bannkreis von innen her aufgeweicht hatte. Verwundert stellte Rorn fest, dass es sich um die in Leder gebundene Schrift zur Greifenmagie handelte, die er bei Magnus Jonar gefunden hatte. Konnte es sein, dass er, ohne es zu wollen, das Unheil mit in Hadiks Haus geschleppt hatte?

Die Pergamentseiten des betreffenden Bandes waren jedenfalls noch mit Frost überzogen und klebten dort, wo die Eiskristalle langsam schmolzen, wie mit Leim bestrichen zusammen. Was auch immer in dem Werk über Myandor oder die Greifen gestanden hatte, war dadurch für alle Zeit verloren. Selbst die Zeichnung des aufrecht gehenden Löwen war nur noch ein verschmierter Fleck, dessen ursprüngliche Umrisse sich kaum mehr erahnen ließen.

Wütend schleuderte Rorn das unbrauchbar gewordene Werk zur Seite. Selbst wenn es besser erhalten gewesen wäre, hätte er es nicht mitnehmen dürfen. Wer wusste schließlich schon, ob es seinen unheiligen Zauber kein zweites Mal ausüben konnte?

»Wohin gehst du?«, rief ihm Venea nach, als er zur Treppe marschierte.

»Nach draußen!«, erklärte er knapp, schon über die Stufen herabsteigend. »Die Blutjade ist zu gefährlich, als dass sie in falsche Hände geraten dürfte.«

Draußen, vor der Tür, wirkte zunächst alles ruhig und friedlich. Es war schon weit nach Mitternacht. Selbst die schlimmsten Zecher lagen schnarchend im Bett. Leru schlief, nur auf den Wehrgängen der Stadtmauer wanderten die Wachen ruhelos auf und ab, um ihrer Müdigkeit Herr zu werden. Wer jetzt noch munter war und keine Uniform trug, der litt unter Schlaflosigkeit oder gehörte zu jener Art von Gelichter, die Dunkles im Sinn hatte und jeden Schatten nutzend durch die Gassen huschte, anstatt das Licht der Laternen zu suchen.

Rorn spürte nicht den geringsten Windhauch in dem ummauerten Karree, trotzdem raschelten überall die Blätter. Es dauerte eine Weile, bis seine Augen sich auf das fahle Mondlicht eingestellt hatten. Nachdem die Pupillen ausreichend geweitet waren, suchte er die Stelle auf, an der er die abgestürzten Spinnenreiter vermutete.

Bereits auf dem Weg dorthin sah er, was jenen blühte, die in die Fänge des lebenden Gartens gerieten. Die aus dem Fenster geworfenen Leichenteile lagen längst nicht mehr auf dem Platz, auf dem sie gelandet waren. Das hohe Gras hatte sie in die Reichweite der ersten Äste befördert, und diese hatten sie noch tiefer ins Dickicht gezerrt. Dort wurden sie nun von einem dichten Geflecht aus raschelnden Zweigen, Ranken und Gräsern überzogen, das sich an dem kalten Fleische labte.

Überall quoll frischer Tau zwischen den Blättern hervor, der nicht nur der Betäubung, sondern auch der Verdauung diente. Die Pflanzen besaßen keine Zähne, die sie in ihre Opfer schlugen, nein, sie verspeisten die Beute, indem sie sie langsam verflüssigten und über die Wurzeln aufsogen.

Vor Rorn schraken sie aber weiterhin zurück, sodass er sich mühelos einen Weg durchs Unterholz bahnen konnte.

Der Spinnenreiter mit dem verbrannten Ohr war schon von weitem zu sehen. Er hing inmitten des ineinander verwobenen Astwerks zweier Bäume, Arme und Beine weit abgespreizt. Dort, wo ihn die biegsamen Fesseln gefangen hielten, schnitten sie tief in das aufgeweichte Fleisch ein. Sein Kopf war mit grünen Ranken umwickelt, sodass er nichts sehen oder gar schreien konnte. Trotzdem steckte noch Leben in ihm, das war deutlich zu erkennen.

Immer wieder spannten sich die Muskeln unter der zerfetzten Kleidung an, in dem hilflosen Versuch, sich aus der pflanzlichen Umklammerung zu befreien. Vergeblich. Wer sich erst einmal in der Gewalt von Hadiks Garten befand, den ließen die Pflanzen nicht mehr entkommen.

Eine der Riesenspinnen war inmitten einer Baumkrone gelandet, ihre Gestalt war bereits vollständig überwuchert. Ebenso das zweite Tier und sein Reiter, die beide auf den Boden geprallt waren. Nur anhand der unterschiedlichen Formen der grünen Hügel war zu unterscheiden, wer von ihnen unter welchem verborgen lag.

Selbst hier, im Schatten des Blätterdachs, glitzerten überall Tautropfen wie matte Perlen im Mondenschein. Rorn achtete sorgsam darauf, keine von ihnen aus Versehen zu berühren, als er sich dem Einohrigen näherte. Seine anfängliche Verwunderung darüber, dass ausgerechnet dieser Spinnenreiter nur zur Hälfte überwuchert war, legte sich, als er den roten Schimmer bemerkte, der durch das Leder der aufgenähten Brusttasche drang.

Die Blutjade.

Selbst der gefräßige Garten fürchtete sich vor ihr.

Kalt lächelnd griff Rorn nach seinem Schwert. Blauer Glanz umflorte Grimmschnitters Klinge, als er sie dem über ihm

Schwebenden entgegenhob. Mühelos drang die scharf geschliffene Spitze in das Wildleder ein und schlitzte die Brusttasche von unten nach oben auf. Sobald der Einschnitt groß genug war, rutschte die Jade daraus hervor.

Dumpf schlug sie zu Rorns Füßen auf.

Kaum, dass sie nicht mehr den Körper des Spinnenreiters berührte, gerieten die Bäume um ihn herum in Bewegung. Ranken krochen über die dicken Äste heran und tasteten nach der nun schutzlosen Beute. Biegsame Zweige streckten sich ihm von allen Seiten entgegen.

Beine und Arme wucherten in Windeseile zu.

Rorn nutzte den kurzen Moment, den der Oberkörper noch frei lag, um sein Schwert in den Brustkorb des Untoten zu stoßen. Venea hatte die Spinnenreiter mehrmals als Herzlose bezeichnet, dem wollte er tiefer auf den Grund gehen. Fleisch und Knochen des Mannes gaben nach, als hätte Rorn die Klinge in einen morschen Baumstumpf getrieben. Unter lautem Knacken erweiterte er die trockene Wunde so weit, dass die beiden verschrumpelten Lungenflügel sichtbar wurden. Auch alle anderen Organe saßen an ihrem Platz. Nur an der Stelle, an der normalerweise das Herz zu finden war, klaffte eine mit Narben überwucherte Lücke.

Rorn spuckte aus, um den bitteren Geschmack loszuwerden, der sich in seinem Mund ausbreitete. Nun wusste er, warum sich die Untoten noch bewegten, selbst wenn man ihre Köpfe zerstörte. Ihre Herzen schlugen vermutlich noch, aber nicht dort, wo sie hingehörten, sondern bei dem finsteren Hexenmeister, der die Riesenspinnen und ihre Reiter kontrollierte.

Raschelndes Blattwerk verdeckte den Blick auf die offene Wunde.

Schweigend sah er mit an, wie sich Zweige und Ranken über der letzten freien Stelle zusammenschoben. Es gab nichts, was er für den Spinnenreiter tun konnte. Nur hoffen, dass der Unglückliche ohnehin keinen Schmerz mehr verspürte.

Während über ihm die Pflanzensäfte ihr vernichtendes Werk begannen, bückte sich Rorn nach dem roten Ei zu seinen Füßen. Er zog den Ärmel seines Gewandes über die Hand, um nicht das Gras zu berühren, in dem die Blutjade lag. Diese Vorsichtsmaßnahme erwies sich als unbegründet, weil die Halme ohnehin vor ihm zurückwichen. Trotzdem hielt er dieses Vorgehen für sicherer.

Noch während er den Stein aufhob, fiel Rorns Blick auf einen weiteren Gegenstand, der im roten Schein der Jade aufglitzerte. Rorn glaubte zunächst, es handele sich um eine weitere der vielen Tauperlen, aber dann bemerkte er, dass dem vermeintlichen Tropfen silberne Beine entsprangen. Ein genauerer Blick offenbarte, dass es sich um die silberne Nachbildung einer Spinne handelte, die in einem verschmorten Fleischstück steckte.

Das fast bis zur Unkenntlichkeit verbrannte Ohr des Spinnenreiters. Es musste beim Sturz durch das Geäst vom Kopf abgerissen sein.

Das gefräßige Gras, in dem es nun ruhte, hatte es bereits in eine weiche Masse verwandelt, die mit dem nächsten Regenguss im Boden einsickern würde. Der fein gearbeitete Anstecker war dagegen unversehrt geblieben. Einem spontanen Impuls folgend zupfte Rorn die Spinne mit spitzen Fingern aus dem weichen Ohrläppchen und steckte sie ebenfalls ein.

Dass Attentäter wie die Spinnenreiter solchen Schmuck trugen, konnte kein Zufall sein. Vielleicht wussten die Hexen mehr damit anzufangen …

Zur Zeit der Zyklopen

Selbst die undisziplinierten Gryff wagten kaum zu atmen, als

Perac und Hatra auf das Portal zutraten. Das Siegel zu brechen mochte sich als taktische Meisterleistung erweisen, konnte aber genauso gut dem Verderben Tür und Tor öffnen. Perac sah keine Möglichkeit, die Vorsichtsmaßnahmen des Gegners auszuspähen, jedenfalls nicht, ohne Gefahr zu laufen, auch die eigenen Pläne aufzudecken. Die Zyklopen waren selbst Großmeister der Magie. Sich in ihre Sphären zu begeben und an ihrem Geist zu rühren bedeutete zwangsläufig, sich ihnen selbst zu offenbaren.

Ob die Zyklopen auf einen Angriff durch die eigenen Tore vorbereitet waren, würde sich deshalb erst zeigen, wenn es zu spät war. Vermutlich rechneten sie nicht damit, jedenfalls nicht in diesem Umfang. Mit einer ausschließlich aus Greifen bestehenden Streitmacht wäre dieser Vorstoß zum Scheitern verurteilt gewesen, doch zum Glück ahnte der Gegner nicht, dass die Trutzadler inzwischen treue Verbündete der Leu waren.

Das Licht in der Turmkuppel verdunkelte sich, als der Großmeister und die Hexe einen leisen Singsang anstimmten. Zunächst beschränkte sich die Dämmerung auf die unmittelbare Umgebung rund um den Steinbogen, bevor sie sich im ganzen Raum ausbreitete. Fast so, als würde das pechschwarze Gestein alle Helligkeit an sich ziehen und in sich aufnehmen.

Einige über das Portal huschende Flammen zeigten an, dass die Beschwörung wirkte. Gleich darauf begann die Luft hinter den Schlangenmagiern zu wabern. Rasch traten die beiden zur Seite, um den Weg für Goron und das erste Dutzend Kämpfer freizugeben. Ohne zu zögern, trat der Kriegsherr der Gryff zwischen dem ungleichen Pärchen hindurch. Vielleicht, weil er zu dumm war, um das Unbekannte zu fürchten, vielleicht aber auch, weil die in seinen Kopf eingepflanzten Machtworte gar keine andere Wahl zuließen.

Ein helles Leuchten umgab Gorons Gestalt, als er unterhalb

des Bogens anlangte, bevor er, von einem dunklen Summen begleitet, vor ihren Augen verschwand. Nicht nur Eonis saugte bei diesem Anblick die Luft scharf zwischen den Zähnen ein. Perac hatte sie zwar auf den Ablauf der magischen Passage vorbereitet, doch die Wirkung des Portals mit eigenen Augen zu sehen, war noch einmal etwas ganz anderes.

Selbst die verbliebenen Gryff der ersten Angriffswelle zögerten kurz, ihrem Anführer zu folgen. Erst auf Peracs unmissverständliche Geste hin setzten sie sich in Marsch. Während sie durch das Portal schritten, erhaschte Eonis einen verschwommenen Blick auf die andere Seite des tunnelförmigen Schlundes. Dort war nur ein einziger Zyklop auf seinem steinernen Thronsessel zu sehen. Die beiden Plätze an seiner Seite waren verwaist.

Perac hatte richtig vermutet.

Für ihren Rachefeldzug hatten die Zyklopen ihre Turmbesatzungen ausdünnen müssen. Nur einzelne graue Giganten waren als Wache verblieben. Nachdem noch ein Greif und zwei Leu zur Unterstützung gefolgt waren, verschloss Perac das Tor wieder.

»Stellt Euch gemeinsam unter dem Bogen auf«, wies er den nächsten Stoßtrupp an.

Durch den Erfolg der ersten Passage ermutigt wollte er das Tor beim nächsten Durchgang nicht nur einen Spaltbreit öffnen, sondern so weit wie möglich aufstoßen. Es dauerte eine Weile, bis alle auserwählten Gryff, Leu und Greifen am richtigen Platz standen, danach ging aber alles sehr schnell. Unter lautem Summen senkte sich eine Art unsichtbare Glocke über die wartenden Krieger, die während der Dauer eines einzigen Lidschlages verschwanden. Für einen aufmerksamen Beobachter war deutlich zu erkennen, wie sich die Betroffenen von den Köpfen her nach unten hin auflösten. Rasend schnell setzte sich der magische Vorgang über die Schultern, Hüften und

Knie fort, bis am Ende dort, wo gerade noch die Füße gestanden hatten, nur noch ein paar Funken tanzten.

»Die Nächsten!« Perac bekam langsam Übung.

Je häufiger er das Portal öffnete und wieder schloss, desto besser ging es ihm von der Hand. Die versammelten Krieger, gleich welchen Volkes, gewöhnten sich ebenfalls schnell an den geheimnisvollen Ablauf. Immer forscheren Schrittes versammelten sie sich unter dem Torbogen und verschwanden gemeinsam im Nirgendwo.

Niemand außer Perac wusste, in welche der zahlreichen Zyklopentürme es die Truppen verschlug, aber das machte keinem von ihnen etwas aus. Kampfesdurstig warteten sie auf den Sprung ins Unbekannte. Die Aussicht darauf, die verhassten Zyklopen zu überrumpeln, ließ alle Herzen höher schlagen.

Für die Gryff galt es noch so manche Scharte auszuwetzen, entsprechend erwartungsvoll zitterten die Krummschwerter und Streithämmer in ihren Händen. Aber auch die Leu lechzten nach Vergeltung für ihre Toten.

Der Turmsaal leerte sich zusehends im schnellen Takt des sich öffnenden und schließenden Portals.

»Das genügt«, befand Perac, als nur noch ein paar Dutzend Krieger versammelt waren. »Wir dürfen nicht an zu vielen Fronten auf einmal kämpfen, sonst lässt sich das eroberte Territorium nicht mehr absichern.«

Das war der Moment, den Eonis schon die ganze Zeit über herbeigesehnt hatte. »Öffne den Durchgang zu Goron«, forderte er, mühsam um Beherrschung ringend. »Wir wollen ihm im Kampf zur Seite stehen, oder, wenn er schon gefallen ist, seinen Tod rächen.«

Der Großmeister nickte, um sein Einverständnis zu zeigen.

Von seinen engsten Getreuen umgeben trat der König unter den Steinbogen. Schon einen Atemzug später verschwamm die

Welt wie hinter einem herabrauschenden Wasserfall. Sein Körper fühlte sich plötzlich seltsam leicht an. Ein Gefühl der Übelkeit kroch ihm die Kehle hinauf, ohne jedoch Erbrechen auszulösen. Wie lange dieser Zustand anhielt, ließ sich schlecht einschätzen. Wohl mehr als ein paar Herzschläge, aber weniger als einen Tag lang – genauer war es unmöglich einzugrenzen.

Auf jeden Fall lange genug, um festzustellen, dass er keinen einzigen Muskel rühren konnte, bis der sie umgebende Schleier abrupt verschwand. Ihre Gruppe fand sich in einer Turmkuppel wieder, die der im Grenzgebiet bis auf die Fuge genau ähnelte. Wären nicht die fein geknüpften Teppiche gewesen, die hier noch an den Wänden hingen, Eonis hätte geglaubt, nach wie vor an der gleichen Stelle zu verharren.

Bis der Trompetenhall in seinem Rücken erklang.

Als der König und die seinen herumwirbelten, erlebten sie noch die fürchterliche Wirkung der Waffe mit, die sie schon am eigenen Leib erfahren hatten. Fünf Trutzadler lagen bereits mit zertrümmerten Gliedern am Boden, während ein sechster in der Luft zerfetzt wurde. Es war nicht der bluttriefende Stahl an den Armen des Zyklopen, der das vollbrachte, sondern ein widerlicher Fortsatz, der mitten in seinem Gesicht entsprang, dort, wo eigentlich die Nase sitzen sollte!

Mindestens vier Leuschritte lang war dieser Rüssel, und so beweglich wie die Tentakel eines Riesenkraken. Allerdings mit dem Unterschied, dass dieses armdicke Ungetüm eine rosafarbene Innenwandung besaß, der zerstörerische Töne entwichen. Selbst auf größere Entfernungen hin schmerzte das Trompeten dermaßen in den Ohren, dass die Trommelfelle zu zerplatzen drohten.

Dem attackierten Gryff spritzte das Blut zu den Nasenlöchern heraus, aber das war nichts im Vergleich zu dem, was mit dem Rest seines Körpers geschah. Die Vorderseite seines

Mantels war bereits vollständig zerfetzt. Kleine Lederstücke und von Eisenfäden durchwirkte Filzbrocken wirbelten durch die Luft.

Der zerstörerische Schall durchdrang aber nicht nur die Rüstung des Unglücklichen, sondern entfaltete auch auf seinem ungeschützten Leib eine vernichtende Wirkung. Federkleid und Fleisch wichen zurück. Von einer Vertiefung im Zentrum ausgehend schlug der Brustkasten regelrecht Wellen, während die darunterliegenden Knochen krachend zerbarsten.

Gebrochene Rippenbögen stachen von innen heraus durchs Gefieder, einer von ihnen auf Herzhöhe. Aus der frischen Wunde pumpte ein rhythmischer Blutstrahl hervor, während der Krieger mit verkrampften Schwingen zu Boden stürzte.

Aber auch der Zyklop war verwundbar.

Aus unzähligen Schnittwunden blutend stand er mit dem Rücken zur Wand. So gut er auch mit seinen fürchterlichen Waffen – zwei um die Unterarme geschnallten Klingen, die von den Ellenbogen bis weit über die klobigen Hände reichten – umzugehen verstand, irgendeiner der von allen Seiten auf ihn einprasselnden Schläge drang immer zu ihm durch.

Noch ehe er seinen Rüssel neu ausrichten konnte, ließ der über ihm schwebende Goron den Streithammer in die Tiefe pfeifen. Die gefürchtete Waffe der Gryff, deren Oberteil dem Kopf eines Raubvogels nachempfunden war, bohrte sich mit ihrem spitz zulaufenden Stahlschnabel tief in die graue Schädeldecke des Zyklopen. Ein tödlicher Hieb, unübersehbar. Trotzdem drehte Goron die Schnabelspitze in der Wunde, um sicherzugehen.

Die Haltung des Zyklopen versteifte sich, seine ledernen Schwingen erbebten. Jubel hallte von den Wänden wider, als der graue Gigant zusammenbrach. Ein schwaches Zucken seiner armlang anmutenden Ohren, dann war der letzte Lebensfunken aus der massigen Gestalt gewichen.

Auch in Eonis brodelte grenzenloser Triumph empor, fast so, als hätte er den letzten, alles entscheidenden Schlag von eigener Hand geführt. »Goron!«, brüllte er so laut, dass er das Geschrei der tobenden Menge übertönte. »Goron, der Zyklopenschlächter!«

Auf einen kurzen Seitenblick von ihm hin unterstützten seine Getreuen den Ruf aus Leibeskräften. »Goron, der Zyklopenschlächter!«, klang es nun so laut, dass es von allen Wänden zurückschallte.

Obwohl die überlebenden Gryff sich kaum noch auf den Beinen halten konnten, stimmten sie stolz mit ein. Völlig ausgepumpt landete Goron auf dem von ihm bezwungenen Gegner und ließ seine Flügel unter dem Ledermantel verschwinden. Stoßweise atmend stemmte er seine blutbesudelte Waffe in die Höhe, um die Huldigung der anderen mit gebührender Geste entgegenzunehmen.

An die Toten zu ihren Füßen dachte in diesem Moment niemand mehr.

Eonis lächelte still in sich hinein. Auf diese Weise ließen sich die Gryff ebenfalls lenken, ganz ohne Machtwörter und Zyklopentränen …

»Zerschlagt die steinernen Sitze!«, befahl er, bevor jemand einen klaren Gedanken fassen konnte. »Auf dass die Heimkehrer keinen Dämmerschlaf mehr finden.«

Noch trunken vor Freude stürzten sich Gryff, Leu und Greifen gleichermaßen auf die wuchtigen Granitgebilde mit den hohen Rückenlehnen, um ihnen mit allerlei Schlagwerkzeug zu Leibe zu rücken.

»Gut gemacht«, lobte eine Stimme hinter Eonis.

Als der König auf dem Absatz herumwirbelte, sah er, dass es Hatra war, die zu ihm gesprochen hatte. Sie war ihnen unbemerkt gefolgt und schien gerade damit beschäftigt, das hiesige Portal mit einem Bann zu belegen.

»Was tust du da?«, fragte der Monarch erstaunt.

»Ich sorge dafür, dass kein Mamuth von einem unbedrängten Turm aus zu uns vordringen kann«, antwortete das groß gewachsene Weib, ohne sich umzusehen.

Eonis ließ ihr die Respektlosigkeit durchgehen. Wer wusste schon, welche Folgen es nach sich zog, wenn ihr Zauber verdarb, weil sie seine Krallen im Gesicht spürte? Eine Weile stand Hatra vollkommen still da, die Innenseiten ihrer Handflächen fest gegeneinandergepresst, während hinter Eonis der Granit zu Bruch ging. Nur ein leises, von blauweißen Funken begleitetes Knistern an der Unterseite des Bogens bewies, dass Hatra tatsächlich auf das Portal einwirkte und ihm nicht bloß etwas vormachte.

Lächelnd drehte sie sich zu Eonis herum, eine Spur von Verheißung in den geschlitzten Schlangenaugen. »Wie wäre es mit einem Ausflug in tiefere Gefilde, mein König?«, fragte sie dabei.

Noch ehe er mit einem Wort darauf reagieren konnte, senkte sich die Schleierglocke herab. Diesmal blieb die Übelkeit aus, die er bei seiner ersten Reise gespürt hatte. Nur das Gefühl der Schwerelosigkeit stellte sich wieder ein, und das Unvermögen, sich zu bewegen, oder gar einen Ton hervorzubringen. Dafür verging die Zeit diesmal schneller, aber vielleicht war das nur das Zeichen einer sich einstellenden Gewöhnung.

Undurchdringliche Finsternis umschloss Eonis wie eine zweite Haut, als er wieder Herr über seine Glieder wurde.

Das gefiel ihm nicht.

Instinktiv riss er seine Streitaxt in die Höhe und nahm eine halb geduckte Abwehrhaltung ein. Erst danach fiel ihm auf, dass es an diesem Ort nicht nur dunkel, sondern auch kalt war. Abgestandene, schon fast modrig zu nennende Luft legte sich schwer auf seine Atemwege.

»Was soll das?«, fragte er und glitt noch im selben Herzschlag geräuschlos zur Seite, um seine wahre Position zu verbergen.

Hatra antwortete nicht, zumindest nicht mit Worten. Stattdessen sprühten an der Stelle, an der er sie vermutet hatte, glutrote Funken in die Höhe.

Geblendet schloss Eonis die Augen.

Seine Pupillen hatten sich aufgrund der Finsternis so stark vergrößert, dass er zunächst nur aus schmalen Augenschlitzen heraus beobachten konnte, wie die Lohe aus Hatras gewölbten Händen aufstieg und über ihren Köpfen pilzförmig auseinanderdriftete. Je mehr Funken durch die Luft tanzten, desto stärker traten die Umrisse einer großen Höhle aus der Dunkelheit hervor. Ganz oben, an der unregelmäßig gewölbten Decke, von der bizarre Zapfen herabhingen, war zu sehen, dass sie einen natürlichen Ursprung besaß, aber es gab auch viele Stellen, die eindeutig mit Werkzeug behauen waren.

Etwa die links von ihnen aufwärtsführenden Stufen einer breiten Treppe, die vor einer fugenlos verschlossenen Mauer endeten. Oder der Steinbogen des Portals, durch das sie gekommen waren.

»Was ist das hier?«, entfuhr es dem König der Leu.

»Der Beweis, dass auch Tore jenseits der Türme existieren«, antwortete die Hexe mit einem grimmigen Unterton, der Eonis aufhorchen ließ. »Entweder hat der Aufenthalt im Zeitschlund an Peracs Erinnerungen genagt, oder er verbirgt einen Teil seines Wissens vor mir.«

Wie typisch für das Schlangengezücht, dass es sich auch untereinander betrügt und hintergeht. Eonis unterdrückte ein verächtliches Lächeln.

»Warum erzählst du mir das?«, wollte er wissen.

»Weil Peracs Tage gezählt sind.« Nicht das kleinste bisschen Bedauern schwang in Hatras Stimme mit, obwohl doch alle dachten, dass sie die Geliebte des Großmeisters wäre. »Perac ist schon älter, als selbst ich es mir vorzustellen vermag«, erklärte sie weiter. »Ein Greis, dem langsam die Kräfte schwinden, vor allem, seit er sich immer wieder bis an die Grenzen seiner Leistungsfähigkeit verausgaben muss. Ohne meine Hilfe wäre er längst nicht mehr fähig, gegen die Mamuth vorzugehen. Darum hatte er es so eilig, Eure Allianz mit den Gryff zu schmieden. Er will unbedingt noch zu Lebzeiten über die Grauhäuter triumphieren.«

Mamuth! Da war er wieder, der wahre Name des Sternenvolkes, das sie für Zyklopen gehalten hatten. Doch das war es nicht, was ihm an Hatras Worten missfiel.

Als König war es Eonis von Kindesbeinen an gewohnt, dass Frauen sich darum balgten, an seiner Seite durch die Weiten der Graslandschaften streifen zu dürfen. Deshalb verstand er sofort, was es zu bedeuten hatte, als die schlanke Hexe ihren Rücken durchdrückte, um ihre vollen Brüste besser zur Geltung zu bringen.

»Ich dagegen bin jung«, strich sie ihre Vorzüge heraus. »Daher vermag ich Euren Machtanspruch auch bis in die Generationen Eurer Kinder und Kindeskinder zu festigen.«

Eonis spürte, wie sich ihm die Haare seiner Mähne aufstellten. »Als Großmeisterin am Fuße meines Throns?«, fragte er lauernd.

»Aber nein!« Hatra lachte hell auf. »Ich sehe mich eher als Königin an Eurer Seite!«

»Als Favoritin?« Abgesehen von ihrem schwarz glänzenden Haar, das ihr glatt bis auf die Schultern fiel, war Hatra so gut wie unbepelzt. Allein der Gedanke daran, ihre nackte Haut zu berühren, löste zwiespältige Gefühle in Eonis aus. »Du weißt offensichtlich nicht, was mit dieser Stellung untrennbar verbunden ist!«

»Glaubt mir, mein König, darüber bin ich mir vollkommen im Klaren.« Ein Hauch von Wehmut mischte sich in ihre sonst so kühle Stimme, bevor sie fortfuhr: »Ihr könnt Euch sicher sein, dass ich nichts lieber möchte, als Euch ein Dutzend gesunder Kinder zu schenken.«

Sich mit einem felllosen Weibsstück vereinen, das seine Nachkommen vermutlich ausbrüten musste? Eonis zögerte bei diesem Gedanken, obwohl er Hatras Motive nachvollziehen konnte. Die Hexe war vermutlich die Letzte ihrer Art. Der Wunsch, sich fortzupflanzen, musste stärker in ihr wühlen als in jeder anderen Frau unter Simwaes Sonne. Doch Bastarde waren nirgendwo gerne gesehen, weder in seinem Reich noch in der Nordermark oder den westlichen Gefilden. Deshalb musste Hatra ihre Kinder mit dem mächtigsten aller Herrscher zeugen, allein, um ihr Überleben abzusichern.

»Blickt nicht so verwundert drein«, rügte sie, da ihm seine Gedanken deutlich im Gesicht abzulesen waren. »Ich bin keine Spottgeburt, für die Ihr Euch schämen müsstet, sondern ein einzigartiges Weib, wie es kein zweiter Herrscher sein Eigen nennen darf.«

»Für mich bist du einfach nur abstoßend und hässlich«, stellte Eonis klar.

Er sprach absichtlich so verletzend wie möglich, um sie in ihre Schranken zu weisen, auch wenn der Gedanke an eine Nacht mit ihr durchaus seine Reize hatte. Doch anstatt gekränkt zu reagieren, lächelte Hatra so breit, dass ihre ebenmäßigen Zähne aufblitzten.

»Schlagt nicht vorschnell aus, was Euch bisher nur fremd erscheint«, verlangte sie mit rauer Stimme. »Ich verfüge über etwas, das Euch rasch umstimmen kann!«

Eonis trat einen Schritt zurück, um den Abstand zwischen ihnen zu vergrößern.

»Ach ja?«, stieß er grimmig hervor. »Was mag das wohl sein? Zyklopentränen vielleicht, die mich auf die gleiche Weise wie die Trutzadler betören sollen?«

»Unsinn«, verkündete sie mit mildem Spott in der Stimme. »Kein Weib, das auf sich hält, will einen Gefährten durch Machtworte an sich binden. Ich habe Euch ganz andere Vorzüge zu bieten.«

Bei diesen Worten öffnete sie ihr Gewand auf eine Weise, wie es nur Hexen vermögen. Eine schlichte Geste von ihr genügte, um den weich fließenden Stoff so zu teilen, dass der darunter verborgene Busen zum Vorschein kam. Bis hinab zu ihrem spärlich behaarten Schoß klaffte der Ausschnitt auf. Eonis brachte keine einzige Silbe mehr hervor.

Auch die Zitzen der Leu ragten nackt aus dem Fell hervor, doch nicht mal die Favoritin seines königlichen Harems konnte es mit der vollen Pracht aufnehmen, die Hatra zu bieten hatte. Schlangenaugen oder nicht, dieses Weib *musste* ganz einfach lebende Söhne und Töchter gebären, warum sonst hätten die Götter sie mit solch ebenmäßigen, prallen Brüsten ausstatten sollen?

Eonis spürte, wie ihm das Blut in die Lenden schoss. Plötzlich konnte er gar nicht mehr anders, als der Hexe bewundernde Blicke zuzuwerfen. Seine unverhohlene Gier erfreute sie. Das erkannte er nicht nur an ihrem zufriedenen Lächeln, sondern auch an den Brustwarzen, die plötzlich hart wurden.

»Bedenkt, dass Ihr längst kein Leu mehr seid«, mahnte Hatra, ihre Brüste sanft mit den Fingerkuppen umschmeichelnd. »Eure Flügel erheben Euch längst über Euer altes Volk! Mit mir an Eurer Seite könntet Ihr sogar eine ganz neue Blutlinie gründen, wie es sie noch nie zuvor gegeben hat. Eine, die das Geschlecht der Eonis befähigt, über alle Völker der Erde, des Wassers und der Lüfte zu herrschen. Überlegt Euch gut, ob mich das nicht ganz unweigerlich zu Eurer neuen Favoritin machen sollte!«

Dass Hatra die Kluft ansprach, die Leu und Greifen zu spalten begann, missfiel dem König, obwohl er eingestehen musste, dass sie Recht hatte. Natürlich standen er und die anderen Auserwählten weit über den gemeinen Leu. Und bereits die Vorstellung, eine eigene Rasse zu gründen, die selbst den Greifen überlegen war, besaß etwas Verführerisches.

Bevor er deshalb ins Träumen geraten konnte, zerstörte Hatra den Zauber des Augenblicks, indem sie ihren Ausschnitt hastig wieder schloss. Es gab etwas, das sie in Unruhe versetzte. Ihr schmales Gesicht wirkte angespannt, der Schmollmund hatte sich in einen harten Strich verwandelt. Die über ihnen schwebenden Funken verglühten allmählich, aber das war nicht der Grund für ihre plötzliche Eile.

»Wir müssen zurückkehren«, erklärte sie mit ungewohntem Schaudern in der Stimme. »Ich spüre, dass die Elemente über Simwae in Aufruhr geraten sind.«

Noch ehe Eonis wegen des überstürzten Aufbruchs protestieren konnte, fing das Portal schon wieder an zu summen.

10.

Schattenmutters Befehle

Als Rorn in den Turm zurückkehrte, lagen die Toten bereits würdig aufgebahrt auf zwei leergeräumten Tischen. Tabeths Leichnam war sogar mit einigen Blüten bestreut worden.

In stiller Andacht versunken, knieten beide Hexen zu Füßen der Zunftschwester und sahen sich auch nicht zu Rorn um, als er hinter sie trat.

Venea wirkte immer noch erschöpft, fror aber wenigstens nicht mehr. Bree schonte ihren verletzten Arm, wirkte jedoch sonst ganz normal. Rorn hegte den Verdacht, dass sie den Heilungsprozess mit Hilfe ihrer Schattenjade beschleunigte, vermied aber eine entsprechende Äußerung. Grimmschnitters Jadesplitter hatte geholfen, Venea aufzuspüren, wie sollte er da verlangen, dass die beiden Hexen auf die Kraft ihrer Schlangenarmbänder verzichteten?

Mit sich selbst und seinen Überlegungen beschäftigt bemerkte er nicht, wie die Frauen aufstanden und neben ihn traten.

»Hast du gefunden, was du gesucht hast?«, fragte Venea sanft.

»Ja«, antwortete er knapp, und vermied es dabei, auf die Stelle zu klopfen, an der sich die Blutjade in seiner Kleidung verbarg. »Und ich gebe den Unglücksstein auch nicht wieder her, ehe ich nicht weiß, wie er sich vernichten lässt. Ganz gleich, was eure Schattenmutter dazu meint.«

»Keine Sorge«, beruhigte sie ihn. »Wir hatten nur den Auftrag, Hadiks Schattenjade zu stehlen, damit sie nicht dazu missbraucht wird, das ewige Gleichgewicht zu stören. Nun, da er tot ist und du sie in Verwahrung hast, ist diese Aufgabe hinfällig geworden.«

»Es sei denn, die Schattenmutter befiehlt, sie auch dir abzunehmen«, bemerkte Bree spitz.

»Schön vorsichtig«, warnte Rorn. »Sonst kannst du gleich beide Arme nicht mehr bewegen.«

Aber so schnell war die junge Hexe nicht einzuschüchtern.

»Versuchs doch, wenn du dich traust.« Herausfordernd stemmte sie ihre bewegliche Hand in die Hüfte.

»Still!«, zischte Venea wütend, noch ehe er in die Verlegenheit kam, seinen Worten Taten folgen lassen zu müssen. »Alle beide! Ich dulde nicht, dass ihr im Angesicht unserer toten Schwester so herumstreitet!«

Bree zuckte wie unter einem Peitschenhieb zusammen. Sie wusste noch nicht, dass es natürlich war, den Tod zu verdrängen, um der Trauer Herr zu werden, darum wurde sie nun von bitterer Reue geschüttelt. Tränen schossen ihr in die Augen. Zum ersten Mal in dieser Nacht. Mühsam ein Schluchzen unterdrückend wandte sie sich von den anderen ab.

Rorn schwieg, um nicht alles noch schlimmer zu machen. Es lag ihm fern, es den Toten gegenüber an Respekt mangeln zu lassen, wobei er augenscheinlich der Einzige war, der auch Hadiks Schicksal bedauerte. Im Gegensatz zu den Hexen hatte er ihn aber auch persönlich gekannt.

»Wir sollten den Turm noch vor Anbruch der Dämmerung verlassen«, schlug er vor, als die bedrückende Stille kaum mehr auszuhalten war. »Es wäre schlecht für unseren Ruf, wenn es irgendwann hieße, dass wir die Letzten waren, die hier vor Hadiks Verschwinden gesehen wurden.«

»Du willst seinen Tod also nicht der Stadtgarde melden?«, fragte Venea. »Immerhin ist bekannt, dass du in seinem Sold stehst. Das würde erklären, warum du seinen Garten passieren konntest.«

»Unter anderen Umständen vielleicht.« Rorn zuckte mit den Schultern. »Aber du weißt selbst, wie es mit diesen Wappenträgern so ist. Selbst wenn sie mir am Ende alles glauben, könnte es Tage dauern, bis sie mich wieder aus ihren Fängen entlassen. Diese Zeit habe ich einfach nicht. Ich muss so schnell wie möglich nach Syrk, um Hadiks Vermächtnis zu erfüllen.«

»Zu Rabold?«, fragte Venea. Eine Spur zu beiläufig, wie er fand.

»Du kennst ihn?«

Diesmal war es an ihr, mit den Schultern zu zucken. »Der Letzte des Silbernen Netzes«, sagte sie dann. »Zumindest der Letzte, dem zuzutrauen wäre, dass er Schattenjade hortet.«

Zwischen Rorns Schulterblättern begann es zu kribbeln. Wenn die Schattenschwestern von Rabold wussten, dann sicherlich auch die Spinnenreiter. Eile war geboten. »Ein Grund mehr, uns so schnell wie möglich in den Sattel zu schwingen. Syrk liegt einige Tagesritte weit entfernt.«

»Wir?« Den Kopf leicht zur Seite geneigt, lächelte ihn Venea amüsiert an. »Kämpfen wir jetzt Schulter an Schulter?«

»Ach, hör doch auf«, knurrte Rorn ungehalten, musste aber selbst dabei grinsen. »Als wenn ihr nach dem, was hier geschehen ist, nicht das gleiche Ziel hättet! Da können wir auch gleich zusammen reisen. Dann habe ich euch Hexen wenigstens im Auge!«

»Nichts schafft festere Bande als ein gemeinsamer Feind, meinst du wohl?«, versuchte Venea seinen Standpunkt in klare Worte zu fassen. »Ich glaube, du hast Recht. Die Spinnenreiter sind viel zu gefährlich, als dass wir uns weiterhin gegenseitig Konkurrenz machen dürfen. Nicht nur du und ich, sondern auch das Silberne Netz und die Schattenschwestern. Aber Bree und ich müssen erst die Schattenmutter um Rat fragen, bevor wir eine Entscheidung fällen können.«

Damit hatte Rorn ohnehin gerechnet, darum war er sofort einverstanden.

»Ich werde Hadik inzwischen im Garten bestatten«, erklärte er sein weiteres Vorgehen, ohne dafür Widerspruch zu ernten. »Was ist mit Tabeth? Wäre es nicht das Beste, wenn ich sie auch gleich …«

Ihm war klar, dass er mit diesem Vorschlag an Gefühle rührte, trotzdem überraschte ihn die Heftigkeit, mit der Bree reagierte.

»Auf keinen Fall«, schrie die Blonde und verzog dabei das Gesicht, als wollte sie sich auf ihn stürzen. »Tabeth liebte die freie Natur, dort soll sie auch ihre letzte Ruhe finden.«

»Na gut«, lenkte er ein. »Aber dann müsst ihr euch überlegen, wie wir ihren Leichnam unauffällig aus der Stadt bekommen. Ihr seid die Hexen!«

»Wir werden die Schattenmutter auch dazu befragen«, befand Venea, die sich inzwischen wieder hervorragend im Griff hatte.

Rorn nickte nur, um sein Einverständnis mit diesem Plan zu geben. Danach trat er an den Tisch, auf dem Hadik lag, und wuchtete den Magier mitsamt des Kokons auf seine Arme. Auf dem Weg durch die unteren Stockwerke entdeckte er noch einen Spaten, den er für seine Zwecke nutzen konnte.

Draußen suchte er eine kleine Lichtung nahe des Turmeingangs aus, die sich für eine Grabstätte eignete. Welchen Bann Hadik auch immer ausgesprochen hatte, um nicht selbst in die Fänge seines gefräßigen Gartens zu geraten, er wirkte auch noch nach dem Tode. Im Gegensatz zu Rorn, vor dem die Pflanzen regelrecht zurückscheuten, begegneten sie dem Toten mit einer respektvollen Distanz, die fast an eine Ehrbezeugung gemahnte. Zumindest kam es dem Bannstreiter so vor, als er einige Grassoden ausstach, aber vielleicht bildete er sich das auch alles nur ein.

Nachdem er in dem freigelegten Rechteck eine flache Grube ausgehoben hatte, bettete er Hadik hinein und bedeckte ihn anschließend mit Erde. Rorn hatte nicht allzu tief gegraben, denn in diesen besonderen Garten verirrten sich keine Tiere, die den Toten freischarren konnten.

Noch ein wenig verschwitzt kehrte er in den Zeremonienraum zurück.

Venea und Bree hatten inzwischen auf den Seidenkissen Platz genommen. Mit untergeschlagenen Beinen saßen sie einander in entspannter Haltung gegenüber, bereits in stumme Zwiesprache mit ihrer Zunftmutter vertieft.

Rorn erkannte das an dem verzückten Ausdruck auf ihren Gesichtern, und daran, dass sich ihre Lippen immer wieder bewegten, ohne einen einzigen Ton hervorzubringen. Solcherlei hatte er schon bei ähnlichen Beschwörungen beobachtet.

Während die beiden Hexen weiterhin mit geschlossenen Augen sanft den Oberkörper vor- und zurückschaukelten, machte sich der Krieger daran, seinen Mantel zu suchen und mit Hilfe des abgerissenen Vorhangs zu säubern. Die Oberfläche des Spinnensekrets war zwar noch klebrig, trotzdem ließ es sich leichter entfernen, als von ihm befürchtet.

»RORN!« Die dunkle, volltönende Stimme, die ihn unversehens von hinten ansprach, fuhr ihm durch Mark und Bein.

Erschrocken wirbelte er herum, konnte aber nur Bree und Venea ausmachen. Sonst niemanden.

»Ich spüre deine Anwesenheit, Bannstreiter!« Obwohl die Stimme so tief wie die eines Mannes klang, drang sie eindeutig aus Brees halbgeöffnetem Mund hervor.

Zwischen Rorns Schulterblättern schien ein Eiszapfen herabzurutschen. So etwas hatte er noch nie erlebt. Und es wurde noch schlimmer. Plötzlich warf die junge Hexe den Kopf in den Nacken und öffnete ihren Mund so weit, dass ihr Unterkiefer fast ausgerenkt wurde. Ihre Stimme klang inzwischen so verzerrt, als stünde der Sprecher in einem hohen Gewölbe, das jedes seiner Worte durch ein Echo verstärkte.

»Antworte mir, Bannkrieger! Ich höre dich mit den Ohren dieser Schattentochter!«

Rorn verwarf seinen anfänglichen Verdacht, dass die Hexen irgendwelchen Schabernack trieben. Das hätten sie schon aus Respekt vor der aufgebahrten Gefährtin nicht getan, außerdem war nicht zu übersehen, dass Bree unter starken Krämpfen litt. Dicke Schweißtropfen glitzerten auf ihrer Stirn und flossen über die Schläfen herab.

Selbst Venea, deren Schulterblätter deutlich unter ihrem Gewand hervortraten, wand sich vor Schmerzen. Wer auch immer Besitz von den beiden ergriffen hatte, ging nicht sonderlich rücksichtsvoll mit ihnen um.

»Wer bist du?«, krächzte Rorn, der am liebsten Grimmschnitter gezogen und auf irgendetwas eingedroschen hätte. Doch wie bekämpfte man etwas, das körperlich nicht anwesend war, sondern sich der Gestalt einer Unschuldigen bediente?

»Man nennt mich die Schattenmutter«, behauptete die fremde Stimme.

»Rabenmutter wäre wohl passender«, schleuderte ihr Rorn entgegen.

Bree zuckte eine Weile still vor sich hin, als hätte es ihrem angeblichen Zunftoberhaupt die Sprache verschlagen.

»Ich habe keine Zeit, mit dir zu streiten«, drang es nach einiger Zeit aus ihr hervor. »Der Weg, den ich wählen muss, um mit dir in Kontakt zu treten, strengt meine Töchter stark an. Uns bleibt nur wenig Zeit, doch du musst erfahren, wie wichtig es ist, dass du Bree und Venea von nun an beschützt und durch alle Gefahren führst.«

Trotz des schauderhaften Tonfalls, der an ein Reibeisen erinnerte, glaubte Rorn echte Besorgnis aus den Worten herauszuhören. Plötzlich bezweifelte er nicht mehr, dass er wirklich mit der Schattenmutter sprach.

»Euch schwimmen wohl die Felle davon?«, stichelte er, um eine ehrliche Antwort zu provozieren. »Warum sonst bin ich dir plötzlich so wichtig geworden?« Schon so manch ausgeklügelte Lüge war im Zorn der Wahrheit gewichen.

»Dein Fluch ist der Schlüssel zu einem uralten Konflikt«, verkündete die Schattenmutter nebulös. »Der dunkle Bann, der von jener ausgesprochen wurde, die schon zur Zeit der Greifen über diese Welt wandelte.«

»Hatra?«, stieß Rorn überrascht hervor. »Die alte Sumpfhexe?«

»Einst war sie mehr als das! Einst gehörte sie zu jenen, die an die Welt hinter der Welt rührten! Hatra hat schon damals einen Fehler begangen, so wie bei dir, auch wenn du sie dazu gezwungen hast …« Was danach kam, ging in einem fürchterlichen Husten unter.

Brees Rücken bog sich durch, während sie verzweifelt um Atem rang. Rorn fürchtete schon, dass sie ersticken könnte, doch ihr Zustand verbesserte sich wieder.

»Uns bleibt nicht mehr viel Zeit«, verkündete die Schattenmutter. »Drum wisse, dass es Zeiten gab, da Leu und Gryff über diese Lande herrschten. Beide Völker vereinte der Hass auf die Zyklopen, die keinen Deut besser waren als sie.«

Müssen ja furchtbare Zeiten gewesen sein, dachte Rorn verächtlich, während Schattenmutters Redefluss durch ein weiteres Gurgeln in Brees Kehle unterbrochen wurde. *Fast so schlimm wie heute.*

»Damals tobten Kriege von solcher Grausamkeit, dass sie jedes menschliche Vorstellungsvermögen sprengen würden«, fuhr die Schattenmutter fort, als hätte sie seine Gedanken erraten. »Es war eine Epoche, die nie wiederkehren darf, oder es wird das Blut Millionen Unschuldiger kosten! Doch böse Mächte, die für Äonen gebannt waren, versuchen nun zurück in diese Welt zu gelangen.«

»Wie?«, fragte Rorn erschrocken. »Wie ist das möglich?«

Doch die Schattenmutter ging nicht auf seine Fragen ein. Immer rascher redete sie gegen das Röcheln in Brees Kehle an: »Die Blutjade, sie soll den Weg öffnen! Und der Feind ist schon weit auf seinem Weg vorangekommen. Nur du und dein Bann können noch das Schlimmste verhindern! Drum ziehe aus gen Syrk, Rorn, und bezwinge den Herrn der Spinnenreiter, bevor es zu spät ist. Meine Schattentöchter werden dich begleiten und in allem so gut unterstützen, wie sie nur können.«

Die letzten Worte waren kaum noch verständlich. Noch ehe Rorn eine weitere Frage stellen konnte, kippte Bree würgend zur Seite. Die fremde Macht, die sich ihres Körpers bemächtigt hatte, gab sie schlagartig frei. Doch damit war die Tortur noch nicht überstanden.

Keuchend krümmte sie sich in Hadiks Seidenkissen zusammen und rang nach Luft. Zwischen zwei Atemzügen erbrach sie sich immer wieder, bis ihr Magen nichts mehr von sich gab. Magie mochte vieles ermöglichen, was sonst unerreichbar war, doch sie war auch eine sehr anstrengende Angelegenheit.

Kaum selbst aus ihrer Trance erwacht beugte sich Venea schon über die wild zuckende Hexenschwester, um sie so gut wie möglich zu beruhigen. »Oh, du Arme, musstest alleine das Sprachrohr sein«, flüsterte sie dabei immer wieder. »Es tut mir leid, dass ich noch zu schwach war, um diese Bürde mit dir zu teilen!«

Rorn suchte inzwischen nach einem Krug mit Wein – was nicht sonderlich schwer war – und einem sauberen Becher – was sich als nahezu unmöglich erwies. Dabei fiel sein Blick auf eine kleine Feldmaus, die aus einem offenen Käfig hervorlugte und alles mit zitternden Tasthaaren zu beobachten schien. Die neben ihr stehenden Futternäpfe machten klar, dass es sich um ein Haustier handelte.

Hadik war schon ein seltsamer Vogel gewesen, aber offensichtlich niemand, der an der *Welt hinter der Welt* rühren wollte. Das hatte ihn das Leben gekostet.

Nachdem er einen irdenen Becher saubergewischt und gefüllt hatte, trat Rorn zurück an den Kissenstapel. Bree ging es inzwischen schon wieder so gut, dass sie sich aufrichten konnte.

»Hier«, sagte er, und hielt ihr den Wein entgegen. »Das hilft dir, den Geschmack aus dem Mund zu spülen.«

Bree schüttelte nur angewidert den Kopf.

»Trink schon«, drängte er, bevor er grinsend hinzufügte: »Eure Schattenmutter hat befohlen, dass ihr mir gehorchen sollt.«

»Hat sie nicht!« Venea zog ihm den Becher so heftig aus der Hand, dass der Inhalt überschwappte. Danach wandte sie sich an Bree und sagte: »Komm, nur ein paar Schluck. Das wird dir wirklich helfen.«

Nach anfänglichem Zögern rang sich die Blonde dazu durch, auf den Rat der erfahrenen Schwester zu hören. Sie keuchte zwar immer wieder, trank aber schließlich doch den ganzen Becher leer.

Rorn legte inzwischen wieder seinen Mantel an.

»Ich dränge euch nicht gern«, sagte er dann mit dem nötigen Ernst. »Aber die Morgenröte ist nicht mehr fern. Wir müssen jetzt gehen und können dafür noch in unseren Quartieren ausruhen.«

Da Venea sich um Bree kümmern wollte, übernahm er es, Tabeths Leichnam zu tragen. Sie standen bereits alle drei auf der Treppe, als Venea noch einmal kehrtmachte und ohne ein Wort in den Zeremonienraum zurückrannte. Rorn fürchtete, dass die Schrecken der zurückliegenden Nacht ihren Geist verwirrt hätten, doch als sie mit dem kleinen Mäusekäfig zurückkehrte, hielt er sie für vollends verrückt.

»Was hat das zu bedeuten?«, fragte selbst Bree erstaunt.

»Nur bis wir über die Mauer sind«, erklärte Venea verlegen, während sie ihre Phiole mit dem schützenden Sud über dem Nager ausschüttelte. »Ich kann einfach nicht den Gedanken ertragen, dass das Tier irgendwann nur noch die Wahl zwischen verhungern oder dem Gang durch den Garten hat.«

Jeder Bauer, dem schon einmal der Kornspeicher leergefressen wurde, hätte ihr wohl den Schädling aus der Hand gerissen und zum Fenster hinausgeworfen, Rorn wartete hingegen schweigend, bis sie fertig war. Eins stand nun zumindest fest. Wenn alle Schattenschwestern so feinfühlig wie Venea waren, konnte es mit den Machtgelüsten ihres Hexenbundes nicht weit her sein.

Trotzdem traute er der Schattenmutter noch lange nicht über den Weg.

Zur Zeit der Zyklopen

Ein scharfer Luftzug fuhr ihnen ins Gesicht, als sie unter dem Portal Gestalt annahmen. Durch die Turmkuppel des Grenzlandturms pfiff ein eiskalter Wind. Draußen war es so dunkel geworden, als bräche die Nacht herein, doch steter Donnerhall und herabzuckende Blitze stellten klar, dass in Wirklichkeit ein Unwetter tobte.

Gewitter waren nichts Ungewöhnliches in Simwae, aber solche Naturgewalten hatte Eonis noch nie zuvor erlebt. Allerdings auch keinen Großmeister wie Perac, der mitten im Raum stand, die Augen so weit in den Höhlen verdreht, dass nur noch das Weiße zwischen den faltigen Lidern hervorschimmerte.

Aus der Jadekugel zu seinen Füßen züngelten Entladungen hervor, die seinen Körper mit einem zuckenden Geflecht einsponnen. Hatra eilte sofort auf den Magier zu, stellte sich ihm gegenüber und nahm eine identische Haltung ein. Sofort schossen weitere Lichtfinger aus der Schattenjade hervor, tasteten über ihre Oberschenkel und begannen auch sie zu umgarnen.

Obwohl Perac sie unmöglich sehen konnte, stieß er einen Seufzer der Erleichterung aus. Scheinbar half ihm die Hexe dabei, einen Teil seiner magischen Bürde zu tragen.

Immer neue Blitze zerschnitten den Himmel, trotzdem trat Eonis zu einigen Greifen, die einen nach draußen führenden Durchgang belagerten. Der Raum füllte sich mit immer mehr überlebenden Rückkehrern, die ihre toten Kameraden auf dem Rücken trugen. Doch sobald ein Krieger den König erkannte, wich er respektvoll zurück. So fiel es Eonis nicht schwer, den vordersten Platz mit der besten Aussicht einzunehmen.

Das Erste, was er dabei zu sehen bekam, waren zwei geflügelte Mamuth, die zwischen den grauen Wolken hervorbrachen und mit bluttriefenden Klingen auf den Wehrgang niederstürzten. *Meine tapferen Garden!*, dachte Eonis entsetzt, anstatt sich Sorgen um die eigene Sicherheit zu machen.

Mehrere Pranken umfassten ihn von hinten, um ihn in den Schutz der Getreuen zurückzuziehen, doch er wehrte die Berührungen mit einem unwilligen Schulterzucken ab. Eonis war es gewohnt, an der Spitze seiner Truppen zu kämpfen. Er verschanzte sich nicht hinter fremden Leibern, selbst wenn es gegen solche Giganten wie die kahlköpfigen Zyklopen ging.

Eonis wollte sich schon nach draußen stürzen und dem Gegner mit geschwungener Axt entgegenfliegen, als die beiden Mamuth zurückprallten und hintenüberfielen. Mit wutverzerrten Gesichtern fingen sie ihren Sturz ab und gewannen erneut an Höhe, doch auf fünf Körperlängen herangekommen, stießen sie erneut auf einen unsichtbaren Widerstand.

Unverständliche Laute, die das Gehör eines jeden Leu beleidigten, verließen ihre großen Mäuler, doch alles Schimpfen half ihnen nichts. So oft sie es auch versuchten, immer wieder scheiterten sie an einem massiven Hindernis, das den Turm wie eine durchsichtige Mauer umgab.

Perac und Hatra!

Das musste ihr Werk sein!

Eonis lachte den anstürmenden Mamuth höhnisch entgegen. Das erboste die beiden sosehr, dass sie ihre mächtigen Rüssel auf ihn richteten. Ganz auf den Schutzbann der Schlangenmagier vertrauend, hob Eonis herausfordernd das Kinn. Trompetenhall erklang, aber der König hörte ihn nur gedämpft, als wären seine Gehörgänge mit Filz oder Wachs verstopft.

Dort, wo die Bannmauer verlief, fing die Luft an zu flirren, mehr vermochten die grauen Giganten mit ihrer Attacke nicht auszurichten. Laut spottend trat Eonis auf den Wehrgang hinaus, um sie zu weiteren sinnlosen Angriffen zu provozieren. Die überall aufzuckenden Blitze fürchtete er nicht, selbst wenn sie in seine Richtung schlugen. Auch sie zersplitterten in fünf Körperlängen Entfernung zu einem feinen Netz aus Entladungen, das lediglich die Umrisse der schützenden Sphäre nachzeichnete.

Eonis aufwallende Triumphgefühle verflogen auf einen Schlag, als er einen Blick in die Tiefe warf. Seine rund um den Turm in Stellung gegangenen Fußtruppen hatten den Zyklopen nicht viel entgegenzusetzen gehabt.

Überall krümmten sich niedergemetzelte Gardisten im Gras. Eonis konnte es kaum glauben. Drei Kompanien – die Elite seines Heeres – einfach ausgelöscht.

Einzig die ihnen zur Seite gestellten Gryff leisteten noch

Widerstand, obwohl auch ihre Körper den Boden bedeckten. Wo sie nur konnten, wichen sie den Klingen und dem Trompetenhall der Mamuth aus, doch sobald sie zum Gegenschlag ansetzten, brauchten die grauen Giganten nur höher zu steigen, um den Krummschwertern und Schnabelhämmern zu entkommen. Im Kampf auf engem Raum waren die Giganten durchaus zu bezwingen, aber nicht unter freiem Himmel, wo sie ihre überlegene Flugfähigkeit gnadenlos ausspielen konnten.

Daran vermochte auch das Unwetter nichts zu ändern, das über ihren Köpfen tobte. Immer wieder schlugen herabzuckende Blitze einen Bogen um sie herum, während manch tiefer fliegende Gryff getroffen wurde. Fürchterliche Schreie gellten bei solchen Einschlägen auf. Unter den auf sie einwirkenden Kräften entzündete sich ihr Gefieder, sodass die Sterbenden lebenden Fackeln glichen, wenn sie zur Erde trudelten.

»Die Zyklopen siegen«, hauchte Kimue, die an seine königliche Seite geeilt war, voller Entsetzen. »Und wir sitzen auf ewig in der Falle.«

Sie schätzte die Lage vollkommen richtig ein, aber das wollte Eonis nicht wahrhaben. »Nein!«, knurrte er aufgebracht. »Wir Greifen sind diesen Giganten ebenbürtig. Macht euch bereit, in den Kampf einzugreifen.«

Es war ein Flug in den Tod, den er allen befahl, aber das war ihm gleichgültig. Lieber wollte er im ehrenvollen Kampf sterben, als durch das Portal zu flüchten und sich für den Rest seines Lebens zu verstecken.

Wartet noch!, erklang Hatras Stimme plötzlich in seinem Kopf. *Und habt ein wenig mehr Vertrauen!*

Kimue sah verwirrt über die Schulter, um nach der Hexe Ausschau zu halten. Sie hatte die Stimme auch gehört, ebenso die übrigen Greifen.

Eonis zögerte. Die beiden Zyklopen, die den Wehrgang erobern wollten, setzten gerade zu einem Sturzflug an, um ihre Kräfte lieber an die stetig schrumpfende Zahl von kämpfenden Gryff zu verschwenden. Nichts hätte der Herrscher aller Leu lieber getan, als ihnen mit angelegten Schwingen und schlagbereiter Streitaxt zu folgen.

Die teilnahmslose Beobachterrolle, zu der er verurteilt war, machte ihn rasend. Alles in ihm drängte danach, seinen Stahl zwischen den ledrigen Schwingen eines Mamuth zu versenken, aber noch ehe ihn die Kampfeslust überwältigen konnte, löschte ein furchtbares Gleißen alle Gelüste aus.

Lautes Donnergrollen erfüllte den Himmel, während das heller als tausend Sonnen blendende Licht sie dazu zwang, die Köpfe abzuwenden. Instinktiv wirbelte Eonis zur Turmkuppel herum, weil seine Augenlider durchscheinend wurden.

Auch als das durchdringende Leuchten wieder verschwand, waren sie noch eine Zeitlang blind. Irritierende Lichtpunkte tanzten vor ihren Pupillen umher, während sie herauszufinden versuchten, was gerade geschehen war. Dem infernalischen Lärm folgte ein Moment ungewöhnlicher Stille, zumindest kam Eonis das so vor, obwohl unter ihm Todesschreie gellten.

Außerhalb der Bannsphäre war dem Blitz niemand entkommen. Bis zur Unkenntlichkeit verkohlte Zyklopen stürzten der Erde entgegen, während von den Trutzadlern kaum noch Asche übrig war.

Das Donnergrollen hatte den Turm unter ihren Füßen erzittern lassen. Die auf dem Boden aufschlagenden Zyklopen waren dagegen kaum mehr als dumpfe Schläge in weiter Ferne. Nur knapp ein Dutzend der grauen Giganten hielt sich noch in der Luft. Orientierungslos flatterten sie umher, vollkommen unfähig, noch gemeinsam zu handeln.

»Jetzt!«, rief Hatra von drinnen. »Jetzt könnt Ihr Eure Rache nehmen!«

Eonis gab sich nicht die Blöße, den Befehl zu wiederholen. Er sprang einfach über die Brüstung und nahm im freien Fall Geschwindigkeit auf, bevor er seine Schwingen entfaltete. Seine Greifen taten es ihm sofort nach, aber auch Goron und die überlebenden Gryff zögerten keinen Moment, sich ihm anzuschließen. Nur Hauptmann Nibar und die übrigen Leu-Gardisten blieben zurück, weil es ihnen am Wichtigsten fehlte, das ein Krieger in diesem Kampf benötigte.

An Flügeln.

Die noch in der Luft befindlichen Zyklopen waren mit Ruß und Brandblasen überzogen. Dort, wo die Halterungen der Armklingen gesessen hatten, hoben sich dampfende Wundringe ab. Am ganzen Körper blitzte rohes Fleisch unter aufgeplatzten Hautlappen hervor, aber, was noch viel wichtiger war – die Giganten hatten ihren Kampfeswillen verloren.

Wo immer Greifen und Trutzadler über sie herfielen, hatten sie den wütenden Attacken nichts entgegenzusetzen. Ihre Rüsselschläge vermochten niemanden mehr ernstlich zu verletzen, und der Trompetenhall war verklungen.

Eonis war über und über mit Blut bespritzt, nachdem er einen der Giganten in der Luft enthauptet hatte. Während der Rumpf unter ihm in die Tiefe stürzte, sah er sich nach einem neuen Gegner um. Lederner Schwingenschlag wies ihm die Richtung. Sein Herz schlug schneller, als er einen Mamuth entdeckte, der vor einer Schar Trutzadler floh.

Mit dem Mut der Verzweiflung nahm der verletzte Gigant so viel Höhe auf, dass die Gryff den Anschluss verloren. Doch so viele Kräfte konnte die Panik ihm gar nicht verleihen, dass er einem ausgeruhten Greifen entkam. Voller Grimm schlug Eonis mit den Flügeln, um dem Feind den Weg in die Wolken abzuschneiden. Fest dazu entschlossen, sich durch nichts aufhalten zu lassen, stieg er auf.

»Lasst ihn fliehen!«, forderte Hatra, die plötzlich aufrecht neben Eonis in der Luft schwebte. »Einige Überlebende sollen ruhig von ihrer Niederlage erzählen. Das wird die übrigen Mamuth verzweifeln lassen.«

Es ärgerte ihn, dass die Hexe schon wieder Recht hatte, doch er war selbstbewusst genug, um einen guten Rat anzunehmen, wenn er ihn hörte. Auf sein Geheiß hin ließen die Greifen sogar noch zwei weitere Zyklopen unbehelligt, denn niemand wusste, wie schlimm ihre Verletzungen wirklich waren. Es war gut möglich, dass alle drei tot vom Himmel stürzten, bevor sie eines ihrer Portale erreichten.

Die dunkle Front war inzwischen aufgerissen, erste Sonnenstrahlen brachen zwischen den Wolken hervor. Eonis sah sich vergeblich nach Perac um.

»Wo ist dein Großmeister geblieben?«, wollte er von der Hexe wissen. »Erntet er schon wieder Zyklopentränen?«

Hatra verneinte amüsiert, bevor sie sagte: »Der Schlag gegen die Mamuth hat Perac alles abverlangt. Er ist so erschöpft, dass er sich ausruhen muss.«

»Heute feiern wir einen großen Sieg«, bestätigte Eonis, während er seinen Blick über die am Boden verstreuten Toten wandern ließ. Fast zweihundert Zyklopen hatten ihr Leben gelassen, schätzte er. Aber auch die vier- bis fünffache Anzahl an eigenen Truppen, wenn er die toten Gryff mitzählte. »Einen sehr teuer erkauften Sieg! Viele der Unseren würden noch leben, hätte Perac die Elemente früher zur Hilfe gerufen!«

Die unterschwellige Anklage in seiner Stimme war nicht zu überhören.

»Magie funktioniert nicht so einfach, wie Ihr glaubt, mein König«, belehrte ihn die Hexe. »Es existiert ein ewiges Gleichgewicht, das beachtet werden muss. Solch gewaltige Mächte lassen sich nur entfesseln, wenn dafür ein entsprechender Ausgleich geleistet wird.«

Die Rückenmuskulatur des Königs verkrampfte sich. Plötzlich fiel es ihm schwer, sich weiterhin in der Luft zu halten.

»Redest du von einem Blutzoll?«, fragte er gedehnt. »Dann habt ihr also in Wirklichkeit nie daran geglaubt, dass der Angriff auf die anderen Türme die Zyklopen zum Rückzug zwingen würde?«

»Ich weiß nicht mehr als Ihr, mein König«, wich Hatra aus, anstatt seine Vorwürfe abzustreiten. »Alles, was heute geschah, war Peracs Plan. Und er weiht mich keineswegs in alle Einzelheiten ein.«

Eonis enthielt sich weiterer Worte. Von nun an stand für ihn jedoch fest, dass seine am Boden verbliebenen Garden als Lockvogel und als Blutopfer für jenen Zauber gedient hatten, der die Zyklopenscharen niedergestreckt hatte.

Die Lippen fest aufeinandergepresst sah er auf das Schlachtfeld herab. Um den Turm herum war es sehr still geworden, trotzdem hallten Schreie in seinen Ohren wider. Ihm war, als hörte er das Klagen der unschuldig Ermordeten, die Sühne für ihren Tod verlangten.

Ein sanfter Windstoß kündigte die Ankunft von Kimue an, die flügelschlagend neben ihnen in der Luft verharrte. In den Augen der Favoritin tanzten kalte Reflexe, die an glitzernde Eiskristalle erinnerten. Es missfiel ihr ganz offensichtlich, dass Hatra sich so vertraut mit ihrem Gemahl unterhielt.

Von leisem Knurren untermalt fragte sie: »Wie soll es von nun an weitergehen?«

»Sammelt die Köpfe der Mamuth ein, die Ihr Zyklopen nennt!«, riet Hatra, ohne dem kalten Blick der Rivalin auszuweichen. »Mit ihnen als Trophäe wird es Euch ein Leichtes sein, alle Gryff der Nordermark hinter Goron zu vereinen.«

11.

Die Pilgermädchen

Wahrscheinlich hätten Bree und Venea es auch ohne ihre Armbänder geschafft, das Stadttor unbehelligt zu passieren. Wenn es darauf ankam, wussten die beiden ganz genau, wie sich Männer um den kleinen Finger wickeln ließen. Ein vielversprechendes Lächeln auf den leicht angefeuchteten Lippen und große, unschuldig dreinblickende Augen versüßten den Tag einiger Torposten so sehr, dass sie gar nicht auf die Idee kamen, nach dem Besitzer des herrenlosen Pferdes zu fragen, das sie am Zügel bei sich führten.

Dass Tabeth quer über dem Rücken des Wallachs festgebunden war, konnte niemand sehen, dafür sorgte ein Jadezauber, den sie den ganzen Nachmittag über vorbereitet hatten. Gefährlich wurde es nur, wenn jemand dem Wallach zu nahe kam und dabei gegen ein unsichtbares Hindernis stieß.

Die Schlangenaugen ihrer Armbänder glänzten, während Bree und Venea mit den Gardisten von Leru scherzten. Tabeths Unsichtbarkeit kostete sie viel Kraft, aber das ließen sie sich nicht anmerken. Zum Glück gab es auf dem Weg hinaus keine Warteschlangen, wie es in der umgekehrten Richtung der Fall gewesen wäre.

»Wollt ihr uns wirklich schon verlassen?«, war alles, was ein dürrer Büttel mit ausgefranstem Schnauzbart wissen wollte, anstatt sie zu kontrollieren. »Solch angenehme Gäste wie euch lassen wir nur ungern ziehen.«

Rorn, der schon ein Stück voraus war, konnte kaum glauben, dass das der gleiche mürrische Kerl war, der ihn kurz zuvor mit einer Reihe von Knurrlauten abgefertigt hatte. Zum Glück hatten die beiden Frauen keine Zeit, sich lange auf irgendwelches Gesäusel einzulassen.

So rasch es ging, ohne durch übertriebene Hast aufzufallen, begaben sie sich außer Sichtweite. Rorn ließ sie zunächst vorüberziehen, schloss dann aber rasch zu ihnen auf, und zwar so, dass er die Sicht auf Tabeths Wallach möglichst gut versperrte. Die Staubfahne, die sie auf dem trockenen Weg aufwirbelten, half ebenfalls dabei, sich den Blicken der auf der Stadtmauer postierten Gardisten zu entziehen.

»Ich glaube, das reicht!«, rief er, nachdem sie fast eine Königsmeile zurückgelegt hatten. »Auf diese Entfernung wird es schwer, den Unterschied zwischen einem beladenen und einem unbeladenen Packpferd zu erkennen. Außerdem interessieren sich die Späher auf dem Wehrgang mehr für das, was am Horizont naht.«

Da ihnen gerade niemand entgegenkam, stellten die Hexen ihren Zauber ein. Sofort wurde der Seidenteppich sichtbar, in den sie Tabeth fest eingewickelt hatten. Alle zuvor zur Schau gestellte Fröhlichkeit war längst aus Veneas und Brees Gesichtern verschwunden. Ihre Schattenschwester auf diese Weise transportieren zu müssen machte ihnen zu schaffen. Aber es ging nicht anders. Ein Fuhrwerk zu mieten hätte nur noch mehr Zeit verschlungen.

Rorn kannte einen südlich von Leru gelegenen Hain, der ihm geeignet erschien. Auf dem Weg dorthin begegneten ihnen nur einige Reisende und mehrere Bauern, die auf ihren Feldern das Unkraut hackten. Keiner von ihnen fragte, was sie da mit sich führten, selbst wenn mancher ahnen mochte, dass es ein Leichnam war.

Der Tod war allgegenwärtig in diesen harten Zeiten und

konnte jedermann auch fern von zu Hause ereilen. Einen Angehörigen in heimische Erde zu überführen zeugte daher von Anstand und Edelmut und keineswegs von niederer Gesinnung.

Auf diese Weise gelangten sie am späten Nachmittag unbehelligt ans Ziel.

»Das ist ein guter Platz«, lobte Venea, als er ihnen den bewaldeten Hügel zeigte, der noch in Sichtweite des Meeres lag, aber auch einen freien Blick ins Landesinnere bot.

Etwas weiter unterhalb entsprang sogar eine Quelle, an der sie ihren Durst löschen und ihre Pferde tränken konnten. Danach wählten sie gemeinsam einen Platz unter einer großen Eiche aus. Rorn half noch, die Grube mit auszuheben, bevor er die Frauen verließ. Wie auch immer die Schattenschwestern eine Bestattung vollzogen, ging nur sie etwas an.

Tabeth war im Grenzland zwischen Baros und Thyrm aufgewachsen, das hatte er schon an ihrem Akzent erkannt. Bree stammte eindeutig aus Iskan, während Venea aus einem der Länder jenseits der Großen Öde kam, die nur per Schiff zu erreichen waren. Ihre heimischen Riten und Gebräuche hätten also unterschiedlicher nicht sein können, doch es war die gemeinsame Zunft, die die drei Frauen verband.

Leise Gesänge, die manchmal von leisen Klagelauten unterbrochen wurden, drangen zwischen den Bäumen hervor.

Die Sonne war dem westlichen Horizont schon bedenklich nahe gekommen, als die Hexen zu den Pferden zurückkehrten. Rorn schnallte sofort die Hafersäcke ab, was seinen Grauschimmel zu einem unwilligen Schnauben veranlasste.

»Wollen wir nicht gleich hier unser Nachtlager aufschlagen?«, fragte Bree, die sich am schwersten von der Toten lösen konnte. »Es wird ohnehin bald dunkel.«

»Wir müssen noch ein gutes Stück schaffen«, widersprach Venea, um Rorn von dieser unangenehmen Pflicht zu entbinden. »Du hast doch gehört, was die Schattenmutter sagte. Es steht viel auf dem Spiel, und die Zeit läuft uns davon.«

Schweigend machten sie sich auf den Weg, ohne sich noch einmal umzudrehen, weil das den Abschied nur noch schwerer gemacht hätte. Rorn führte ihre Gruppe über schmale Pfade auf eine breite, die Küste entlangführende Straße, auf der sie ihren ausgeruhten Pferden alles abverlangen konnten.

Die Königsmeilen flogen nur so dahin, während sie abwechselnd vom Trab in den Galopp und wieder zurück fielen. Rorn, der der Schwerste von ihnen war, wechselte dabei mehrmals zwischen seinem Grauschimmel und Tabeths Wallach, wodurch sich der Zeitpunkt, an dem sie den Tieren eine Rast einräumen mussten, stark nach hinten verschob.

»Wenn wir noch mehr Ersatzpferde hätten, kämen wir viel schneller voran«, sagte Bree, während sie die verschwitzten Tiere trockenrieben.

»Sicher«, bemerkte Rorn knapp. »Nur woher sollten wir die nehmen, selbst wenn wir sie bezahlen könnten?«

Bree zuckte verlegen mit den Schultern. Sie hatte natürlich nur laut gedacht. An guten Reitpferden herrschte wahrhaftig ein Mangel, und alte Klepper oder gar Ackergäule nutzten ihnen in ihrer Situation nicht das Geringste.

Als die Schatten immer länger wurden, stießen sie auf einige im Karree aufgestellte Fuhrwerke. Die Männer und Frauen, die darin reisten, bereiteten gerade ihr Nachtlager vor. An dem Klee, den sie in den Haaren oder am Hemd trugen, erkannte man sofort, dass es sich um Pilger handelte.

»Folgt uns zur Domäne«, flüsterte Bree leise. »Dorthin, wo das Volk herrscht und nicht der König.«

Auch sie hatte die immer gleiche Aufforderung schon so oft gehört, dass sie sie auswendig herunterbeten konnte. Zu ihrer Überraschung wurden sie aber mit einem ganz anderen Satz empfangen.

»Habt ihr meine Kinder gesehen?«, rief ihnen eine aufgeregt wirkende Frau zu, die sich auf einen Kutschbock gestellt hatte, um einen besseren Überblick zu erlangen. »Es wird bald dunkel, und sie kehren einfach nicht zurück!«

Rorn und die Hexen konnten nur verneinen.

Während die besorgte Mutter weiter in alle Richtungen spähte, tauchten weitere Männer und Frauen auf, die ihnen anboten, sich mit zu ihnen ans Feuer zu setzen. Trotz des großen Kessels, der über einem Dreibein hing und in dem es schon kräftig köchelte, lehnten Rorn und die Hexen ab. Sie wollten lieber für sich bleiben, schon alleine, um keine Unschuldigen zu gefährden.

Rorn trug immer noch die Blutjade bei sich, und niemand wusste, wann und wo die Spinnenreiter wieder zuschlagen würden. Nachdem sie sich verabschiedet hatten, strebten sie weiter landeinwärts, um nach einem einsamen Waldstück zu suchen, in das sie sich zur Nacht zurückziehen konnten.

Aufsteigender Rauch wies ihnen den Weg zu einem kleinen Forst, von dem sich gerade zwei weibliche Gestalten in schnellem Lauf entfernten. Ihre Röcke hatten die beiden bis weit über die Knie gerafft, um mehr Beinfreiheit zu erlangen. Rorn hätte sich dabei nichts weiter gedacht, wäre nicht ihre zerschlissene Kleidung gewesen. Die Rocksäume der jungen Frauen hingen in Fetzen, als wären sie blindlings durchs Unterholz gebrochen. Eines der Mieder stand außerdem offen, sodass zwei auf- und abwippende Brüste zu sehen waren, obwohl die Läuferin den Stoff notdürftig mit einer Hand zusammenzuhalten versuchte.

»Was ist denn in die beiden gefahren?«, wunderte sich Venea, während sie ihr Pferd zügelte.

»Die Töchter der Pilgerin«, sagte Rorn tonlos. »Ich glaube, wir haben sie gefunden.«

Urte und Ira, so hießen die beiden Vermissten. Ihre Mutter

hatte ihre Namen oft genug genannt und dabei auch die dazugehörigen Gesichter beschrieben: das eine leicht birnenförmig, mit Stupsnase und Pausbacken, das andere schmal, mit einer leicht vorspringenden Nase. Die Ähnlichkeit mit den beiden in Panik dahinjagenden Gestalten, die immer wieder nach Verfolgern Ausschau hielten, war unübersehbar.

Die fliehenden Mädchen, die bereits an der Schwelle zur Frau standen, erschraken zunächst, als Rorn und seine Begleiterinnen auf sie zusprengten. Voller Panik wichen sie zur Seite aus. Erst, als sie in Bree und Venea zwei Frauen erkannten, zeichnete sich Erleichterung auf ihren Gesichtern ab.

Der scharfe Lauf hatte ihnen alles abverlangt. Völlig ausgepumpt hielten sie inne und stützten sich mit ihren Händen auf den Oberschenkeln ab. Ihre Gesichter waren erhitzt, der Atem ging stoßweise.

»Seid ihr Antras Töchter?«, wollte Rorn wissen, als er seinen Grauschimmel zügelte.

Die beiden nickten eifrig, brachten aber zunächst kein einziges Wort hervor. Angesichts ihrer verheulten Augen und der ramponierten Kleidung konnte man sich allerdings leicht denken, was ihnen widerfahren war. Das Blut, das Urte an den Waden herablief, stammte zum Glück nur von den Beinen, die bei der Flucht durch das Dickicht zerkratzt worden waren. Das ließ darauf hoffen, dass sie beide noch einmal mit dem Schrecken davongekommen waren.

Bree und Venea sprangen sofort aus den Sätteln, um ihre tröstenden Worte auf Augenhöhe auszusprechen. Rorn stellte sich hingegen in den Steigbügeln auf und spähte in die Richtung, aus der die Mädchen gekommen waren. Er glaubte, eine Bewegung wahrgenommen zu haben, und trotz der einsetzenden Dämmerung hatten sich seine scharfen Augen nicht getäuscht. Drüben am Waldrand, dort, wo die schmale Schneise begann, die Urte und Ira ins hohe Gras getrampelt hatten, tauchten zwischen den Bäumen drei Berittene auf. Beim Anblick der Hilfe, die die jungen Pilgerinnen erhalten hatten, zügelten sie allerdings ihre Pferde.

Unentschlossen darüber, wie sie weiter vorgehen sollten, begannen sie zu beratschlagen, ob sie die Verfolgung fortsetzen oder besser umkehren sollten.

Selbst auf die Entfernung hin erkannte Rorn, dass sie sich in schreiend bunten Farben herausgeputzt hatten, deren Zusammenstellung stark voneinander abwich. Das bedeutete, dass sie weder Jäger noch Wilderer waren – da diese gedeckte Töne bevorzugten –, aber auch keine Uniformträger; es sei denn, sie dienten verschiedenen Herren, was aber eher unwahrscheinlich war. Nein, der lässigen Art nach zu urteilen, in der sie auf ihren Pferden kauerten, handelte es sich bei ihnen um streunende Sattelwölfe, die auf die eine oder andere Weise vom Schwert lebten.

Drei Pferde, dachte Rorn im Stillen, *das ist eines mehr, als wir noch zum Wechseln bräuchten.* Von grimmiger Zufriedenheit erfüllt sank er in den Sattel zurück.

Venea stellte inzwischen die unvermeidliche Frage, die sie den geschundenen Frauen nicht ersparen konnte. »Was ist euch widerfahren?«, wollte sie wissen.

»Da war eine Schenke mit groben Männern«, stieß Ira, deren Mieder in Fetzen hing, als Erste hervor. »Sie … Sie …«

»Sie wollten uns Gewalt antun«, beendete Urte den Satz ihrer Schwester. »Doch wir konnten im letzten Moment fliehen, weil uns die Wirtin eine Hintertür geöffnet hat.«

»Trugen diese rauen Gesellen bunte Kleidung und waren zu dritt?«, wollte Rorn wissen.

»Ja«, hauchte Ira überrascht. »Woher weißt du das?«

»Nur geraten«, log Rorn, weil die Verfolger gerade ihre Pferde wendeten und wieder zwischen den Bäumen verschwanden. Entweder hatten die drei nicht erkannt, dass Bree und Venea unbewaffnet waren, oder sie waren noch größere Feiglinge, als er ohnehin schon angenommen hatte.

»Zuerst waren die drei ja ganz nett«, sprudelte die hagere Ira unterdessen los. »Besonders Nomar, der Spitzbart! Der hat die ganze Zeit über lustige Späße gemacht und uns dann gefragt, ob wir nicht etwas trinken wollen, weil es doch so heiß wäre. Aber als uns schon ganz schummerig vom vielen Wein war und wir deshalb keinen weiteren wollten, wurden sie plötzlich gemein und haben mir …«

Schniefend sah sie auf ihr zerrissenes Kleid herab.

»Das wird dich hoffentlich lehren, zukünftig vorsichtiger mit fremden Kerlen zu sein!«, schimpfte Bree das Mädchen aus. Ausgerechnet sie, die nur wenige Sommer älter als die Gescholtene war.

Ira und Urte zogen trotzdem verschämt die Köpfe ein.

»Lass die beiden gefälligst in Ruhe«, zischte Venea ihre Schattenschwester an. »Solcherart Reden werden sie noch genug von ihrer Mutter zu hören bekommen.«

Rorn sah zum fahlen Rund des Mondes auf, der langsam sein trübes Licht über die Landschaft streute. »Wenn die Mutter nicht schon vor Sorge umgekommen ist«, mischte er sich ein, bevor es zum Zwist unter den Hexen kommen konnte. »Am besten lasst ihr die beiden bedauernswerten Gestalten hinter euch aufsitzen und bringt sie ins Pilgerlager.«

»Und was ist mit dir?«, fragte Venea misstrauisch.

»Ich sorge mich um die Wirtin, die ihnen geholfen hat«, antwortete er, obwohl das nur ein Teil der Wahrheit war. »Deshalb werde ich einen kurzen Blick in diese Waldschenke werfen, um sicherzugehen, dass sich die Kerle aus dem Staub gemacht haben. Die Hütte befindet sich doch wohl da, wo der Rauch zwischen den Bäumen aufsteigt?«

Allein in die Richtung des Forstes zu blicken brachte für Ira und Urte die Erinnerung an den durchlebten Schrecken in aller Deutlichkeit zurück. Plötzlich begannen sie derart zu zittern, dass sie sich aneinanderklammern mussten, bevor sie Rorns Vermutung bestätigen konnten.

»Die beiden können auf Tabeths Stute reiten«, schlug Venea vor. »Bree begleitet sie, ich komme mit dir.«

Rorn schüttelte den Kopf.

»Unmöglich«, erklärte er schroff. »Falls ich mich schnell davonmachen muss, brauche ich vielleicht beide Pferde.«

Veneas Gesicht verhärtete sich.

»Der Bannstreiter und fliehen?«, sage sie, beide Hände in die Hüften gestemmt. »Du gehst doch sonst keinem Kampf aus dem Wege.«

Rorn legte eine Hand auf seinen Sattelknauf, an den die Zügel des herrenlosen Pferdes gebunden waren, um klarzustellen, dass er in diesem Punkt nicht mit sich reden ließ. Auch wenn sich die Südländerin ihrer Haut zu wehren wusste: Bei dem, was er vorhatte, konnte er niemanden an seiner Seite gebrauchen.

Venea ahnte natürlich, dass er auf eine Konfrontation aus war, gerade deshalb wollte sie ihn begleiten. Sie atmete tief ein, um lautstark zu protestieren. Doch noch ehe sie ein Wort über die Lippen brachte, mischte sich Bree ein.

»Lass ihn alleine gehen«, forderte die junge Hexe. »Du wärst ihm ohnehin keine Unterstützung. Du kannst ja nicht mal eine Feldmaus leiden sehen!«

Nicht einmal ihre von Natur aus dunkle Haut verbarg, dass Venea bis unter die Haarwurzeln errötete. Ihre sanft geschwungenen Lippen öffneten sich mehrmals, um etwas zu erwidern, doch angesichts der spöttischen Bemerkung ihrer Zunftschwester fehlten ihr die Worte.

Eisiges Schweigen entstand.

»Ich will heim«, verlangte Ira in die Stille hinein. »Es wird dunkel, und mir ist kalt, weil mein Kleid zerrissen ist. Wenn ihr uns nicht begleiten wollt, gehen wir eben zu Fuß weiter. Nomar und die anderen sind uns ja nicht gefolgt.«

Dicke Tränen liefen über ihr mit Schweiß und Staub verklebtes Gesicht. Als Urte das sah, fing sie ebenfalls zu schluchzen an. Die beiden Schwestern spürten instinktiv die Spannungen zwischen ihren Rettern, verstanden aber nicht den wahren Grund dafür. Angesichts der feuchten Tränenbahnen auf ihren schmutzigen Wangen schloss Venea die beiden spontan in die Arme.

»Kümmert euch um die Mädchen«, drängte Rorn erneut. »Sie brauchen eure Hilfe nötiger als ich. Niemand weiß, ob sich hier nicht noch andere Halunken herumtreiben.«

Venea widersprach dem nicht, sondern half Ira auf ihr Pferd. »Bree und ich kommen nach, sobald wir im Pilgerlager waren«, kündigte sie dennoch an.

Bree, die bereits mit Urte im Sattel saß, tat so, als hätte sie Mühe, ihren tänzelnden Gaul unter Kontrolle zu halten. In Wirklichkeit lenkte sie ihn jedoch geschickt neben den Grauschimmel und forderte so leise, dass es nur Rorn hören konnte: »Bring die Schweine um!«

Er las die Worte mehr von ihren Lippen ab, als dass er sie wirklich hörte, und machte sich nicht die Mühe, auf sie zu antworten. Auch das freudig erregte Glitzern in Brees Augen entlockte ihm nicht das kleinste Zucken der Mundwinkel.

Mit unbewegtem Gesicht ritt er mit seinem Grauen und mit Tabeths Stute in Richtung Forst, ohne sich noch einmal umzudrehen. Er wusste die geschundenen Pilgerinnen bei den Hexen in guten Händen, darum war sein Blick ausschließlich nach vorne gerichtet, auf die Schenke im Wald.

Zur Zeit der Zyklopen

Noch wenige Monde zuvor hätte Eonis sich niemals vorstellen

können, je einen Fuß nach Okdor zu setzen, dem größten Heiligtum der Trutzadler. Ein spiralförmig in den Boden getretener Pfad umrundete die kegelförmige Erhebung genau neunundneunzig Mal, bevor er auf einem kreisrunden Plateau endete, auf dem die Häupter der erschlagenen Mamuth zu hohen Bergen aufgestapelt waren. Einigen wenigen Trophäen hatten sie den Rüssel gelassen, damit die Gryff das wahre Gesicht des Feindes sahen. Den meisten aber hatten sie den widerlichen Fortsatz abgeschnitten, weil er einfach zu viel Platz kostete. Ein gutes Dutzend der Köpfe war außerdem in siedendem Wasser gelandet, um das Fleisch besser von den Knochen lösen zu können. Diese blanken Schädel dienten nun dazu, auch dem dümmsten Gryff zu zeigen, dass die große Öffnung inmitten der Stirn keine Augenhöhle war, sondern dass es sich um gewaltige Nasenlöcher handelte, die todbringenden Trompetenhall hervorzubringen vermochten.

All die Legenden über einäugige Riesen, die von Generation zu Generation weitergegeben worden waren, hatten sich als vollkommen falsch erwiesen. Diese Nachricht war nur schwer zu verdauen, da erging es den Gryff nicht besser als den Leu. Für Eonis und die Seinen blieben die Mamuth deshalb auch weiterhin die Zyklopen, egal wie falsch die Mutmaßungen auch waren, auf denen der Name ihrer Feinde fußte.

Rund um den Kegel breitete sich ein schwarzes Gefiedermeer aus. Jeder Horst der Nordermark war mit einer Abordnung vertreten, die sich mit eigenen Augen von der Niederlage der Zyklopen überzeugen sollte. Inmitten der 184 Köpfe thronend schleuderte Goron der Versammlung seinen Anspruch entgegen, oberster Kriegsherr aller Gryff zu sein, und es gab nicht einen Geschnäbelten, der es gewagt hätte, ihm dieses Amt streitig zu machen.

»Goron!«, skandierte die Menge immer wieder den gleichen Ruf. »Goron, der Zyklopenschlächter!«

Sowohl Triumph als auch sehnsüchtige Hoffnung wohnten dieser Heldenverehrung inne. Der Krieg gegen die grauen Giganten hatte das Volk der Trutzadler bereits an den Rand der Vernichtung getrieben, nun keimte erstmals wieder Zuversicht auf. Die großen Hoffnungen, die dadurch auf Gorons Schultern lasteten, hätten manch anderen erdrückt, doch der Kriegsherr aller Gryff war zum Glück viel zu dumm, um das ganze Ausmaß der Erwartungen zu erfassen.

Zweifel oder Sorgen waren ihm fremd. Alles, was er wollte, war zu kämpfen und sich für seine Siege feiern zu lassen. Solange das geschah, war er mit sich und seiner Welt zufrieden.

Angesichts seiner Erfolge hielten ihn auch die Gryff-Schamanen für einen Liebling der Götter. Was sollten sie auch sonst glauben, bei all den Häuptern, die Goron dem Volk der Nordermark präsentierte? Nun kam es nur noch darauf an, dass der Zyklopenschlächter seine Verbündeten nicht vergaß. Dann war der Untergang der Mamuth so gut wie besiegelt.

Eonis und die übrigen Greifen schwebten hoch am Himmel, während sie auf die entscheidenden Passagen in Gorons Rede warteten. Von hier oben aus waren gleich zwei Zyklopentürme zu sehen, einer von ihnen erhob sich sogar in Sichtweite zu Okdor. Die geflügelten Trutzadler waren den Mamuth lange Zeit gefährlicher erschienen als die Leu, darum drängten sich in der Nordermark wesentlich mehr ihrer mächtigen Bauwerke als in den Ebenen von Simwae.

»Wisset, dass der Kampf gegen den fürchterlichen Feind nicht alleine zu gewinnen ist!«, verkündete Goron gerade der lauschenden Menge. »Nur zusammen mit unseren Verbündeten, den Leu, ist es mir gelungen, den Zyklopen eine so vernichtende Niederlage beizubringen!«

Der Beifall für seine Worte fiel erstmals verhalten aus. Die über Generationen gewachsene Rivalität zwischen Nordermark und Simwae saß einfach zu tief, um sie über Nacht abzulegen. Erneut musste Eonis die Weisheit anerkennen, mit der Perac die Greifen als Brücke zwischen den beiden Völkern geschaffen hatte.

Wahrhaftig, der Großmeister war ein kluger Kopf.

Zu klug, um ihn auf Dauer sein mächtiges Amt ausüben zu lassen …

»Zügelt eure Gefühle«, forderte der Kriegsherr sichtlich ergrimmt. »Ihr alle, die ihr nicht dabei gewesen seid an dem Tag, als Leu und Gryff Schulter an Schulter ihr Blut vergossen haben!«

Es war Peracs Zunge, die dort mit Gorons Stimme sprach, aber das machte die Rede keinen Deut schlechter. Im Gegenteil.

»Nur wenn unsere beiden Völker zusammenstehen, vermögen wir den Zyklopen endgültig die Flügel zu stutzen!« Ein gemeinschaftliches Keuchen aus Tausenden von Kehlen erfüllte die Luft. *Die Flügel stutzen* war der härteste Ausdruck, den ein Gryff offen aussprechen konnte. Dass Goron ihn sogar noch einmal wiederholte, bevor er weiterredete, zeigte, wie ernst ihm sein Anliegen war.

»Damit uns diese große Aufgabe gelingt, haben uns die Götter mächtige Boten gesandt, die uns in den Kampf führen sollen! Darum begrüßt mit mir – die Greifen!«

»Also gut.« Eonis sah sich zu Kimue und den anderen um. Entschlossenheit spiegelte sich in allen Gesichtern wider. »Dann lasst uns von nun an Boten der Götter sein.«

Ein letztes Mal rückte er den goldenen Schild zurecht, den seine besten Schmiede extra für diese Versammlung angefertigt hatten. Kreisrund in der Form zeigte er zwei ausgeprägte Schwingen, die Schutz vor jedweder Klinge boten. Wer angesichts solch edlen Rüstzeugs nicht sofort erkannte, wer der König der herabschwebenden Greifen war, dem konnte niemand mehr helfen.

Mit majestätischer Eleganz sanken sie durch die vereinzelten Wolken herab und stießen in einem sanften Bogen auf Okdor zu. Der Schwingenschild glänzte in der Sonne, nachdem sie die letzten weißen Schleier hinter sich gelassen hatten. Atemlos sahen die Trutzadler zu ihnen empor, während sie mehrmals über Okdor kreisten, damit sie alle sehen konnten, bevor sie niedergingen.

Die meisten der angereisten Gryff hatten noch nichts von den fliegenden Leu gehört, entsprechend groß war ihre Verblüffung. Für sie musste es wirken, als wären die von so weit oben herabgestiegenen Kreaturen tatsächlich von den Göttern gesandt worden, und in diesem Glauben sollten sie auch vorläufig belassen werden. Für den Fall, dass Fragen aufkamen, gab es immer noch die rührselige Geschichte von den geschenkten Flügeln, an die Goron glaubte.

Ein Teil der Greifen musste auf die oberen Pfadwindungen ausweichen, weil es sonst zu eng auf dem Kultplatz geworden wäre. Nur Kimue und einige Männer der Leibgarde blieben an seiner Seite, als Eonis mit aufgeworfenen Flügeln neben dem Kriegsherrn der Nordermark landete.

Goron hatte von den Schamanen seines Volkes ein Zepter erhalten, das einen Trutzadlerkopf als Knauf besaß und sich nach unten hin zu zwei mit spitzen Krallen besetzten Vogelbeinen aufspaltete. Das passte zu dem Geschenk, das ihm Eonis überreichen wollte. Auf einen Wink von ihm hin legte Kimue den silbernen Schwingenschild ab, den sie bisher selbst am Arm getragen hatte, und drückte ihn Goron in die Hände.

Es handelte sich um ein exaktes Duplikat des goldenen Schildes, den Eonis besaß. Nur das verwendete Edelmetall stellte klar, wer von ihnen in der Hierarchie höher als der andere stand. Trotz der klaren Herabstufung stiegen Goron Tränen der Rührung in die Augen. Für einen Moment verschlug es ihm glatt die Sprache. Noch ehe er sie wiederfinden konnte, erzitterte der Boden unter ihnen.

Der erste Erdstoß fegte Eonis beinahe von den Beinen. Den zweiten federte er bereits mit den Knien ab, während in der Ebene um sie herum die Trutzadler mit den Flügeln zu schlagen begannen.

Einen Fluch murmelnd sah der Monarch zum Himmel hinauf. Wie alle anderen auch erwartete Eonis einen Angriff der Zyklopen, doch vor dem strahlend hellen Blau am Horizont zeichnete sich nicht der geringste Schatten ab. Stattdessen fiel sein Blick auf den östlich von ihnen stehenden Turm, der gerade langsam in sich zusammenstürzte. In einem Augenblick war die gewölbte Kuppel mit dem umlaufenden Wehrgang noch zu sehen, im nächsten fiel sie schon inmitten riesiger Quader in die Tiefe herab.

Der gesamte Vorgang wirkte stark verlangsamt, als stürzten die Steine nicht, sondern würden von unsichtbaren Riesenhänden zu Boden gesenkt. Aber das laute Rumpeln, das über die Bergkuppen hinweg erklang, ließ nur den gleichen Schluss wie das Erdbeben zu: Der Turm brach auseinander.

Eonis wusste beim besten Willen nicht, was er davon halten sollte. Und damit stand er nicht allein.

»Was bedeutet das?«, flüsterte Kimue erschrocken. »Steckt Perac dahinter?«

Der Gedanke lag zwar nahe, ergab aber eigentlich keinen Sinn. Falls der Großmeister neuerdings wirklich die Macht besaß, die Türme zu vernichten, warum hatte er sie dann nicht vorgewarnt?

»Falls das eine Überraschung von ihm ist, soll mich der Kerl kennen lernen«, knurrte Eonis leise zurück.

Goron hatte dagegen eine ganz andere Erklärung parat.

»Ein Wunder!«, rief er laut aus, mit dem silbernen Schwingenschild auf den Einsturz deutend. »Die Greifen wirken uns zu Ehren einen Zauber, der die Zyklopen endgültig vernichtet!«

Der daraufhin ausbrechende Jubel war Eonis mehr als unangenehm. Immerhin war ein strategisches Manöver der Zyklopen nicht auszuschließen. Doch was für ein Angriff sollte das sein, der mit der Zerstörung der eigenen Wehranlagen begann?

»Kommt!«, rief er seinen Greifen zu. »Wir sehen nach, was da eigentlich vor sich geht!«

Ohne auf die trägen Gryff Rücksicht zu nehmen, stiegen sie rasch auf und überbrückten die zwischen dem eingestürzten Turm und ihnen liegende Distanz, so schnell sie ihre Schwingen nur trugen. Lange Zeit wurde ihre Sicht durch eine Hügelkette behindert. Als endlich die letzten noch störenden Wipfel überwunden waren, hing nicht der kleinste Staubschleier in der Luft, trotzdem trauten sie alle kaum ihren Augen.

Keuchend riss Eonis den Mund auf und rang nach Atem.

Seine Kopfhaut begann zu kribbeln, doch so oft er auch seine Lider zusammenkniff und wieder aufriss – das Bild, das sich ihnen bot, blieb stets das gleiche. Statt eines riesigen Trümmerhaufens markierte nur ein tiefes, kreisrundes Loch die Stelle, an der bis vor kurzem ein hoher, die Wolkendecke durchstoßender Turm gestanden hatte.

Kein einziger Granitquader war zu entdecken, als sie näher kamen. Ebenso wenig irgendwelche Abdrücke im Grund, die ein Aufprall verursacht hätte. Nicht einmal ein paar Äste waren abgeknickt worden. Ohne die klaffende Grube, die exakt dem Fundament des Turmes entsprach, hätten sie daran gezweifelt, überhaupt an der richtigen Stelle zu stehen.

»Unglaublich!« Kopfschüttelnd sah Eonis auf die glatt abfallende Wandung zu seinen Füßen herab. »Das ist doch einfach nicht möglich …«

Keine Schaufel und erst recht kein anderes Grabwerkzeug

hätten das Erdreich so sauber ausstechen können, und das auf einer Tiefe von fünf Körperlängen. Einige zur Seite hin offene Gänge, durch die verwirrte Mäuse rannten, bewiesen eindeutig, dass die Tierwelt von diesem Phänomen ebenfalls vollkommen überrascht worden war.

»Das muss ein Rückzug sein, eine andere Erklärung gibt es überhaupt nicht.«

Eonis zuckte schon gar nicht mehr zusammen, als sich Perac unversehens neben ihm zu Wort meldete. »Ihr seid also nicht dafür verantwortlich?«, fragte er bloß.

»Nein.« Der Großmeister schüttelte unmerklich den Kopf. »Ich habe das Treffen in Okdor aus sicherer Entfernung beobachtet und wurde von diesen Ereignissen genauso überrascht wie Ihr.«

»Ein Rückzug?«, mischte sich Kimue ein. »Warum? Und wohin?«

»Warum?« Peracs Miene entspannte sich ein wenig. »Nun, die Mamuth haben wohl endgültig begriffen, dass die Türme ihnen keine Sicherheit mehr bieten.«

Dass der Feind noch mächtig genug war, einen solchen Zauber zu wirken, verursachte Eonis ein flaues Gefühl im Magen. »Du glaubst also, dass das Gleiche noch an anderen Plätzen geschehen ist?«

Statt zu antworten, sah der Großmeister zu einem kleinen Punkt inmitten der weißen Wolken auf, der rasend schnell anwuchs. Es handelte sich um Hatra, die senkrecht zu ihnen herabschoss, ohne dass sich ihr Gewand dabei aufblähte oder auch nur einen Fingerbreit ihrer schlanken Fesseln entblößte. Auf gleicher Höhe angekommen schwebte sie über der tiefen Grube und erstattete Perac atemlos Bericht. Nach dem, was sie aus großer Höhe gesehen hatte, waren noch drei weitere Türme von ihren Plätzen verschwunden.

Dem Magier genügte das als Beweis seiner Vermutung.

»Warum verlassen die Mamuth nicht einfach nur ihre Türme?« Dass selbst die Hexe ratlos war, gab Eonis zu denken. »Warum verschwenden sie ihre Kräfte mit solch einer gewaltigen Anstrengung?«

»Vermutlich brauchen sie die Quader noch für etwas anderes.« Peracs Gesicht straffte sich erneut. »Etwa um einen Turm zu bauen, der selbst für Greifen unerreichbar ist.«

»Ein neues, unbezwingbares Bollwerk?« Kimue klang ungehalten. Dass der Feind auf diese Weise reagierte, empfand sie als Unverschämtheit. »Wo wollen sie das wohl errichten?«

Perac bedachte sie mit einem kühlen Blick. »Das herauszufinden wird wohl die Aufgabe Eurer Späher sein!«

12.

Das Ende der Sattelwölfe

Die aus pechgetränkten Baumstämmen errichtete Hütte war nicht schwer zu finden. Denn die aus dem Schornstein senkrecht aufsteigende verräterische Rauchsäule war auch im Mondlicht weithin zu sehen. Zog man die angeschlossenen Stallungen ab, konnte der eigentliche Schankraum nicht sonderlich groß sein. Es gab auch kein bunt bemaltes Schild über der Tür, das zur Einkehr eingeladen hätte – nur eine in den dichten Wald gerodete Lichtung, auf der sich einige dampfende Kohlenmeiler erhoben.

Im Grunde hatte Rorn es also mit einem Köhler zu tun, der sich ein paar Münzen dazuverdiente, indem er Speisen und Getränke für königliche Jäger, Holzfäller und andere Waldknechte bereithielt, die es in diese einsame Gegend verschlug. Eine Herberge betrieb er mit Sicherheit nicht. Wer hier schlafen wollte, musste schon mit dem Stroh in der Stallung vorliebnehmen.

Rorn band Tabeths Stute in einiger Entfernung an einen Baum an, außerdem warf er den Greifenmantel über, den er tagsüber zusammengerollt hinter dem Sattel verschnürt hatte. Das mochte vielleicht darüber hinwegtäuschen, dass er zu den Reitern gehörte, die sich um Urte und Ira gekümmert hatten.

Nur für den Fall, dass einer der Sattelwölfe über Pfeil und Bogen verfügte und irgendwo im umliegenden Unterholz lauerte.

Ohne Zwischenfall langte Rorn an der Hütte an, stieg aus

dem Sattel und band den Grauen an einen der dafür vorgesehenen Metallringe fest, die der Wirt irgendwann in einen verwitterten Baumstumpf getrieben hatte. Mehrere aus quer gelegten Baumhälften bestehende Tische und Bänke bewiesen ebenfalls, dass Rorn die richtige Hütte gefunden hatte. Tagsüber waren diese Plätze sicherlich mit hungrigen Holzfällern oder Bruchholzsammlern besetzt, abends verirrte sich normalerweise niemand hierher.

Die erleuchteten Fenster der Schenke waren leider von innen mit Sackleinen verhängt, doch ein kurzer Blick in den Stall genügte, um neben einem kräftigen Ackergaul drei Reitpferde zu entdecken, die eigentlich viel zu edel und zu gut genährt waren, um an solcher Stelle untergebracht zu sein. Wer auch immer sie sein Eigen nannte, hatte den Vorbesitzer zweifellos mit Stahl und nicht mit klingender Münze bezahlt.

Die Peiniger von Urte und Ira waren also in aller Seelenruhe in ihren Schlupfwinkel zurückgekehrt. Von grimmiger Entschlossenheit erfüllt marschierte Rorn auf die Vordertür zu. Kurz bevor er ins Innere trat, raffte er den locker über seinen Schultern liegenden Mantel zusammen. Es war nicht nötig, Grimmschnitter vorzeitig zur Schau zu stellen.

Trotz der bereits hereingebrochenen Dunkelheit war die Tür nicht abgesperrt. Als er sie hinter sich zuzog, wusste er auch warum.

Er wurde bereits erwartet.

»Nur herein, wenn es kein Lumpensohn ist«, schallte es ihm von der klobigen Theke entgegen. »Wir haben dich schon ums Haus und in den Stall schleichen hören und uns ernstlich gefragt, ob wir draußen nachsehen müssen, um eine Schandtat zu verhindern.«

Der Sprecher stand mit dem Rücken zum Schankraum, trotzdem war sofort zu erkennen, dass er zu den Reitern am Waldrand gehörte. Seine roten Hosen steckten in kniehohen

Stulpenstiefeln, dazu trug er ein blaues Hemd, dessen weit ausgestellte Schlitzärmel gelb unterfüttert waren. Der Holzbecher in seiner Rechten war bis zum Rand gefüllt. Ein wenig von dem darin befindlichen Wein schwappte heraus, als er sich langsam herumdrehte und fortfuhr: »Aber sicherlich wolltest du nur nachsehen, ob noch ein Plätzchen für deinen eigenen Gaul frei ist, habe ich Recht?«

Ein sorgfältig ausrasierter, nach unten hin spitz zulaufender Bart umrahmte sein breites Lächeln. Das war also Nomar.

Die beiden anderen Halunken saßen an zwei verschiedenen Tischen und gaben sich äußerst gelangweilt. Dabei hatten sie sich selbstverständlich nur deshalb so weit auseinander gesetzt, um den erwarteten Neuankömmling von allen Seiten in die Zange nehmen zu können. Der Kräftigere der beiden, dem rabenschwarzes Haar bis auf die Schultern fiel, sah Rorn über den Rand eines irdenen Kruges hinweg an, während der Schmächtigere, das Kinn auf eine Hand gestützt, auf drei Würfel starrte, die er immer wieder von der Tischplatte aufklaubte und erneut auf sie niederwarf.

Allein für das entnervende Klappern, das er damit erzeugte, hätte er den Tod verdient gehabt, aber auch für die rotweiß gestreifte Hose, die er zu einem gelbblau gestreiften Hemd trug. Sein dicker Kumpan mit dem wuchernden Sichelbart ähnelte in seiner Tracht eher Nomar, nur dass er blaue Hosen mit gelb unterfütterten Schlitzen zu einem roten Hemd mit grünen Ärmeln gewählt hatte.

Die derart zur Schau gestellte Farbenpracht, die auf den ersten Blick amüsieren mochte, sollte vor allem Aufmerksamkeit auf sich ziehen und jedermann zeigen, dass die drei sich die teuersten Stoffe leisten konnten, die ein Markt zu bieten hatte. Sattelwölfe hatten kein Zuhause und mussten jederzeit bereit sein, ihr Lager zu wechseln. Für sie war das, was sie am Leibe trugen, der einzige Besitz, mit dem sie protzen konnten.

Aus dem gleichen Grunde trug auch ein jeder von ihnen goldene Ringe in den Ohren und schwere, mit Edelsteinen versehene Ketten um den Hals.

»Sieh dir das an, Vrigg!«, höhnte Nomar indessen, an den feisten Sack mit den nach unten geschwungenen Bartsicheln gewandt. »Mir dünkt, unser neuer Freund redet nicht mit jedem.«

»Scheint mir auch fast so«, antwortete Vrigg, weiter über seinen Becher hinwegstierend.

Rorn reagierte nicht auf die Sticheleien, sein Blick galt einzig und allein der anderen Person, die mit ihnen im Raum weilte. Dem in Schweiß gebadeten Wirt, der ihm schon die ganze Zeit über warnende Blicke zuwarf. Dicke Tropfen standen auf der glänzenden Stirn, wo sie sich zu kleinen Rinnsalen vereinten, die dem Bedauernswerten über Schläfen und Wangen den Hals herabrannen. Sein fadenscheiniger Hemdkragen war bereits dunkel vor Nässe.

Davon, dass der Mann die späten Gäste gerne bewirtete, konnte keine Rede sein. Die Söldner hatten sich seine einsam gelegene Hütte ganz einfach als Schlupfwinkel auserkoren und sich bei ihm breitgemacht. Obwohl von kräftiger Gestalt hatte er den im Totschlag erfahrenen Recken nichts entgegenzusetzen. Genau genommen war er ein Gefangener im eigenen Heim und ihnen hilflos ausgeliefert.

Lähmendes Schweigen entstand, in dem das Zischen einiger in der Pfanne schmorender Zwiebeln überdeutlich in den Ohren klang. Neben dem gemauerten Herd lagen zwei gerupfte Hühner auf einem Hackklotz. Eines von ihnen war fertig ausgenommen, dem anderen war gerade erst der Kopf abgeschlagen worden. Von der Köhlerfrau, die eben noch das Essen zubereitet hatte, war nirgendwo etwas zu sehen. Weit konnte sie aber nicht sein, sonst wären die Zwiebelringe, für die sich sonst keiner zuständig fühlte, schon lange verbrannt.

Rorn trat weiter in die Schankraum hinein und drehte sich so, dass er Nomar, Vrigg und den Gestreiften gleichzeitig im Auge behalten konnte. Eine schwierige Aufgabe, denn die Sattelwölfe hatten sich tatsächlich so geschickt verteilt, dass er unmöglich allen dreien dieselbe Aufmerksamkeit widmen konnte. Rorn konzentrierte sich daher auf den Spitzbart, der die Führungsrolle innehatte, achtete aber darauf, Vrigg nie aus den Augen zu verlieren.

»Ich hätte gerne die Wirtin gesprochen«, sagte er dabei. »Und zwar sofort.«

Ein Lächeln umspielte Nomars Lippen. Das bemerkenswert intakte Gebiss, das dabei hervorblitzte, ließ es strahlender ausfallen, als es in Wirklichkeit war. Rorn konnte verstehen, dass Urte und Ira es für freundlich gehalten hatten, doch er bemerkte sofort, dass es die Augen nicht erreichte.

»Sieh an, sieh an!«, rief der Schwertknecht aus. »Fredas Schönheit hat sich also herumgesprochen. Selbst aus den entferntesten Winkeln der Tausendsee kommen jetzt schon die Freier herbei!«

Vrigg lachte bei diesen Worten auf, während der Gestreifte weiterhin stur auf seine Würfel stierte. Der Wirt sagte nichts dazu, dass so spöttisch über seine Frau gesprochen wurde, sondern schwitzte einfach weiter.

»Na los, Udai, hol dein Weib schon heraus und zeig es vor!«, forderte der Spitzbart, bevor er an Rorn gewandt fortfuhr: »Aber eines lass dir gesagt sein, Freundchen. Heute Abend musst du dich hinten anstellen, wir sind vor dir dran.«

Obwohl seine Augen schon glasig waren, hielt er sich bemerkenswert aufrecht. Er schwankte nicht im Mindesten und sprach sehr deutlich, obwohl ein gewisses Lallen zu hören war. Die übliche Standfestigkeit eines gewohnheitsmäßigen Zechers.

»Was ist, Köhler?« Der abrupte Wechsel in den drohenden

Ton offenbarte den wahren Charakter des bunt Gekleideten. »Hörst du nicht, was ich sage?«

Der Kerl war außerdem verdammt schnell. Seine freie Hand lag plötzlich auf dem Schwertgriff an seiner Hüfte, ohne das Rorn bemerkt hatte, wie sie dahin gekommen war.

Statt den erhaltenen Befehl auszuführen, warf der Wirt dem Bannstreiter einen flehenden Blick zu. Selbstverständlich wollte er seine Frau nicht diesen wüsten Kerlen zuführen, wagte aber auch nicht, laut zu widersprechen. Seine sehnigen Hände kneteten immer noch einen feuchten Lappen, der eigentlich zum Tischeabwischen diente, als hinter ihm das Quietschen einer schlecht geschmierten Türangel erklang. Freda, die in der Speisekammer ausgeharrt hatte, trat mit gesenktem Haupt zu ihnen herein.

Vermutlich war sie schon vor diesem Abend keine besondere Schönheit gewesen, aber mit den Blutergüssen und der gebrochenen Nase, die sie kürzlich davongetragen hatte, sah sie besonders erbarmungswürdig aus. Ohne zu Rorn aufzusehen, ging sie an den Herd und begann mit einem Kochlöffel in der Pfanne herumzurühren.

»Was ist los, Fremder?«, fragte Nomar lauernd. »Ist dir die Lust auf die Wirtin etwa schon wieder vergangen?«

Die Schwerthand immer noch um den halbvollen Trinkbecher geklammert wartete er darauf, dass Rorn endlich auf eine seiner Gehässigkeiten reagierte.

»Was seid ihr nur für Menschen?«, brach es da aus dem Köhler hervor, der aber sofort die Augenlider senkte, als ihn Nomar mit einem scharfen Blick bedachte.

Rorn sprach kein Wort, dabei hätte er die Frage des verzweifelten Mannes beantworten können. Er kannte gedungene Kriegsknechte wie Nomar, Vrigg und den Gestreiften. Es war immer dasselbe mit ihnen. Schon auf den Schlachtfeldern geboren hatten die Kriege ihr Innerstes zerstört, auch wenn sie äußerlich mit dem Leben davongekommen waren. Von früh bis spät standen solche wie sie unter einer schrecklichen Anspannung, die nur noch von ihnen wich, wenn sie kämpften, schändeten oder betrunken waren.

Sattelwölfe waren nicht mehr zu bekehren. Es gab nur einen Weg, sie von weiteren Schandtaten abzuhalten.

»Genug des Geredes«, befand Rorn deshalb. »Zieht endlich euren Stahl oder sterbt ohne Gegenwehr. Mir ist das eins.«

Noch während er die Drohung ausstieß, löste er die Rechte aus dem Innenfutter seines Mantels. Die Linke verkrallte sich dagegen weiter in der Wattierung.

Die Söldner wechselten einen kurzen Blick miteinander, in dem etwas Verschlagenes lag, aber auch eine gegenseitige Warnung. Das sich ihnen ein Einzelner so offen entgegenstellte, gab ihnen zu denken.

Rorn strahlte den Mut eines Geschlagenen aus, die eiskalte Tapferkeit eines Mannes, den nichts mehr berührte. Das flößte ihnen Respekt ein, reizte aber andererseits besonders zum Kampf. Einen wie Rorn zu besiegen würde den dumpfen Nebel, der sie umgab, tagelang lichten.

Nomar setzte seinen Weinbecher an die Lippen, ohne davon zu trinken. So provozierend langsam, wie er die Geste ausführte, wirkte es, als wäre sie irgendeine Finte. Tatsächlich diente sie nur dazu, von dem Würfelspieler abzulenken.

Aus dem Sitzen heraus und ohne Rorn direkt anzusehen, riss der plötzlich den Arm herum. Seine Würfelhand öffnete sich genau auf der richtigen Höhe, in genau dem richtigen Augenblick. Die abrupte Bewegung sorgte außerdem dafür, dass ihm Rorn das Gesicht zuwandte.

Ein natürlicher Reflex, den er gleich darauf bereute.

Die Würfel bestanden aus geschnitztem Speckstein. Schmerzhaft bohrten sich zwei von ihnen in Rorns Stirn und seine linke Wange. Das dritte Geschoss streifte nur sein rechtes Ohr.

Glück gehabt! Ein Treffer im Auge hätte den Bannstreiter geblendet, so sorgte die überraschende Attacke nur für Verwirrung. Aber auch das reichte aus, um ihn in tödliche Bedrängnis zu bringen.

Die Sattelwölfe verschwendeten nämlich keine Zeit damit, ihre Schwerter zu ziehen. Stattdessen machte Nomar einen langen Schritt nach vorne und schüttete dem zurücktaumelnden Rorn den verbliebenen Wein ins Gesicht.

Als ihm das saure Zeug ins Gesicht klatschte, raubte es dem Bannstreiter fast den Atem. Prustend riss er sich den Mantel von den Schultern und schleuderte ihn blindlings nach vorne, während er wie wild mit den Augenlidern zwinkerte, um das störende Nass von den Netzhäuten zu vertreiben.

Als er endlich wieder sehen konnte, fiel sein Blick auf Nomar, der über den Greifenmantel zu seinen Füßen gestolpert war. In der Rechten des heimtückischen Hundes blitzte ein schmales Stilett auf, das er aus irgendeiner Falte seiner aufgeplusterten Kleidung hervorgezaubert hatte. Wäre nicht das schwere Leder gewesen, das sich wie eine Schlange um seine Füße wand, der Stahl hätte längst ins Ziel gefunden.

Verzweifelt ums eigene Gleichgewicht kämpfend vernahm Rorn polternde Schritte. Sie gehörten zu Vrigg, der mit gesenktem Kopf auf ihn zustürzte. Grimmschnitter zu ziehen hätte zu lange gedauert. Alles, was Rorn tun konnte, war, den breiten Schädel mit beiden Händen abzufangen und sein rechtes Bein anzuwinkeln.

Die Köhlerin stieß einen unterdrückten Schrei aus. Nur einen kurzen, halb erstickten Laut, trotzdem war deutlich herauszuhören, dass sie Rorn für verloren hielt. Kein Wunder. Wie von einem Stier auf die Hörner genommen, so wurde er von Vrigg durch den Schankraum getragen, bis die Rückwand dem bizarren Ritt abrupt ein Ende setzte.

Rasselnd wich Rorn die Luft aus den Lungen, als er mit dem

Rücken aufprallte. Schwarze Kreise quollen vor seinen Augen auf und tanzten wild umher, während er das angewinkelte Bein fest an den Leib zog und seinem Gegner die Stiefelsohle gegen den Hals presste. Unter einem lauten Schrei stemmte er den feisten Halunken zurück, direkt in den Lauf des anstürmenden Würfelspielers hinein.

Rorn keuchte erleichtert auf, als die beiden ineinanderkrachten und zu Boden stürzten. Endlich blieb ihm genügend Luft, um Grimmschnitter zu ziehen. Die Klinge lag vollkommen ruhig in seiner Hand. Es lag keinerlei Magie in der Luft, die sie hätte reagieren lassen, trotzdem flog sie umher, als wäre sie ein Teil von ihm.

In zwei wilden Kreisen schnitt sie durch die Luft, um ihm genügend Freiraum zu schaffen. Dann, nach einem kurzen Ausfallschritt, jagte sie auf Vrigg hinab.

Der Söldner, der seinen eigenen Stahl erst zur Hälfte aus der Scheide hatte, schrie entsetzt auf. In dem hilflosen Versuch, das Unausweichliche noch aufzuhalten, riss er die Rechte in einer schützenden Geste empor. Mit dem einzigen Erfolg, dass ihm der Stahl zwischen Mittel- und Zeigefinger drang und seine Hand bis zum Unterarm aufspaltete.

Kreischend warf er sich herum und bedeckte die klaffende Wunde mit seinem massigen Körper, aber auch das würde die sturzflutartige Blutung nicht zum Versiegen bringen.

Der Gestreifte sprang indessen auf Rorn zu und versuchte, ihn mit einem Stich zwischen die Rippen niederzustrecken. In einer lässig wirkenden Geste fing Rorn den heranzuckenden Stahl ab und ließ ihn an Grimmschnitters Breitseite abgleiten. An der Parierstange des Gegners angekommen riss er die eigene Klinge in die Höhe.

Die rechte Wange des Söldners ging in Fetzen, nur einen Herzschlag später klaffte auch die linke Wange auf. Die blutigen Schmisse passten zu seiner gestreiften Kleidung, trotzdem stolperte er fluchend zurück und drohte mit schlimmster Vergeltung. Der Versuch, seinen Rückzug mit einigen Schwertschwüngen zu decken, kam allerdings zu spät.

Grimmschnitter drang bereits in seine ungeschützte Halsbeuge.

Ein blutroter Fächer spritzte durch die Luft, während er sterbend in die Knie brach. Hinter dem Schmächtigen kam Nomar zum Vorschein, der fassungslos auf seine am Boden liegenden Kumpane starrte. Auf einen Schlag ernüchtert begriff der Anführer der Sattelwölfe endlich, dass er seinen Gegner völlig unterschätzt hatte. Als Rorn mit einem Sprung über den Gestreiften hinwegsetzte, unternahm der Spitzbart nicht den geringsten Versuch zur Gegenwehr.

Stattdessen ließ er sein Schwert fallen.

»Gnade«, bettelte er, die leere Rechte zum Zeichen seiner Hilflosigkeit erhoben. »Wir wussten doch nicht, dass dir diese Köhlersleute nahestehen.«

Schritt für Schritt zurückweichend streckte er seine Linke nach hinten aus, um den sich vor dem Tresen erhebenden Stützbalken zu ertasten, gegen den er gleich mit dem Rücken stoßen musste. So sollte es wohl zumindest wirken.

»Du bist ein schlechter Zuhörer«, gab ihm Rorn mit auf den Weg.

»Das tut mir leid«, versicherte Nomar eilig. »Ab jetzt höre ich aber zu. Ganz genau sogar …«

Ob er den Griff des so plötzlich verschwundenen Stiletts wohl schon erreicht hatte? Eigentlich war das Rorn vollkommen egal. Grimmschnitter mit beiden Händen umfassend baute er sich vor dem Sattelwolf auf. »Ich sagte doch vorhin schon, dass es mir einerlei ist, ob ihr mit oder ohne Gegenwehr sterbt!«

Grimmschnitters Spitze auf eine Stelle ausgerichtet, die genau eine Handbreit über Nomars Gürtelschnalle lag, stach er mit aller Kraft zu.

Das Stilett flog noch heran, doch Rorn war schneller.

Mit einem saugenden Geräusch drang das Schwert durch den Magen des Sattelwolfes und bohrte sich bis in den hinter ihm aufragenden Balken. Der Getroffene klappte in der Körpermitte zusammen, wurde aber durch die feststeckende Klinge aufrechtgehalten. Rasend schnell wich ihm alle Kraft aus den Gliedern. Der Stilettarm verkrampfte, die Finger öffneten sich, weil sie das Gewicht der Stichwaffe nicht mehr halten konnten.

Rorn drehte Grimmschnitter in der Wunde, um das Ende zu beschleunigen, dann zog er das Schwert zurück.

Nomar presste beide Hände auf den Bauch, um den warmen, klebrigen Strom zu stoppen, durch den ihn alles Leben verließ. Mehr als ein Röcheln brachte er nicht mehr zustande, obwohl der Todeskampf noch einige Zeit dauerte. Nachdem er langsam an dem Stützbalken zu Boden gerutscht war, wälzte er sich umher und begann unkontrolliert mit den Beinen zu strampeln.

Kein schöner Anblick, aber das war es nie.

Schließlich verließen ihn endlich die Kräfte. Seine Bewegungen erlahmten und die Hände rutschten zur Seite.

Rorn sah längst nicht mehr zu, sondern stellte sicher, dass ihm von den anderen Gegnern keine Gefahr mehr drohte. Aber die Sorge war umsonst gewesen. Vrigg hatte noch versucht, sich zur Tür zu schleppen, bevor er endgültig verblutet war. Die rot verschmierte Schleifspur führte durch den halben Schankraum und endete an seinem zusammengekrümmten Körper. Der Gestreifte lag hingegen noch genau an der Stelle, an der er hingeschlagen war.

»Euch haben die Götter geschickt!« Kaum war der letzte Seufzer der Söldner verklungen, kam Leben in die Wirtsleute. »Habt Dank! Habt vielen, vielen Dank, dass Ihr uns von diesen Bestien erlöst habt!«

Trotz ihrer Verletzungen war Freda schneller als ihr Mann. Unter fortwährenden Dankesbezeugungen kam sie um die

Theke gelaufen und schloss Rorn überschwänglich in die Arme. Er ließ sie gewähren, obwohl er lieber sein blutbeflecktes Schwert gereinigt hätte.

»Du hast mein Auftauchen nicht den Göttern zu verdanken, sondern den beiden Frauen, die du gerettet hast«, erklärte er schließlich, während er sich aus der Umarmung löste. »Es wäre undankbar gewesen, dich für deine gute Tat dem Zorn dieser Kerle zu überlassen.«

Trotz der blauen Flecken in ihrem Gesicht war zu sehen, dass Freda errötete. Rorn nutzte den Moment, um Grimmschnitter an einem von Nomars ausgestellten Ärmeln abzuwischen.

»Ich brauche zwei der Pferde, die diese Kerle hinterlassen haben«, erklärte er dabei. »Das Dritte von ihnen soll euch die Kosten ersetzen, die durch die Bestattung der Unholde entstehen. Macht euch aber nicht zu viel Arbeit mit ihnen. Verscharrt sie einfach in den Tiefen des Waldes, dort, wo sie so schnell kein Holzfäller oder anderer neugieriger Geselle finden kann.«

Es war besser, wenn sich nicht herumsprach, dass die drei bei ihnen gestorben waren. Man konnte nie wissen, ob solche Sattelwölfe nicht Kumpane hatten, denen der Sinn nach Rache stand.

Udais Gedanken galten in diesem Moment etwas ganz anderem.

»Ein neues Pferd!«, freute er sich, als wenn ihm an diesem Abend das größte Glück seines Lebens widerfahren wäre »Ein ganz prächtiges noch dazu!«

Sein Gesicht war ja auch heil geblieben.

»Genau genommen überlasse ich dieses Pferd deiner Frau«, beschied ihm Rorn, »schließlich hat sie ihre Haut dafür zu Markte getragen.«

»Ja, sicher, Herr«, erklärte Udai beflissen. »Ihr habt natürlich vollkommen Recht.«

Freda zuckte dazu nur ihre Schultern, als wollte sie sagen: *So ist er nun mal.*

Nachdem Rorn sein Schwert wieder eingesteckt und den Greifenmantel angezogen hatte, begab er sich in den Stall, um zwei der herrenlos gewordenen Pferde zu satteln. »Wollt Ihr nicht über Nacht bei uns bleiben?«, fragte ihn Udai, der ihn begleitete.

Rorn lehnte das Angebot dankend ab. Zusammen mit Venea und Bree wäre es sehr eng in der Kammer der Wirtsleute geworden, und im blutbesudelten Schankraum zu übernachten, wollte er den Hexen auf keinen Fall zumuten.

Er saß bereits im Sattel des Grauen, als Freda hinausgelaufen kam und ihm noch die beiden ausgenommenen Hühner aufdrängte. Derart beladen, und mit zwei reiterlosen Pferden im Schlepptau, holte er Tabeths Stute dort ab, wo er sie zurückgelassen hatte, und ließ den Forst endlich hinter sich.

Auf halbem Wege zu den Pilgern kamen ihm Bree und Venea entgegen.

Die beiden Frauen stellten keine Fragen, was die neu hinzugekommenen Pferde anging, sie konnten sich auch so denken, von wem sie stammten. Im Windschatten einer hohen Eiche errichteten sie ein Lager mit einem kleinen, rauchlosen Feuer, über dem sie die Hühner brieten. Nachdem alle gesättigt waren, schob Rorn die verbliebene Glut mit einem Stock auseinander, damit sie schneller ausbrannte.

Kaum hatte er sich in seine Decke eingerollt, war es auch schon stockdunkel um sie herum. Venea schlief rasch ein, was an ihren gleichmäßigen Atemzügen zu hören war. Er selbst war noch zu aufgewühlt, um mehr als nur dahinzudämmern. Als er doch endlich Ruhe fand, spürte er ein Zupfen an seiner Seite, und noch ehe er richtig begriff, wie ihm geschah, schlüpfte Bree zu ihm unter die Decke.

Von ihrer Fellweste oder der Wildlederhose war nicht das

Geringste zu spüren, im Gegenteil. Wenn ihn nicht alles täuschte, war die Schattenschwester völlig nackt.

»Was soll das?«, fragte er überrascht.

»Was denkst du wohl?« Bree lachte leise.

Als er sich aufrichten wollte, hielt sie ihn zurück. »Nicht so laut«, flüsterte sie. »Oder willst du Venea wecken?«

»Geh!«

Er spürte, wie Bree erstarrte, aber nach einem kurzen Moment des Überlegens wohl zu dem Schluss kam, sich verhört zu haben. Ihre Lippen suchten die seinen, gleichzeitig spürte er ihre kundigen Hände über seinen Körper gleiten. Sie roch gut, und ihre Haut war weich und warm, trotzdem waren Rorn ihre Berührungen zuwider. Entschlossen schob er sie von sich.

»Mir war nicht klar, dass dir der Sinn mehr nach Knaben steht.« So, wie Bree das sagte, hatte sie damit keine Beleidigung im Sinn, sondern schien das tatsächlich für die einzig sinnvolle Erklärung seiner Ablehnung zu halten. »Es tut mir leid, ich dachte nur, du suchst vielleicht auch einen Weg des Vergessens. Wegen allem, was die letzten Tage geschehen ist. Wegen Tabeth und …«

Er bekam eines ihrer nackten Handgelenke zu fassen und presste seine Finger so fest zusammen, dass sie vor Schmerz verstummte. »Ich habe heute Abend drei Männer getötet«, sagte er rau. »Kannst du dir nicht vorstellen, dass ich einfach müde bin und meine Ruhe haben will?«

Bree antwortete mit keinem Wort, aber ihr Schweigen genügte ihm als Bestätigung. Als er sie freigab, kroch sie sofort davon und kehrte zu ihrem eigenen Platz zurück. Die anschließende Stille wirkte bedrückend auf ihn. Selbst Veneas regelmäßiger Atem war verstummt. Ob sie wohl bemerkt hatte, was geschehen war, und nun genauso in den Himmel starrte wie er?

Rorn wusste es nicht.

Er wusste nur, dass es jetzt noch einmal eine halbe Ewigkeit dauern würde, bis er endlich seinen wohlverdienten Schlaf fand.

Zur Zeit der Zyklopen

Hatra hatte schon viel im Leben gesehen, ehe sie mit Perac an den Ort geflohen war, in dem die Zeit nicht existierte. Sie war zu einer Zeit geboren worden, da das Volk der Seth bereits im Niedergang begriffen war. Dennoch hatten zahlreiche Prachtbauten überdauert, die noch von alter Größe zeugten. Aber wie genial die Architekten der Seth auch gewesen sein mochten – nichts von dem, was sie errichtet hatten, kam dem imposanten Anblick gleich, der den östlichen Horizont verdunkelte.

Noch höher als die verschwundenen Türme ragte die Zyklopenmauer auf, so hoch, dass selbst Greifen die Luft zu dünn wurde, wenn sie ihre Krone zu überwinden suchten. Das am Rande einer Steilküste gelegene Bollwerk umschloss ein ringförmiges Areal, das groß genug für die überlebenden Mamuth war, um sich bequem dahinter zu verschanzen.

»Kein Wunder, dass die Späher so wenig Mühe hatten, die verschwundenen Turmquader zu finden«, amüsierte sich Perac, der es sich neben Hatra in einer Baumkrone bequem gemacht hatte.

Von hier oben aus konnten sie den über Nacht aus dem Boden gestampften Schutzwall beobachten, ohne von den felllosen Affen belästigt zu werden, die sich selbst Menschen nannten. Nicht, dass von diesem primitiven Volk, das nicht einmal den Webstuhl kannte, irgendeine ernsthafte Gefahr ausgegangen wäre. Mit ihren Faustkeilen und den steinernen Speer- und Pfeilspitzen konnten sie kaum gegen die Gryff bestehen, geschweige denn gegen einen Großmeister und eine Hexe. Wegen der Mauer schlichen allerdings mehr Menschen als gewöhnlich herum, was den beiden Magiern ungelegen kam. Denn sie hatten Wichtigeres zu tun, als sich der lästigen Nacktaffen zu erwehren.

Dass sie sich überhaupt nördlich der Nordermark halten konnten, hatten die schwächlichen Wesen Thyrms dichten Wäldern zu verdanken, die weder Gryff noch Leu behagten. Alle Versuche der Menschen, weiter nach Süden vorzudringen, waren jedoch blutig niedergeschlagen worden. Da verwunderte es nicht, dass sie die Ringmauer in ihrem Territorium derart in Aufruhr versetzte. Für sie sah es so aus, als versuchte eine Macht, der sie nicht gewachsen waren, ihnen den Lebensraum streitig zu machen. Wie sollten sie auch ahnen, dass die Mamuth nur hierhergekommen waren, um ihre Wunden zu lecken?

Die Sonne erreichte langsam ihren Zenit, während Hatra überlegte, wie sich das Bollwerk überwinden ließ. Alles in ihr dürstete danach, den Grauhäutern den Todesstoß zu versetzen, bevor sie sich erholen konnten. Doch bisher fehlte ihr noch die richtige Idee.

»Die Steilküste ist und bleibt ihre größte Schwachstelle«, überlegte sie laut. »Es muss doch möglich sein …«

»Die Fallwinde sind zu stark, um von dort aus einzudringen«, wehrte Perac ab. Trotz seines greisenhaften Alters saß er in einer Astgabel, den Rücken lässig gegen den Baumstamm gelehnt. Unter halb geschlossenen Lidern schläfrig hervorschauend fuhr er fort: »Mag sein, dass die Großmeister der Mamuth nachhelfen, indem sie die natürlichen Gefahren verstärken. Auf jeden Fall haben sie sich ihre freie Aussicht aufs Meer gut überlegt. Drei in den Tod gestürzte Greifen und über zwanzig Trutzadler sollten da als Beweis genügen.«

Hatras reckte ihr Kinn. »Mir scheint, du gibst dich mit dem Rückzug der Mamuth zufrieden«, bemerkte sie kühl.

»Und ob.« Peracs Augenlider flatterten, als fielen sie ihm bald gänzlich zu.

Dass er sich nicht einmal die Mühe machte, sie bei ihrem Gespräch anzusehen, verärgerte die Hexe. »Warum?«, fragte sie heftiger, als sie eigentlich beabsichtigt hatte. »Weil du durch die Waffenruhe ebenfalls neue Kräfte schöpfen kannst? Dann lass mich den Angriff alleine führen! Du musst mir nur erklären, was zu tun ist, und ich rotte unsere Erzfeinde endgültig mit Stumpf und Stiel aus!«

»Beruhige dich«, gähnte der Magier. »Erkennst du denn nicht, dass es viel besser ist, die Mamuth still dahinsiechen zu lassen?«

»Ist das dein Ernst?« Hatra schnellte so abrupt in die Höhe, dass sie beinahe von ihrem Platz gerutscht wäre. Der Baumwipfel schwankte so heftig, dass es ihr gerade noch gelang, sich an einem der Äste festzuklammern. Immerhin sicherte ihr das die volle Aufmerksamkeit des Großmeisters.

»Hochmut kommt vor dem Fall«, warnte Hatra eindringlich. »Wir dürfen den Zyklopen nicht die Gelegenheit geben, neue Kräfte zu schöpfen.«

»Das ist ihnen überhaupt nicht mehr möglich«, widersprach Perac. »Die Mamuth sind schon viel stärker degeneriert, als wir ahnten. Alles, was sie jetzt noch wollen, ist ihrem Ende entgegenzudämmern. KhorAh-Tep hat mir selbst versichert …«

»KhorAh-Tep?«, keuchte Hatra auf. »Ihr verfluchter König? Du hast mit ihm *gesprochen*?«

»Er hat Kontakt zu mir gesucht«, gestand der Großmeister unumwunden ein. »Ich habe schon seit Tagen gespürt, dass etwas vorgeht, und als ich gestern eine Beschwörung ausführte, brauchte ich nur an ihn zu denken, um seinen Geist zu erreichen. Er hat sich mir geöffnet Hatra, ganz und gar. Damit ich sehe, das er kein falsches Spiel treibt.«

»Und da hast du nicht deinen ganzen Hass zusammengenommen und wie eine glühende Lanze in seinen Verstand gebohrt?«, brauste sie auf. »Damit von seinem Körper nur noch eine leere Hülle bleibt, auf ewig dazu verdammt, für seine Missetaten zu büßen?«

»Wozu?«, fragte Perac gereizt. »KhorAh-Tep ist bereits zu alt und zu schwach, um uns noch gefährlich zu werden! Jene, denen wir dienen, fiebern jedoch dem Tag entgegen, an dem sie sich unser entledigen können!«

Es dauerte eine Weile, bis sie begriff, worum es dem Magier ging.

»Du hast Angst, Eonis könnte uns verjagen, sobald die Zyklopen besiegt sind?«, fragte Hatra erstaunt.

»So gnädig wird er nicht sein«, prophezeite Perac düster. »Dazu fürchtet er uns zu sehr. Nein, ich rechne mit einem Dolch im Schlaf oder einem vergifteten Trank.«

»Nur keine Sorge.« Hatra lächelte überlegen. »Ich bin mir sicher, er schätzt uns viel zu sehr, als dass er uns hinterrücks meucheln lässt. Besonders mich.«

Perac lachte auf.

Eine Spur zu hämisch, wie sie fand.

»Du glaubst doch wohl nicht ernstlich, dass er das Lager mit dir teilt?«, rief der Alte so laut, dass es weit über die Waldwipfel hinausschallte. »Schlag dir das bloß ganz schnell wieder aus dem Kopf.«

Seine Worte verletzten sie weit mehr, als sie selbst für möglich gehalten hätte.

»Ich will Kinder«, schnappte sie. »Söhne und Töchter, die es einmal besser haben als wir. Die auf dem Platz sitzen, der ihnen zusteht. Mir dir ist das leider nicht möglich.«

Zufrieden beobachtete sie, wie das Lachen auf seinen Lippen erstarb.

»Das ist wahr.« Bei diesem Eingeständnis klang Perac vollkommen ruhig, aber seine Augen funkelten vor Ärger. »So starke Kräfte zu beschwören, wie ich es immer wieder tat, fordert irgendwann seinen Preis. Das ist etwas, dass du noch lernen musst! Mein Tribut lautet nun einmal, dass meine Blutlinie mit mir sterben wird. Besser, du machst dich auch mit diesem Gedanken vertraut, es sei denn, du möchtest geflügelten Löwen das Leben schenken.«

Genau das schwebte ihr vor, allerdings nur, wenn dies der Wille der Götter war. Ginge es nach Hatra, kämen die Kinder nach ihr, vor allem, was das Aussehen betraf. Wichtig war aber nur, dass sie bald welche an ihre Brust legen konnte. Und zwar sobald die Bedrohung durch die Zyklopen endgültig abgewendet war.

Perac sah das vollkommen anders: »Magier brauchen keine Blutlinie. Stellen wir es richtig an, überdauern wir viele Generationen ohne jede äußere Veränderung, während normale Sterbliche durch ihre Kinder und Kindeskinder weiterleben. Drum glaube mir: Solange die Zyklopenmauer steht, ist unsere Stellung unantastbar. Selbst dann noch, wenn die dahinter verborgenen Mamuth bereits zu Staub zerfallen sind.«

Von den eigenen Worten berauscht vergaß er seinen Ärger. Er lachte sogar schon wieder, als er hinzufügte: »Vertrau mir Hatra, uns stehen goldene Zeiten bevor. Wir müssen die Zyklopen von nun an nur in Ruhe lassen.«

Die Hexe schwieg, wohl wissend, dass es nichts nutzte, gegen einen von Perac einmal gefassten Entschluss anzureden. Deshalb blieb ihr nur eins – im Stillen ihre eigenen Pläne zu verfolgen.

Deiner wird Eonis vielleicht bald überdrüssig sein!, dachte sie verächtlich. *Mit mir wird er jedoch eine neue Dynastie gründen. Doch unsere Kinder wachsen nur in Sicherheit auf, wenn auch der letzte Zyklopenschädel zertrümmert am Boden liegt.*

13.

Auf dem Geistermarkt

Wie in allen Städten entlang der Tausendsee ernährten sich auch die Menschen in Syrk größtenteils von Fisch. Da die Stadt keinen eigenen Hafen besaß, wurden die Holzfässer mit den Süß- und Salzwasserfängen auf einem zentral gelegenen Marktplatz angeboten, in direkter Nachbarschaft zu knarrenden Türmen aus übereinandergestapelten Käfigen, in denen Hühner, Kaninchen und anderes Kleingetier eingezwängt waren. Doch nicht nur alles, was der Magen begehrte, gab es hier zu kaufen, sondern auch Kleider und bunte Stoffe suchten zahlungskräftige Abnehmer.

Vom Schwert bis zur Rüstung, vom Duftöl bis zum Liebestrank – auf dem Geistermarkt in Syrk war fast alles zu bekommen. Lediglich Pferde und lebendes Vieh, das größer als eine Ziege war, durften aus Platzgründen nur außerhalb der Stadt gehandelt werden. Die beengten Verhältnisse hinderten die umtriebigen Händler allerdings nicht daran, auch Dinge anzubieten, die nicht in ihren Auslagen zu finden waren. Diebesgut war allenthalben zu bekommen, auch wenn es nicht lautstark angepriesen, sondern nur nach einer geflüsterten Anfrage hinter Vorhängen oder unter den weiten Röcken der Marktfrauen hervorgeholt wurde. Zu groß war sonst die Gefahr, dass ein Bestohlener seinen Besitz im Angebot wiedererkannte.

Vor seinem ersten Besuch in Syrk hatte Rorn tatsächlich angenommen, die Bezeichnung *Geistermarkt* wäre ein Hinweis darauf, dass hier vor allem Magier und Hexen miteinander

Handel trieben, wovon jedoch keine Rede sein konnte. In Wirklichkeit bezog sich der spöttisch gemeinte Name darauf, dass die Stadtwache immer wieder ganze Gespanne voller Raubwaren beschlagnahmte, die nie zuvor jemand gesehen, bemerkt oder gar berührt haben wollte. Ganz so, als wären sie, wie von Geisterhand bewegt, aus dem Nichts heraus erschienen.

Die ganz und gar weltliche Erklärung für den Geistermarkt hinderte aber auch einen Großmagier wie Rabold nicht daran, hier einzukaufen.

»Da ist er«, flüsterte Venea aufgeregt. »Ich erkenne ihn wieder, obwohl er sein Haar kürzer trägt und den Bart abrasiert hat.«

Aufgeregt deutete sie auf einen hochgewachsenen, überraschend gut aussehenden Mann mit fein geschnittenen Zügen, dem das blonde Haar bis zu den Schulterblättern wallte. Bree gab bei seinem Anblick ein behagliches Schnurren von sich, was ihr umgehend ein missbilligendes Stirnrunzeln der Schattenschwester einbrachte.

»Halte dich zurück«, forderte die Ältere. »Rabold hat zum ersten Mal seinen Bau verlassen, wir dürfen uns jetzt keine Fehler erlauben!«

Tatsächlich war es ihnen in den Tagen, die sie nun schon in der Stadt weilten, noch nicht gelungen, zu Rabold vorzudringen. Die Morde an seinen Zunftbrüdern hatten den Magier extrem vorsichtig werden lassen. Er empfing keinerlei Besuch und verweigerte ganz besonders Rorn jeden Zutritt, weil er glaubte, dass eine Begegnung mit dem Bannstreiter jedem Magier Unglück brächte.

Ein Gedanke, der angesichts des Ablebens von Magnus Jonar und Hadik nicht ganz von der Hand zu weisen war. Leider war Rabolds Heim eine von zahlreichen Männern bewachte Festung, deren Bannkreise auch von Venea und Bree nicht durchbrochen werden konnten. Das einzig Ermutigende an diesen ganzen Umständen war, dass es bislang auch den Herzlosen nicht gelungen war, zu ihm vorzudringen. Allerdings mochte Rabolds Unversehrtheit auch einen ganz anderen, weitaus schlichteren Grund haben.

»Wartet!«, hielt Rorn seine Begleiterinnen zurück, bevor sie sich durch die Menschenmenge drängen konnten. »Bevor ihr mit Rabold sprecht, möchte ich ein paar Worte mit ihm wechseln.«

»Ausgerechnet du?« Venea verzog das Gesicht. »Du hast doch gehört, was er dir ausrichten ließ – dass er sich lieber selbst von den Zinnen der Stadtmauer stürzt, als sich mit deinem Fluch zu beladen.« Als sie sah, wie sich bei diesen Worten seine Muskeln anspannten, schlug sie kurz ihre Augenlider nieder. »Entschuldige, aber das waren nun einmal seine genauen Worte.«

»Ich weiß«, gestand Rorn ein. »Doch Rabold weiß bisher nicht, wie ich aussehe, und es gibt etwas, das ich gerne herausfinden möchte.«

Bei diesen Worten holte er die silberne Spinne hervor, die er einem von Hadiks Mördern abgenommen hatte, und befestigte sie in seinem eigenen Ohrläppchen. Kein einziger Schmerzlaut drang über seine Lippen, als er den gebogenen Anhänger durch Haut und Fleisch stach. Nur ein paar winzige Blutstropfen quollen aus der kleinen Wunde hervor, die schnell wieder versiegten.

»Was soll das?«, fragte Bree verständnislos. »Bisher hat Rabold nur eine schlechte Meinung von dir. Hält er dich aber erst für einen Herzlosen, hetzt er dir bestimmt die Stadtwache auf den Hals. Die Macht von König Horvuk, dem Herrscher der Tausendsee, ist nicht zu unterschätzen.«

»Ist euch beiden nie in den Sinn gekommen, dass auch jemand aus den Reihen des Silbernen Netzes hinter den bisherigen Morden stecken könnte?«, fragte Rorn zurück. »Irgendjemand wusste ganz genau, dass sich die Zunftbrüder vom Silbernen Netz alle mit alter Greifenmagie beschäftigt und Schattenjade hergestellt haben. Wer wüsste wohl besser darüber Bescheid, dass er mit den Diebstählen und Morden an den Magiern Blutjade herstellen könnte, als einer aus ihrer eigenen Mitte? Und wenn nicht ihr Schattenhexen hinter allem steckt …«

»… dann vielleicht der Großmagier aus dem Silbernen Netz, der bis zuletzt überlebt!«, vollendete Venea seinen Gedanken. »Langsam verstehe ich, warum die Schattenmutter an deiner Hilfe gelegen war! Und du meinst tatsächlich, wenn du ihn mit einem Anhänger der Spinnenreiter konfrontierst, wird Rabold dich für einen der Seinen halten?«

»Zumindest wird er ein Zeichen der Überraschung oder des Erkennens zeigen«, brachte Rorn seine eigentliche Hoffnung zum Ausdruck. »Ist er aber unschuldig, weiß er überhaupt nichts mit diesem Anhänger anzufangen und wird mich nur für eine zufällige Begegnung auf dem Markt halten. Warten wir also einfach ab, was passiert.«

»Von mir aus, versuch dein Glück.« Venea zuckte mit den Schultern. »Falls er den ganzen Markt vor Furcht zusammenschreit, ist er bestimmt so abgelenkt, dass wir seinen Ring mit der Schattenjade unbemerkt entwenden können. Oder ihm etwas zustecken, dass seine Bannkreise stört. Das Buch, dass du Hadik mitgebracht hast, hat den Spinnenreitern ja auch gute Dienste geleistet.«

Anstatt auf diesen letzten Seitenhieb zu reagieren, bahnte Rorn sich rasch einen Weg durch das vor ihm liegende Getümmel. Ohne seinen schweren Greifenmantel kam er gut voran, vor allem, weil viele Frauen bereitwillig einen Schritt zurücktraten, um einen besseren Blick auf ihn werfen zu können. Sein langes, in der prallen Mittagssonne schneeweiß glänzendes Haar erregte allgemeine Aufmerksamkeit, und trotz seiner schmalen, leicht ausgezehrt wirkenden Gesichtszüge strahlte er doch etwas aus, das viele von ihnen anziehend fanden. Asketen standen hoch im Kurs bei Syrks Frauen, auch wenn ihn das nicht sonderlich interessierte.

Je näher er Rabold kam, desto langsamer ging es allerdings voran.

Zunächst hielt Rorn das für Zufall, aber dann wurde ihm klar, dass der Magier keineswegs alleine unterwegs war, sondern sich mit einem wahren Schutzwall aus menschlichen Leibern umgab, der ihn weiträumig von den übrigen Marktbesuchern abschirmte. Zu Rorns Verwunderung handelte es sich dabei um lauter kräftige Männer, die grünen Klee an der Kleidung trugen.

Sie gehörten also zu der Sorte Pilger, die in letzter Zeit allerorts anzutreffen war. Was hatten sie plötzlich mit Rabold zu schaffen? Waren sie einfach nur für wenig Sold zu haben, oder steckte mehr dahinter?

Während Rorn noch seinen Gedanken nachhing, beendete der Magier seinen Einkauf bei einem Kräuterweiblein und wandte sich dem nächsten Stand zu. Seine Leibgarde geriet entsprechend in Bewegung. Einer der Männer, der bemerkte, dass Rorn nicht von alleine weichen wollte, hob einen Arm, um ihn beiseitezudrängen.

Kurz bevor er den Bannstreiter berühren konnte, zuckte der Pilger erschrocken zusammen. Es war nicht der Blick auf Grimmschnitter, der ihm Ehrfurcht einflößte, und auch nicht der drohende Ausdruck in Rorns Augen, sondern etwas anderes, weitaus Erschreckenderes, das er über die rechte Schulter des Bannkriegers hinweg entdeckt zu haben schien.

»Verzeiht, dass ich Euer Zeichen nicht sofort erkannt habe, erhabener Herr!«, rief der Pilger aus. »Wie kann ich Euch behilflich sein?«

Einige seiner Kameraden, die durch seine Worte auf Rorn aufmerksam wurden, durchliefen die gleiche wundersame Verwandlung. Aus anfänglichem Stirnrunzeln wurde bei jedem von ihnen allergrößte Zuvorkommenheit, sobald sie ihn einer genaueren Betrachtung unterzogen hatten.

»Ich möchte mit Rabold sprechen«, nutzte der Bannstreiter die Gunst des Augenblicks, auch wenn er sich das Verhalten der Leibwächter in keiner Weise zu erklären wusste.

»Selbstverständlich«, dienerten gleich mehrere Männer auf einmal. »Bruder Rabold wird entzückt sein, mit Euch sprechen zu dürfen.«

Was sie zu diesem Gedanken bewog, war nicht nachzuvollziehen, trotzdem schienen alle gleichermaßen davon überzeugt zu sein. Vor Rorn öffnete sich augenblicklich eine Gasse, die ihn direkt bis zum Großmagier führte. Eine schlechtere Leibgarde hatte wohl noch nicht das Licht der Sonne erblickt, und die wenigen Pilger, die nicht sofort Platz machten, holten dies sofort nach ein paar hastig geflüsterten Anweisungen ihrer Kameraden nach.

Rorn warf einen kurzen Blick über die Schulter, um sich an den ungläubigen Blicken der beiden Schattenschwestern zu weiden, die das ganze Geschehen aus einiger Entfernung beobachteten. Dann machte er sich auf, den freigegebenen Weg zu passieren. Rabold bemerkte erst, was vor sich ging, als ihm der Bannstreiter schon beinahe gegenüberstand.

»Was hat das zu bedeuten?«, fragte Rabold, instinktiv an seine linke Hand greifend. »Ich habe doch Anweisung gegeben …«

Mitten im Satz brach er ab, um einen genaueren Blick über Rorns Schulter zu werfen. Was immer es dort zu sehen gab, beruhigte ihn augenblicklich. Die angespannten Gesichtszüge des Magiers glätteten sich wieder, und der Ring, den er so nervös geknetet hatte, kam unter den Fingern zum Vorschein.

Was da groß und dunkel in der silbernen Fassung schimmerte, war eindeutig eine Kugel Schattenjade von imposanter Größe, die sich gut zu einem raschen Abwehrzauber einsetzen ließ.

Rorn hatte nichts anderes erwartet, schließlich schüttelte sich Grimmschnitter schon die ganze Zeit über wie unter einem heftigen Fieberschub. Der grüne Klee, der das Gewand des Magiers zierte, verwirrte ihn weitaus mehr. Das sah ja fast so aus, als wenn Rabold selbst ein Pilger wäre.

»Was führt Euch zu mir, Bruder?«, sprach er denn Rorn auch an. »Gibt es Neuigkeiten von Silberhaupt?«

»Ja«, log der Bannstreiter munter drauflos. »Er wünscht, dass Ihr mit zwei Schwestern sprecht, die Euch etwas Wichtiges mitzuteilen haben.«

Auf die Einwilligung des Magiers hin bedeutete er Venea und Bree mit einem Wink heranzukommen. Dabei stellte er sich so, dass der Magier die Silberspinne in seinem Ohr unmöglich übersehen konnte. Anstatt bei dem Anblick in Panik zu geraten, wippte Rabold nur ungeduldig hin und her.

»Ich hoffe, das Ganze dauert nicht zu lange«, entfuhr es ihm dabei. »Sosehr ich auch den Einsatz der einfachen Brüder zu schätzen weiß, so vermisse ich doch den Schutz meiner Bannkreise. Richtig sicher werde ich mich aber ohnehin erst fühlen, wenn ich die Domäne erreicht habe.«

»Den Ort, an dem das Volk herrscht, und nicht der König«, ergänzte Rorn so, wie er es schon unzählige Male gehört hatte.

»Ja, genau.« Rabold verzog das Gesicht. »Und der Platz, zu dem hoffentlich weder Schattenschwestern noch sonstige Meuchler Zutritt haben. So hat es mir zumindest Euer Oberhaupt versprochen.«

Daher wehte also der Wind. Der Magier suchte verzweifelt nach einem sicheren Versteck, darum hatte er sich den Pilgern angeschlossen. So viel zu der Annahme, dass er selbst hinter den Morden an seinen Zunftbrüdern stecken mochte.

Venea und Bree hatten inzwischen die Reihen der Leibwächter erreicht. Auf Rabolds Wink hin wurden die beiden vorgelassen. Während die blonde Iskanderin freundlich lächelnd die Gasse hinabschritt, hatte Venea die Kapuze ihres Mantels tief ins Gesicht gezogen.

Das gab Rorn sofort zu denken.

»Was sind das überhaupt für Weiber?« Eine leichte Brise trieb Rabold einige Haarsträhnen seines sorgfältig gekämmten Haares ins Gesicht. Sofort strich er sie hinter sein linkes Ohr und reckte ärgerlich den Kopf. »Mir steht nicht der Sinn nach neuen Mätressen.« Sein herablassender Tonfall verwandelte sich übergangslos in ein helles Pfeifen, als Venea vor ihn hintrat und die Kapuze zurückschlug.

»Du?«, keuchte Rabold erschrocken auf und langte sofort nach dem Ring mit der Schattenjade. »Hier vor allen Leuten, mitten auf dem Platz?«

»Keine Sorge«, versuchte ihn Rorn zu beruhigen. »Die beiden wollen nur mit Euch reden, Bruder Magier. Silberhaupt ist auch der Meinung …«

»Lügner!« Angst schärfte für bekanntlich die Sinne. Und so stark wie Rabold plötzlich am ganzen Körper zitterte, musste er die Welt um sich herum in nie gekannter Klarheit sehen. Daher folgerte er messerscharf: »Eure Spinne ist eine Fälschung. Ihr seid überhaupt keiner von den Oberen, die alle viel abgezehrter wirken.«

Unter seiner Linken, die rasend schnell über die Schattenjade rieb, begann es dabei verdächtig zu knistern.

»Stürzt uns nicht alle ins Unglück!«, warnte Venea in gedämpften Tonfall. »Prallen unsere Kräfte inmitten des belebten Marktes aufeinander, könnte das viele Unschuldige in Mitleidenschaft ziehen.«

»Als ob Euch ein Menschenleben scheren würde!«, fauchte Rabold, ohne von seinem Ring abzulassen.

Rasch hob die Hexe ihre Arme weit genug an, dass ihre Schlangenarmbänder sichtbar wurden. »Lasst das!«, forderte sie scharf. »Redet lieber mit uns. Ihr kennt mich doch gut genug, um …«

Rabold achtete überhaupt nicht auf das, was sie sagte, darum langte Rorn nach der Hand, die den Ring rieb, um sie zurückzureißen. Doch zu spät – der Griff ging ins Leere! Von einem Herzschlag auf den anderen war Rabold wie vom Erdboden verschwunden.

Verwundert rührte Rorn mit der Hand in der entstandenen Lücke herum, doch ihr Gegenüber hatte sich keineswegs unsichtbar gemacht, sondern buchstäblich in Luft aufgelöst. Da sie von allen Seiten durch andere Menschen eingekeilt waren, gab es keine Lücke, durch die er unbemerkt hätte verschwinden können.

Die beiden Hexen reagierten genauso verdutzt wie Rorn, erholten sich aber schneller von ihrer Überraschung. Rasch reckten sie die Köpfe, um zu sehen, ob Rabold irgendwo in der Nähe wieder auftauchte.

»Unser Bruder! Was ist mit ihm geschehen?« Um sie herum wurden die Leibwächter unruhig. Plötzlich drehten sich auch jene um, die ihnen eben noch den Rücken zugewandt hatten. Zum Glück entdeckte Rorn in diesem Moment einen zerzausten Blondschopf, der sich auf einem nahen Fuhrwerk aus einer Ladung Stroh wühlte. Gut vierzig Königsschritte entfernt, aber noch in Sichtweite.

»Rabold bot uns eine Kostprobe seines überragenden Könnens«, antwortete er lapidar und streckte dabei den Arm aus. »Und jetzt hinterher, meine Brüder. Schützt den guten Mann, bevor ihm noch ein Leid geschieht.«

Ohne auf das Stroh zu achten, das an seinem Gewand hing, sprang der sonst so auf sein Äußeres bedachte Rabold vom Wagen und drängte durch das Gewühl der Marktbesucher davon, um so viel Distanz wie möglich zwischen sich und die Hexen zu bringen. Zum Glück hatten ihn seine Leibwächter aber erkannt und stürzten nun hinter ihm drein, um ihn einzuholen. Da sie dabei in großer Zahl durch die belebte Gasse drängten, lösten sie einen gehörigen Tumult aus, dem einige Standmarkisen und mehrere verblüffte Marktbesucher zum Opfer fielen. Derbe Flüche, wildes Gegacker und das Krachen von umstürzenden Hühnerkäfigen markierten noch lange den Weg der Pilger, selbst, als sie schon lange außer Sichtweite waren.

Ratlos blieben Rorn und die Hexen alleine vor dem Stand des Kräuterweibes zurück. Doch es dauerte nur wenige Herzschläge, bis sich der freie Raum mit neuen Menschen füllte.

»Elender Feigling«, grollte Venea. »Kein Wunder, dass ihn die Spinnenreiter noch nicht erwischt haben. Rabold springt bestimmt schon davon, wenn er nur die Flöhe husten hört.«

Bree schüttelte nur lachend den Kopf.

»Trotzdem war das Gespräch mit ihm sehr aufschlussreich«, gab Rorn zu bedenken. »Immerhin wissen wir jetzt, dass er sich den Pilgern angeschlossen hat, um vor den Herzlosen zur Domäne zu fliehen.«

»Die Domäne«, wiederholte Bree abschätzig. »Die gibt es doch gar nicht.«

»Vielleicht doch«, widersprach Rorn. »Aber was mich viel mehr beschäftigt – die höhergestellten Pilger, die als Obere tituliert werden, tragen scheinbar genau die gleichen Spinnenanhänger wie die Herzlosen.«

»Und wirken ebenso ausgezehrt wie sie«, fügte Venea hinzu. »Aber was mögen die Pilger bloß mit solchen Untoten zu tun haben? Alle, die wir bisher kennen gelernt haben, waren völlig harmlos.«

Darauf wusste auch Rorn keine Antwort, doch er zweifelte nicht daran, dass da ein Zusammenhang bestehen musste.

Während er noch mit den Hexen beriet, wie sie weiter vorgehen sollten, fiel sein Blick auf einen gegenüberliegenden Stand, der alle Arten von Geflügel verkaufte. Zwei Gänsehälse, die zwischen hölzernen Streben emporwuchsen, wandten sich gerade einem Jungen zu, der unauffällig zwischen den Marktbesuchern umherschlich. Die Augen des Halbwüchsigen waren nicht etwa auf eine der unterarmlangen Libellen gerichtet, die an dünne Leinen gefesselt über dem Marktstand kreisten, um Kunden anzulocken. Nein, sein Interesse galt eher den Geldbeuteln, die am Gürtel oder unter dem Hemd getragen wurden.

Rorn kam das struppig nach allen Seiten abstehende Haar sofort bekannt vor. Rasch ging er zu dem Stand hinüber und schnappte sich die Hand des Jungen, ehe sie sich am Eigentum anderer Leute vergreifen konnte. Ein Blick in das sommersprossige Gesicht offenbarte sofort, dass er richtig gesehen hatte. Es war tatsächlich Gerwin, der da in seinem Griff zappelte. Seine Pilgergruppe hatte es also ebenso nach Syrk verschlagen.

»Na?«, fragte Rorn gedehnt. »Reicht es inzwischen schon nicht mehr, anderer Leute Heim auszuräumen?«

Die eben noch vor Panik verzerrten Züge des Jungen hellten sich umgehend auf. »Ach, Ihr seid es!«, freute er sich. »Und ich dachte schon, irgendein Stadtbüttel hätte es – völlig ungerechtfertigt – auf mich abgesehen.«

»Das wird früher oder später auch passieren«, beschied ihm Rorn. »Wieso lässt du das Mausen nicht? Sind die Münzen, die ich dir für das Buch gezahlt habe, etwas schon aufgebraucht?«

Gerwin schlug die Augen nieder.

»Weggenommen«, sagte er traurig. »Vor den anderen Jungs konnte ich sie verstecken, aber nicht vor meinem Vater.« Das war wohl zu erwarten gewesen, doch dies war weder die Zeit noch der Ort, um sich über die diebische Ader auszulassen, die Gerwins ganze Familie zu durchziehen schien.

»Silberhaupt will nicht, dass in Syrk gestohlen wird«, behauptete Rorn aufs Geratewohl hinaus. »Wenn du erwischt wirst, bringst du alle Pilger gleichermaßen in Verruf.«

Gerwin sah ihn mit großen Augen an, weil Rorn den Namen ihres Anführers kannte. Als ihm der Bannstreiter dann auch noch das Ohr zudrehte, an dem die Silberspinne hing, zuckte der Junge schuldbewusst zusammen.

»Ihr seid einer der Oberen?«, fragte er ängstlich. »Bitte verratet mich nicht! Es wäre furchtbar, wenn ich von der großen Zusammenkunft ausgeschlossen würde! Unsere Gruppe gehört zu den Nächsten, die zur Domäne reisen!«

»Zur Zusammenkunft?« Rorn legte die Stirn in Falten. »Was weißt *du* denn davon?« Sein Tonfall klang dabei, als wollte er Gerwins Würdigkeit überprüfen.

»Na, genau das Gleiche, was alle darüber wissen«, antwortete der Junge verblüfft. »Sie findet in den alten Katakomben statt, und heute Nacht werden ihr nicht nur wieder viele Neuankömmlinge zum ersten Mal beiwohnen, sondern es werden auch einige Altgediente mit dem großen Rabold zur Domäne reisen.«

»Dorthin, wo nur das Volk regiert, und nicht der König«, fügte Venea hinzu, die inzwischen zu ihnen getreten war.

»Genau!« Gerwin nickte begeistert. »Kommt Ihr mit Euren Begleiterinnen auch mit?«, wollte er dann von Rorn wissen.

»Wir werden mit Sicherheit dort sein«, antwortete Venea an Stelle des Bannstreiters. »Aber ob du dort erscheinen darfst, scheint mir noch ungewiss zu sein.«

Gerwin ballte seine Hände zu Fäusten und stapfte unruhig mit den Füßen auf. Tränen der Angst schimmerten in seinen Augen auf.

Rorn zwinkerte ihm zu, damit er wusste, dass es schon nicht so schlimm werden würde. »Es wird schon klappen, wenn ein Oberer wie ich ein gutes Wort für dich einlegt«, versprach er dabei. »Ich mache dir einen Vorschlag. Du darfst die Zusammenkunft besuchen, wenn wir von Anfang an ein Auge auf dich haben können. Warum treffen wir uns nicht später an der großen Marktsäule und suchen die Versammlung gemeinsam auf?«

Der Gedanke gefiel dem Jungen.

»Bei Anbruch der Dunkelheit?«, fragte er zaghaft.

»Das wollte ich selbst gerade vorschlagen«, log Rorn. »Und jetzt ab mit dir!«

Gemeinsam sahen sie dem davoneilenden Jungen nach, bis er in der Menge der Marktbesucher verschwunden war.

»Glaubst du, dass es bei dieser Zusammenkunft etwas Interessantes zu erfahren gibt?«, fragte Bree zweifelnd.

»Für den Fall, dass Rabold wirklich dort auftaucht, bestimmt!«

Dem hatte die blonde Hexe nichts entgegenzusetzen. »Und was machen wir bis zum Einbruch der Dunkelheit?«, fragte sie trotzdem.

Rorns Blick pendelte von ihr zu Venea und wieder zurück, bevor er antwortete: »Ein paar Freunde besuchen, die uns hoffentlich helfen können.«

Zur Zeit der Zyklopen

Die neuen Gemächer, in die sich Eonis immer öfter zurückzog, waren für gewöhnliche Leu nicht zu erreichen. Sie lagen in einem hohen, nach dem Vorbild der Zyklopenbauten errichteten Turm, der einen massiven Sockel ohne Treppen oder andere Aufgänge besaß. Hoch über Myandor ragte er auf, ein weithin sichtbares Zeichen der neuen Überlegenheit, aber auch der bisher unbekannten Distanz, die zwischen dem Volk und dem Hochadel zu spüren war.

Hinter vorgehaltener Tatze wurden er und seine Getreuen

nur noch als *Greifen* bezeichnet, und zwar in einem Tonfall, in dem die Verachtung eindeutig überwog. Der Krieg gegen die Zyklopen hatte viele Opfer gefordert. Das waren die kämpferischen Leu durchaus gewohnt, aber dass die Verluste vor allem die Fußtruppen betrafen, während die geflügelte Elite nahezu unbeschadet aus den Schlachten hervorgegangen war, stieß vielen im Volke sauer auf.

Kaum eine Familie, die nicht einen oder mehrere Tote zu beklagen hatte – und entsprechend verbittert zu dem herrschaftlichen Turm hinaufblickte.

Es hieß doch, dass die Gryff für uns bluten sollen! Hat sich Eonis nicht aus diesem Grunde Flügel anhexen lassen? Nur, damit sich ihm die Trutzadler unterwerfen? Solche und ähnliche Reden machten auf den Straßen flüsternd die Runde, und einige geschickt gestreute Zyklopentränen sorgten dafür, dass viele Leu inzwischen glaubten, die Edlen hätten sich ihre Schwingen nur zugelegt, um dem mächtigen Gegner besser ausweichen zu können.

Während Eonis am hohen Bogenfenster stand und auf die Straßen hinabsah, dachte er über die aufrührerischen Reden nach, die ihm bereits zu Ohren gekommen waren. Der Rückzug der Zyklopen hatte dem Sieger zwar eine Verschnaufpause beschert, in der er heimkehren konnte. Doch je stärker der Alltag wieder ins Leben einzog, desto spürbarer wurden die Veränderungen, die das Volk der Steppe spalteten. Eonis bekam den allgemeinen Unmut zwar weniger zu spüren als jene Getreue, deren Gefährtinnen flügellos geblieben waren. Trotzdem zog er sich immer stärker zurück und verließ nur noch selten seine Gemächer. Während Kimue und die übrigen Haremsdamen unermüdlich von Stadt zu Stadt flogen, um die Treue der eigenen und der verbündeten Truppen zu überwachen, ergab sich der Monarch immer häufiger seiner Schwermut und dem Trunke, wie es hieß.

Das war der richtige Moment für Hatras weitreichende Pläne. In jenem kurzen Augenblick vor der großen Schlacht, in dem sie sich Eonis in ihrer ganzen Schönheit präsentiert hatte, hatte sie seine Erregung deutlich gespürt. Nun galt es, aus dieser flüchtigen Gefühlsaufwallung eine dauerhafte Liebesfessel zu schmieden.

Die Kunst der Levitation nutzend war sie zu seinen Gemächern aufgestiegen und betrachtete ihn durch die seidenen Vorhänge, die das einfallende Licht dämpften. Die Tageszeit, zu der sie ihn besuchte, und der auf ihrem rechten Unterarm sitzende Vogel sollten ihrer Aufwartung einen harmlosen Anschein geben. Lautlos in der Luft schwebend beobachtete sie, was in dem prunkvollen Gemach vor sich ging. Erst, als sie ganz sicher sein konnte, das Eonis alleine war, löste sie eine leichte Brise aus, die die vor ihr hängenden Schleier nach innen wehten.

Der in lederne Armwickel und weite Beinkleider gewandete Leu wirbelte überrascht herum, als sie zu ihm hereinschwebte. Obwohl sie zu keiner Audienz gemeldet war, überwog die Neugier in seinem Blick die aufflackernde Empörung.

Eonis war wie alle Mächtigen – daran hegte die Hexe keinen Zweifel. Männer wie ihn reizte es, das Unbekannte zu erobern und genau das zu besitzen, was kein anderer sein Eigen nennen durfte. Geschmeidige Löwenweiber mit glänzendem Fell gab es viele, doch Seths Töchter und ihre Fähigkeit, sich schlangengleich um die Hüfte eines Liebhabers zu winden, waren in seinem Zeitalter rar gesät.

Hatra wusste um das Verlangen, dass sie in Männern schüren konnte, wenn sie ihre Vorzüge richtig zur Geltung brachte. Und so wanderten auch die Augen des Monarchen immer wieder zu ihrem tief ausgeschnittenen Gewand, während sie ihm den in allen Regenbogenfarben schillernden Vogel präsentierte, der auf ihrem rechten Handgelenk saß.

»Bei allen Göttern der Steppe!«, rief Eonis mit einer Stimme aus, die angewidert klingen sollte und in der doch ein Hauch von Bewunderung mitschwang. »Was schleppst du mir diese Kreatur heran, die meine Augen beleidigt?«

»Das ist ein Großschnabel-Para, wie er selbst in Randors Urwäldern nur noch selten zu finden ist«, log Hatra, die lediglich einen rabenschwarzen Aar magisch verwandelt hatte. »Er soll Euch zum Zeitvertreib dienen, nun, da eine Phase des Friedens eingekehrt ist.«

»Törichtes Weib! Glaubst du wirklich, dass einem Krieger wie mir nach der Gesellschaft eines schreiendbunten Vogels verlangt?«, erregte sich der König.

Wie er so dastand, mit angelegten Schwingen, deren Bögen nur wenig hinter den Schultern aufragten, wirkte Eonis beinahe wie der alte Herrscher, der er einst gewesen war. Trotzdem, Peracs Zauber hatte ihn einsam gemacht.

Trotz des Fauchens in seiner Stimme blieb der falsche Para die Ruhe selbst. Keine einzige Kralle bohrte sich in Hatras bleiche Haut. Ihre Magie hatte nicht nur das Gefieder, sondern das ganze Wesen des Tieres verändert. Und auch sie selbst gab sich von den Drohgebärden ihres Gegenübers unbeeindruckt.

»Es ist nicht der Vogel, der Euch die Einsamkeit versüßen soll«, antwortete sie lächelnd, während ihre freie Hand eine kreisende Bewegung vor der neben ihr aufragenden Marmorwand vollführte. »Er ist nur der Vorwand, der mir Zutritt zu Euren Gemächern verschaffen sollte. Schließlich wäre es möglich gewesen, dass eine Leibwache bei Euch weilt.«

Aus der eben noch glatten Fläche trat eine daumendicke Goldstange hervor, die waagerecht in den Raum hineinragte. Hatra ließ sich nicht anmerken, wie viel Kraft sie diese Materialisierung kostete. Ein Zauber, der andere beeindrucken sollte, musste stets mühelos wirken. Schließlich hüpfte der bunt gefiederte Aar auf den ihm zugedachten Sitzplatz.

»Ein Vorwand, um dir Zutritt zu verschaffen?«, wiederholte Eonis, dem die Umgestaltung seines Gemaches sichtlich missfiel. »Was hat das zu bedeuten?«

Hatra befeuchtete ihre schmalen Lippen mit der Zunge, bevor sie sich ihm gänzlich zuwandte und einen vertraulichen Ton anschlug: »Dass niemand außer dir wissen soll, dass ich selbst das Geschenk an den mächtigen Herrscher bin«, erklärte sie, während ihre Hand über die Vorderseite ihres seidenen Gewandes strich.

Ein feines Knistern erklang dort, wo das Gewebe zusammenschrumpfte, sodass die ohnehin schon dünne Seide gänzlich durchsichtig wurde. Hatra musste nicht an sich herabblicken, um sicherzustellen, dass ihr Zauber geglückt war. Sie erkannte an den hervorquellenden Augen des Monarchen, dass ihre körperlichen Vorzüge deutlich zum Vorschein kamen.

»Was fällt dir ein, Schlangenweib?« Eonis Stimme klang rau und abweisend, doch sein Blick sprach eine andere Sprache. »Mit welchem Recht glaubst du …«

»Die Lenden meines Großmeisters sind welk«, unterbrach Hatra die Abwehr des Königs. »Doch ich bin jung und sehne mich nach der Berührung durch starke Hände! Ist das etwa ein Vergehen?«

Wie jede gute Lüge enthielt auch diese einen wahren Kern, obwohl sich Hatra nicht halb so verzweifelt nach der Befriedigung ihrer Gelüste sehnte, wie sie ihm vorspielte. Das Feuer zwischen ihren Schenkeln hätte auch jeder niedere Krieger in Myandor löschen können, doch Eonis sollte ruhig glauben, dass sie sich vor allem nach seinem muskelgestählten Körper verzehrte, und nicht nach seinem hohen Stand. Daher mischte sie eine gute Prise Begierde in ihren bebenden Tonfall, als sie seine Zuneigung erbettelte.

Der Monarch wich nicht zurück, als sie auf ihn zuging. Er rief auch nicht nach seinen Wachen oder ohrfeigte sie mit seiner harten Pranke, sondern starrte nur auf ihren schlanken, gänzlich unbehaarten Körper, der sich unter dem durchscheinenden Gewand abzeichnete.

Unversehens geriet auch Eonis in Bewegung.

Eben noch in einer angespannten Haltung erstarrt explodierte er regelrecht vor Leidenschaft. Mit einem geschmeidigen Satz, der selbst Hatra überraschte, stand er plötzlich vor ihr, packte die Seide, die sich über ihren Brüsten spannte, und riss sie mit einem harten Ruck entzwei.

»Nicht!«, wehrte sie leise ab und bot ihm gleichzeitig den ungeschützten Hals als Zeichen der Unterwerfung dar.

Seine scharfen Krallen zerschnitten die Seide, ohne ihr den geringsten Kratzer zuzufügen. Hatra stöhnte leise auf, so wie es sich für einen Moment wie diesen gehörte, als sie seine Pranken auf der bloßen Haut spürte. Zu ihrer Verwunderung vergrub der König aber nicht sein Gesicht zwischen ihren Brüsten, sondern zog sie fest an sich und ließ seine weichen Fellfinger über ihren Rücken kreisen. Je mehr er sich dabei auf den Bereich ihrer Schulterblätter konzentrierte, desto klarer wurde Hatra, was er wirklich an ihr schätzte: Ihr entsprangen eben *keine* Flügel wie seinen anderen Gespielinnen, die mit ihm die Verwandlung zum Greifen vollzogen hatten.

Ein Lächeln huschte über ihre Lippen, die schnell einen verzückten Ausdruck annahmen, damit Eonis ihren Triumph nicht bemerkte. Nun gut! Wenn es das war, was sie den Rivalinnen voraushatte, sollte es ihr auch recht sein.

Von diesem Augenblick an war sie überzeugt, dass ihr Plan aufgehen würde.

Willig ließ sie sich die verbliebenen Seidenfetzen von den Schultern streifen und auf die am Boden verteilten Kissen stoßen. Eonis' lederne Armwickel rieben über ihre Haut, während sie sein Brustfell kraulte. Der Monarch war durch viele kundige Hände seines Harems gegangen, was ihn zu einem ebenso feurigen wie zärtlichen Liebhaber machte. Hatras anfangs gespielte Erregung verwandelte sich rasch in wahre Wonne, als er ihren ganzen Körper mit heißen Küssen bedeckte. Trotz der messerscharfen Zähne in seinem Maul ließ Hatra ihre gespaltene Zungenspitze um die seine tanzen, während seine weichen Tatzen die Innenseiten ihrer Schenkel emporstrichen.

Unter den Augen des stummen Paras gab sie sich Eonis gänzlich hin, in der stillen Hoffnung, schon an diesem Nachmittag die ersten Sprösslinge einer neuen, über alle anderen Völker herrschenden Blutlinie zu zeugen …

14.

Alvin und Bornus

Wolfsgrube – das stand auf dem Schild über der Eingangstür.

Mit diesem Namen waren für Rorn viele Erinnerungen an die Zeit kurz nach dem Bannzauber verbunden, der sein Leben für immer verändert hatte. In Greifenstein, einer Stadt, in der er ahnungslos tief in die Geschicke vieler Königreiche und ihrer Untertanen eingegriffen hatte, stand ein Wirtshaus gleichen Namens.

Die Schenke in Syrk war damit allerdings nicht zu vergleichen. Obwohl die Sonne den Zenit längst überschritten hatte, waren die Fensterläden noch verschlossen. Auch auf sein Klopfen antwortete lange Zeit niemand. Rorn gab trotzdem nicht auf. Er wusste, dass er nur hartnäckig genug sein musste. Immer wieder hämmerte er mit der Faust auf die Tür ein, bis es drinnen zu rumoren begann.

Leises Murmeln verwandelte sich in derbe Flüche, bis eine raue Stimme von drinnen fragte: »Wer ist denn da, verdammt noch eins?«

Rorn nannte seinen Namen.

Auf der anderen Seite wurde es still. Nach einer Zeit des Wartens, die ihm endlos vorkam, wurde der Querbalken dennoch aus der Verankerung gehoben und die Verriegelung geöffnet.

»Ich hab doch gesagt, dass man mich hier kennt«, brummte Rorn verlegen, ohne sich zu den Hexen umzusehen.

Quietschend schwang die Tür einen Spaltbreit auf. Dahinter

kam ein unnatürlich bleiches Gesicht zum Vorschein, das von langen rabenschwarzen Haaren eingerahmt wurde. Es gehörte Alvin, ganz unverkennbar.

Der Iskander hatte sich seit ihrem letzten Zusammentreffen kein bisschen verändert. Die scharf geschnittenen Züge traten beinahe gespenstisch aus der Dunkelheit des Hauses hervor, während die schmalen Lippen den Mund wie einen Messerschnitt aussehen ließen.

»Zwei Frauen in deiner Begleitung?«, staunte Alvin zur Begrüßung. »Du musst ein Trugbild oder ein elender Betrüger sein.«

»Dürfen wir gleich reinkommen?«, fragte der Bannstreiter, »oder muss ich mich zuvor noch eine Weile auf der Straße beleidigen lassen?«

Alvin schien beide Möglichkeiten eine Weile gegeneinander abzuwägen, öffnete dann aber doch und schlurfte mit einem gemurmelten »Nein, das können wir auch drinnen erledigen« davon. Venea, die als Letzte eintrat, verriegelte die Tür wieder sorgfältig.

Nachdem Alvin einige Fensterläden geöffnet hatte, bekamen sie den Schankraum zu sehen. Er war sauberer und aufgeräumter als erwartet, doch es roch auch nach altem Schweiß und noch älteren Alkoholausdünstungen.

»Weiß deine Schwester eigentlich, dass du den Namen ihrer Schenke gestohlen hast?«, fragte Rorn, um die unangenehme Stille zu durchbrechen.

»Nicht, solange du es ihr nicht verrätst.« Unke und Alvin hielten zusammen wie Pech und Schwefel, wenn es darauf ankam, gingen sich aber ansonsten aus dem Weg. Möglicherweise hatte Rorn sie tatsächlich als Letzter von ihnen gesehen, aber das war eigentlich ohne Belang.

»Kann es sein, dass du und Bornus selbst eure besten Gäste seid?«, frotzelte Rorn trotzdem.

»Nicht so laut«, verlangte Alvin. »Wir haben eine harte Nacht hinter uns.« Wie zum Beweis langte er dabei nach einem mit Wasser gefüllten Krug, setzte ihn an den Mund und trank ihn aus.

»Wir haben schon längere Zeit geschlossen«, erklärte er, nachdem er sich die feuchten Lippen mit dem Handrücken abgewischt hatte. »Eine eigene Wirtschaft zu eröffnen war doch keine so gute Idee, wie wir ursprünglich dachten.«

»Wovon lebt ihr dann?«, fragte Bree erstaunt.

Alvin richtete seine ausdruckslosen Augen auf die junge Hexe und sah sie eine Weile schweigend an. Da Rorn und Venea ebenfalls die Stirn in Falten legten, ging der Blonden auf, dass sie eine Grenze übertreten hatte.

»Na ja, eigentlich geht mich das ja gar nichts an«, räumte sie ein.

»Wir hatten Glück mit einem Auftrag, den wir für einen Magier ausgeführt haben«, erklang es da aus dem Hintergrund.

Zunächst war nicht zu sehen, wer zu ihnen gesprochen hatte, aber dann wurde ein Vorhang beiseitegezogen, der einen toten Winkel vom Rest des Schankraumes abtrennte. Der kahl rasierte Schädel, der dahinter zum Vorschein kam, gehörte eindeutig zu Bornus. Den weichen Kissen nach zu urteilen, von denen er sich erhob, hatte er – mit Hose und Schuhen bekleidet – auf einem stabilen Holztisch übernachtet. Sich mit der Linken den Schlaf aus den Augen reibend tastete er mit der Rechten nach einem groben Leinenhemd.

Sein ganzer Oberkörper war vom Hals bis zur Hüfte mit Tätowierungen übersät. »Was ist das denn?«, fragte Rorn verblüfft. »Hast du ein Ritual zur Totenerweckung hinter dir?«

»Schön wär's.« Alvin lachte rau, bis ihn ein Husten zum Verstummen brachte. »Das sind umbelische Stammeszeichen. Bornus hat fast eine Steppenprinzessin geheiratet.«

»Schweig, Bleichling!« Der Kahlkopf sah verärgert unter dem Leinenhemd hervor, dass er sich gerade überzog.

Rorn zeigte den Ansatz eines Lächelns. »Ich würde ja gerne mit euch über alte Zeiten plaudern oder neue, noch unerzählte Abenteuer austauschen«, hob er an.

»Würdest du nicht«, unterbrach ihn Alvin schroff.

»Was?« Rorn blinzelte verwirrt.

Der Hellhäutige fixierte Rorn plötzlich mit hartem Blick. »Du bist schon seit Tagen in der Stadt, trotzdem siehst du erst jetzt bei uns vorbei, und das vermutlich auch nur, weil du etwas willst.« Sein Tonfall schwankte zwischen Übellaunigkeit und Verletztheit, auch als er anfügte: »Also, rück einfach mit dem raus, was dir auf dem Herzen liegt.«

Rorn fühlte sich unangenehm berührt, auch wenn er sich nach außen hin gleichgültig gab. Der Iskander hatte selbstverständlich recht. Alvin und Bornus mochte wahre Freundschaft verbinden, zwischen ihnen und Rorn existierten dagegen bestenfalls gegenseitiger Respekt und eine Art Waffenbrüderschaft.

Seit den Ereignissen in den Bitterfelsen hatten sich ihre Wege mehrmals gekreuzt und wieder getrennt, und das Schicksal oder die Götter hatten es so gewollt, dass sie einige Male auf derselben, aber auch schon auf verfeindeten Seiten gekämpft hatten. Ein jeder von ihnen verdankte dem anderen schon mindestens einmal das Leben. Trotzdem gab es da diese Distanz, die er zu den beiden hielt, wie zu jedem anderen auch, den er näher kannte. Das allein war vermutlich der Grund dafür, dass sie überhaupt noch lebten.

Statt diesen Gedanken auszusprechen, zuckte Rorn mit den Schultern und gestand ein: »Du hast wohl Recht, Alvin. Aber das, was ich zu erzählen habe, wird euch trotzdem interessieren. Es geht um Magier, denen die Macht der Schattenjade nicht ausreicht und die mit Hilfe von Menschenopfern aus ihr etwas noch Mächtigeres erschaffen, das sich Blutjade nennt. Ich weiß noch nicht genau, was sie damit vorhaben, aber scheinbar will hier jemand in die göttlichen Abläufe eingreifen. Wie die Jademeister oder noch rücksichtsloser.«

Bornus, der sich gerade das Hemd in den Hosenbund stopfte, hielt mitten in der Bewegung inne. Ein kurzer Blick zu Alvin genügte ihm, bevor er sagte: »Du hast Recht, Rorn, das interessiert uns wirklich.«

Zur Zeit der Zyklopen

Von einer Doppelreihe Gryff flankiert trat Perac auf das unversehrt wirkende Portal zu, um die Stabilität seines Siegels zu prüfen. Die Fackeln seiner Begleiter vermochten die tief unter der Erde liegende Kaverne nur dürftig zu erhellen, aber das war ohne jeden Belang. Der Großmeister hätte sich auch bei völliger Dunkelheit zurechtgefunden. Das, was ihn wirklich interessierte – die magischen Ströme des *schlafenden* Steinbogens –, sah er mit seinen inneren Sinnen. Die blakenden Flammen sollten nur verhindern, dass die Trutzadler über ihre eigenen Füße stolperten. Außerdem waren sie für Kimue gedacht, die von der nach unten führenden Treppe aus jeden seiner Schritte misstrauisch verfolgte.

Mit geschlossenen Augen schritt Perac mehrmals unter dem Portal auf und ab, obwohl er schon beim Betreten der Kammer gespürt hatte, dass sein magisches Siegel noch vollständig intakt war. Was er hier tat, durfte nicht zu leicht aussehen, damit kein gewitzter Leu auf den Gedanken kam, seine Hilfe wäre mittlerweile verzichtbar.

Unter dem Scheitelpunkt des Steinbogens angelangt blieb er deshalb abrupt stehen, streckte beide Arme in die Höhe und atmete laut hörbar ein und aus. Mit solchem Gebaren ließ sich ordentlich Eindruck schinden, und auch in diesem Fall verfehlte der Auftritt nicht seine Wirkung, das spürte er genau. Nachdem er seine magischen Fähigkeiten genügend hervorgekehrt hatte, war es allerdings an der Zeit, sich dem eigentlichen Anlass seines Besuches zuzuwenden.

Zufrieden faltete Perac seine Hände so über dem Bauch, dass sie in den weiten Ärmeln seines Gewandes verschwanden.

»Verteilt euch im Raum«, befahl er den Gryff, ohne seine Stimme groß zu erheben.

Augenblicklich zerfiel der schmale Lichtkorridor in orangerot flackernde Inseln, die in alle Richtungen davonstrebten. Obwohl rundum von kalter Finsternis umschlossen, streuten die Flammen genügend Helligkeit, um das wahre Ausmaß der Höhle sichtbar zu machen. Einige der Fackelträger kamen erst in vierzig Leuschritten Entfernung zu stehen, andere erklommen, weit hinter dem Steinbogen, eine knarrende Anhöhe, die sich bei genauerem Hinsehen als bleicher Knochenhügel entpuppte.

Aus dem schwarzen Nichts, das auf der herabführenden Treppe lastete, drang ein Keuchen. Selbst die sonst so beherrschte Kimue konnte einen Laut des Erstaunens nicht unterdrücken.

Sehr schön.

»Nun? Habe ich etwa zu viel versprochen?«, fragte Perac, beinahe vor Selbstzufriedenheit berstend, während die Favoritin des Königs nähereilte.

Mit ihrem eisernen Harnisch und den ledernen Armwickeln unterschied sich Kimue kaum von einem männlichen Krieger. Doch ihr von sandfarbenem Fell bedecktes Gesicht wies eindeutig weibliche Züge auf. Selbst Perac, der allen fleischlichen Genüssen abgeschworen hatte, vermochte ihrer zierlichen, stets ein wenig feucht glänzenden Nase und den funkelnden Augen etwas abzugewinnen.

Kimue war zu Recht die Favoritin des Monarchen. Kein

anderes Weib aus Simwae vereinigte Intelligenz, Kampfkraft und Anmut so gut in einer Person.

»Du hast wirklich nicht gelogen!« Zum ersten Mal, seit Perac sie kannte, klangen ihre Worte nicht wie ein Vorwurf.

Der Magier neigte demütig das Haupt, anstatt die Leu für ihre freche Untertreibung zu rügen. Das Wohlwollen der Favoritin zu erringen bedeutete, Macht über den König zu gewinnen. Das war ein Grundsatz, den Hatra erst noch lernen musste.

Schweigend starrten der Schlangenpriester und das Löwenweib auf die sich auftürmenden Schädel, denen der zuckende Fackelschein ein seltsames Eigenleben einzuhauchen schien. Besonders in den großen Stirnhöhlen lasteten die Schatten so tief, als wären sie lebende Wesen, die durch nichts zu vertreiben waren.

Um mehr Licht ins Dunkel zu bringen und um die Leu zu beeindrucken, presste Perac seine hohlen Hände aneinander, so dass sie eine gemeinsame Wölbung ergaben. Auf einen bloßen Gedanken von ihm hin sprühten aus der Vertiefung grelle Funken hervor, die senkrecht in die Höhe schossen und sich wie glitzernde Sterne an die Höhlendecke hefteten. Eine wesentlich kleinere Anzahl ließ er in der Luft auf und ab tanzen, um die Schatten des Schädelbergs endgültig zu vertreiben.

Trotzdem war der Anblick der Rundlöcher, die an leere Augenhöhlen erinnerten, nur schwer zu ertragen. Plötzlich konnte Perac nachfühlen, wie ein unwissendes Volk darauf kommen mochte, dass diese Schädel von einäugigen Zyklopen stammten. Obwohl es sich bei den Öffnungen in Wirklichkeit um Nasenlöcher handelte, denen die mächtigen Rüssel der Mamuth entsprangen, während die richtigen Augen mit geradezu winzigen Nebenhöhlungen auskamen.

»Ich habe mich lange gefragt, warum einige Portale unter

der Erde liegen, obwohl die Zyklopen sonst dem Himmel entgegenstreben«, erklärte Perac, ohne die Leu zu seiner Linken anzusehen. »Aber ich habe es erst nach der Entdeckung dieser Schädelberge begriffen.« Nun fixierte er Kimue doch, um seine Worte zusätzlich zu betonen: »Das hier sind ihre Friedhöfe! Wenn Ihr genau hinseht, bemerkt Ihr, dass die unteren Schädelreihen langsam zu Staub zerfallen. Es sind die ältesten Knochen in dieser Gruft, die unter dem Gewicht der Neuzugänge langsam nachgeben.«

Die oberen Totenköpfe glänzten dagegen so frisch, als wären sie erst vor kurzem, nach den jüngsten Schlachten, hinzugekommen. Aber diesen Schluss sollte sie ruhig selber ziehen.

Die Leu war allerdings noch in die Betrachtung der unteren, von Rissen und Absplitterungen durchzogenen Schädel versunken, die hier schon seit Jahrtausenden ruhen mussten. Ihr besonderes Augenmerk galt dabei einem Sethdolch mit Zwillingsklinge, dessen aus gewundenen Schlangenleibern geformter Griff zwischen geborstenen Scheiteln und zersplitterten Hinterköpfen hervorragte. In höheren Regionen gab es hingegen einzelne Schnabelhämmer oder Schwerter verschiedener Völker zu entdecken.

»Was hat das zu bedeuten?«, wollte sie wissen. »Sind das Trophäen?«

»Ich denke schon«, antwortete Perac, denn es war in vielen Kulturen üblich, solche und andere Gegenstände mit in die Grabkammer zu legen. »Das sind womöglich die Waffen von Gegnern, die sich als besonders würdig erwiesen haben.«

»Und der Rest der Zyklopenleiber?«

»Vielleicht verbrannt?« Er zuckte mit den Schultern. »Oder der See übergeben? Ich weiß es nicht mit Gewissheit. Wahrscheinlich würde sich die Höhle bei einer kompletten Bestattung einfach zu schnell füllen. Oder die Mamuth halten nur ihre Schädel für wichtig, weil denen der Verstand innewohnt.

Wer kann schon sagen, was in diesen monströsen Köpfen vor sich geht?«

Kimue ließ sich nicht anmerken, was sie von seinen Vermutungen hielt. »Werden die Zyklopen nicht wütend sein, wenn wir ihnen den Weg zu ihren Ahnen abschneiden?«, fragte sie stattdessen.

»Damit wird sich KhorAh-Tep wohl abfinden müssen.« Die Stimme des Schlangenpriesters troff nur so vor Genugtuung. »Ich werde jedenfalls jedes seiner Schlupflöcher doppelt und dreifach absichern. Er wird schon über seine Zyklopenmauer kriechen müssen, wenn er seine selbst gewählte Zuflucht noch einmal verlassen will.«

»KhorAh-Tep?« Kimue hatte sichtlich Mühe, den fremdartigen Namen über die Lippen zu bringen.

»Das ist der König jenes Volkes, das Ihr die Zyklopen nennt!«, erklärte Perac.

Kimue nickte verstehend und sparte sich damit die Frage, woher er KhorAh-Tep kannte. Vielleicht, weil sie ahnte, dass der König der Zyklopen schon seit unendlichen Zeiten regierte, oder ganz einfach, weil sie einem Großmeister zugestand, dass er sich solch geheimes Wissen auf magische Weise aneignen konnte.

»Die Zyklopen sind wohl älter als dein eigenes Volk?«, fragte sie stattdessen.

»Älter als ich selbst«, gestand Perac widerstrebend ein. »Aber nicht älter als die Seth. Woher die Mamuth kamen, ist nicht ganz klar. Gerüchte besagen, dass sie von jenseits der Sterne stammen. Es hieß, sie seien vor etwas geflohen, das ihr ganzes Volk vernichten wollte. Auf jeden Fall duldeten sie uns nicht an ihrer Seite und überzogen mein Volk mit Tod und Vernichtung.«

Andere, nur in Inneren Zirkeln verbreitete Überlieferungen besagten hingegen, dass die Mamuth schon damals in ihren

Türmen geschlafen hätten und nur geweckt worden waren, weil ihnen machthungrige Schlangenpriester ihre Geheimnisse stehlen wollten. Aber dies war weder die Zeit noch der Ort, um die Leu mit solchen Nichtigkeiten zu verwirren.

»Als ich endlich begriffen hatte, wie ihre Portale zu betreten oder zu versiegeln sind, war es leider schon zu spät«, führte Perac weiter aus. »Das Volk der Seth war bereits unwiederbringlich dem Untergang geweiht, darum blieb mir nichts anderes übrig, als mit Hatra an einen Ort jenseits der Zeit zu fliehen. Dort warteten wir darauf, dass eine neue Rasse heranwuchs, die intelligent und stark genug war, die Macht der Mamuth zu brechen. Natürlich kam es uns entgegen, dass die Kräfte von KhorAh-Tep und den Seinen mit der Zeit nachließen.«

»Du bist ein Mann von großer Weisheit«, lobte Kimue. »Es ist gut, dich an der Seite der Leu zu wissen.«

Perac neigte sein greises Schlangenhaupt. *Wusste ich es doch*, dachte er dabei. *Diese Leu ist nicht durch Kraftprotzerei oder Großmäuligkeit zu beeindrucken, sondern durch Wissen, das das ihre übersteigt.*

»Wäre es nicht am sichersten, die Steinbögen abzureißen?«, fragte Kimue, den Blick weiter auf die Gebeine ihrer ärgsten Feinde gerichtet.

Sie war wirklich klug, das musste man ihr lassen. Genau genommen klüger, als Eonis je sein würde.

»Das könnte gefährlicher werden, als die Portale zu verschließen«, wehrte Perac ab.

Über der Nasenwurzel der geflügelten Leu entstanden zwei tiefe Falten. Sie misstraute ihm noch immer, und wer wollte ihr das schon verdenken? Das Volk der Seth war an seiner Selbstsucht zugrunde gegangen, und er, der Oberste aller Schlangenpriester, war der Selbstsüchtigste von ihnen allen gewesen. Hätte er sonst alles hinter sich lassen und alleine – nur mit Hatra an seiner Seite – die Flucht durch die Zeiten antreten können?

Perac hatte schon immer seine eigenen Ziele verfolgt, und er würde jetzt, als Fremder unter Fremden, nicht damit aufhören.

»Die Portale gehorchen den Gesetzen der Zyklopen«, erklärte er, um Kimues Zweifel zu zerstreuen. »Auch wenn ich es inzwischen verstehe, mich ihrer zu bedienen, so bin ich noch lange nicht bis auf den Grund ihrer Geheimnisse vorgestoßen. Sie einfach zu zerstören könnte Risse hinterlassen, die kein Siegel mehr verschließen kann. Außerdem mag noch einmal der Tag kommen, an dem wir die Tore zu unseren eigenen Zwecken nutzen wollen.«

Die Falten auf ihrer Stirn vertieften sich noch, anstatt sich zu glätten.

»Die Tore der Zyklopen bergen noch Geheimnisse für dich?«, fasste sie mit kalter Stimme zusammen, was ihr Sorge bereitete. »Wie kannst du dann so sicher sein, das deine Siegel halten?«

Niemals zeigen, wie viel Kraft und Mühe ein Zauber kostet! Wie hatte er auch nur einen Atemzug lang vergessen können, diesen Grundsatz zu beherzigen.

Anderen seines Alters hätte nun das Herz bis zum Hals geschlagen, und selbst Perac musste sein magisches Talent bemühen, um einen Anflug von Nervosität zu unterdrücken.

»Man braucht fremde Zauber nicht vollständig zu verstehen, um sie zu besiegen oder zu beherrschen«, antwortete er mit einer Zuversicht, die er leider in Wirklichkeit nicht verspürte. »Ich dachte, das hätte der bisherige Kriegsverlauf bewiesen. Aber um Euch völlig zu beruhigen, stelle ich einige Wachen auf, die jeden Durchbruch verhindern und uns bei Gefahr warnen werden.«

Misstrauisch verfolgte Kimue, wie er mehrere Gryff zur Treppe beorderte, um ihnen den Rückweg zu leuchten. Auf sein Geheiß hin reihten sich die Gardisten links und rechts der Stufen auf und drehten sich dabei so, dass sie einander ansahen.

Perac und Kimue passierten das Spalier der schweigenden Trutzadler, bis sie den obersten Absatz erreichten. Durch einen schmalen Tunnel, der sie weiter an die Oberfläche führen würde, wehte ihnen ein frischer Hauch entgegen. Die Fackeln der ihnen am nächsten stehenden Gryff flackerten so laut wie Fahnen im Wind, als Perac nach der Jadekugel in seiner Umhängetasche griff.

Still in sich hinein lächelnd bemerkte er die hellen Flecken, die sich inzwischen von Kimues Fingerspitzen abhoben. Die Leu hatte tatsächlich ihre Krallen ausgefahren, um gegen einen Angriff von seiner Seite gewappnet zu sein. *Törichtes Weib*, dachte er bei sich. *Wenn ich dich mit einem Zauber belegen wollte, käme er so schnell für dich, dass du ihn gar nicht bemerken würdest.*

Die Schattenjade reagierte sofort auf seine Berührung. Knisternd wölbten sich auf der polierten Oberfläche feine Lichtbogen, die sich rasch zu einem wild zuckenden Netz vereinten. Nadelfeine Blitze stiegen aus diesem bizarren Geflecht empor und stachen tief in Peracs Hand.

Glühend heiß durchfuhren ihn die wachgerufenen Kräfte, die durch seine Arme bis in den Brustkorb drangen. Dem kurzen Moment des Schmerzes folgte das angenehme Gefühl des Machtzuwachses, der ihn befähigte, den geplanten Zauber auszuführen.

Plötzlich fühlte es sich an, als fege ein eisiger Windstoß durch die Höhle. Ein hartes Knacken ertönte, wie von treibenden Eisschollen, die sich im Winter übereinanderschoben. Kimue stieß einen leisen Fluch aus, als sie begriff, dass diese Geräusche von den Gryff stammten.

Einige der Gardisten stöhnten vor Schmerz auf, andere

ließen ihre Fackeln fallen. Aber keiner von ihnen war noch fähig, sich der einsetzenden Verwandlung entgegenzustemmen. Nicht nur ihre Federn, auch ihre Rüstung nahm einen schiefergrauen Farbton an. Ihre Körper verkrampften, während sie sich unaufhaltsam in Stein verwandelten.

»Lasst die Fackeln fallen und nehmt Haltung an«, befahl Perac in der von Zischlauten durchsetzten Sprache der Seth.

Daraufhin schlugen die Pechstecken überall zu Boden, wo sie qualmend und rußend weiterbrannten. Die letzten Schmerzlaute erstarben, als die Kehlen der Gryff vollends versteinerten.

Peracs angespannte Haltung erschlaffte erst wieder, als nicht mehr der kleinste Lebensfunke eines Gryffs zu spüren war. Staunend trat Kimue auf einen erstarrten Gardisten zu und hob die vor seine Füße gerollte Fackel auf. Die auflodernde Flamme enthüllte, dass Federn, Fleisch und Rüstung des Unglücklichen fest miteinander verschmolzen waren. Wie eine aus einem Block geschlagene Skulptur stand er da, eine zur ewigen Wache verurteilte Kreatur, die nie wieder Hunger, Durst oder Müdigkeit verspüren würde, es sei denn, die Siegel des Portals wurden unrechtmäßig gebrochen.

»Ganz aus Stein!«, flüsterte Kimue beeindruckt, während sie ihre Krallen unter leisem Quietschen über das Gesicht des Trutzadlers zog, ohne dabei den geringsten Kratzer zu hinterlassen. »Wie eine lebensechte Statue!«

»Die anderen Höhlen erhalten die gleichen Wachmannschaften«, sagte Perac. »Seid Ihr nun beruhigt?«

Die Löwenfrau lächelte durchtrieben, als sie sich zu dem Magier umdrehte. Die Frage, ob Perac die Portale vollends beherrschte oder nicht, war für sie zur Nebensache geworden. Stattdessen wollte sie nur noch eines von ihm wissen: »Vermagst du alle Gryff in Stein zu verwandeln, Großmeister?«

Allein die Aussicht, sich auf diese Weise der verachteten

Trutzadler entledigen zu können, ließ sie immer wieder freudig die Zähne blecken.

»Wenn die Zeit dafür gekommen ist, werden wir uns auf geeignete Weise um sie kümmern«, versprach er vage. »Doch solange Gefahr von den Zyklopen droht, sind die Gryff als Verbündete unverzichtbar. Als abhängige Vasallen, die unter unserem Bann stehen, wohlgemerkt!«

Obwohl er bewusst von *uns* gesprochen hatte, wusste Kimue natürlich ganz genau, dass es einzig und allein Perac und seine Zyklopentränen waren, die die Gryff beherrschten.

»Und danach?«, fragte sie lauernd. »Wirst du danach auch alle Leu in Stein verwandeln?«

Der Seth schüttelte entschlossen den Kopf.

»Warum sollte ich das tun?«, fragte er zurück, um an ihre Intelligenz zu appellieren. »Um danach einsam und alleine durch Simwae zu wandeln? Nein, ich habe den Leu meine Hilfe angeboten, weil ich sie für die legitimen Herrscher dieser Welt halte, für würdige Nachkommen meines Volkes. Nie würde ich einen Zauber zu ihrem Nachteil wirken. Allerdings …«

»Ja, was?«, stieß Kimue hervor, als er mitten im Satz innehielt.

Perac zögerte mit der Antwort, um ihre Aufmerksamkeit noch weiter zu erhöhen. Erst, als sie drohend auf ihn zu trat, fuhr er fort: »Allerdings kann ich nur für mich selbst sprechen, nicht für alle Angehörigen meines Volkes.«

Kimue verstand sofort, worauf er hinauswollte, schließlich gab es nur zwei Seth, die den Untergang ihrer Kultur überlebt hatten.

»Hatra!« Sie spie den Namen regelrecht aus, als verursache er einen schlechten Geschmack auf ihrer Zunge. Die regelmäßigen Besuche der Hexe in den Gemächern des Königs waren Tagesgespräch in Myandor. Natürlich war das Kimue und den übrigen Haremsdamen nicht verborgen geblieben.

»Ich will nicht schlecht über meine Begleiterin reden«, versicherte Perac eilig, obwohl es natürlich genau das war, was er mit seinen Worten bezweckte. »Doch sie wandelt längst auf Pfaden, die nie die meinen waren.«

In Kimues Augen blitzte es hasserfüllt auf.

»Hilf mir, das Hexenweib zu vertreiben!«, forderte sie so heftig, dass sich ihre Schwingen bei jedem zweiten Wort spreizten. »Dann soll dein Platz stets an der Seite unseres Königs sein.«

Die Wut auf ihre Rivalin machte es ihr unmöglich, ihre Gefühle zu verbergen. Man brauchte kein Magier von Peracs Format zu sein, um zu erkennen, dass Kimue in diesem Moment die Wahrheit sprach. Wenn er Hatra opferte, würde das seine Stellung bei Hofe für alle Zeiten festigen.

Der Schlangenmagier hatte große Mühe, ein Lächeln zu unterdrücken.

Endlich.

Endlich war er am Ziel all seiner Wünsche angelangt.

15.

Die Zusammenkunft

Gerwin erkundigte sich nicht nach den beiden Fremden; es genügte ihm, dass sie grünen Klee an ihren Lederwämsern trugen. Sein Augenmerk gehörte ohnehin den beiden Krummschwertern, die Bornus im Waffengurt trug. Ihre langen Griffe, deren Knäufe aus stilisierten Adlerköpfen bestanden, waren ein Blickfang, der viele faszinierte. Wenn Bornus in weinseliger Runde davon erzählte, dass es sich um alte Greifenklingen handelte, wurde dies meist als Aufschneiderei abgetan, dabei sprach er in diesem Punkt die Wahrheit.

Unablässig auf die Erwachsenen einredend führte Gerwin sie durch die engen Gassen der Altstadt, vorbei an hohen Fassaden, die das fahle Mondlicht aussperrten.

»Hat Euer Grauer inzwischen einen Namen?«, wollte er unterwegs von Rorn wissen.

»Ja«, flunkerte Rorn, um dem Kleinen eine Freude zu machen. »Seit wir uns getroffen haben, nenne ich ihn Gerwin.«

»Idiot«, brummelte Bornus hinter ihm. »Damit kannst du dich von deinem Gaul schon so gut wie verabschieden.« Raue Gesellen wie Alvin und er vermieden es natürlich aus genau den gleichen Gründen wie Rorn, ihre Pferde zu benennen.

Venea strich dem Bannstreiter dagegen flüchtig über den Handrücken und sagte dabei amüsiert: »Ich werde dich von nun an daran erinnern, wie dein Grauschimmel heißt.«

Ihre Berührung tat Rorn wohl. Trotzdem kroch in ihm sofort die Angst hoch, dass es der Hexe wie Neele, Yako oder anderen Frauen ergehen könnte, die ihm zu nahe gekommen waren.

An einer alten Mauer angelangt, die wie mit Pech übergossen wirkte, bemerkten die fünf Gefährten, dass sie nicht die Einzigen waren, die es hierherzog. Von allen Seiten strömten kleinere und größere Menschengruppen herbei, die auf einen sich nach unten verjüngenden Durchbruch zuhielten, durch den sie ins Innere des verlassenen Grundstücks klettern konnten. Das mussten alles Pilger sein, die sich zur Zusammenkunft trafen.

Rorn schlug den Kragen seines Greifenmantels hoch, um die in seinem Ohrläppchen pendelnde Spinne zu verdecken. Wegen Gerwin hatte er das Zeichen der Oberen nicht ablegen können, doch nun erschien es ihm besser, erst einmal möglichst unauffällig mit der Menge zu verschmelzen.

Auf dem ummauerten Grundstück, das die Eingeweihten ansteuerten, wucherten hohe Büsche und Sträucher, durch die ab und zu etwas Fahles im Mondlicht aufleuchtete. Eine von unzähligen Pilgersohlen ausgewalzte Schneise führte in leichten Windungen durch das Dickicht. Von hier an hätten sie Gerwin nicht mehr gebraucht, doch leider war es nicht möglich, ihn zurückzuschicken.

Seine Eltern warteten bereits auf ihn.

Sichtlich stolz darauf, dass er einen Oberen und mehrere Novizen begleitete, begrüßten sie die Gefährten mit einer Abwandlung der üblichen Redewendung. »Heute geht es für viele zur Domäne«, verkündeten Gerwins Eltern mit einem verzückten Ausdruck in den Augen.

»Dorthin, wo nur das Volk herrscht und nicht der König«, gaben Rorn und die Hexen wie selbstverständlich zurück, während Alvin und Bornus verächtlich die Mundwinkel verzogen.

Gemeinsam ging es durch den engen Mauerspalt, der auf

Kniehöhe endete. An seinem untersten Punkt war er kaum breiter als eine Handspanne, strebte aber nach oben hin sehr schnell zu beiden Seiten auseinander. Als sie den vorangegangenen Pilgern über den Trampelpfad folgten, entdeckte Rorn die Ursache für die fahlen Lichter in den Büschen. Es handelte sich um mit Bronzeplaketten versehene Sandsteinblöcke, die schräg in den Boden eingesunken oder gänzlich umgestürzt waren. Da wusste er, dass sie über einen alten Friedhof liefen, der schon vor langer Zeit aufgegeben worden war. Vielleicht war der Gott, dem hier gehuldigt wurde, irgendwann in Ungnade gefallen, oder die Gläubigen hatten sich dem höchsten aller Götter, dem Schöpfer und Zehrer, persönlich zugewandt. Auf jeden Fall gab es niemanden mehr, der sich um die alte Ruhestätte kümmerte.

Dieses Grundstück neu zu bebauen kam trotzdem nicht in Frage. Gerade nicht in diesen Zeiten, in denen immer öfter die Seelen Verstorbener durch das rissig gewordene Weltengefüge ins Diesseits zurückkehrten, ob nun hier oder im Nebelbruch, wo Rorn und Venea zum ersten Mal aufeinandergetroffen waren.

Grimmschnitter verhielt sich die ganze Zeit über ruhig, deshalb konnte der Bannstreiter die Anwesenheit von Magie lange Zeit ausschließen. Das änderte sich erst, als sie an eine rechteckige Grube gelangten, durch die das vor ihnen befindliche Paar im Boden verschwand.

Inmitten eines ausgedehnten Brennnesselfeldes hatten die Pilger drei Königsellen tief graben müssen, um auf diesen Zugang zu stoßen. Der schwere Sandsteindeckel, der ihn verschlossen hatte, lag in dem links neben der Öffnung aufgeworfenen Erdreich. Eine kleine Feuerschale, die dabei helfen sollte, Fehltritte zu vermeiden, spendete gerade genug Licht, um zu sehen, dass eine massive Eisenstange durch den Sandsteinquader führte.

Ursprünglich war die Abdeckung also drehbar gewesen.

»Das kommt mir verdammt bekannt vor«, bemerkte Alvin leise, und auch Rorn fühlte die Vergangenheit in sich aufsteigen.

Die Hände fest auf den Schwertgriffen traten die fünf Gefährten auf die oberste Stufe und schritten langsam, einer nach dem anderen, die sich anschließende Stiege hinab. Das Kellergeschoss, in das sie auf diese Weise gelangten, war mit blakenden Pechfackeln bestückt, die den aus großen Quadern zusammengefügten Raum nur spärlich erhellten. Riesige Schattennester machten es unmöglich, die wahren Ausmaße auch nur zu erahnen. Der gelblich zuckende Schein leuchtete lediglich den Weg zu einer gemauerten Pforte aus, durch die es noch weitaus tiefer unter die Stadt ging.

»Ich vermisse die Siegel«, knurrte Bornus, »die von einem Lederhäuter gebrochen werden müssen.«

Rorn ahnte ebenso wie Alvin, was der Kahlkopf damit sagen wollte. Ihr gemeinsamer Verdacht bestätigte sich, als sie auf den oberen Absatz einer breiten Treppe gelangten. Sie führte in eine große Höhle, auf deren Grund sich ein hoher, gänzlich schwarzer Steinbogen erhob. Der Bannstreiter und die Iskander hatten so etwas schon einmal gesehen, tief unterhalb von Greifenstein: Ein Greifenportal, dass es einem kundigen Magier erlaubte, körperlos von einem Ort des Reiches zu einem anderen zu reisen.

»Ja, das ist ein Durchgangstor«, bestätigte Venea seinen Verdacht, »doch die Magie, auf der es fußt, ist die der Zyklopen.«

Was Venea da sagte, verwirrte Rorn. »Du irrst dich«, gab er halblaut zurück. »Ich habe so etwas wie hier schon mal gesehen; überall standen Greifenstatuen herum, die plötzlich zu Fleisch und Blut wurden und uns attackierten. Elende Vogelmenschen, wahre Spottgeburten der alten Götter.«

»Vogelmenschen? Dann hattet ihr es mit Gryff zu tun, nicht mit geflügelten Leu. So lehrt es uns jedenfalls die Schattenmutter!«

Gryff? Leu? Mit diesen merkwürdigen Namen konnte der Bannstreiter nichts anfangen. Unten an der Treppe trafen sie auf die bereits hier versammelten Pilger. Ständig kamen neue hinzu, sodass sie plötzlich von allen Seiten umringt wurden. Aus diesem Grund mussten sie aufpassen, worüber sie sprachen.

»Woher nimmt eure Zunftmutter solches Wissen?«, fragte Rorn trotzdem leicht verstimmt. »Das Weltbild der Jadepriester sah anders aus, und sie haben sich über viele Generationen mit den alten Aufzeichnungen auseinandergesetzt.«

»Die Schattenmutter besitzt bessere Quellen als die Überlieferungen, die oft erst Generationen nach dem Untergang der Leu und Gryff geschrieben wurden«, behauptete Venea, ohne ihre Worte weiter zu untermauern.

Ein leises Knarren in Rorns Schwertscheide unterbrach ihren Disput.

Grimmschnitter spürte das Anschwellen von Magie, und auch die beiden Hexen an Rorns Seite erschauerten plötzlich wie unter einem Fieberschub. Nur einen Herzschlag später knisterten auf dem Steinbogen weiß glühende Funken auf. Ihre Leuchtkraft war unendlich viel größer als die der überall verteilten Fackeln und Feuerschalen. Wie kleine Sonnen leuchteten sie im fahlen Halbdunkel auf, immer größer und heller, sich rasch zu Elmsfeuern vereinend, bis ein zuckendes Blitzgeflecht den gesamten Steinbogen umhüllte.

Gleichzeitig fing die Luft unter dem Tor zu flirren an – wie Sonnenglast über ausgedörrtem Wüstenboden. Schließlich zeichneten sich in dem grellen Rund schemenhafte Umrisse ab. Die um die Gefährten herum versammelten Pilger fingen vor Verzückung an zu raunen, als sich die Silhouetten langsam zu menschlichen Körpern verdichteten.

»Silberhaupt«, flüsterten einige ergriffen. »Höchster aller Oberen!«

Wen sie damit meinten, war klar zu erkennen.

Eine schlanke Gestalt in bodenlanger roter Robe, deren tellerförmig ausgestellter Kragen sich gänzlich um den Hals schloss. Die zehn Ellen lange Schleppe verwischte die Proportionen der Gestalt noch stärker. Genau genommen ließ sich nicht einmal genau sagen, ob sie männlichen oder weiblichen Geschlechts war, denn das Gesicht wurde von einem markanten Helm bedeckt. Der oben abgerundete silberne Zylinder reichte fast bis zu den Schultern und besaß neben zwei schmalen Augenschlitzen nur einen vom Nasenrücken an abfallenden Spalt.

Wer genau sich unter diesem Silberhaupt befand, war nicht zu erkennen, doch die Stimme, die darunter hervortönte, hörte sich sehr dunkel und damit eindeutig männlich an.

»Und wieder werden einige Auserwählte den Weg zur Domäne antreten«, rief der Vermummte, beide Arme in einer theatralischen Pose über den Kopf erhoben. »Ihr, die ihr dahin gehen wollt, wo nur das Volk herrscht und nicht der König – tretet vor. Meine Oberen werden euch auf diesem Weg begleiten.«

Bei diesen Worten deutete er auf eine Doppelreihe in Leder gekleideter Männer, die in immer größerer Zahl aus dem Portal traten und sich rasch hinter ihrem Anführer in der Halle verteilten. Rorn wäre beim Anblick dieser hageren Kerle, die einander wie ein Ei dem anderen glichen, beinahe schlecht geworden. Auch Venea und Bree hätten am liebsten vor Empörung laut aufgeschrien. Die Oberen, die hier mit so viel Ehrerbietung empfangen wurden, waren jene Untoten, die für gewöhnlich auf Spinnen ritten. Also gab es doch eine Verbindung zwischen ihnen und jenen, die die Glückseligkeit der Domäne verkündeten!

Obwohl die Spinnenreiter, gegen die sie in Leru gekämpft hatten, alle in Hadiks Turm gestorben waren, machten sich Venea und Bree so klein wie möglich und schlugen ihre Kapuzen in die Höhe. Rorn vertraute dagegen auf das allgemeine Zwielicht, und darauf, dass sie in der Masse der hier versammelten Pilger untergingen. Alvin und Bornus brauchten sich dagegen nicht zu sorgen. Sie waren den Untoten, die einen Magier des Silbernen Netzes nach dem anderen rituell ermordet hatten, bisher noch nicht ins Gehege gekommen.

Von fast zwei Dutzend Herzlosen flankiert hob Silberhaupt zu einer kurzen Rede an. »Die Schar unserer Anhänger wächst mit jedem Tag weiter an«, verkündete er voller Stolz. »Schon Tausende von Rechtlosen und Entwurzelten kamen zu unseren geheimen Zusammenkünften, um in die Domäne zu reisen. Die Kunde von dem guten Leben, das die Brüder und Schwestern dort führen, ist längst bis in die höchsten Kreise vorgedrungen. Begrüßt deshalb mit mir Großmeister Rabold, der hier in Syrk lebt.«

Auf einen Wink des Helmträgers hin kam der Magier gemessenen Schrittes die Treppe herunter. Der dichte Pulk aus Leibwächtern, der ihn noch auf dem Markt umgeben hatte, war auf zwei Männer zusammengeschmolzen, die ihm mit fünf Stufen Abstand folgten. Rabold schien sich in diesen Katakomben vollkommen sicher zu fühlen. Was für ein elender Narr! Oder führte er die versammelte Menge nur an der Nase herum und steckte am Ende mit Silberhaupt unter einer Decke? Rorn mochte diese Möglichkeit noch immer nicht ganz ausschließen. Falls Rabold hinter den Morden an seinen Zunftbrüdern steckte, gab es doch gar keine bessere Möglichkeit, das eigene Überleben zu erklären, als sich in die viel beschworene Domäne abzusetzen!

Noch während der Bannstreiter darüber nachgrübelte, welchen Platz der Magier wirklich in diesem Verwirrspiel einnahm, langte dieser im Kreis der Fackelträger an, die den Platz vor dem Portal ausleuchteten. Rabolds weiches Gesicht wirkte ungewöhnlich angespannt, und sein Ring mit der Schattenjade war nach innen gedreht, sodass der Stein in seiner Faust verborgen war.

Etwa drei Schritte von Silberhaupt entfernt blieb er stehen, neigte respektvoll den Kopf und stellte sich seitlich zu ihm auf. Das ehrfurchtsvolle Raunen, mit dem ihn die Pilger begrüßten, entlockte ihm nicht die geringste Reaktion. Rabolds Aufmerksamkeit galt ausschließlich dem Portal, das er in einer Mischung aus Sehnsucht und Neugier betrachtete.

»Ihr Auserwählten«, wandte sich Silberhaupt wieder an die übrigen Pilger. »Tretet ohne Furcht durch das offene Tor, das euch in die Domäne bringen wird. Die Passage ist ungefährlich, wie ihr schon an meiner sicheren Ankunft erkennen konntet. Eilt euch, denn die vielen Brüder und Schwestern, die euch vorausgingen, erwarten euch schon. Und dem Magier an meiner Seite gelüstet ebenso danach, unserer Enklave einen Besuch abzustatten. All ihr anderen, die ihr heute vielleicht zum ersten Mal dabei seid – seht das Wunder mit eigenen Augen, bevor ihr in eure alte Welt zurückkehrt, um überall zu verkünden, dass die Domäne wirklich existiert. Und sorgt euch nicht! Bald kommt auch euer Tag, an dem ihr die große Reise antreten dürft.«

Während er sprach, machten sich die ersten Reihen der Wartenden bereits auf den Weg. Sie hatten das, was ihnen bevorstand, wohl schon mehrmals mit eigenen Augen verfolgt, denn sie fanden sich ohne große Absprache zu einer Zweierreihe zusammen, die zügig und diszipliniert auf den flirrenden Bereich unter dem Steinbogen zuging. Leises Summen ertönte, als die ersten beiden Pilger den wabernden Glast durchquerten. Anstatt auf der anderen Seite des Portals zum Vorschein zu kommen, lösten sich ihre Körper in der Spanne eines Fingerschnippens in Luft auf. Einige Neulinge unter den Zuschauern, die das Phänomen zum ersten Mal mit eigenen Augen sahen, keuchten überrascht auf, doch die Männer, Frauen und Kinder der Doppelreihe marschierten furchtlos weiter.

Eine Zweiergruppe nach der anderen verflüchtigte sich. Gerwin und seine Eltern waren ebenfalls dabei. Rorn spürte ein unangenehmes Ziehen im Nacken, als sie ins Nichts verschwanden. Obwohl er aus eigener Erfahrung wusste, dass die Tore ungefährlich für Leib und Leben waren, hätte er die Familie gerne von dieser Passage abgehalten. Eine Enklave, in der Dutzende von Spinnenreitern lebten, konnte ganz einfach kein angenehmer Ort sein.

Obwohl beim Durchschreiten des magischen Korridors immer wieder Schemen der Gegenseite durchschimmerten, war unmöglich zu erkennen, was die Pilger dort erwartete. Das gegenüberliegende Tor erhob sich vermutlich ebenfalls in einer Höhle, oder es herrschte dort dunkle Nacht.

Die Reihen der versammelten Pilger leerten sich zusehends; bald standen nur noch wenige Auserwählte an. Das war der Moment, in dem es Rabold kaum noch aushielt. Mit einem kurzen Nicken deutete er Silberhaupt an, dass er sich der kurzen Schlange anschließen wollte, doch der Anführer der Pilger hielt ihn mit einer scharfen Geste zurück.

»Es tut mir leid, Rabold«, behauptete er, »aber ich muss Euch bitten, zuvor die Schattenjade an Eurer Hand abzulegen. Ein so mächtiger Kraftspeicher könnte ungünstig auf die Passage einwirken und dadurch zu Turbulenzen führen. Ich muss Euch deshalb auffordern, mir den Ring auszuhändigen. Ich habe Möglichkeiten, ihn sicher zu verwahren, bis unser Ziel erreicht ist.«

Der hochgewachsene Magier mit den wallenden Haaren wirkte wie vor den Kopf geschlagen. »Das kann doch nicht Euer Ernst sein, Silberhaupt?«, keuchte er. »Dieser Ring ist mein wirksamstes Schutzamulett! Niemals würde es mein Leben oder das meiner Kameraden gefährden.«

Sehnsüchtig starrte er dabei den letzten Reisenden nach, die durch das offene Portal verschwanden. Ein halbes Dutzend Spinnenreiter folgte ihnen.

»Ich muss leider auf der Herausgabe des Rings bestehen!« Während Silberhaupt auf seiner Position beharrte, deutete er mit einer Geste an, dass sich die übrigen Pilger entfernen durften. »Euch fehlt es an der Erfahrung, die ich bei der Bedienung des Portals vorweisen kann.«

Die ersten Zuschauer setzten sich tatsächlich in Bewegung und kehrten über die Treppe zur Oberfläche zurück. Rorn verständigte sich durch kurze Seitenblicke mit seinen Gefährten darauf, dass sie solange wie möglich hier unten ausharren wollten. Zum Glück waren verschiedene andere Zuschauer ebenfalls neugierig darauf, wie der Zwist zwischen den Magiern ausgehen mochte, und rührten sich nicht von der Stelle.

»Ihr verlangt von mir, dass ich Euch rückhaltlos vertraue«, beklagte sich Rabold in misstrauischem Tonfall. »Dabei kenne ich nicht mal Euer Gesicht, Silberhaupt! Wie wäre es, wenn Ihr im Gegenzug für meinen Ring erst einmal Euren Helm ein wenig lüftet?«

»Das Tor steht nicht ewig offen«, antwortete der Maskierte kalt, ohne mit einem Wort oder auch nur einer Geste auf den angebotenen Tausch einzugehen. »Die Zeit drängt, Rabold. Entscheidet Euch, ob Ihr mich zu meinen Bedingungen begleiten oder lieber in Syrk verbleiben wollt.«

Da Rabold in seiner Stadt um sein Leben fürchten musste, blieb ihm gar keine große Wahl. Mit einer kurzen Geste deutete er an, dass er bereit war nachzugeben. Schweigend legte er seine Hände ineinander, damit es so aussah, als wolle er den Ring vom Finger ziehen. In Wirklichkeit verharrte er in dieser Position und sammelte dabei seine Gedanken zu einer magischen Attacke. Alles passierte so schnell, dass Silberhaupt erst merkte, was vor sich ging, als sein Helm zu dampfen anfing.

Ein Schrei ertönte. So hoch und kreischend, dass die Stimme nichts mehr mit dem zuvor so sonoren Bass gemein hatte. Fast gleichzeitig packte Silberhaupt seinen Helm mit beiden Händen und riss ihn sich vom Kopf. Angesichts der roten Brandflecken, die sich darunter von seiner Stirn und den Wangen abhoben, war ihm auch gar nichts anderes übrig geblieben. Sein von Natur aus krauses Haar qualmte bereits bedenklich. Nicht mehr lange, und es wäre unter der einwirkenden Hitze in Flammen aufgegangen.

»Jonar?«, entfuhr es Rabold angesichts der überraschend jugendlichen Züge, die unter dem Silberhelm zum Vorschein kamen. »Ich dachte, du wärst tot!«

Der Magnus, den Rorn mit leergesaugtem Schädel in seinem Laboratorium vorgefunden hatte? Aber – wie war das möglich! *Du hast nur irgendeinen Toten ohne Hirn gesehen!*, rügte sich der Bannstreiter gleich darauf selbst. *Und nur angenommen, dass es sich dabei um Magnus Jonar handelte, weil er an der richtigen Stelle gelegen und das Silberne Netz um seinen Hals getragen hatte. Wirklich schlau, seinen Tod auf diese Weise vorzutäuschen und sich damit aller Verdächtigungen zu entledigen.*

Der jüngste Zunftbruder des Silbernen Netzes schleuderte seinen nutzlos gewordenen Helm zu Boden und rief seinen verbliebenen Herzlosen zu: »Bringt mir Rabolds Jade! Und geht dabei nicht zu zimperlich mit ihm um!« Ohne den Helm klang er so jungenhaft, wie er nun einmal war. »Dieser heimtückische Bursche hatte seine Chance, in aller Freundschaft ausgenommen zu werden. Nun soll er nicht nur den Ring, sondern auch gleich den dazugehörenden Finger verlieren.«

Sofort zogen die Spinnenreiter ihre Schwerter und marschierten auf Rabold zu.

Verschwitzt und ermattet sank Eonis auf sein Lager zurück. Hatras Besuche forderten ihm jedes Mal alles ab, doch auch der Atem der Schlangenpriesterin ging stoßweise, während sie sich dicht an seinen Körper schmiegte.

Ächzend wälzte sich Eonis auf den Bauch, denn durch seine Greifenschwingen war die einst von ihm bevorzugte Rückenlage inzwischen mit Schmerzen verbunden. Warum hatte ihn bloß niemand davor gewarnt, welche Nachteile Peracs Zauber mit sich bringen würde? Er war doch kein Vogel, der am liebsten aufrecht hockte! Aber noch viel schlimmer war es, wenn er seinem Harem beiwohnen wollte. Da alle seine Gefährtinnen ebenfalls geflügelt waren, durfte er sich ihnen nur noch von hinten nähern.

Die verdammten Flügel sollen endlich wieder verschwinden!, haderte er, nun, da der Liebesrausch langsam wieder verflog.

Hatra, die er beim Herumwälzen abgeschüttelt hatte, kroch erneut dicht zu ihm heran. »Was ist mit dir?«, zischelte sie ihm leise ins Ohr. »Hat es dir nicht gefallen? Du wirkst unzufrieden.«

Was sollte er ihr darauf antworten? Dass er sich, wenn sie nicht wäre, längst einige Weiber niederen Adels gesucht hätte, weil seine Haremsdamen inzwischen genauso wenig Lust auf gemeinsame Nächte verspürten wie er selbst?

Die sanfte Art, mit der ihm das Schlangenweib den Nacken kraulte, besänftigte Eonis ein wenig, trotzdem vergaß er nicht, was ihm alles auf der Seele brannte.

»Denkst du, die Macht der Schattenjade reicht aus, um ein Loch in die Zyklopenmauer zu reißen?«, fragte er geradeheraus.

»Gut möglich«, antwortete Hatra nach einem herzhaften Gähnen. »Um das herauszufinden, müsste ich sie aber alleine beschwören, und Perac wacht mit großer Eifersucht über die Kugel.«

Der Monarch wusste sofort, worauf das Weib an seiner Seite hinauswollte. Er sollte den Großmagier für sie entmachten, um ihre Stellung bei Hofe zu festigen. Aber solange sich die Zyklopen hinter der hohen Mauer in der Nordermark verschanzten, war ihm das zu gefährlich.

»Das müsst ihr schon unter euch Magiern ausmachen«, wiegelte er ab. »Da mische ich mich nicht ein.«

»Vielleicht überlässt mir Perac die Jade als Brautgabe«, stimmte die Hexe umgehend eine neue Saite ihrer Lieblingsweise an. »Wenn du dich öffentlich zu mir bekennst, wird er sicherlich …«

»Der größte König ist nichts ohne ein Volk, das ihn als Herrscher akzeptiert!«, unterbrach er sie schroff. »Wann begreifst du das endlich?« Eonis spürte, wie sich Hatras Körper bei diesen Worten versteifte. »Mir gefällt der Gedanke, mit dir zusammen eine neue Blutlinie zu gründen«, log er, um sie zu besänftigen. »Aber damit sich mein Volk unseren Kindern unterwirft, muss es von dir und deiner Liebe zu Simwae überzeugt sein. Dazu ist etwas mehr nötig als ein bisschen Regenzauber. Gerade in diesen schweren Zeiten, in denen so viele Leu einen hohen Blutzoll leisten mussten. Bringst du dagegen die Zyklopenmauer zum Einsturz, wäre das ein Beweis deiner hehren Absichten, dem niemand widersprechen könnte.«

Ihr sanftes Nackenkraulen erstarb mitten in der Bewegung, obwohl er so lockend gesprochen hatte, wie er nur vermochte. Dass er das gleiche böse Spiel mit ihr trieb wie sie mit ihm, gefiel ihr offensichtlich nicht.

Draußen setzte Regen ein, der von Süden her gegen den Turm klatschte. Wie schön es doch war, bei solchem Wetter auf weichen Kissen zu liegen und langsam in sanften Schlummer hinabzugleiten.

»Vielleicht kann ich ein Portal erschaffen«, sagte sie nach einer Weile, gerade als ihm die Augen zufallen wollten. »Eines, das deine Truppen von einer Seite der Mauer auf die andere bringt.«

»Gute Idee!«, murmelte er. »Das wird dich zur Heldin von Simwae und der ganzen Nordermark machen.«

Er war des Redens müde, und Hatra kannte ihn inzwischen gut genug, um das zu spüren. Der angenehm weiche Druck ihres Körpers verschwand. Gleich darauf verriet ein seidiges Knistern, dass sie sich ankleidete. Als er sich kurze Zeit später umdrehte, war Hatra bereits wortlos durch eines der Fenster verschwunden.

Eonis rieb sich mit dem Handrücken durch das Gesicht, um ein Jucken zu vertreiben. Bei allen Steppengöttern, musste das Schlangenweib beleidigt sein, wenn es sich bei solchem Wetter davonmachte! Stöhnend wollte er sich auf den Rücken drehen, doch der einsetzende Druck auf seine Schulterblätter trieb ihn zurück in die Bauchlage.

Verdammte Greifenschwingen!

Das Prasseln des Regens verstärkte sich. Feucht und unangenehm kühl zog es durch die Fenster herein, gleichzeitig besaß der stete Rhythmus etwas Einlullendes. Eonis war trotzdem kein Schlaf vergönnt, im Gegenteil.

Als die durchnässten Vorhänge plötzlich hart gegen die Wände klatschten, glaubte er schon, Hatra wäre wegen des dichten Regens zurückgekehrt, aber das Schlagen von Fellflügeln belehrte ihn eines Besseren.

Ein kalter Guss ging auf ihn nieder. Wer immer dort seine Schwingen ausschüttelte, nahm keine Rücksicht auf den ruhenden König. Erschrocken federte Eonis in die Höhe, denn die Tropfen stachen wie feine Eisnadeln in sein Fell.

Ein dunkles Knurren entstieg seiner Kehle, obwohl es sich bei dem unverschämten Eindringling, der ihn absichtlich bespritzte, um niemand anderen als seine Favoritin handelte. Kimue musste längere Zeit durch den Regen geflogen sein. Triefendnass stand sie inmitten einer rasch anwachsenden Pfütze. Selbst ihr sonst so stolz abstehendes Haar hing an ihr herunter.

Unter anderen Umständen hätte ihr Anblick Eonis zum Lachen gereizt, doch das kalte Flackern in ihren Augen warnte ihn davor, dass es in ihr gärte.

»Hier riecht es nach Schlangenhure!«, grollte sie gefährlich leise. »Wo ist das Weib, das meinen Herrscher mit Zyklopenträ- nen betört? Ich will ihr meine Krallen durchs Gesicht ziehen!«

»Wovon redest du?«, fragte Eonis, heilfroh darüber, dass Hatra rechtzeitig verschwunden war.

»Davon!«, bellte Kimue aufgebracht.

Er verstand erst, was damit gemeint war, als sie ihm eine milchig weiße Kugel zuwarf, die sie hinter ihrem Waffengurt hervorgezogen hatte. Eonis fing das kleine Geschoss, das die Größe einer Perle besaß, instinktiv mit beiden Händen auf. Da das runde Ding sanft zwischen seinen Fingern pulsierte, als besäße es ein Eigenleben, zweifelte er keinen Augenblick daran, dass es sich wirklich um eine echte Zyklopenträne handelte. Wäre sie zerbrochen, hätte er wohl unter Kimues Kontrolle gestanden. Zumindest falls sie inzwischen wusste, wie solcher Bannzauber zu bewirken war.

»Wo hast du die her?«, verlangte er zu wissen.

»Von Perac!«, beschied ihm seine Favoritin. »Er hat mir gestanden, dass seine Hexe solche Tränen nutzt, um dich zum Bock für ein paar königliche Bastarde zu machen, die fortan über Simwae und die Nordermark herrschen sollen.«

»Närrisches Gestammel!«, fluchte er erbost. »Ich weiß genau, was die Hexe von mir will, aber auch, wie ich es ihr versagen kann. Perac sucht mit diesem Gerede nur seinen eigenen Vorteil, wie alle Schlangenzungen.«

»Es gehört mit zum Bann, dass du dich nicht für verzaubert hältst«, widersprach Kimue, ohne ihn dabei anzusehen. Und als wäre das nicht schon Beleidigung genug, zog sie auch noch blank und begann, von fieberhafter Unruhe gepackt, die runde Turmkammer zu durchsuchen.

»Wo hat sich diese Buhle versteckt?«, rief sie immer wieder aus. »Ich lasse sie meinen Stahl kosten, bevor sie weiteres Unheil anrichten kann.« Dabei fuchtelte sie wie wild mit ihrer Klinge umher, ja, stieß sie sogar in einen Kissenstapel.

»Komm wieder zu dir!«, verlangte Eonis aufgebracht. »Hatra ist nicht hier, das siehst du doch! Außerdem wohne ich ihr nur bei, damit sie uns den Weg zu den Zyklopen ebnet. Ich habe sie schon so weit, dass sie uns auf die andere Seite der Mauer bringen will. Und das alles ganz ohne elende Schlangenmagie!« Verächtlich schüttelte er die Faust, mit der er die Träne umschlossen hielt, um zu zeigen, wie wenig er sie fürchtete.

Aber Kimue war noch viel zu aufgebracht, um sich schon wieder zu beruhigen. In Ermangelung einer Rivalin, die sich aufspießen ließ, sprang sie auf den Para zu, der – von allen lautstarken Vorgängen völlig unbeeindruckt – wie gewöhnlich auf seiner Stange saß.

»Elendes Buhlengeschenk!«, schnaufte sie dabei. »Du bist mir schon lange zuwider!«

Einige Atemzüge lang sah es wirklich so aus, als würde sich der träge Vogel widerstandslos den Kopf kürzen lassen. Kurz bevor ihn der scharfe Stahl durchbohren konnte, schwang er sich jedoch in die Lüfte. Funken stoben auf, als Kimues Klinge gegen die Marmorwand prallte.

»Krah! Krah!« Der sonst so stumme Vogel stieß einige schaurige Krächzlaute aus, die selbst in Eonis' Ohren wie purer Hohn klangen.

Erbost wollte Kimue ebenfalls zur Decke aufsteigen, um dem über ihr kreisenden Tier zu Leibe zu rücken, doch Eonis verspürte wenig Verlangen danach, seine Schlafstätte mit Blut besudelt zu sehen. Wütend packte er seine Favoritin an den Flügelansätzen und zog sie fest zu sich heran.

»Jetzt reiß dich endlich zusammen, Weib!«, forderte er in einem Tonfall, der unmissverständlich klarmachte, wer von ihnen der König und wer die Favoritin war. »Ich sage dir doch, dass ich die Hexe beherrsche, und nicht sie mich!«

»Wenn sie Kinder von dir bekommt«, heulte Kimue plötzlich los, »wird Perac vor aller Welt beschwören, dass du bei ihrer Zeugung unter Hatras Bann gestanden hast!«

Es waren wirklich Tränen, die unter ihrem Helmrand hervorliefen. Bei allen Steppengöttern! Er hatte Kimue noch nie zuvor weinen sehen! Zum Glück nutzte der Para einen Spalt in den umherflatternden Vorhängen, um ins Freie zu flüchten. Seines Anblicks entledigt ließ Kimue endlich das Schwert sinken.

»So weit wird es nie kommen«, versicherte Eonis, bevor er ihr zärtlich in den Nacken biss.

Seufzend spreizte seine Favoritin die Fellschwingen und presste sich mit dem Rücken fest an ihn. Ihr Schwert fiel scheppernd auf den Marmorboden. Zufrieden verstärkte Eonis den Druck seiner Kiefer, bis sie sich seinem Werben ganz und gar hingab. Obwohl er lieber darauf verzichtet hätte, ihre Flügel später in seinem Gesicht zu spüren, liebkoste er sie weiter, bis sie sich nach vorne über beugte.

Er wusste, dass das der einfachste Weg war, ihren Zorn zu besänftigen. Und manchmal gab es eben Pflichten, denen auch der Herrscher aller Leu ganz einfach nachkommen musste.

16.

Bannstreiters Fluch

Angesichts der sich dramatisch zuspitzenden Ereignisse griffen auch Rorn und seine Gefährten zu den Waffen, während die Pilger, die sie umstanden, in Panik gerieten. Schreiend wandten sich die Ersten von ihnen zur Flucht.

Rabold setzte sich indessen mit seinem Ring zur Wehr, und zwar auf ganz ähnliche Weise, wie es Venea mit ihren Schlangenarmbändern vermochte. Feurige Schläge trieben die ersten beiden Spinnenreiter zurück. Einen menschlichen Angreifer hätte das sicherlich in größtes Erstaunen, wenn nicht gar in höchste Panik versetzt, aber die Untoten griffen weiter unverdrossen an.

»Tötet alle, die noch zugegen sind«, rief Magnus Jonar mit Blick auf die fliehenden Pilger aus. »Niemand darf vor der Zeit erfahren, wer Silberhaupt wirklich ist.«

Der Magier war tatsächlich von Sinnen.

»Er ist besessen«, vermutete Venea laut. »Seht euch seine Augen an! Er wird von einer fremden Macht kontrolliert, die er unvorsichtigerweise beschworen hat.« In den Pupillen des Krauskopfes lag tatsächlich ein unstetes Flackern, durch das er völlig abwesend wirkte.

Rorn überbrückte ein halbes Dutzend unter ihm liegender Stufen mit einem beherzten Sprung und nutzte den entstandenen Freiraum, um Grimmschnitter kreisen zu lassen. »Hierher, Rabold!«, rief er dabei dem Magier zu. »Ihr habt es mit herzlosen Gegnern zu tun! Auf Dauer kommt Ihr gegen diese Untoten nicht an!«

Die Iskander folgten ihm dichtauf.

»Untote?«, rief Bornus dabei. »Dass hier die Kerle aus Hadiks Turm auftauchen, hättest du uns vorher sagen können.«

Natürlich hatten Rorn und die Hexen ausführlich von ihren Erlebnissen in Leru erzählt, aber Bornus beklagte sich nun einmal gerne.

»Ihr müsst ihnen die Köpfe zertrümmern«, rief ihm Rorn zu, anstatt auf die Frotzelei zu antworten. »Das ist der einzige Weg, sie zu vernichten. Stiche ins Herz sind dagegen wirkungslos.«

Um seine Worte zu beweisen, stieß Rorn einem anstürmenden Gegner in die linke Brusthöhle und zog die Klinge sofort wieder zurück. Mit dem Ergebnis, dass der Untote weiter aufrecht stand.

Alvin und Bornus wussten nun, woran sie waren.

»Fünf Spinnen!«, befahl Magnus Jonar in der ihm eigenen schrillen Tonlage. »Ihr müsst auch die vernichten, die schon auf den Friedhof entkommen sind.«

Gehorsam nahmen fünf Herzlose die silbernen Spinnen von ihren Ohren, warfen sie sich in den offenen Mund und schluckten sie herunter. Was zuerst nur wie ein unangenehmes Ritual wirkte, wurde bald zu einer grauenhaften Verwandlung. Von einem Atemzug auf den anderen liefen ruckartige Bewegungen durch die Körper der betreffenden Männer. Unter ihrer hautengen Lederkleidung zeichneten sich widernatürliche Zuckungen ab, ganz so, als geriete jeder einzelne Knochen ihres Leibes in Bewegung.

Laut knackende Geräusche erfüllten die Luft.

Alles in ihrem Inneren schien sich zu verbiegen und zu verschieben. Von starken Krämpfen geschüttelt fielen sie auf die Knie und warfen ihre Köpfe in den Nacken. Ihre Hälse wuchsen in die Länge, Arme und Beine fingen an, sich wie Schlangen zu winden. Von einer menschlichen Haltung konnte längst keine Rede mehr sein. Knochen, Fleisch und Haare – *alles* an diesen Männern veränderte sich, quoll auf oder fiel in sich zusammen, bis ihnen die Kleidung von den Leibern platzte.

Auf Höhe der Rippen wuchsen ihnen weitere Arme, die zunächst menschlich wirkten, sich aber dann zu schwarz behaarten Tierbeinen verformten. Die gesamte Verwandlung dauerte nicht länger als fünf Atemzüge.

Rorn wurde beinahe schlecht bei dem Gedanken, dass er eines dieser Amulette selbst am Ohr trug. Die Riesenspinnen in Hadiks Turm, die sie erschlagen hatten, waren also selbst einmal Menschen gewesen. Zwar waren es Untote, die kein Herz mehr besaßen. Aber dennoch war diese Verwandlung ein widernatürlicher Zauber, der gegen den Willen der Götter verstieß.

Venea und Bree benutzten ihre Schlangenarmbänder, um den Rückzug einiger Pilger zu decken. Feuerlohen schossen auf die Herzlosen herab, unsichtbare Tritte schmetterten ihnen die Beine unter den Leibern weg. Doch sobald die Spinnen anfingen, ihre Netze zu verschießen, wurde es gefährlich. Außerdem war da noch Jonar, der Besessene, der sich daran machte, einen größeren Zauber zu weben.

Zum Glück hatte es Rabold endlich geschafft, sich aus seinem Scharmützel zu lösen. Mit ihm an der Seite stürmten nun auch Rorn und die übrigen Gefährten die Treppe hinauf. Die ihnen nachgeschossenen Netze lösten sich dank Veneas und Rabolds Flammenstößen in Asche auf. Daraufhin schwangen sich fünf Herzlose auf ihre ehemaligen Kameraden, um sie ohne Sattel zu reiten.

Die Fliehenden schafften es unbehelligt durch den gemauerten Durchgang, der in den höher gelegenen Kellerraum führte. Dort blockierten noch Horden von verängstigten Pilgern die schmale Stiege, über die man endgültig an die Oberfläche gelangte. Sofort versammelten sich alle Bewaffneten vor dem Höhleneingang, der als Engpass am einfachsten zu verteidigen war.

Mit wutverzerrtem Gesicht schickte Rabold eine ganze Reihe von Feuerstößen die Treppe hinunter, die zwei Spinnen mitsamt ihren Reitern in wabernde Feuerlohen verwandelten. Die trockenen Körper der Untoten brannten wie Zunder, doch der intensive Gebrauch der Schattenjade strengte den Magier stark an. Sein Gesicht verzog sich immer wieder unter starken Schmerzen. Er konnte unmöglich die Kraft aufbringen, die gesamte Höhle in ein Flammenmeer zu verwandeln.

Ohne weitreichende Waffen wie Wurfspeere oder Pfeil und Bogen konnten Rorn und die Iskander erst im Nahkampf eingreifen, was ihre Verteidigungsposition zusätzlich schwächte.

Der Gestank von verkohlendem Fleisch zog zu ihnen herauf.

Das Warten zerrte an Rorns Nerven, während durch die lodernden Flammen die Silhouette einer Riesenspinne sichtbar wurde, die ihnen den Hinterleib entgegenreckte. Noch ehe sie begriffen, was das Tier plante, schoss auch schon ein breitgefächertes Netz durch die lodernde Brunst. Die Webfäden erwiesen sich dabei als ebenso leicht entzündlich wie die morschen Leiber der Herzlosen. Knisternd flammten sie auf und jagten als brennende Fläche auf den Höhleneingang zu.

Bree versuchte noch, die hell aufflackernde Gefahr durch einen Levitationsstoß abzulenken, riss aber nur ein Loch in das anrauschende Gespinst, das unbeirrt über ihre Köpfe hinwegflog und sie unter einer regelrechten Flammendecke zu ersticken drohte.

Heiße Funken regneten auf sie herab, als sie zur Seite sprangen.

Fauchend wie ein lebendes Tier sank das Netz zwischen ihnen nieder. Die von ihm ausgehende Hitze biss allen in die ungeschützte Haut, aber auch an den bekleideten Stellen breitete sich unangenehme Wärme aus.

Während die meisten von ihnen noch auf die brennende Schneise starrten, die sie in zwei Gruppen aufspaltete, federte Rorn bereits wieder in die Höhe, denn er hatte im Licht des Brandnetzes eine Spiegelung an der Höhlendecke ausgemacht.

Direkt neben dem Eingang an die Kellerwand gepresst lauerte er mit erhobenem Schwert darauf, dass sich seine Befürchtungen bestätigten. Und tatsächlich – was er da gesehen hatte, war wirklich die spiegelnde Gürtelschnalle eines Herzlosen gewesen, der mitsamt seinem Reittier über Kopf hängend nahte.

Die mächtigen Kiefer des Tieres schoben sich plötzlich unter dem Türsturz hindurch, gefolgt von dem chitingepanzerten Kopf.

Rorn schlug mit aller Kraft zu.

Knirschend fuhr Grimmschnitter in die Hornplatte, die sich zwischen den schwarz glänzenden Augen spannte. Ein harter Ruck ging durch den Spinnenleib, doch trotz der klaffenden Spalte, die der Stahl hinterließ, versuchte sich das Tier in den gemauerten Keller zu schieben. Fluchend setzte Rorn zu einem neuen Schlag an, doch diesmal ließ er die Klinge kreisen. Pfeifend beschrieb sie einen silberflirrenden Halbkreis, der genau in der schmalen Halsbeuge endete, die den unförmigen Chitinkopf mit dem nachfolgenden Rumpf verband. Mühelos glitt Grimmschnitter durch das anvisierte Hindernis.

Eine nach Aas und innerer Verwesung stinkende Wolke entströmte der enthaupteten Stelle, während der schwere Kopf zu Boden krachte. Angewidert stolperte Rorn zurück und entging so dem hervorzüngelnden Stahl, der plötzlich durch die Maueröffnung fuhr.

Der Spinnenreiter, der sich an seinem mitten in der Bewegung erstarrten Tier herabgeschwungen hatte, schleuderte gut fünf Königsellen weit in den Keller herein und stand plötzlich mitten unter ihnen. Zu seinem Pech landete er direkt vor den Füßen von Bornus, der ihn sogleich mit seinen Greifenschwertern in Empfang nahm. Eine der gekrümmten Klingen fuhr auf das Schwert des Spinnenreiters herab, sodass er dem Untoten das andere Greifenschwert tief ins Herz stechen konnte.

»Beim Feuersänger« entfuhr es Bornus, als der so Getroffene ungerührt an seiner blockierten Waffe zerrte.

»Der Kopf, du Trottel!«, brüllte ihm da Alvin auch schon von hinten zu. »Das ist die verwundbare Stelle der Herzlosen! Du musst sie köpfen oder ihnen den Schädel einschlagen!«

Bornus mühte sich verzweifelt, das Schwert des Spinnenreiters unter Kontrolle zu halten, während er die freie Greifenklinge aus dem Brustkorb des Gegners zu ziehen versuchte.

Nichts von beidem gelang.

Zum Glück stand Bree bereits bei den miteinander ringenden Männern. Ihre Arme hatte sie so weit ausgestreckt, dass ihre Handballen fast das Gesicht des Untoten berührten sprechen. Der Levitationsstoß, den ihre Armbänder aussandten, war so stark, dass der anvisierte Kopf nicht nur in den Nacken flog, sondern komplett von den Schultern riss.

Bornus sah Bree unter gewölbten Augenbrauen heraus an. »Und dabei wirkst du so harmlos.«

Unter lautem Krachen schleuderte der Kopf durch den gemauerten Eingang davon, direkt einem brennenden Netz entgegen, das noch stärker als das Erste loderte. Den geköpften Spinnenreiter achtlos nach hinten sacken lassend umschlang Bornus die Hüfte der ihm zur Hilfe geeilten Hexe und zerrte sie gerade noch rechtzeitig mit sich aus dem Gefahrenbereich hinaus.

Für Rabold, der hinter ihnen stand, kam dagegen jede Hilfe zu spät.

Ob er die nahende Gefahr gar nicht bemerkte oder bereits

zu erschöpft zur Gegenwehr war, war für die anderen nicht zu erkennen. Auf jeden Fall riss der Magier nicht einmal die Arme schützend vors Gesicht, als das brennende Gespinst über ihm niederging. Glühend heiße Webfäden brannten sich tief in sein Gewand, bis hinab auf das darunterliegende Fleisch. Sein blondes Haar verschmorte bis auf die Kopfhaut, während er sich schreiend auf dem Boden wälzte.

Alvin kam dem Magier zur Hilfe, indem er ihn mit einem kräftigen Fußtritt aus der Flammenwand beförderte und dessen weites Gewand anschließend am Kragen packte und entzweiriss, bevor es noch gänzlich Feuer fing. Rabold blieb ihm jeden Dank schuldig. Rasend vor Schmerzen bäumte er sich immer wieder auf. Die Brandwunden, die seine Hände und das einst so fein geschwungene Gesicht übersäten, hinderten ihn daran, einen klaren Gedanken zu fassen. Sonst hätte er die Kraft der Schattenjade dazu benutzt, seine Pein zu lindern.

Während Bree neben ihm niederkniete, um ihm mit ihren Schlangenarmbändern zu helfen, überblickte Rorn ihre Lage mit der Ruhe und Kälte eines erfahrenen Kriegers. Die steinerne Stiege, die auf den Friedhof führte, war inzwischen frei, doch auch ohne den Verletzten in ihren Reihen würden sie es nie alle ins Freie schaffen. Mit den Spinnennetzen besaß der Feind eine Waffe, der sie nichts Vergleichbares entgegenzusetzen hatten.

Rorn sah deshalb nur eine Möglichkeit, ihre weitere Flucht zu decken.

Einer von ihnen musste zurück in die Höhle und Silberhaupt so unter Druck setzen, dass dieser all seine Getreuen zur Verteidigung zurückrief. Einer, der zum Siegen verflucht war und immer stärker und stärker wurde, je mehr Feinde ihn bedrängten, weil er ein Schwert besaß, das anderen – in Zeiten höchster Not – alle Lebenskraft raubte.

Er, der Bannstreiter!

»Flieht in die Wolfsgrube«, rief er Alvin und Bornus zu, die um seine Fähigkeiten wussten. »Ich kümmere mich alleine um Silberhaupt und folge euch, sobald er meinen Bann zu spüren bekommen hat.«

Die beiden Iskander nickten ernst, das genügte Rorn als Antwort. Schon im nächsten Moment war er durch den gemauerten Eingang hindurch und stürmte die Stufen der Höhle hinab.

Der Schussbahn der Spinne wich er aus, indem er sich an der äußersten rechten Seite der Treppe hielt. Ein Herzloser, der ihm den Weg vertrat, fand sich gleich darauf in zwei Hälften geteilt wieder. Mit wehendem Mantel stürmte der Bannstreiter auf Jonar zu, der gerade seinen wieder abgekühlten Helm aufsetzte.

Rorns Plan, dem verrückten Jungmagier Grimmschnitters scharfe Schneide an den Hals zu setzen, scheiterte allerdings an einem mächtigen Zauber, der ihm entgegenschlug. Der Magnus Jonar, auch Silberhaupt genannt, klatschte dazu einfach in die Hände. Sofort grollte es von den Höhlenwänden wider, als erschallten Dutzende von Luren oder Hörnern gleichzeitig.

Direkt vor Silberhaupts Händen entstand dabei eine deutlich sichtbare Welle, die sich nur scheinbar körperlos durch die Luft fortpflanzte. Sich nach allen Seiten hin ausbreitend wuchs das Phänomen immer stärker an und rollte auf Rorn zu, der plötzlich den Eindruck hatte, von einer Riesenfaust erfasst zu werden und in die Höhe zu schleudern.

Der Boden wurde ihm unter den Füßen weggerissen. Mehrere Stufen ging es empor, bevor Grimmschnitter die auf ihn einwirkenden Kräfte absorbiert hatte. Schlagartig stürzte Rorn wieder in die Tiefe und rollte einige Stufen hinab. Der wattierte Mantel dämpfte die Stöße, sodass es bei ein paar blauen Flecken blieb. Grimmschnitter jedoch war nun von einem weißblauen Glanz umflort, der deutlich anzeigte, dass ihn von nun an jede gegen ihn eingesetzte Kraft nur noch stärker machen würde.

Angesichts dieses Banns gellte Silberhaupt vor Zorn hell auf.

Hastig hervorgestoßene Worte in einer fremden Sprache drangen unter seinem Helm hervor. Befehle, die alle Herzlosen zu seiner Verteidigung zurückbeorderten.

Rorn kam das entgegen.

Die Zahl seiner Feinde schreckte ihn nicht. Beinah ebenso freudig erregt wie die Klinge, die in seinen Händen zuckte, stellte er sich der langsam näher rückenden Linie entgegen. Zwei Spinnen und ein Dutzend Krieger kreisten ihn ein. Im Hintergrund schluckten zwei weitere Männer ihre silbernen Ohranhänger und verdoppelten so in Windeseile die Zahl der lebenden Netzschleudern.

Rorn wartete in aller Ruhe ab, bis sich seine Gegner endlich formiert hatten. Jeder Herzschlag, der kampflos verstrich, erhöhte die Distanz, die seine fliehenden Gefährten zwischen sich und den Friedhof bringen konnten. Leise zischend tippelten die beiden neuen Spinnen auf die schwelenden Überreste der von Rabold getöteten Kameraden zu. Tiere und Reiter waren bis auf die Knochen verbrannt, doch ein harter Stoß gegen die rußüberzogenen Leiber ließ die noch in ihnen pochende Glut wieder aufflackern. Allen Zusammenhaltes beraubt brachen die Körper funkensprühend auseinander und verteilten sich über die gesamte Galerie.

Nun gab es unzählige Stellen, an denen sich die Netze entzünden ließen.

Furcht keimte in Rorn auf, nackte Panik davor, so stark wie Rabold entstellt zu werden. Auch wenn er an seinem Sieg nicht zweifelte – sein böser Bann konnte einen Krieger auf vielfältige Weise dafür bezahlen lassen, dass er den Kampf gewann. Vollkommen entstellt oder gar verkrüppelt über den Gegner zu triumphieren mochte manchmal schlimmer als eine Niederlage sein. Doch aufzugeben oder gar die Waffen zu strecken kam bei einem Gegner wie Silberhaupt nicht in Frage.

Nervös den Schweiß seiner Hände an den Hosenbeinen abwischend spannte Rorn alle Muskeln an, um notfalls rasch zur Seite hechten zu können. Drohend drehten ihm zwei Spinnen den Hinterleib zu, um ihn mit flammenden Netzen zu überziehen. Aber noch ehe sich eine der knospenförmigen Drüsen öffnen konnte, schoss eine Lohe heran, die eines der beiden Tiere an der betreffenden Stelle versengte.

Fauchend schoss die Spinne davon, um sich vor weiteren Treffern zu schützen, die andere folgte diesem Beispiel. Auch alle übrigen Spinnen und Herzlosen wechselten ihre Position, um unnötige Verluste zu vermeiden.

Rorn war genauso überrascht über die unerwartete Hilfe wie seine Gegner. Und alles andere als erfreut, als Venea aus dem Nichts an seiner Seite auftauchte.

»Keine Sorge!«, rief sie ihm zu. »Gemeinsam schaffen wir das schon!«

Rorn hätte am liebsten vor Ärger aufgeschrien.

»Was soll das?«, zischte er, mühsam um Beherrschung ringend. »Du weißt doch ganz genau, wie gefährlich es ist, an meiner Seite zu streiten!«

»Für andere vielleicht«, erklärte sie vergnügt, »aber nicht für eine Schattenschwester. Denk nur an den Nebelbruch oder …«

»Der Nebelbruch war ein Kinderspiel gegen diesen Kampf«, stieß er zwischen den Zähnen hervor. »Du weißt einfach nicht, mit welchen Kräften du spielst.«

Die Hexe lächelte nur, anstatt mit ihm zu streiten, bevor sie sich der geschlossenen Linie ihrer Feinde zuwandte. Rorn verspürte nicht übel Lust, ihr Grimmschnitters Breitseite über den Hinterkopf zu ziehen. Aber auch ohnmächtig hätte Venea in der Gefahr geschwebt, dass ihr sein Fluch alle Lebenskraft entzog. Wenn es hart auf hart kam, machte Grimmschnitter keinen Unterschied, dann fraß er, was ihm unter die Klinge kam.

»Packt sie!«, schrie Silberhaupt, der Rorns Konflikt genau erkannte. »Greift sie mir lebend, denn der Bannstreiter wird nun nicht mehr wagen, sich gegen euch zu wehren.«

Leider hatte der Magier mit dieser Einschätzung vollkommen Recht.

Verzweifelt sah sich Rorn nach einem Ausweg aus seinem Dilemma um, doch der Weg an die Oberfläche war abgeschnitten, und hinter ihnen lagen nur die Höhle und das flimmernde Tor.

Rorns Augenbrauen hoben sich vor Überraschung. Der Durchgang zur Domäne, durch den Gerwin und seine Eltern verschwunden waren, er stand noch offen! Plötzlich wusste der Bannstreiter, was die Götter von ihm erwarteten.

»Komm«, sagte er zu Venea und packte sie dabei grob am Arm. »Dies ist nicht die Zeit des Kampfes.«

Überrascht ließ sie sich widerstandslos mitziehen. Bis zum Portal waren es nur wenige Schritte. »Nein!«, kreischte Silberhaupt hinter ihnen auf, doch für eine Umkehr war es längst zu spät, obwohl sich die Hexe auf den letzten Schritten besann und doch gegen die Passage sträubte. Sie einfach hinter sich herzerrend stolperte er mit ihr in den Durchgang.

Die wabernden Luftmassen umschlossen sie wie eine zweite Haut. Zunächst war ihnen, als würde nichts weiter geschehen, aber dann fühlten sie sich von einer fremden Macht angesogen. Wie von einem Luftwirbel erfasst schleuderten sie davon, in einen langen Schlund aus kreisender Dunkelheit hinein.

Zur Zeit der Zyklopen

Hatra wusste sofort, dass etwas Wichtiges vorgefallen sein

musste, als der falsche Para in ihre Kammer geflogen kam. Der Bann, mit dem sie ihn belegt hatte, betraf nicht nur sein buntes Gefieder, sondern reichte viel tiefer. So tief, wie es sich kein Leu wohl je vorstellen konnte. Ihre Haut prickelte, während der Vogel aufgeregt unter der hohen Decke kreiste.

»Herab mit dir«, befahl sie mit kalter Stimme, ohne auf den Platz am Boden zu deuten, an dem sie das Tier sehen wollte.

Trotzdem zog es sofort die Flügel an und hielt auf die gewünschte Stelle zu. Klackend trafen die Krallen auf den glatten Marmor. Vom eigenen Schwung getragen schlitterte der bunt schillernde Aar weiter, kehrte aber sofort tippelnd an den Ausgangsort der Rutschpartie zurück. Am Ziel angelangt erstarrte er mitten in der Bewegung, bereit, alles über sich ergehen zu lassen, was seine Herrin mit ihm vorhatte. Nur sein hektisch auf und ab zuckendes Augenlid bewies, dass noch Leben in ihm steckte.

Rasch kniete Hatra bei ihm nieder, um in seiner Nähe zu sein. Distanz kostete nur unnötig Kraft, und sie wusste, dass sie noch jedes Quäntchen von ihr brauchen würde.

»Sei, was du bist«, flüsterte sie in der Sprache der Seth, obwohl es nicht nötig gewesen wäre, ihren Gedanken auf diese Weise Ausdruck zu verleihen. Magie zu wirken war ihr längst in Fleisch und Blut übergegangen. Doch das Auftauchen des Tieres machte sie nervös, und deshalb befolgte sie die Rituale, die einem Novizen den Umgang mit seinen Kräften erleichterten. Das unterschied sie noch von Perac, der solches Gebaren längst abgelegt hatte und höchstens noch verwendete, um Außenstehende zu beeindrucken.

Unter ihrem bloßen Willen verblassten die Farben des Gefieders zu einem schmutzigen Grau, bevor das ursprüngliche Nachtschwarz wieder hervortrat. Gleichzeitig verwandelte sich der weit vorspringende Schnabel in seine alte Form zurück. Von diesem äußeren Bann befreit reckte der Vogel zufrieden

den Hals, ohne zu ahnen, dass ihm der unangenehmste Teil der Prozedur noch bevorstand.

Hatra wusste, dass sie Vorsicht walten lassen musste. Wenn sie dem Aar zu viel auf einmal zumutete, konnte sein Herz dabei zerplatzen. Tot nutzte er ihr aber wenig.

Sprich! Diesmal beließ sie es bei dem Gedanken, um dem Tier ihren Willen aufzuzwingen. Der rot geränderte Schnabel öffnete sich mehrmals, ohne einen einzigen Ton hervorzubringen, aber dann, nach einem nervösen Flügelschlag, drang doch leises Zischeln aus der kleinen Kehle. Für einen unbedarften Lauscher mochte sich das unverständlich anhören, doch für Hatra waren es klare und deutliche Worte der Seth.

»Ich weiß genau, was die Hexe von mir will, aber auch, wie ich es ihr versagen kann.« Obwohl ihr der Satz, der zweifellos von Eonis stammte, einen Stich ins Herz versetzte, verstand sie nicht, warum der Aar deshalb das Gemach des Königs verlassen hatte. Natürlich versuchte der König anderen gegenüber damit zu prahlen, dass ihm seine Geliebte untertan war. So waren Monarchen nun einmal, gleich welchem Volk sie angehörten oder welcher Kultur sie entstammten.

»Elendes Buhlengeschenk!«, zischelte der Vogel, um ihre stumme Frage nach dem *warum* zu beantworten. »Du bist mir schon lange zuwider!«

Das klang nach einem Wutausbruch Kimues, stellte die Hexe mit grimmiger Freude fest. Der Aar hatte also aus reinem Selbsterhaltungstrieb gehandelt. Wohl getan. Denn tot nutzte er nicht mehr viel.

Freu dich nicht zu früh, rief sie sich selbst zur Ordnung. *Sicher sind bei einem solch heftigen Streit noch viele weitere Worte gefallen.*

Obwohl der geflügelte Spion bereits unter ihrem geistigen Griff zitterte, zwang sie ihn dazu, alles zu wiederholen, was er seit dem Eintreffen der Favoritin vernommen hatte. Was Hatra dabei zu hören bekam, ließ selbst ihre kühlen Wangen erröten. Perac, dieser elende Wurm! Wie konnte er nur behaupten, dass sie Zyklopentränen einsetzen würde, um Eonis zum Vater ihrer Kinder zu machen?

Da sie tief verletzt war, wallten ihre Gefühle so stark auf, dass sich der Aar unter ihrem starken Einfluss zu winden begann. Rund um seine tiefschwarzen Pupillen entstand ein feines Geflecht aus geplatzten Äderchen, außerdem trat aus einem der beiden Luftlöcher ein Blutstropfen hervor, der langsam den Schnabel herablief.

Rasch bezähmte die Hexe ihre Wut, obwohl alles in ihr danach schrie, irgendein Leben auszulöschen.

Wie gut sie daran tat, dem Tier keinen weiteren Schaden zuzufügen, zeigte sich schon wenig später, als sie Kimues letzte Worte hörte: »Wenn sie Kinder von dir bekommt, wird Perac vor aller Welt beschwören, dass du bei ihrer Zeugung unter Hatras Bann gestanden hast!«

Es dauerte einen Moment, bis sie die Tragweite dieser Drohung begriff, doch dann wurde Hatra so kalt, als stände sie nackt inmitten eines heftigen Schneesturms.

»Wurm!«, stieß sie unbewusst hervor. »Du elender Wurm!«

Großmagier Perac, dieser alte Ränkeschmied! Mit dieser Lüge zerstörte er alles, was sie sich mühsam aufgebaut hatte. Und dass alles nur, um sich ein Plätzchen im Schatten der Leu zu sichern, anstatt Hatra dabei zu unterstützen, die Nachfahren der Seth zu neuen Höhen zu führen.

In ihrem Zorn hörte sie gar nicht, wie die Knochen des Aar leise knackend zerbrachen und sein Herz unter ihrem geistigen Griff zerplatzte. Ohne einen weiteren Laut kippte das Tier zur Seite, während sie fieberhaft überlegte, wie sich retten ließ, was noch zu retten war. Doch gegen derartige Lügen war auch sie machtlos. Zumindest, wenn sie von Perac gestreut wurden, der sich so gut auf den Umgang mit Zyklopentränen verstand.

Mit Kimue und allen Greifen mochte sie noch fertig werden, aber nicht mit ihrem erfahrenen Großmeister, wenn er bis zum Äußersten ging. Wenn er wirklich bereit war, sie zu vernichten, um als Letzter seiner Art seinen Platz bei den Leu zu festigen. Den mächtigsten Mann des Reiches unter ihren magischen Bann zu stellen, ein schlimmeres Vergehen war gar nicht vorstellbar! Perac war jedoch dazu bereit, sie den Greifen mit dieser Anschuldigung zum Fraß vorzuwerfen – anders war sein Bündnis mit Kimue gar nicht zu verstehen.

Von plötzlicher Panik erfasst sprang die Hexe auf und eilte zum nächsten Fenster. Draußen war noch alles ruhig. *Zu ruhig vielleicht?* Nein, da gab es noch keine Garden, die zu ihrer Ergreifung ausrückten. Sie durfte sich jetzt nicht unnötig selbst verrückt machen.

Im Osten kroch gerade erst die Dämmerung heran. Fahles Morgenlicht ließ die Häuser und Gassen Myandors kalt und unnahbar wirken. Doch auch wenn es nicht zu spüren war – das Netz um sie herum zog sich wahrscheinlich schon unerbittlich zusammen. Sicherlich war Kimue bereits unterwegs, um ihre Anschuldigung unters Volk zu bringen, und wenn diese dann von Perac bestätigt wurde, waren Hatras Tage zweifellos gezählt. Und der Magier würde Kimue in ihrem Vorhaben unterstützen. Der Großmeister war schon zu weit gegangen, für ihn gab es keine Umkehr mehr.

Hatra blieb jetzt nur noch, die Flucht zu ergreifen. Doch sosehr die Zeit auch drängte, widerstrebte es ihrem Stolz, diesen Schritt wirklich zu vollziehen. Verzweifelt krallte sie sich an der Fensterbank fest, bis zwei ihrer Fingernägel brachen. Eben noch hatte sie sich als zukünftige Königsmutter der vereinten Reiche gesehen, und nun sollte sie in die Einsamkeit flüchten? Unter irgendeinen Stein kriechen, in der trügerischen Hoffnung, dass ihr Name eines Tages vergessen sein würde?

Am Horizont stand die Sonne inzwischen so hoch, dass sie einen Regenbogen in die noch feuchte Morgenluft malte. Der schillernde Lichtbogen, der sich von einem Punkt auf der Erde zu einem anderen zu spannen schien, wirkte auf sie wie ein Zeichen der großen Schlange, das ihr Mut einflößen sollte.

Ja, ihr Entschluss stand fest! Statt bis an ihr Lebensende vor den Schergen der Sieger zu zittern, ging sie lieber das Risiko einer direkten Konfrontation ein. Perac war schließlich nicht der Einzige, der Grenzen übertreten konnte.

»Wenn einer von uns beiden sterben soll, dann du!«, sagte sie in die kalte Morgenluft hinein.

Der Hall der eigenen Worte klang gut in ihren Ohren. Ja, Hatra war fest davon überzeugt, dass dies keine haltlose Drohung war, sondern ein Versprechen, das sie sich selbst gab.

17.

Hinter der Zyklopenmauer

Syrk

»Ob es Venea und Rorn wohl geschafft haben?«, fragte Bree, während sie durch die nächtlichen Gassen von Syrk hasteten.

»Um den Bannstreiter mache ich mir keine Sorgen«, antwortete Alvin, ohne ein Wort darüber zu verlieren, wie hoch er die Chancen der südländischen Hexe einschätzte.

Irgendwo hinter ihnen hallte ein halb erstickter Schrei durch die Nacht. Die Spinnenreiter hatten einen weiteren Pilger aufgestöbert, der Silberhaupts wahres Gesicht kannte. Wäre nicht die Jagd auf all die verstörten Gläubigen gewesen, die Herzlosen hätten ihre kleine Gruppe vermutlich schon längst eingekreist und angegriffen. So hetzten Alvin, Bornus und Bree immer noch in Richtung Wolfsgrube, wobei sie den verletzten Rabold an Händen und Füßen trugen. Sie nutzten jeden Schatten aus und pressten sich immer wieder in Toreinfahrten.

»Überlasst mich bitte nicht diesen Iskandern«, bettelte der Magier Bree jedes Mal an, wenn er aus einer seiner fiebrigen Ohnmachten erwachte. »Sie sind üble Gesellen, die solchen wie uns nach dem Leben trachten. Seid besser auch vorsichtig, sonst ergeht es Euch noch wie Nifel.«

»Wovon redet er da ständig?«, fragte die Hexe, während sie vorsichtig in die hinter ihnen liegende Dunkelheit starrte.

»Ist uns auch ein Rätsel«, log Alvin. »Die schweren Verbrennungen haben wohl seinen Geist verwirrt.«

Die Schattenschwester gab sich zum Glück mit dieser Erklärung zufrieden, denn jedes ihrer geflüsterten Worte hallte unangenehm laut durch die leeren Gassen. Ein grotesker Schatten, der sich kurz von einem der umliegenden Dächer abhob und sofort wieder mit der Umgebung verschmolz, zerstörte allerdings jede Hoffnung, ihren Häschern entkommen zu sein. Alvin überlegte, was sich gegen den Verfolger machen ließ. Den beweglichen Spinnen aufzulauern war allerdings so gut wie unmöglich, also blieb ihnen nichts anderes übrig, als alles daran zu setzen, die Sicherheit der Wolfsgrube zu erreichen. Wenn sie sich dort verbarrikadierten, gab es vielleicht noch eine Aussicht auf Erfolg, wenn auch nur eine sehr kleine.

Aber was blieben ihnen sonst für Möglichkeiten? König Horvuks Stadtgarde um Hilfe bitten? Das führte bestenfalls in die tiefsten Kerker von Syrk, da war es schon besser, im Kampf zu sterben.

Trotz ihrer schlechten Aussichten kamen weder er noch Bornus auf die Idee, Rabold wie ein Stück überflüssigen Ballast zurückzulassen. Der Magier war ein Gegner jener unheimlichen Macht, die sich am Gefüge der Welt zu schaffen machte: Das reichte ihnen, um ihn zu einer Art Verbündeten zu erklären. Auch nach ihrem Sieg über die Jademeister war der Hass, den die beiden Iskander auf all jene empfanden, die sich mit Hilfe von Zauberei auf Kosten anderer bereicherten, nie ganz erloschen.

»Trotz seiner Jugend besitzt dieser Magnus Jonar eine ungeheure Verschlagenheit«, überlegte Bree neben ihnen unangenehm laut. »Nicht nur dass er seinen eigenen Tod vortäuscht, er nutzt diese Gelegenheit auch noch dazu, seinem Zunftbruder Hadik ein Buch unterzuschieben, das dessen Abwehrzauber schwächt. Und Rabold, der auf diese Weise nicht zu fassen ist, lässt er durch einige Pilger beschwatzen: So lief er freiwillig ins Verderben, statt die sichere Zuflucht zu erreichen.«

»Hochinteressant«, schnaubte Alvin, »aber jetzt geht's erst einmal weiter.«

Seite an Seite legten sie die letzten achthundert Königsschritte zurück, von weiteren Todesschreien und seltsamen Schatten begleitet. An der Wolfsgrube angelangt hielt Bornus den Magier so lange alleine fest, bis Alvin die drei schweren Schlösser geöffnet hatte, die die Tür sicher verriegelten. Unbehelligt betraten sie die Schenke und legten sofort den schweren Querbalken von innen vor.

Alvins heftig gegen die Rippen klopfendes Herz beruhigte sich daraufhin ein wenig, und wider besseres Wissen keimte sogar etwas Hoffnung in ihm auf. Die Kerzen, die sie im Schankraum entzündeten, hoben ebenfalls die allgemeine Stimmung.

Nachdem sie Rabold auf einen der langen Tische gebettet hatten, setzte Bree ihre Schattenjade ein, um seine nur notdürftig versorgten Brandwunden eingehend zu behandeln. Sie setzte ihre Kräfte dabei nur maßvoll ein. Brach sie vor Schwäche zusammen, war sie einem Angriff der Spinnenreiter hilflos ausgeliefert. Das machte ihr Alvin immer wieder durch deutliche Worte klar. Saubere Leinenstreifen mussten deshalb richten, was ihrem magischen Talent nicht mehr möglich war.

Noch während sich das von Bornus herbeigeholte Tuch unter ihren geschickten Fingern in lange Bahnen verwandelte, kam Rabold wieder zu sich. Statt ein Wort zu sprechen, tastete er mit seinen Fingern durch das von roten Streifen entstellte Gesicht und strich sich immer wieder über den Hinterkopf.

Alle drei fuhren erschrocken zusammen, als irgendjemand von draußen an der Tür rüttelte. Gleichzeitig begannen mehrere Fensterläden zu klappern.

Die Herzlosen! Sie hatten sie gefunden!

Atemlos verfolgten alle vier die Schritte, die draußen erklangen. An eine Flucht durch den Hinterhof war nicht mehr zu denken, denn dort schepperte ein Eimer. Gleich darauf schabte etwas an der Hauswand entlang. Nicht nur an einer Stelle, nein, gleich an mehreren tippelten große Spinnenbeine die Fassade empor.

Im ersten Stock waren die Fenster ebenfalls fest verrammelt, doch den Spinnenreitern war es ein Leichtes, solche Sicherheitsmaßnahmen zu umgehen. Lautes Knirschen und Splittern drang in den Schankraum hinab.

»Die Dachschindeln!«, sagte Alvin. »Sie reißen sie einfach von außen ab, bis sie ein Loch haben, das groß genug ist, um auch die Spinnen hindurchzulassen.«

Er hatte kaum beschrieben, was oben vor sich ging, als auch schon lastende Stille eintrat. Wie gebannt starrten sie nach oben, von wo die Geräusche erklungen waren. Doch alle widersinnige Hoffnung, dass es von nun an ruhig bleiben würde, zerschlug sich nach wenigen Atemzügen. Das Schaben von ledernen Sohlen pflanzte sich vom Dachboden aus durch das ganze Gemäuer fort. Kratzende Spinnenbeine folgten. Es war eine halbe Armee, die sich dort oben sammelte, bevor sie ins Obergeschoss vordrang und dort jeden Raum durchsuchte.

Bree machte Anstalten, ihnen entgegenzueilen, doch Alvin winkte sie zurück. Es war besser, sich der Übermacht hier unten zu stellen, wo sie Rücken an Rücken kämpfen konnten.

Sobald das erste Knarren auf der Treppe hörbar wurde, zog er sein Schwert aus der Scheide. »Ich hab's schon immer gewusst!«, stieß er dabei hervor.

»Was gewusst?« Bornus hielt seine Greifenklingen längst in Händen.

»Dass uns die Bekanntschaft zu diesem elenden Verfluchten noch einmal den Tod bringen wird.«

»Ach das!« Der Kahlköpfige zuckte schicksalsergeben mit den Schultern.

Dann machten sie sich alle vier bereit, dem Tod ins Auge zu blicken.

Hinter der Zyklopenmauer

Auf einen Platz mit nassem Gras geschleudert blieben Rorn und Venea zunächst einige Atemzüge lang liegen, bis sich der Wirbel in ihrem Kopf legte. Danach federte die Hexe empor und starrte den hinter ihnen aufragenden Steinbogen an. Um sie herum herrschte dunkle Nacht, doch die gleißenden Entladungen leuchteten eine kreisrunde Fläche rund um das Portal unangenehm grell aus. In der Ferne war Meeresrauschen zu hören, wie von gischtenden Wellen, die sich an hohen Felsen brachen. Eine Steilküste? Dann hatte es sie wohl nach Norden verschlagen. Oder an einen Ort, den noch kein Baroser je zuvor betreten hatte.

Die Schlangenaugen an Veneas Armen funkelten, während sie ihre Hände auf das Portal ausrichtete. Zischelnde Worte in einer unbekannten, an Tierlaute gemahnenden Sprache verließen ihre Kehle. Schweißperlen quollen auf ihrer Stirn auf, sichtbares Anzeichen einer großen Anstrengung. Sonst geschah zunächst nichts – bis die Korona zu flackern begann und schließlich ganz erlosch. Das von einem dunklen Summen begleitete Flirren unterhalb des Bogens verflüchtigte sich augenblicklich, trotzdem wagte Rorn nicht zu sprechen, solange die Hexe ihren Zauber webte.

Auch als die letzten Elmsfeuer längst erloschen waren, wirkte Venea weiter auf das Tor ein, bis sie endlich eine Hand keuchend sinken ließ und sich mit der anderen den Schweiß aus dem Gesicht wischte. »Ich hoffe, dass Siegel hält lange genug, um uns vor Silberhaupts Nachstellungen zu schützen«, sagte sie, sichtlich müde, aber doch in stillem Triumph leise vor sich hin lächelnd.

»Du hast das Tor verschlossen?«, fragte Rorn erstaunt. »Woher weißt du, wie man das macht?«

»Die Schattenmutter lehrte uns, die alte Zyklopenmagie zu beherrschen.« Venea war plötzlich so wacklig auf den Beinen, dass sie zu taumeln anfing. Rorn hakte sich sofort bei ihr unter, um sie zu stützen. Dankbar nickend nahm sie seine Hilfe zur Kenntnis, während sie fortfuhr: »Ich hätte nie gedacht, dass ich diesen Zauber wirklich einmal brauchen würde.«

»Diese Schattenmutter muss ja wirklich ein bemerkenswertes Zunftoberhaupt sein.« Rorn führte die erschöpfte Hexe zu einem kniehohen Stein, auf den sie sich niederlassen konnte. »Sie weiß wohl über alles Bescheid, wie mir scheint.«

»Allerdings«, versetzte Venea. »Du wirst noch staunen, wenn du sie einmal kennen lernst.«

»Mag sein. Aber zunächst müssen wir alleine zurechtkommen.« Rorn lauschte in die sie umgebende Dunkelheit hinein, ohne das geringste Geräusch auszumachen.

Das Verschließen des Tores hatte keinen einzigen Herzlosen angelockt. Aber auch von den zur Domäne aufgebrochenen Pilgern war kein einziger Laut zu hören. Konnte es sein, dass ihre Passage zu einem anderen Tor geführt hatte?

Er behielt diesen nagenden Verdacht lieber für sich, während er darauf wartete, dass sich seine Augen an die schlechteren Lichtverhältnisse gewöhnten. Als sich seine Pupillen entsprechend geweitet hatten, erkannte er, dass sie sich auf einer kahlen Fläche befanden, die von einer hohen Steilwand umgeben war. Nur gen Osten gab es freie Sicht auf eine glatte Ebene, die das Sternenlicht silbern reflektierte.

Das Meer, kein Zweifel.

»Was sind das für merkwürdige Erhebungen?«, fragte Venea verblüfft und deutete dabei auf einige hügelförmige Schatten, die fünfhundert Königsschritte und mehr von ihnen entfernt lagen.

Ein hell schimmerndes Rechteck, das an eine offene Tür erinnerte, machte rasch klar, dass es sich dabei um Gebäude handelte. Neugierig machten sie sich auf den Weg, um das Gelände zu erkunden. Rorn behielt dabei Grimmschnitter in der Rechten, denn sie mussten immer noch davon ausgehen, dass hier irgendwo ein paar Herzlose lauerten.

Je näher sie den seltsamen Kuppeln kamen, desto höher wuchsen sie an. Die wahren Ausmaße wurden ihnen aber erst bewusst, als sie die Erste von ihnen erreichten und plötzlich in einem torlosen Eingang standen, der sie um das Dreifache überragte.

Im Inneren war es stockdunkel.

Ohne sich mit Rorn abzusprechen, jagte Venea eine Feuerlohe zur Decke hinauf. Das erschien ihm sehr leichtsinnig, doch die durch die Dunkelheit schneidende Flammensäule enthüllte, dass sie ganz alleine waren. Nur einige Steinsitze von gigantischen Ausmaßen zeichneten sich ab, die mit den hohen Rückenlehnen zur Wand fein säuberlich im Kreis aufgestellt waren. Wer immer auf diesen wuchtigen Blöcken gethront hatte, musste über einen mächtigen Körper verfügt haben.

Aus Rorns Sicht kam dabei nur ein einziges Volk in Betracht.

»Zyklopen«, hauchte er leise.

Venea nickte, um seine Vermutung zu bestätigen.

Vorsichtig nach allen Seiten sichernd gingen sie wieder hinaus und setzten ihren Weg fort, dabei instinktiv auf den einzigen Ort zuhaltend, der Leben versprach: das von innen heraus leuchtende Zyklopentor. Sie passierten zwei weitere Kuppeln, zwischen denen sich ein schwacher Schimmer wölbte, in dem gebückte Gestalten umherhuschten. Ob das

Pilger wie Gerwin und seine Eltern waren, die gerade mit dem kargen Gelände haderten, das ihnen als blühende Domäne angepriesen worden war?

In gebückter Haltung schlichen sie leise näher, um zu sehen, was dort vor sich ging. Es dauerte eine ganze Weile, bis die sich immer deutlicher hervorschälenden Schatten ein sinnvolles Ganzes ergaben. Doch als Rorn und Venea endlich so nahe heran waren, dass sie die Szene überblicken konnten, blieben sie abrupt stehen. Rorns Verstand weigerte sich zunächst zu glauben, was er da sah, aber sooft er auch mit den Lidern zwinkerte, um die vermeintliche Täuschung zu vertreiben – das dargebotene Bild blieb stets das Gleiche.

Die Pilger, die durch das Portal geschritten waren, lagen alle reglos übereinander, abgeschlachtet wie Vieh. Ihre Kehlen waren durchschnitten und der Brustkorb eines jeden von ihnen geöffnet worden. Die Spinnenreiter, die sie ermordet hatten, waren gerade damit beschäftigt, den Toten die Herzen zu entnehmen.

Vorsichtig, als handele es sich um ein äußerst wertvolles Gut, trugen sie die Organe zu einigen von glühenden Sphären, die das grausige Geschehen beleuchteten. Über die Hälfte von ihnen war bereits befüllt, die anderen warteten noch darauf, ein Herz aufzunehmen.

Rorn wusste nicht, was ihm mehr Übelkeit bereitete. Dass er Gerwins schmächtigen Körper unter den toten Leibern entdeckte, oder dass deutlich zu sehen war, wie sich die Herzen in den blutverschmierten Sphären zusammenzogen und wieder entspannten. Immer wieder, im gleichmäßigen Takt.

Sie schlugen noch. Die Herzen der Toten!

Veneas Magen war nicht so abgehärtet wie der seine. Würgend wandte sie sich ab und erbrach sich im Gras. Dafür war ihr kein Vorwurf zu machen, doch sie war dabei so laut, dass die Spinnenreiter aufhorchten. Nicht nur die sechs, die den Pilgern durchs Tor gefolgt waren, nein, gleich zwei Dutzend von ihnen sahen misstrauisch in die Höhe.

Rorn packte die Hexe am Arm und zog sie mit sich. »Los, komm!«, forderte er. »Wir müssen hier weg, sonst ergeht es uns noch ebenso.«

Die ersten Schritte taumelte Venea wie betäubt neben ihm her, aber das Grunzen und Schnauben der stummen Verfolger weckte ihre Überlebensinstinkte. Plötzlich schüttelte sie seinen Arm ab und hielt von alleine mit ihm Schritt.

Ihrem ersten Instinkt folgend wollten die beiden zunächst in der Dunkelheit abtauchen, aber auf diesem überschaubaren Gelände gab es kein Versteck für sie. Alles, was sie tun konnten, war, eine der Kuppeln aufzusuchen, um den Engpass des Eingangs zur Verteidigung zu nutzen. Angesichts der riesigen Abmessungen, die eher an Stalltore erinnerte, war das mit dem Engpass aber so eine Sache.

»Zu der erleuchteten Kuppel«, forderte Rorn. »Da sehen wir wenigstens etwas.«

»Und wenn dort schon Herzlose auf uns lauern?«, gab Venea keuchend zu bedenken.

Darüber hatte der Bannstreiter bereits nachgedacht, war aber zu einem anderen Ergebnis gekommen.

»Wenn dort weitere Herzlose wären, hätte der Tumult sie schon auf uns aufmerksam gemacht«, vermutete er. »Bisher lässt sich da aber keiner sehen. Los, auch wenn es ein Risiko ist, wir wagen es!«

Venea stimmte zu, weil auch sie lieber im Hellen sterben als im Dunklen verrecken wollte. Mit einem guten Vorsprung erreichten sie die Kuppel und erstarrten doch vor Schreck, als sie sahen, was sie dort erwartete. Das Licht, das diese zentrale Kuppel erfüllte, stammte von Dutzenden weiterer Sphären, die auf den Sitzflächen der Steinthrone standen und in denen überall Herzen schlugen. Allerdings gab es auch vier dieser runden Hüllen, die erloschen waren. Genauso viele, wie sie an Herzlosen unterhalb von Syrk getötet hatten.

Veneas Miene hellte sich schlagartig auf.

»Das ist der Platz, an dem die Herzen der Spinnenreiter aufbewahrt werden«, stieß sie aufgeregt hervor. »Nur deshalb können sie weiter untot durch die Welt wandeln.«

»Schade, das es keine Rüstkammer der Zyklopen ist«, knurrte Rorn. »Das würde uns wesentlich mehr helfen.«

»Du verstehst mich nicht!«, rief Venea aus.

Anstatt ihm etwas zu erklären, rannte sie jedoch auf den nächstbesten Steinthron zu und langte nach einer der transparenten Sphären. Rorn wirbelte inzwischen zum Eingang herum, in dem die ersten Spinnenreiter auftauchten. Statt ihm zur Seite zu eilen, ergriff Venea die vor ihr aufragende Kugel mit beiden Händen und schleuderte sie zu Boden. Mit einem hellen Laut zerbrach die magische Hülle in kleine Stücke, doch das reichte der Hexe nicht, sie sandte auch noch einen Feuerstrahl auf das in den Scherben liegende Herz herab.

Die beiden Spinnenreiter, gegen die sich Rorn zum Kampf wappnete, fauchten nur böse und gingen weiter, doch hinter ihnen brach eine weitere herandrängende Gestalt lautlos zusammen und blieb am Boden liegen. Da begriff der Bannstreiter, was die Hexe längst erkannt hatte. Die Spinnenreiter und ihre Herzen waren untrennbar miteinander verbunden. Starb eine der Kreaturen, weil ihr Körper vernichtet wurde, hörte auch das dazugehörige Herz in der Sphäre auf zu schlagen. Und zerstörte man das Herz in der Sphäre, verlor der dazugehörige Untote jede Lebenskraft.

Sofort stürzte er zu der Venea gegenüberliegenden Seite und fegte mit Grimmschnitters Hilfe die ersten Kugeln zu Boden. Kräftige Schwerthiebe halfen dabei zu beenden, was der bloße Sturz nicht fertigbrachte. Wie besessen zerstörte er eine magische Hülle nach der anderen, während die Anführer der Spinnenreiter weiter auf ihn zuwankten.

Erst nachdem das fünfzehnte Herz unter Grimmschnitters Schneide in Stücke gegangen war, brach einer von ihnen zusammen. Ob er Rorns Vernichtungsfeldzug zum Opfer gefallen war oder Veneas Flammenstößen, war dabei einerlei. Wichtig war nur, dass sie kein Einziges der hier lagernden Organe vergaßen.

Als sie gemeinsam die letzte Sphäre zerschlugen, wurde es dunkel in der Kuppel, aber das machte ihnen nichts aus. Rorn und Venea hatten einen wichtigen Sieg über ihren fürchterlichen Feind errungen, der mit furchtbaren Zaubern arbeitete. Das alleine zählte. Keuchend stützten sich die beiden gegenseitig, bevor sie zu Boden sanken und sich gemeinsam mit dem Rücken gegen einen Zyklopenthron lehnten.

»Was wohl aus Bree und den Iskandern geworden ist?«, fragte Venea leise, während sie ihre erhitzte Wange gegen die seine presste.

Es war typisch für sie, dass sie sofort an ihre Schattenschwester dachte, nun, da die unmittelbare Gefahr für sie selbst abgeklungen war.

»Bestimmt geht es ihnen gut«, behauptete Rorn. »Besonders, nachdem wir alle Herzlosen zu Fall gebracht haben.«

Syrk

Ihre Gegner mochten herzlos sein, doch sie besaßen immerhin noch genügend Hirn, um sich sofort im Raum zu verteilen und sie langsam einzukreisen. Die Spinnen hatten dagegen Mühe, sich durch die enge Tür zu drängen, und das galt es auszunutzen, bevor es zu spät war.

»Also los«, gab Alvin das Angriffskommando.

Gleichzeitig mit Bornus und der Schattenhexe stürmte er

vor. Doch gerade, als er den anvisierten Gegner erreichte, brach dieser ohne jede äußere Einwirkung in sich zusammen. Bree erging es genauso, nur Bornus erhielt die Gelegenheit, die Klinge mit einem Herzlosen zu kreuzen. Aber kaum ging er zum Angriff über, kippte auch dieser Kerl um, ohne einen einzigen Kratzer davongetragen zu haben.

Verwundert traten die Hexe und die beiden Krieger wieder zueinander und beobachteten fassungslos, wie nicht nur alle weiteren Herzlosen die Beine von sich streckten, sondern auch alles Leben aus den Spinnenkörpern wich. Rabold konnten sie das nicht zu verdanken haben, der hatte schon wieder das Bewusstsein verloren.

»Venea«, flüsterte Bree leise, fest davon überzeugt, dass ihre Rettung das Werk der Zunftschwester war, während Alvin und Bornus einen anderen Gedanken hegten.

»Rorn«, sagten sie wie aus einem Munde und dachten dabei beide das Gleiche: *Kaum ist der Kerl fort, ist er tatsächlich mal eine Hilfe.*

Zur Zeit der Zyklopen

Zu Hatras Überraschung teilte Kimue noch das Lager mit ihrem Monarchen, als sie die königlichen Gemächer aufsuchte. Es verwunderte sie, dass die Rivalin, die sich in den Kissen räkelte, nicht schneller aufsprang, aber das sollte ihr schließlich nur recht sein.

»Ich suche keinen Streit«, versicherte sie eilig, als sie sah, das Kimue ihre Muskeln anspannte. »Im Gegenteil! Ich bin hier, um Euch vor großem Ungemach zu warnen.«

Nur zu gerne hätte Hatra die nackte Leu mit einer magischen Geste gegen die nächste Wand geschleudert, doch es gab nun einmal Zeiten des Kampfes und Zeiten der Intrige – und Perac hatte ihr durch sein Vorgehen die zweite Variante aufgezwungen.

»Du und uns warnen?« Kimue bleckte die Zähne. »Verlogenes Hexenmaul!«

Eonis massierte sich inzwischen die Schläfen, scheinbar unentschlossen, ob er den Streit der Weiber amüsiert zur Kenntnis nehmen oder als störend empfinden sollte. Auf jeden Fall fühlte er sich durch Hatra nicht bedroht, das kam ihr entgegen. Denn sie musste vor allem ihn überzeugen, wenn ihr frisch gefasster Plan aufgehen sollte.

»Ich weiß, dass finstere Ränke gegen mich im Gange sind«, erklärte Hatra ihr Eindringen. »Und ich bin hier, um Euch meiner lauteren Absichten zu versichern. Das einzige Vergehen, das Ihr mir vorwerfen könnt, ist, dass ich in Liebe zu Eonis entbrannt bin. Ich gebe zu, dass ich mich nach prächtigen Kindern sehne, die ich gerne von dem prächtigsten Leu seiner Zeit empfangen würde. Wenn mich das zu einer Sünderin macht, bekenne ich mich hier und jetzt für schuldig. Doch meine Liebe gehört seinem starken, freien Geist, den ich durch nichts betäubt oder verwirrt sehen möchte. Niemals würde ich Zyklopentränen einsetzen, um mir Eonis zu Willen zu machen. Perac hingegen …«

Kimue sprang auf die Beine, ohne sich um ihre Blöße zu scheren. »Lüge!«, rief sie aus und nahm dabei eine leicht vornübergebeugte Angriffshaltung ein. »Du versuchst doch nur deinen Kopf aus der Schlinge zu ziehen.«

Bei den Leu wurden Verräter also gehängt. Nun ja, das war immer noch besser als gesteinigt zu werden.

»Ruft Eure besten Schamanen herbei«, schlug Hatra vor, um ihre Worte zu beweisen. »Sie werden feststellen, dass Eonis unter keinem Bann steht, kein tumber Tor ist, der mir in der Liebe willenlos folgen muss, so, wie die Gryff Euch in Fragen des Krieges.«

Kimue lachte hell auf. »Als wenn es unseren Schamanen möglich wäre, einen solchen Bann festzustellen, wenn er fein gewebt ist«, antwortete sie an Hatra gewandt, doch es war Eonis, dem ihre Worte galten. »Einen Einzelnen zu betören ist wesentlich einfacher als ein ganzes Heer.«

Perac hatte sie wirklich gut vorbereitet, aber das sollte ihm nichts nützen. Im Gegenteil. »Es ist der Großmeister, der aus Euch spricht, nicht Ihr selbst«, hielt Hatra der Rivalin vor.

Kimues unbehaarte Gesichtsteile erröteten entweder aus Scham oder Zorn. Drohend fuhr sie die scharfen Krallen der Vorderpranken aus. »Das werden wir erst genau wissen, wenn dein verderblicher Einfluss für alle Zeiten erloschen ist!«

Eonis hielt seine Favoritin mit einer herrischen Geste davon ab, auf Hatra loszugehen. »Kein Blutvergießen!«, befahl er. »Dazu besteht kein Grund, ich bin Herr all meiner Sinne!«

»Das glaubst du doch nur, weil du es glauben sollst!«, rief seine Favoritin aus, wagte aber nicht, sich seiner Anordnung zu widersetzen.

»Doch, es ist wahr!«, bestätigte Hatra und gab sich dabei so verletzt, wie sie sich fühlte. »Wenn Eonis wirklich meinem Bann unterworfen wurde, warum ist er dann nicht längst in Liebe zu mir entflammt?« Galt diese Frage noch Kimue, so wandte sich die Hexe danach dem König zu, bevor sie fortfuhr: »Ich weiß schon lange, dass du in mir nur eine Gespielin siehst und keine Stammhalterin einer neuen Linie! Lange habe ich mich deshalb selbst belogen, doch nun steht mein Entschluss fest. Ich werde deine Gemächer nie wieder betreten.«

Eonis versuchte, ein Bedauern zu unterdrücken, doch es gelang nicht recht. Zum Glück war seine Favoritin viel zu sehr mit Triumphieren beschäftigt, als dass sie diese Nuance in seinem Mienenspiel bemerkt hätte.

»Ja, flieh nur!«, rief sie gehässig. »Jetzt, da deine Schandtaten ruchbar geworden sind, ist für dich kein Platz mehr in unserer Mitte.«

Hatra hatte keine andere Reaktion erwartet.

»Wollte ich fliehen, hätte ich das längst getan«, verkündete sie kühl. »Doch meine Liebe zu Eonis ist ungebrochen. Darum könnte ich es nicht ertragen, ihn einem ungewissen Schicksal zu überlassen. Denn wisset, es gibt einen Grund dafür, dass Perac mich aus dem Weg schaffen will. Ich bin ihm auf eine Schliche gekommen, die ihn bei euch in Ungnade stürzen würde, und er traut mir nicht mehr, weil er um meine Leidenschaft für euer Volk weiß.«

Was sie da verkündete, brachte selbst Kimue zum Schweigen. Ebenso wie Eonis stellte sie die Ohren auf, um kein weiteres Wort zu verpassen. Auch der König stand nun aufrecht, ohne seine Blöße zu verhüllen.

»Was ist es, was Perac vor uns zu verbergen sucht?«, fragte er, den Kopf leicht zur Seite geneigt.

Die Falle – sie war zugeschnappt!

»Perac weigert sich, die Zyklopen endgültig zu vernichten, weil die Leu sonst ohne ihn auskommen könnten.« Während Kimue vor Erstaunen die Augen aufriss, zeichnete sich bei Eonis Enttäuschung ab. Das sollte es schon gewesen sein? So etwas in der Art hatte er sich ohnehin schon gedacht.

»Doch seit einigen Tagen weiß ich noch mehr«, fügte Hatra eilig an. »Perac hatte dem Wein zugesprochen, das hat seine Zunge gelöst. Nachdem er eine Weile mit seinen Fähigkeiten geprahlt hatte, ist es ihm schließlich herausgerutscht: Es wäre gar nicht nötig gewesen, euch in Greifen zu verwandeln! Er hat das nur getan, um den Hochadel vom eigenen Volk zu entfernen! Dadurch seid ihr leichter zu kontrollieren, ganz ohne Zyklopentränen.«

Dieser Giftpfeil traf glatt ins Schwarze. Eonis erbleichte am ganzen Körper, bis unter das Fell.

»Was sagst du da?«, keuchte er. »Lügst du auch nicht?«

»Nun verstehst du sicherlich, warum Perac so gegen mich hetzt«, unterstellte Hatra, anstatt ihre Aufrichtigkeit zu beteuern. »Niemand soll wissen, dass er viele Konflikte selbst heraufbeschwört, um den Bedrängten anschließend magische Unterstützung anzubieten.«

Plötzlich war es ganz still im Raum, nur der schwere Atem der beiden Greifen erfüllte die Luft. Ausgerechnet Kimue brach als Erste das Schweigen.

»Gibt es einen Zauber, der die Schwingen wieder verschwinden lässt?«, wollte sie wissen. »Der uns wieder zu ganz normalen Leu macht?«

»Den gibt es«, log Hatra, wohl wissend, das damit auch das erste Weib Simwaes auf ihrer Seite stand. »Außerdem kann ich euch die Gryff und die Zyklopen auf einen Schlag vom Halse schaffen. Dazu ist allerdings etwas vonnöten, das noch weitaus mächtiger als Schattenjade ist: Blutjade!«

In die Augen der beiden Greifen trat ein erwartungsvolles Flackern. Wie viel leichter und wirkungsvoller es doch war, andere mit dem Versprechen auf Erfüllung ihrer geheimsten Wünsche zu betören anstatt mit Zyklopentänen.

»Was brauchst du, um diese Blutjade zu erschaffen?«, wollten Eonis und seine Favoritin wie aus einem Munde wissen.

»Ein Opfer!«, antwortete die Hexe kalt. »Die größte und mächtigste Kraft, die dieses Zeitalter zu bieten hat: Peracs magische Gabe!«

18.

Schattenmutters Rückkehr

Syrk

So schön der schnelle Sieg über die Herzlosen auch gewesen war, mit einem Haus voller Leichen geriet man leicht in Verruf. Zum Glück ließen sich die schmächtigen Untoten auf einem Fuhrwerk bequem nebeneinander aufstapeln und mit Stroh bedecken. Die Spinnen mussten Alvin und Bornus hingegen mit den Schwertern zerteilen, um sie passend zu machen. Dass die Riesenleiber kein Blut mehr enthielten, erleichterte diese unangenehme Tätigkeit ebenso wie ihr morsches Fleisch; doch der bloße Gedanke daran, dass diese Tiere einmal Menschen gewesen waren, hob diese Vorteile wieder auf.

Trotz allen Ekels taten die Iskander, was getan werden musste, und nach einigen nächtlichen Fuhren zu dem verlassenen Friedhof, auf dem daraufhin mehr Tote *auf* denn *unter* der Erde ruhten, kehrten sie im Morgengrauen erschöpft, aber zufrieden in die Wolfsgrube zurück.

Rabold ruhte auf dem Kissenlager hinter der Absperrung, die aus einer aufgespannten Decke bestand. Bree versorgte seine Wunden gerade mit einem frischen Kräutersud, den sie auf die Verbände träufelte, als sie die Anwesenheit eines Beobachters in ihrem Rücken spürte. Als sie sich umwandte, sah sie Bornus, der nur wenige Schritte hinter ihr stand und sie über den Rand eines Weinbechers hinweg ansah.

Es sprach für seine Fähigkeiten, dass er sich unbemerkt so

leise an sie heranschleichen konnte, ärgerte sie aber auch ein wenig. »Ich hoffe, du hast mir nicht die ganze Zeit über unzüchtige Blicke zugeworfen!«, empörte sie sich lauter, als eigentlich nötig gewesen wäre.

Bornus schwankte kurz, ob er gestehen sollte, entschied sich am Ende aber doch für dreistes Leugnen: »Nichts läge mir ferner, verehrte Hexe!«

Brees Mundwinkel zuckten in die Höhe. »Das heißt wohl, der Anblick meines Allerwertesten lässt dich völlig ungerührt.«

Bornus trank den Becher leer, ohne zu stocken oder gar kurz zu husten. »Das«, antwortete er nach dem Absetzen mit einem zweideutigen Lächeln, »habe ich nicht behauptet«.

Brees Ohrläppchen glühten und bildeten einen interessanten Kontrast zur ihrer ansonsten milchig weißen Haut.

»Nur die Ruhe, ihr Turteltauben«, mischte sich Alvin von der Seite her ein. »Ihr seid schließlich nicht alleine hier.«

Doch ehe Bree zu einer spitzen Gegenbemerkung ansetzen konnte, ertönte im Vorraum ein lautes Poltern.

Die Köpfe der Iskander ruckten alarmiert herum, vor allem, als die Eingangstür in ihren Angeln knarrte. Leicht schlurfende Schritte erklangen. Irgendjemand kam zu ihnen in die Schenke herein.

Alvin und Bornus wechselten einen kurzen Blick miteinander.

»Die Querbalken haben wir doch ...«, begann Bornus.

»... vorgelegt, genau!«, fuhr Alvin fort. »Was glaubst du, was da gerade so gepoltert hat?«

Instinktiv zuckten die Hände der Männer zu den Schwertgriffen an ihren Hüften, hielten aber auf halbem Wege inne, als sie sahen, *wer* da im Schankraum erschien. Eine hagere Gestalt, vom Alter gebeugt, mit runzligen Händen und tiefen Falten im Gesicht, aber von einer Respekt einflößenden Aura umgeben.

Hatra, die Hexe.

Schwer auf einen Wanderstab gestützt stand sie da, wie von einem langen Marsch ermattet, aber mit einem belustigten Zug um die Lippen, der schalkhafte Freude ausdrückte.

»Schattenmutter!«, rief Bree, zwischen Freude und Überraschung schwankend. »Deine dir ergebene Tochter grüßt dich!« Respektvoll senkte sie dabei den Blick und knickste leicht.

Die alte Sumpfhexe das Oberhaupt der Schattenschwestern? Damit hatten Alvin und Bornus nicht gerechnet. Erstaunt fixierten sie jene Frau, die Rorn mit seinem Bann belegt hatte. Ziemlich mächtig war sie ja für eine, die im Walde hauste, schon immer gewesen, aber trotzdem: Was mochte Hatra irgendwann dazu bewogen haben, neue, weitaus einflussreichere Wege einzuschlagen und einen Hexenbund unter ihrer Führung zu gründen?

»Falls du Rorn suchst, der ist verschwunden«, teilte ihr Alvin zur Begrüßung mit. »Zusammen mit Venea, einer deiner Schattentöchter.«

Hatra nickte, als hätte sie solches Unheil erwartet.

»Die Welt, sie gerät immer weiter aus den Fugen«, erklärte sie düster. »Jene, die über die Spinnenreiter gebieten, versuchen die Siegel von Myandor zu brechen, um zurückzuholen, was besser bis auf alle Ewigkeit verschollen bleibt. Wisset, dass ihr Menschen nicht vollkommen seid, doch dass es vor euch andere Völker gab, in denen das Gift und die Bosheit noch weitaus stärker verankert waren als in euren Kulturen. Ihre Rückkehr zuzulassen hätte den Untergang der Menschheit zur Folge. Für jene, die durch die Risse und Spalten im Gefüge auf uns Einfluss nehmen, ist das menschliche Geschlecht unwürdig, aufrecht über die Erde zu wandeln. Sind sie erst einmal zurückgekehrt, werden diese Elenden nicht eher ruhen, bis auch der Letzte eurer Art erschlagen im Staube liegt, denn sie selbst wollen über die vereinten Königreiche herrschen und dulden dabei niemanden neben sich.«

Hatra sprach wie in heiligem Zorn, ihre geschlitzten Pupillen blitzten bei jedem ihrer Worte auf. Dass sie fortwährend von *euch* sprach, wenn es um die Menschen ging, kam Alvin deshalb nicht abwegig vor, auch wenn sich die Sumpfhexe sonst nicht weiter von ihnen unterschied.

»Magnus Jonar ist das Oberhaupt der Spinnenreiter«, platzte es aus Bree heraus, die der Zunftmutter gerne gefällig sein wollte. »Gleichzeitig führt er unter dem Namen Silberhaupt die Pilger an, die allerorts nach der Domäne suchen! Wir wollten dir sofort davon berichten, doch dann haben sich die Ereignisse überschlagen! Heute Nacht mussten wir alle um unser Leben kämpfen.«

Alvin und Bornus nickten, um die Worte der blonden Hexe zu bestätigen.

»Gräme dich nicht«, beruhigte Hatra ihre Schattentochter. »Was hier geschieht, übersteigt die Kräfte jedes Einzelnen, wahrscheinlich sogar die meinen. Nur wenn wir uns im großen Zirkel vereinen, vermögen wir das Schlimmste aufzuhalten. Aus diesem Grunde habe ich alle Schattenhexen angewiesen, nach Syrk zu eilen, damit wir unsere Kräfte bündeln können.«

Während sie so sprach, setzte sich Hatra in Bewegung und war mit wenigen, überraschend geschmeidigen Schritten bei Rabold, der weiter in tiefem Schlummer lag. Zufrieden betrachtete sie die Schattenjade an seinem Finger.

»Die wertvolle Beute dem Feind entrissen und ein blutiges Ritual verhindert«, freute sie sich. »Aber weh uns, die schon in Jonars Händen befindliche Blutjade mag bereits genügen, um von der Südermark bis nach Thyrm alles in Schutt und Asche zu legen.«

Bree, die an ihrer Seite stand, berichtete in allen Einzelheiten, was in den Katakomben unter dem Friedhof vorgefallen war. Alvin und Bornus, denen das ständige Gerede über den Untergang der Menschheit zugesetzt hatte, leerten inzwischen einige Humpen, um das flaue Gefühl aus ihren Mägen zu vertreiben.

»Die Siegel der Portale sind bereits gebrochen!« Zum ersten Mal klang Hatras Stimme entmutigt. »Dann ist es schon weitaus schlimmer als gedacht.« Nach einem kurzen Augenblick des Schweigens, in dem sie wohl über das Schicksal der Welt sinnierte, befahl die Sumpfhexe der Schattentochter freundlich, aber bestimmt, dass sie sich weiter um Rabolds Genesung kümmern sollte. Hatra nahm dazu einige Kräuter aus der Umhängetasche an ihrer Seite und erklärte Bree, wie mit ihnen zu verfahren sei.

»Ich würde gerne das Portal in der Zyklopenhöhle sehen«, wandte sie sich danach an Alvin und Bornus. »Wärt ihr edlen Krieger wohl so gütig, mich dorthin zu begleiten?«

»Haben wir denn eine Wahl?«, fragte Alvin misstrauisch.

»Aber natürlich!« Das Lächeln, das Hatras Lippen umspielte, vertiefte noch die Falten in ihren Mundwinkeln. »Ich bin doch nur ein altes, schwaches Weib, das auf fremde Hilfe angewiesen ist. Und das inständig darauf hofft, dass ihr beiden nicht miterleben wollt, wie die euch bekannte Welt untergeht.«

»Du meinst also, auch Iskan würde in Trümmern liegen?«, fragte Bornus geradeheraus. »Ausgerechnet jetzt, da die Zeiten der Missernte dort vorüber sind und die Menschen langsam zu Wohlstand kommen?«

»Ganz gewiss!« Hatra nickte betrübt. »Auch eure Heimat wird sich unter den Schwingen der neuen Herrscher ducken müssen!«

Die Lippen des Kahlköpfigen pressten sich so fest aufeinander, dass sie einen dünnen, beinahe blutleeren Strich ergaben. »Also gut«, schnaufte er nach kurzem Überlegen. »Dann lasst uns keine Zeit mehr verlieren.«

Tagsüber sah die angebliche Domäne noch trostloser aus als in der Nacht. Das halbe Dutzend Kuppeln, das die Steinsessel überspannte, und eine riesige Mauer, die bis in den Himmel aufragte, mehr war hier beim besten Willen nicht zu finden. Schon gar kein Ausgang.

Selbst Venea mit ihren Levitationskräften vermochte das ungeheure Hindernis nicht zu überwinden. Sie schaffte es gerade einmal, bis auf ein Drittel der Höhe aufzusteigen, dann musste sie abbrechen und in die Tiefe zurückkehren. Fast hätte sie sich bei der Landung einen Knöchel oder noch mehr gebrochen, doch am Ende trug sie nur eine Verstauchung davon, die sie mühelos mit Hilfe der Schlangenarmbänder zu heilen verstand.

Die Öffnung zum Meer erwies sich als ebenso unpassierbar. Die aus gigantischen Quadern gefertigte Mauer führte so weit zu Felsen hinab, dass sich ein Flüchtling schon den steil aufragenden Klippen und den tückischen Fallwinden aussetzen musste, nur um das Fundament des unüberwindlichen Hindernisses zu erreichen. Die Gefahr, sich dabei alle Knochen zu brechen, war einfach zu groß.

Rorn und Venea waren tatsächlich in dem weitläufigen Areal gefangen, das keinerlei Vorräte, sondern nur tote Pilger und Spinnenreiter zu bieten hatte. Ein wenig Regenwasser, um den brennenden Durst zu löschen, hatte Rorn mit seinem ausgebreiteten Mantel aufgefangen, doch gegen den Hungertod war auch er nicht gefeit. Da half der beste Bann nicht weiter.

»Sieh es einfach ein«, seufzte Venea nach einer Weile. »Du musst die Silberspinne an deinem Ohr herunterschlucken, damit ich auf deinem Rücken in die Freiheit reiten kann.«

»Kommt nicht in Frage«, wehrte er ab. »Ich habe den magischen Anhänger gefunden, also bestimme ich auch, wer ihn isst. Und ich erkläre dich zu meiner Auserwählten.«

So ging es eine Weile hin und her, bis ihnen die Lust auf den unterhaltsamen, aber letztlich fruchtlosen Wortwechsel verging.

»Also doch der Weg über die Klippen«, schlug Venea kurz darauf vor.

»Vergiss es«, forderte Rorn energisch. »Wir sitzen hier im Schatten der Zyklopenmauer: Schon viele Menschen wollten sie von der anderen Seite aus überwinden, doch alle Neugierigen sind dabei ums Leben gekommen. Warum sollte es ausgerechnet uns gelingen?«

Dass all jene, die unbedingt auf diese Seite gelangen wollten, völlig sinnlos gestorben waren, sprach er nicht extra aus. Tragisch war es trotzdem. So mancher, der hier Gold und große Geheimnisse vermutet hatte, hätte sich wohl spätestens nach dem Gelingen seines Vorhabens die Klippen hinabgestürzt.

Die Südländerin zuckte mit den Schultern.

»Bist du wirklich sicher, dass dies die Zyklopenmauer ist?«, wollte sie wissen.

»Ganz bestimmt«, beharrte Rorn auf seiner Einschätzung. »Ich habe schon mal auf der anderen Seite gestanden, deshalb erkenne ich die Quader ebenso wieder wie die Felsformationen, die sich vor der Steilküste abheben. Nein, Venea, sieh es einfach ein. Unser einziger Weg zurück führt durch das Portal. Zerbrich endlich das Siegel, bevor wir zu ausgehungert sind, um uns gegen Silberhaupt und seine Bannsprüche zu wehren.«

»Dazu ist es noch zu früh«, wehrte Venea ab.

»Tatsächlich?« Rorns Augenbrauen wölbten sich. »Worauf wartest du denn noch?«

»Auf Schattenmutters Hilfe«, antwortete die Hexe. »Glaub mir, wenn wir uns wirklich in Thyrm befinden, wie du behauptest, stöbert sie uns auf und übermittelt uns, was zu tun ist.«

Syrk

»Was bei allen Göttern und dem großen Feuersänger ...« Auf Alvins Miene spiegelten sich Fassungslosigkeit und namenloses Entsetzen wider. »Was ist hier bloß geschehen?« Bestürzt starrte er auf die am Höhlenboden verteilten Bruchstücke herab, aus denen noch tags zuvor der Steinbogen bestanden hatte.

Manche der pechschwarzen Splitter waren kaum größer als ein Daumennagel. Die enorme Krafteinwirkung, unter der das uralte Portal geborsten war, hatte die ganze Höhle bis in ihre Grundfesten erschüttert. Der steinerne Grund und die Treppe waren komplett von frischem Staub bedeckt. Ab und an rieselte es immer noch von der Decke herab.

»Nachdem er euch nicht zu töten vermochte, hat Silberhaupt das Tor lieber zerstört, als es einem anderen zugänglich zu machen.« In Hatras verwittertem Gesicht war nicht die geringste Regung zu erkennen, doch ihrer Stimme nach zu urteilen, empfand sie tiefe Trauer. »Nicht dass ihm das helfen wird, aber es verschafft ihm einen gewaltigen Zeitvorteil.«

»Was ist mit Rorn und Venea?«, fragte Alvin. »Wenn die beiden wirklich durch das Tor gegangen sind, wie du glaubst, gibt es für sie dann noch eine Möglichkeit zur Wiederkehr?«

»Sofern sie sich noch auf unserer Welt befinden«, antwortete die Hexe mit nicht sonderlich trostreichen Worten. »Sicherlich gibt es noch andere Tore, durch die die beiden schreiten können. Sobald ich im Kreise meiner Schattentöchter weile, werde ich Kontakt zu Venea aufnehmen und sie entsprechend unterweisen.«

»Wie viele von Brees Sorte sind denn zu erwarten?«, fragte

Bornus aus dem Hintergrund. Er hatte sich so tief in die Höhlenwindungen vorgewagt, bis er auf die unvermeidlichen Zyklopenschädel gestoßen war, die sich in der Nähe eines jeden unterirdischen Portals übereinanderstapelten. In Greifenstein hatten sie noch geglaubt, dass es sich bei diesen Ansammlungen um Trophäen der Greifen handelte, doch Hatra behauptete, dass dies in Wirklichkeit Friedhöfe der Zyklopen wären. Silberhaupt und seine Mannen hatten die Knochenberge allerdings so gut wie möglich versteckt, um die Pilger nicht unnötig zu verwirren.

»So eine wie Bree gibt es kein zweites Mal«, antwortete Hatra lächelnd. »Aber dafür Dutzende von anderen Hexen, die alle ihre eigenen kleinen Eigenarten haben. Sie werden dich aber schon mögen, keine Sorge. Schließlich ist uns Schattenschwestern ein starker Schwertarm stets willkommen. Zuvor müssen wir aber noch eine weltliche Streitmacht ausheben, die uns nach Myandor begleitet. Also los, zeigt mir, wo ich den König der Tausendsee finden kann!«

»Du willst zu Horvuk, diesem hartherzigen Halunken?«, rief Alvin überrascht aus. »Glaubst du ernstlich, er hört auf deine Warnungen? Wie ich den Kerl kenne, freut er sich sogar darüber, dass die Welt bald untergeht. Weil er hofft, sich am Ende als Sieger aus den Trümmern zu erheben.«

»Lass das nur meine Sorge sein«, entgegnete Hatra mit solcher Überzeugungskraft, dass Alvins Zweifel umgehend dahinschmolzen. Ob sie sich dazu wohl einer gewissen Magie bediente? Alvin wusste es nicht. Aber falls es so war, wusste er wenigstens, wie sie den König unter Kontrolle bekommen wollte.

Gemeinsam mit Alvin und Bornus stieg Hatra zurück an die Oberfläche und ließ den Garten hinter sich. Von einer gewissen Gebrechlichkeit war dabei die ganze Zeit über nichts zu erkennen. Mühelos hielt die Alte mit den beiden Iskandern

Schritt, ja, trieb sie sogar noch an, wenn sie ihrer Meinung nach unnötig trödelten.

Je näher die drei dem herrschaftlichen Palast kamen, desto verhaltener wurden die Schritte der Iskander. Hatra marschierte dagegen forsch voran und bedachte die Wachposten allesamt mit einem freundlichen Nicken. Die mit Mondsporen und Schwertern bewaffneten Gardisten ließen sie daraufhin anstandslos passieren, selbst ihre Begleiter wurden nicht aufgehalten.

Tiefer und tiefer ging es ins Allerheiligste hinein, ohne dass ihnen jemand den Weg vertrat. Manchmal schien es, als umgäben sie tarnende Schleier, andere Male wurden sie eindeutig gesehen und sogar gegrüßt, aber keinem der zahllosen Menschen, die durch die langen Gänge wimmelten, war offensichtlich klar, dass sich gerade drei Eindringlinge unter ihnen bewegten.

Durch eine hohe Tür betraten sie den Audienzsaal, in dem Horvuk gerade Hof hielt. Auch hier nahm zunächst niemand von ihnen Notiz, bis der König in ihre Richtung blickte. Aus irgendeinem Grund wirkte ihr Zauber bei ihm nicht. Etwas Dunkleres als Wut flackerte in seinen graublauen Augen auf, als er sah, wie sie schnurstracks auf ihn zuhielt.

»Was ist das für eine Unverschämtheit?« Höflinge und Besucher zuckten unter den Worten des stimmgewaltigen Monarchen zusammen. »Packt gefälligst dieses alte Hutzelweib, das es wagt, unangemeldet zu mir vorzudringen.«

Im gleichen Moment, da die Menschen dem ausgestreckten Finger folgten, der anklagend auf Hatra deutete, keuchten die umstehenden Menschen erschrocken auf. Plötzlich erkannte ein jeder, dass die Alte mit dem grauen Haar nichts im Palast verloren hatte. Ein mit einem Mondsporn bewaffneter Posten, der den langen, zum Steinthron führenden Gang flankierte, reagierte von allen Gardisten am schnellsten.

Blitzschnell schwang er die Stangenwaffe im Halbkreis durch die Luft, um Hatra den Weg zu versperren. Dabei ging er wenig zimperlich vor und war sogar bereit, die Alte mit blankem Stahl zu kitzeln.

Diesen Angriff konnte die Hexe schlecht auf sich sitzen lassen. Wütend stieß sie mit ihrem Wanderstab auf den Boden. Nur ein einziges Mal, doch mit solcher Wucht, dass der Knall in allen Ohren schmerzte. Von der Stabspitze ausgehend pflanzte sich der Laut durch den Thronsaal fort und schwoll dabei zu lautem Donner an, der von den Wänden widerhallte. Die Menschen zuckten vor Schreck zusammen und erstarrten mitten in der Bewegung. Im wahrsten Sinne des Wortes.

Alvin und Bornus sahen verblüfft in die Runde.

Der König, seine Lakaien und sämtliche Wachen – keiner regte noch den kleinsten Muskel. Alle außer Hatra und den beiden Iskandern waren in eine Art Schockstarre verfallen. Selten hatten sie einen Zauberbann so schnell seine Wirkung entfalten sehen. Selbst das von draußen hereindringende Vogelzwitschern war verstummt.

»Bei allen Göttern der Söldner, Diebe und des Lumpenpacks!« Alvin sah fassungslos in die Runde. »Dich hätten wir bei unseren Raubzügen in Randor dabeihaben müssen, und nicht diesen verlausten Hexenmeister, dessen Stümpereien uns in den Kerker brachten.«

Bornus nickte zustimmend.

»Nehmt mir den Stahl aus den Rippen«, verlangte Hatra. »Ich kann es nicht ausstehen, wenn Waffen auf mich gerichtet werden.«

Die beiden Iskander kamen der Aufforderung ohne zu zögern nach, obwohl sie es sonst waren, die anderen Befehle erteilten. Wer einen König samt Gefolge in den Tiefschlaf versetzte, bestimmte die Marschrichtung. So einfach war das.

Die Spitze des Mondsporns hatte sich bereits in den Falten

des zerschlissenen Gewandes verfangen. Nachdem die Waffe am Boden lag, richtete sich die Hexe zu voller Größe auf. Alle Schwäche und Gebrechlichkeit fiel von ihr ab, wie eine zweite, nun überflüssige Haut. Trotzdem gab es einen angestrengten Zug in ihrem Gesicht, den Alvin und Bornus noch nie zuvor bei ihr bemerkt hatten.

Der Zauberbann kostete sie eindeutig viel Kraft. Entsprechend rasch eilten sie auf den König zu.

Horvuk hatte den Mund leicht geöffnet und sah starr geradeaus, auch dann noch, als sich Hatra so weit zu ihm vorbeugte, dass ihre Nasenspitzen einander beinahe berührten.

»Er ist nicht Herr seiner Sinne«, sagte sie, an Alvin und Bornus gerichtet. »Fremde Gedanken vergiften seinen Verstand.«

Ehe einer von ihnen fragen konnte, woran sie das erkannte, trat Hatra schon einen Schritt zurück und umfasste ihren Stecken mit beiden Händen. Aus dem oberen Ende schlugen plötzlich kleine weißblaue Flammen hervor, die wild umherzüngelten. Als Hatra die Irrlichter vorsichtig in die Nähe des königlichen Kopfes brachte, fingen die Flammen zu knistern an. Gleichzeitig leuchtete das birnenförmig verdickte Ende von innen heraus auf, sodass es durchscheinend wurde. Der kugelförmige Schatten, der sich dabei im Inneren abzeichnete, ließ Alvin und Bornus stutzen.

Aber, das war doch …

Ja, kein Zweifel. Das musste ein taubeneigroßer Stein aus Schattenjade sein, so wie ihn einst ihr Aar, der höchste aller iskandischen Priester, offen in seinem Machtstab getragen hatte. Die beiden Krieger wechselten einen kurzen Seitenblick, bei dem beide erkannten, dass ihnen gerade der gleiche Gedanke durch den Kopf ging: *Gut, dass Rorn nichts davon weiß!*

Und gut, dass die Alte den Stein verborgen trug, sonst hätte er nur unnötige Begehrlichkeiten geweckt. Die wenigsten

Magier waren klug genug, ihren Besitzerstolz zu unterdrücken, aber Hatra hatte das Alter wohl die Weisheit gegeben, ihre Kräfte für die wichtigen Auseinandersetzungen aufzusparen.

Die Flammen auf dem oberen Stockende spalteten sich indessen auf, kippten zur Seite und krochen mit ihren zuckenden Spitzen aufeinander zu, bis sie sich alle zu einem knisternden Netz vereinten, das sich augenblicklich von dem Holz löste und auf das leblose Gesicht des Monarchen übersprang.

Einer zuckenden Maske gleich breitete sich das Geflecht von Schläfe zu Schläfe aus und schlug bis über die Nase herab, bevor es in die Haut eindrang. Wie Wasser von einem Schwamm, so wurde die knisternde Magie von dem Gesicht aufgesogen.

Ein Moment der Stille folgte.

Hatra sprach kein einziges Wort, geschweige denn irgendwelche Zaubersprüche, sondern beobachtete nur interessiert, was ihre Magie bewirkte. Ein zufriedenes Kichern verließ ihre Kehle, als sich die königliche Stirn zu wölben begann. Irgendetwas kroch unter der Haut entlang, etwas, das kurz darauf aus dem rechten Nasenloch quoll. Ein pechschwarzer, sich windender Wurm, kaum dicker als ein Wollfaden, aber gut zwei Fingerglieder lang.

Im gleichen Moment, da er auf die Brust des Monarchen fiel, zuckte Hatras Stecken vor. Ein lautes Knistern erklang, das in einem widerlichen Zischen endete. Plötzlich lag ein stechender, an Fäulnis erinnernder Geruch in der Luft, der genauso schnell verwehte, wie er entstanden war.

Als Hatra sich wieder auf ihren Stab stützte, zeichnete sich ein wenig graue Asche auf dem königlichen Gewand ab. Sie schnippte die Flocken sorgfältig fort, bevor sie zwei Schritte zurücktrat und am Fuße des Throns Aufstellung nahm.

»Kommt her«, rief sie Alvin und Bornus zu. »Langsam strengt es mich an, die ganze Meute im Bannschlaf zu halten.«

Noch während die Iskander zu ihr eilten, erschlaffte ihre Haltung. Ihre Schultern sackten herab, bis der Rücken wieder die alte Krümmung aufwies.

Dem Hals des Monarchen entwich ein gepeinigtes Krächzen. Verwirrt mit den Augen zwinkernd sah er in die Runde und stellte stirnrunzelnd fest, dass Hatra und die Iskander in seiner unmittelbaren Nähe standen. Gleichzeitig kehrte auch in den Rest des Hofstaates das Leben zurück.

»Was ist los?«, fragte Horvuk verstört. »Ich verstehe nicht, was hier vor sich geht.«

»Silberhaupt und seine Pilger«, erinnerte Hatra freundlich an ein Gespräch, das niemals stattgefunden hatte. »Eure beiden besten Spione haben endlich herausgefunden, wo die Domäne liegen soll. Silberhaupt will die Große Öde fruchtbar machen und dazu das größte Süßwasservorkommen anzapfen, das die vereinten Königreiche kennen. Die Tausendsee …«

Der König wischte sich unbewusst einen Speichelfaden aus dem Mundwinkel, während die vermeintliche Erinnerung zurückkehrte.

»Genau!« Empört hämmerte er seine geballte Rechte auf die steinerne Thronlehne. »Und danach will der Schurke ein eigenes Reich gründen, das er wie ein König regiert. Aber das können sich diese Pilger aus dem Kopf schlagen! Die Große Öde untersteht den Herren der Tausendsee, so war es schon immer, und so wird es auf ewig bleiben!«

Und gleich darauf, zu Alvin gewandt: »Gut dass du mit deinen Erkenntnissen zu mir gekommen bist, Hauptmann! Ich wusste schon immer, wie nützlich es ist, einen freien Offizier mit deiner Erfahrung in der Stadt zu haben. Trommel mir so viel freie Reiterei zusammen, wie du in zwei Tagen auftreiben kannst. Ihr sollt an der Seite meiner Garden kämpfen, und es wird euer Schaden nicht sein.«

»Nur zu gerne«, versicherte Bornus an Stelle des verblüfften

Kameraden. »Unsere Klingen dürsten schon viel zu lange nach frischem Blut.«

Nach ein paar weiteren Worten entließ sie der Monarch mit dem Hinweis, dass er sich jetzt dringend mit seinen Ratgebern beschäftigen müsse, die die aufziehende Gefahr verschlafen und sträflich unterschätzt hatten.

Einige Gesichter aus seinem Gefolge erbleichten bei diesen Worten, anderen schoss das Blut in die Wangen. Allen gemeinsam war jedoch, dass sie vor Aufregung zu japsen begannen. Den Mienen der Betroffenen war deutlich anzusehen, dass sie den königlichen Tadel als ungerecht empfanden. Sicherlich hatte der schwarze Wurm, der nichts anderes als einer von Silberhaupts Zaubern sein konnte, in der Vergangenheit immer wieder dafür gesorgt, dass Horvuk alle Warnungen bezüglich der in seiner Stadt ein- und ausgehenden Pilger in den Wind geschlagen hatte.

Natürlich wagte trotzdem niemand, offen gegen den Monarchen aufzubegehren. So besaß dieser die Muße, Alvin noch einmal zurückzuwinken und sich verschwörerisch zu ihm herabzubeugen.

»Du bist der beste Söldner, den ich kenne«, lobte er ihn noch einmal. »Mein Ohr steht dir von nun an immer offen! Aber sei so gut und bring mir nie wieder dieses alte Weib mit! Ihr Anblick ist mir zuwider, und ich sehe keinen Sinn in ihrer Anwesenheit.«

»Sie ist eine gute Kräuterhexe!«, gab Alvin zu bedenken. »Vertraut mir. Falls es zu einer Schlacht kommt, werden viele Verletzte froh über ihre Künste sein.«

»Mag sein, mag sein.« Horvuk wedelte ärgerlich mit der Hand. »Du kannst in deine Reihen aufnehmen, wen dir beliebt. Aber halte sie mir vom Leib, ihr stechender Blick geht einem ja durch und durch.«

Alvin nickte ergeben, bevor er den anderen hinterhereilte.

Hatra und Bornus hatten die hohe Flügeltür, die auf den Korridor hinausführte, schon fast erreicht.

Die Schultern der Hexe bebten. Ihre Ohren waren besser, als alle hier im Saal glaubten. Sicherlich hatte sie genau verstanden, was der König gerade über sie gesagt hatte. Ob sie wohl wegen der harschen Worte weinte?

Nein, mit Sicherheit nicht. Alvin hätte sogar die Schatzkammer des Palastes darauf verwettet, dass die Alte gerade still in sich hineinkicherte, weil sie alle Welt so erfolgreich über das wahre Maß ihres Einflusses zu täuschen vermochte.

Sie, die Hexenmutter aller Schattenschwestern.

Zur Zeit der Zyklopen

Trotz der dichten Regenschleier drängten sich die Schaulustigen Schulter an Schulter um das aus groben Balken gezimmerte Podest, das sich in der Mitte Marktplatzes erhob. Ganz Myandor schien auf den Beinen, um den Tod des Großmagiers mit eigenen Augen anzusehen. Nicht nur alle umliegenden Dächer, auch sämtliche Fenster in Sichtweite waren bis auf die letzte freie Ecke besetzt. Anstatt sich einen Weg durch den wogenden Ring aus Leibern zu bahnen, wartete Hatra in aller Ruhe das Ende des von ihr selbst heraufbeschworenen Schauers ab, bevor sie ihren Körper federleicht machte und über die Köpfe der Menge hinwegschwebte.

Aufrecht, mit erhobenem Haupt und dem Stolz einer Seth, die wusste, dass sie das Richtige tat. Perac bot dagegen ein Bild des Jammers, so schlaff, wie er im Griff der beiden Leibgardisten hing, die Hatra in einigem Abstand folgten. Die Sonne brach gerade durch die Wolken, als sie das durchnässte Holzpodest erreichte. Unter ihr glänzte eine große Pfütze, die ringförmig auseinanderperlte, bevor sie sanft mit den Sohlen aufsetzte.

Die beiden geflügelten Leu, die Perac trugen, legten ihre bewusstlose Last überraschend vorsichtig ab, bevor sie wieder davonflogen. Ihr Ziel war eine steinerne Empore an der Stirnseite des Platzes, auf der sich Eonis und die übrigen Greifen niedergelassen hatten. Sie erhofften sich für diesen Nachmittag nicht nur ein blutiges Spektakel, sondern auch den Verlust ihrer Schwingen, was ihnen allen deutlich anzusehen war.

Zufrieden betrachtete Hatra die erwartungsvollen Löwenaugen, die sie von allen Seiten anstarrten, während die Jadekugel in ihren Händen zu knistern begann. Alles verlief, wie sie es vorbereitet hatte, selbst die Wolken stoben auf ihren geistigen Befehl hin schneller auseinander, als ein Wind sie hätte vertreiben können. Goldgelbes Sonnenlicht fiel herab und leuchtete den Platz bis in die letzte Ecke hin aus.

Wer ein Auge dafür besaß, erkannte jetzt die feinen Tropfen, die noch die Luft schwängerten, aber die meisten Blicke galten natürlich dem Regenbogen, der sich plötzlich über den Dächern der Stadt zeigte.

Knurrende Laute der Bewunderung stiegen von der zuvor schweigenden Menge auf, obwohl dieses Naturschauspiel in Myandor keinen Seltenheitswert besaß. Die meisten Leu hatten wohl einfach ein düsteres Schauspiel voller Blut und Verzweiflung erwartet und waren nun von den gänzlich anderen Umständen angetan. Das sollte allerdings nicht die einzige Täuschung sein, der sie erlegen waren.

Hatra lächelte verschmitzt.

Perac hatte die ganze Zeit über mit der linken Gesichtshälfte in einer Pfütze gelegen, vielleicht war das der Grund, warum er sich plötzlich regte. Die Hexe konnte nicht anders, als ihm ein gewisses Maß an Bewunderung zu zollen. Die Wirkung des Fliegenpilzpulvers, das sie dem Schlafenden ins Gesicht gepustet hatte, hätte eigentlich bis zum Abend anhalten müssen, doch seine Widerstandskraft war so groß, dass er die Bewusstlosigkeit bereits wieder abschüttelte.

Gepresste Laute von sich gebend wälzte sich Perac umher. Die auf dem Rücken gefesselten Hände machten es ihm schwer, sich zurechtzufinden, doch schließlich schaffte er es doch, die Beine so unter den Körper zu ziehen, dass er sich auf den Knien aufrichten konnte. Verwirrt gegen die Sonne blinzelnd versuchte er sich darüber klar zu werden, was mit ihm geschehen und wie er ins Freie gekommen war. Sicherlich hätte er gerne entsprechende Fragen gestellt, doch seine Versuche, den Mund zu öffnen, scheiterten an dem Zwirn, mit dem Hatra ihm die Lippen vernäht hatte.

»Tut mir leid, es ging nicht anders«, behauptete sie. »Ich kenne deine Neigung, Knebel auszuspucken. Und du würdest sonst nur die armen Leu mit nach Zauberformeln klingenden Flüchen erschrecken.«

Peracs Augen weiteten sich vor namenlosem Grauen, als er die Jadekugel in ihren Händen bemerkte. Auch wenn er nicht wusste, was Hatra genau plante, so durfte er sich von nun an sicher sein, dass er dabei sterben sollte. Augenblicklich stellte er seine Sprechversuche ein, die nur dazu führten, dass sich der blutverschmierte Zwirn noch tiefer in die Stichwunden fraß. Sein auf Hatra gerichteter Blick verschleierte, weil er in sich selbst versank, um seine geistigen Kräfte zu sammeln.

Trotz seines angeschlagenen Zustandes spürte Hatra ein körperloses Tasten, das ihre Gedanken zu stören versuchte. Schon alleine aus diesem Grunde hätte sie nichts dagegen gehabt, Perac im bewusstlosen Zustand zu opfern, denn nun musste sie sich sputen, bevor er ihr noch gefährlich werden konnte.

Entschlossen hob sie die schattenumwölkte Jadekugel an und zwang dem Artefakt ihren Willen auf. Noch im selben Atemzug lösten sich zwei Blitze aus der gewölbten Oberfläche, schossen nebeneinander durch die Luft und bohrten sich in Peracs Augen. Die gaffende Menge, die einen sauberen Schnitt durch die Kehle erwartet hatte, stöhnte vor Überraschung auf. Doch niemand war verblüffter als Perac, der den Rücken vor Schmerz durchbog.

Feine Rauchfäden quollen aus seinen Ohren, während sich die beiden Entladungen tief in seinen Verstand fraßen und sein magisches Talent gierig aufsogen. Den beiden wild zuckenden Lichtstrahlen war nichts von einem Austausch anzumerken, doch die roten Schleier, die plötzlich die Schattenjade durchzogen, zeigten den Machtzuwachs der Kugel deutlich an.

Hatra lachte triumphierend auf, weil ihr Ritual wie vorgesehen glückte. Perac spürte hingegen einen Schmerz, wie er ihn in seinem an Entbehrungen nicht gerade armen Leben noch nicht kennen gelernt hatte. Sein Oberkörper wand und schüttelte sich unkontrolliert, während er mit solcher Inbrunst aufschrie, dass seine Lippen trotz der Naht auseinandersprangen. Dort, wo eben noch der Zwirn gesessen hatte, klafften nun blutige Spalten. Feiner, roter Sprühregen schoss unter den Blitzen entlang, die sein Gehirn weichkochten. Immer neue Schreie verließen seine wunde Kehle, bis ihm auch das letzte bisschen Verstand genommen war.

Die beiden Blitze verblassten langsam und lösten sich schließlich gänzlich auf, als es nichts mehr zu holen gab. Zurück blieben zwei verkohlte Augenhöhlen, die einen Blick auf einen gänzlich ausgebrannten Schädel erlaubten. Dichter, nach verbranntem Fleisch stinkender Qualm stieg aus dem leeren Inneren auf, während der äußerlich unversehrt wirkende Körper langsam zur Seite sackte.

Ein letzter Blutschwall strömte aus dem zerschnittenen Mund hervor, als der tote Greis auf dem Podest aufschlug. Großmeister Perac – er existierte nicht mehr. Die ihm einst innewohnende Macht ruhte nun in der Jadekugel.

Fasziniert beobachtete Hatra die roten Schwaden, die fast alles Schwarz von der polierten Oberfläche verdrängt hatten. Nie zuvor hatte die Hexe solch geballte Macht in Händen gehalten.

»Was ist?«, rief Eonis ungeduldig von seinem Platz aus herüber. »Ist das Ritual geglückt? Kannst du die uns versprochenen Zauber ausführen?«

Hatra ließ ihre Blicke über die immer noch zutiefst schockierte Menge wandern, bevor sie zu dem Regenbogen aufsah, der sich direkt über Myandor wölbte.

Das größte wohl denkbare Portal, das Simwae je gesehen hatte. Nicht aus Stein und nicht von Dauer, aber dank der Blutjade nicht weniger wirkungsvoll. Sie wusste, dass ihr Zauber glücken würde, noch ehe sie ihn in Gedanken formulierte.

»Komm her und sieh selbst!«, rief sie dem Monarchen zu, denn sie wollte ihn gerne als ersten Leu fallen sehen.

Eonis, der sich etwas ganz anderes erhoffte, stieg erfreut in die Lüfte. Mit Schwert und Schwingenschild angetan flog er über den Platz. Die anderen Greifen ließen ihm bereitwillig den Vortritt, obwohl auch sie danach lechzten, ihre Schwingen zu verlieren. Eine scharfe Brise, die plötzlich zwischen den Häusern hindurchfegte, trug den Monarchen wieder ein gutes Stück zurück. Verwirrt starrten alle Leu auf Hatra, die sich plötzlich im Zentrum eines kleinen Luftwirbels befand.

Ihr langes Haar flatterte hoch über ihrem Kopf, während sie die Blutjade in ihren Händen hielt. Dunkelrote Entladungen züngelten halbkreisförmig davon. Sich fortlaufend verästelnd strebten sie höher und höher durch die Luft, bis sie die farbigen Bahnen des Regenbogens erreichten. Im gleichen Herzschlag, da die fließende Energie ein Portal erschuf, spürte sie das offene Tor am anderen Ende der Sternenlinie.

KhorAh-Tep, mit dem Hatra in der letzten Nacht einen Pakt geschlossen hatte, hielt also Wort. Er und die Seinen standen unter dem letzten Portal zum Überraschungsangriff bereit. Von ihrer Zuflucht hinter der großen Mauer bis nach Myandor war es auf diese Weise nur ein Katzensprung. Hatra fühlte ihre Ankunft, als sie die andere Seite des Tores betraten.

Die Luft über der Stadt begann zu flirren.

Erschrocken starrte die Bevölkerung in die Höhe, doch noch ehe sie begriff, dass es sich bei den Silhouetten, die wie aus dem Nichts Gestalt annahmen, um Zyklopen handelte, erklang der erste Ton. Tiefe, von mörderischer Kraft beseelte Trompetenstöße jagten vom Himmel herab und schlugen auf die Leu wie mit unsichtbaren Riesenfäusten drein. Das widerliche Geräusch von brechenden Knochen erfüllte den Platz, noch während die Getroffenen umherwirbelten.

Kaum hatten sich ihre Umrisse vollständig gefüllt, legten die Giganten der Lüfte ihre ledernen Schwingen an und fielen im Sturzflug über die verwirrten Leu her. Gnade wurde dabei nicht gewährt, weder für Krieger noch für Frauen oder Kinder. Die Mamuth hatten nicht ihre vielen Kameraden vergessen, die für die Zyklopentränen zu Tode gequält worden waren. Rücksichtslos fegten sie die gaffenden Leu von den Dächern und schüttelten sie selbst im Sturz noch mit Schallwellen durch, sodass schon alle Knochen gebrochen waren, noch ehe sie aufs Pflaster aufschlugen.

Der brutale Angriff, dem alle auf dem Platz schutzlos ausgeliefert waren, löste Panik aus. Rücksichtslos drängend und um sich schlagend versuchte ein jeder, dem Gewühl zu entfliehen und den Schutz der Häuser zu erreichen. Dabei starben fast ebenso viele Leu unter den Stiefeln ihrer Mitbürger wie unter dem Trompetenhall der attackierenden Mamuth.

Einzig die Greifen besaßen die Möglichkeit zur Gegenwehr. Mit blanker Klinge stürzten sie dem Feind entgegen, versuchten den tödlichen Trompetenstößen auszuweichen und in Klingenreichweite zu gelangen.

Hatra würdigte den unerbittlichen Luftkampf keines zweiten Blickes.

Während um sie herum Tod und Vernichtung herrschten, schloss sie die Verbindung zum Zyklopenportal und öffnete dafür einen anderen Durchgang, der in die Welt hinter der Welt führte, zu dem Ort, an dem die Zeit nicht existierte. Hatra kannte diesen Weg, denn sie war ihn schon einmal mit Perac gegangen.

»Hinterlistige Schlange! Was hast du getan?« Den Helm vom Kopf gerissen, die Mähne völlig zerzaust tauchte Eonis über ihr auf. Seine Augen blitzten vor Hass, obwohl er das ganze Ausmaß ihres Verrats noch gar nicht erfasst haben konnte. Sein Wunsch nach Rache war so groß, dass er sich nicht an der Abwehrschlacht beteiligte, sondern lieber seine Klinge gegen Hatra richtete.

»Eigentlich sollte ich dich den Zyklopen überlassen, die dich genauso betrügen werden, wie du uns betrogen hast!«, verschwendete der König seinen Atem mit sinnlosen Drohungen. »Aber lieber will ich dich unter meinen eigenen Händen sterben sehen.«

Nur noch zwei Flügelschläge trennten ihn von der Hexe, die erschrocken feststellte, dass sich kaum noch rote Schlieren auf der Jadekugel abzeichneten. Peracs gesammelte Macht, sie war schon beinahe aufgebraucht. Doch Hatra durfte jetzt nicht versagen. Nicht jetzt, da all ihre Feinde, die sie von ganzem Herzen hasste, an einem einzigen Ort versammelt waren: Eonis, der sie verschmäht, aber auch Kimue, die ihr zusammen mit Perac alle Hoffnungen genommen hatte. Außerdem die letzten Zyklopen, denen der Untergang der Seth zu verdanken war. Sie alle waren Aussatz und sollten für immer in den Abgründen jenseits der Zeit verschwinden.

Obwohl Hatra ein Gefühl unendlicher Müdigkeit verspürte, nahm sie all ihre Kraft zusammen. Die Kugel in ihren Händen fing zu zittern an, als sie endlich den die Sinne verwirrenden Kontakt zu dem sich öffnenden Zeitschlund spürte.

Der Boden unter ihren Füßen begann zu beben.

Es dauerte einen Herzschlag lang, bis sie begriff, dass es allen anderen in der Stadt genauso erging wie ihr. Mörtelstaub wölkte über den in ihren Grundfesten erschütterten Häusern auf und verwehte mit dem Wind. Nur der in der Luft schwebende Eonis, der mit dem Schild voran auf sie zustürzte, achtete nicht auf das, was um ihn herum geschah.

Wollte Hatra nicht unter seinem Stahl zusammensinken, musste sie ihm zuvorkommen. Die Hände waren ihr durch die Kugel gebunden, deshalb versuchte sie, Eonis einen Blitz entgegenzuschleudern. Das war ein Fehler. Die auf das gigantische Regenbogentor ausgerichtete Jade verkraftete keinen zusätzlichen Zauber mehr, zumal auch der letzte blutige Schleier verweht war. Statt Eonis zu attackieren, sprang die Kugel aus Hatras Händen und platzte im gleichen Moment auseinander.

Zu ihrem Glück flogen die Bruchstücke nur in eine Richtung, und zwar in die von ihr abgewandte Richtung. Die Hexe selbst blieb unverletzt, dafür prasselten die Splitter Eonis entgegen. Die meisten Scherben hämmerten mit solcher Wucht gegen den Schwingenschild, dass sie im weichen Gold steckenblieben. Andere durchschlugen ihm die Fellschwingen, zerschnitten sein Gesicht, den Schwerthandrücken und eines seiner Ohren. Derart aus der Flugbahn geworfen prallte er hart auf das Podest, richtet sich aber sofort wieder auf, um auf die schutzlose Hexe loszugehen.

Aus, dachte Hatra. *Nun habe ich den Bogen doch überspannt.*

Aber das, was sie in die richtigen Bahnen gelenkt hatte, ließ sich längst nicht mehr aufhalten. Ein harter Erdstoß holte beinahe jeden in der Stadt von den Beinen und wirbelte alles durcheinander. Auch Eonis und sie. Noch während sie dem feuchten Holz entgegenstürzte, spürte Hatra, wie etwas von oben an ihr zerrte. Ein gestaltloser Sog, der auch jeden anderen in Myandor erfasste. Erneut sah sie zum Himmel auf, zu dem fernen Wirbel, der sich unterhalb des Regenbogens abzeichnete. Wie ein gewaltiger Mahlstrom sah er aus, der alles Bewegliche in der weißen Stadt unerbittlich an sich zog.

Ein kalter Wind heulte durch die Marmorgassen. Staub zog in dichten Schleiern durch die Luft. Die Toten waren die Ersten, die in die Höhe gerissen wurden. Alle anderen folgten einen Herzschlag später. Selbst die Mamuth konnten sich diesen übermächtigen Kräften nicht lange entgegenstemmen.

Auch alles Flügelschlagen half nichts.

Ob Freund oder Feind, plötzlich kreisten sie alle Seite an Seite unter dem Regenbogen umher. Dabei entstand ein solches Gedränge, das zahlreiche Rüstungsteile und Waffen verloren gingen. Auch Eonis wurde der Schwingenschild vom Arm gerissen. All diese toten Gegenstände regneten ebenso zu Boden wie die Leichname, fast so, als wären sie es nicht wert, die lange Reise anzutreten. Alle anderen wurden hingegen auf einen Schlag in den offenen Zeitschlund hineingesaugt.

Hatra, die diesen Weg schon einmal hinter sich gebracht hatte, blickte als Einzige zurück.

Unter ihr, in der sichtbaren Welt, war scheinbar alles aus den Fugen geraten. Immer neue Erdstöße erschütterten Myandor, bis die Fundamente der Marmorbauten brachen. Dächer stürzten ein, Mauern kippten aus ihrer Verankerung und stürzten über andere Trümmer hinweg. Doch es war nicht nur die Stadt, die zerfiel. So tief in der Welt hinter der Welt, wie Hatra sich schon befand, konnte sie die Kraftströme sehen, die alles Sichtbare durchflossen.

Die entfesselten Kräfte der geborstenen Jadekugel griffen tief in die eingespielten Abläufe ein. Ob nun Luftströme in höchsten Höhen oder Wasserläufe, die sich durch die Landschaft schlängelten, alles wurde durcheinandergebracht. Simwae würde deshalb über weite Teile veröden, während das angesaugte Wasser sturzflutartig im Nordosten niedergehen und dort alles in Morast verwandeln würde.

Das war ihre Rache, über Generationen hinaus!

Als Nächstes sah Hatra, wie der Schlund hinter ihr allmählich schrumpfte und sich schließlich gänzlich zusammenzog, bis nur noch das graue, alles umspannende Nichts existierte, das sie alle, auch die Leu und Zyklopen, verschlang. Der Hexe machte es nichts aus, plötzlich alleine zu sein, denn sie hatte ein Ziel vor Augen, bei dem sie keine Begleitung brauchen konnte. Allein mit der Kraft ihrer Gedanken steuerte sie den Schlupfwinkel an, der ihr schon einmal äonenlang Zuflucht gewährt hatte: der Ort, an dem die Zeit nicht existierte. Scheinbar nur wenige Augenblicke ließ sie sich dort treiben, bis sie die faustgroße Sphäre entdeckte, die sie mit Hilfe der Blutjade hier zurückgelassen hatte. Mit ihr in den Händen wünschte Hatra sich an den Ausgangspunkt ihrer Reise zurück, zu einem Portal über Simwae. Das war der einzige Weg, auf dem sie diese körperlose Welt hinter der Welt verlassen konnte. Das war ihre Rache an den Leu und den Zyklopen.

Geduldig glitt die Hexe durch den endlosen Nebel, ohne jemandem zu begegnen. Ferne Stimmen und Schatten waren der einzige Hinweis darauf, dass es noch andere gab wie sie.

Der Eintritt in ihre alte Welt raubte ihr beinahe den Atem.

Unter irgendeinem Regenbogen nahm Hatra wieder Gestalt an – und stürzte umgehend der Erde entgegen. Sofort wandte sie die Kunst der Levitation an, um den Fall zu verlangsamen, doch es strengte sie ungewöhnlich stark an, den Schwebezustand einzunehmen. Die Wiese, die sich unter ihr ausbreitete, näherte sich viel zu schnell. Die Angst, beim Aufschlag zu zerschmettern, half ihr dabei, noch einmal das Letzte aus sich herauszuholen.

Der Aufprall auf dem weichen, leicht morastigen Boden war schmerzhaft, aber ungefährlich. Waagerecht ausgestreckt schlug sie mit ganzer Körperlänge auf und schlief unmittelbar darauf vor Erschöpfung ein.

Ohne das nagende Gefühl von Hunger wäre sie wohl erst am nächsten Tag wieder erwacht. So aber öffnete sie nach kurzer Ruhe wieder die Augen und machte sich auf die Suche nach einem Bach oder einer anderen Frischwasserquelle. Ein leises Plätschern lockte sie auf den richtigen Weg, merkwürdige Stimmen in einer fremden Sprache ließen sie allerdings Deckung suchen. Hinter einem Beerenstrauch verborgen versuchte sie zu ergründen, welches Volk inzwischen zur beherrschenden Kultur aufgestiegen war. Zu ihrer Überraschung entdeckte Hatra ungewöhnlich glatthäutige Wesen, ohne Flügel, Fell oder hornige Schuppen.

Es dauerte eine Weile, bis sie wirklich glauben konnte, was sie da sah, doch irgendwann gab es keinen Zweifel mehr. Es waren ausgerechnet die schwächlichen, von allen anderen Kulturen verachteten Nacktaffen, die die Gunst der schöpfenden und zehrenden Götter errungen hatten.

Die Menschen.

Hatra kam das entgegen, denn rein äußerlich betrachtet sah sie diesem Volk sogar ähnlich. Ihre geschlitzten Pupillen waren noch das verräterischste Unterscheidungsmerkmal. *Vielleicht gelingt es mir, den mächtigsten ihrer Herrscher zu betören*, dachte sie gerade vergnügt, als ihr Blick erstmals auf ihre rechten Hand fiel, mit der sie einen grünbelaubten Zweig zur Seite geschoben hatte. Die Haut dieser Hand – ihrer Hand – war von tiefen Falten zerfurcht und mit Altersflecken übersät.

Aber … das konnte doch nicht wahr sein!

Entsetzt fuhr sich Hatra mit den Fingern durchs Gesicht. Das fühlte sich so an, als würde sie über die verwitterte Rinde eines alten Baumes streichen. Ihr blieb fast das Herz stehen, doch sie glaubte erst, was sich schon längst nicht mehr leugnen ließ, als sie ihr Spiegelbild in einem Wasserlauf sah. Schlohweißes Haar umrahmte ein Gesicht, das dem ihren zwar ähnelte, aber das Antlitz einer Greisin war.

Plötzlich erinnerte sie sich wieder an Peracs Worte, denen sie damals, im Angesicht der Zyklopenmauer, noch keine Bedeutung zugemessen hatte. *Solch starke Kräfte zu beschwören fordert irgendwann einen Tribut*, so oder ähnlich hatte er es gesagt und sich damit als wahrer Prophet ihres eigenen Schicksals erwiesen.

Ja, die Hexe hatte zwar ihre Rache bekommen, aber auch einen hohen Preis dafür zahlen müssen. Sie war tatsächlich ihrer ganzen Jugend beraubt worden. Der mächtige Zauber mit der Blutjade hatte sie vollends ausgelaugt, hatte sie alt und schwach werden lassen …

19.

Auf nach Myandor

Syrk

Nur mit Bornus an der Seite ritt Alvin auf das kreisförmig angelegte Zeltlager zu, das sich südlich von Syrk inmitten von saftiggrünen Weiden erstreckte. Weit über zweihundert Schattenschwestern bevölkerten ein von Stadtgardisten und Leichter Reiterei abgeschirmtes Terrain, das in einer natürlichen Senke lag. Rituelle Gesänge erfüllten die beinahe unerträglich heiße Luft. Obwohl die Sonne im Zenit stand, hatte sich der überwiegende Teil der Hexen zu einem großen Sitzkreis unter freiem Himmel zusammengefunden, um gemeinsam eine Beschwörung oder einen Zauber durchzuführen. Die übigen Hexen eilten umher, um die in Trance versunkenen Schwestern mit frischem Wasser zu versorgen oder ihnen Luft zuzufächern. Bei diesem drückenden Wetter konnte es im Laufe eines solchen Rituals leicht zu Ohnmachten oder anderen Zusammenbrüchen kommen.

Bree stand bereits am Rande des Lagers und erwartete sie.

»Ihr seht ja nicht besonders glücklich aus«, entfuhr es ihr zur Begrüßung. Dem Tonfall nach zu urteilen meinte sie es nicht böse, außerdem hatte sie vollkommen recht.

»Ich weiß jetzt, warum Hatra dem König eingeflüstert hat, *ich* wäre der unverzichtbare Anführer dieses Unternehmens«, brummte Alvin. »So kann sie sich auf ihre Anrufungen konzentrieren, während wir uns Horvuks weltfremdes Gerede anhören müssen. Die Zeit unter dem Einfluss von Silberhaupt ist nicht spurlos an ihm vorübergegangen. Er kommt mir weiterhin sehr verwirrt vor.«

»Die Schattenmutter ist voller Weisheit«, bestätigte Bree mit großem Ernst. »Aber gibt es auch etwas Neues zu vermelden?«

Nun, da die Pferde standen und an dem vor ihnen sprießenden Gras knabberten, machte sich die Hitze besonders bemerkbar. Die Luft stand regelrecht, nicht der kleinste Hauch war zu spüren. Für die Städte und Ländereien entlang der großen Seenplatte war das mehr als ungewöhnlich. Normalerweise wehte immer eine leichte Brise über das Meer herein, und selbst die Wüstenwinde kühlten ab, sobald sie über die ausgedehnten Seen strichen. Als Alvin in den wolkenlosen Himmel sah, bemerkte er ein schlierenhaftes Wabern, hoch über ihren Köpfen. Das Phänomen ähnelte dem flirrenden Sonnenglast, der häufig in der Wüste oder ähnlich kargen Landstrichen zu finden war.

»Unsere Truppen sind vollständig«, meldete Alvin, obwohl er mit den Gedanken ganz woanders weilte. »Dreihundert Mann leichter Reiterei, die Rationen für zwei Tage in ihren Satteltaschen mit sich führen. Das sollte reichen, um bis südlich der Seen vorzustoßen. Bevor es in die Große Öde geht, brauchen wir aber neuen Proviant, und es ist fraglich, ob wir den dort so schnell bekommen werden.«

»Sprich am besten mit Hatra darüber«, riet ihm Bree. »Die Schattenmutter hat bald Zeit für euch, ich soll euch bereits in ihr Zelt führen.«

»Da ist noch etwas«, meldete sich Bornus zu Wort.

Alvin warf dem Kameraden einen warnenden Blick zu, doch zu spät. Brees Neugier war bereits geweckt. »Ja, sprich ruhig«, forderte sie.

»Es geht nur um etwas, mit dem uns der König ständig in den Ohren liegt« versuchte Alvin ihre Erwartungen zu dämpfen. »Bei Horvuk sind mehrere Fischer vorstellig geworden, die behaupten, der Wasserspiegel in der Tausendsee wäre gesunken.«

Bree nickte nur, als wüsste sie schon darüber Bescheid. »Sprecht auch darüber am besten mit der Schattenmutter«, sagte sie nur.

Ihre Worte hingen noch halb in der Luft, als sie auch schon auf dem Absatz kehrtmachte und vorwegging, um ihnen den Weg zu weisen.

Hinter der Zyklopenmauer

Die toten Pilger zur Steilküste zu schaffen, um sie der See zu übergeben, war eine unangenehme Aufgabe, doch sie musste getan werden, bevor die Verwesung einsetzte. Die magischen Sphären mit den entnommenen Herzen zerschellten ebenfalls am Steilhang und spülten mit der hohen Gischt davon.

Rorns Mantel stank allmählich nach Blut und Tod, als er endlich den letzten Leichnam zum Abgrund trug. Gerwins Körper in die Tiefe zu schleudern fiel ihm besonders schwer, doch er tröstete sich mit dem Gedanken, dass dem Jungen wenigstens die entsetzliche Existenz als Herzloser erspart geblieben war.

»Verdammter Bann«, murmelte Rorn zum Abschied, denn er haderte mit dem Gedanken, dass es vielleicht die Begegnung mit ihm gewesen war, die Gerwin in die Hände seiner Mörder geführt hatte. »Und elender Schnitter!«

Sein Schwert ertrug die Anschuldigung so ruhig und schweigsam wie immer. Möglicherweise teilte es sich aber auch in dem Gedanken mit, der Rorn als Nächstes durch den Kopf ging. *Nein*, schalt sich der Bannstreiter selbst für seine harschen Selbstzweifel. *Gerwins Weg war schon vorgezeichnet, lange, bevor wir uns begegnet sind. Da gehörte er bereits zu den Pilgern, die nach Syrk strebten, um den Weg in die viel gepriesene Domäne anzutreten.*

Dass die Pilger in ihrem gelobten Land in den Tod gehen und als Herzlose wiedergeboren werden sollten, hatte niemand voraussehen können. Weder sie noch ein Außenstehender. Am allerwenigsten Rorn.

Trotz allem niedergeschlagen suchte er Venea auf, die den ganzen Morgen über am Portal zugebracht hatte. Auf dem Weg zu ihr musste der Bannstreiter dauernd an die Blutjade denken, die er seit dem Kampf in Hadiks Turm bei sich führte. Ob sich vielleicht mit diesem mächtigen Machtspeicher ein Weg über die Zyklopenmauer finden ließ? Wo die Schattenjade bei Veneas Levitationsversuch versagt hatte, mochte der Blutstein sie vielleicht bis in unendliche Höhe katapultieren und auf der anderen Seite wieder sicher zur Erde schweben lassen.

Vielleicht, vielleicht aber auch nicht.

Rorn zögerte weiterhin, dieses Wagnis einzugehen. Er misstraute schon der Schattenjade, doch an dem eiförmigen Amulett, das er in einer Innentasche des Mantels trug, klebte zusätzlich Blut. Hadiks Blut, daraus konnte einfach nichts Gutes erwachsen. Venea sah das genauso, obwohl sie schon einige Male angeboten hatte, das Wagnis trotzdem einzugehen.

Als das Portal in Sichtweite kam, erkannte Rorn schon von weitem, dass die Siegel der Hexe gebrochen waren. Ein weißblaues Gleißen umflirrte den schwarzen Stein, während der Bereich unterhalb des Bogens seltsam unscharf wirkte. Fast so, als wehten dort feine Schleier, die den Blick auf die dahinterliegende Landschaft trübten. Das Tor stand also von dieser Seite aus offen, doch von Silberhaupt und seinen Getreuen, die zu ihnen vordringen wollten, war zum Glück nichts zu sehen.

Venea wandte ihm die ganze Zeit über den Rücken zu, selbst als seine Schritte kaum noch zu überhören waren.

»Was ist los?«, fragte Rorn besorgt.

Kurz bevor er sie erreichte, drehte sie sich kurz um und warf ihm einen Blick aus rot unterlaufenen Augen zu. Sie hatte geweint oder doch zumindest ein paar aufsteigende Tränen unterdrückt.

»Das Tor in den Tiefen von Syrk«, antwortete sie mit belegter Stimme. »Das, durch das wir gekommen sind – es existiert nicht mehr.«

Schicksalsergeben hob Rorn die Schultern. »Es war wohl damit zu rechnen, dass Silberhaupt es uns mit gleicher Münze heimzahlen wird und seine Seite ebenfalls versiegelt.«

»Das ist es nicht.« Die Hexe aus der Südermark schüttelte den Kopf. »Wäre es nur blockiert, könnte ich es trotzdem spüren, so, wie du eine geschlossene Tür siehst, obwohl sie zugesperrt ist. Aber dort, wo sich die Aura des Portals von Syrk abzeichnen müsste, befindet sich überhaupt nichts mehr!«

»Als wäre die Tür mitsamt des Gebäudes, in das sie führt, dem Erdboden gleichgemacht worden?«, fragte Rorn nach.

»Dem Erdboden gleichgemacht«, wiederholte Venea tonlos. »Genau *das* muss mit dem Portal in Syrk passiert sein.« Ihre Augen fingen an zu glänzen, während sie seinen Gedankengang bestätigte. »Silberhaupt hat das Tor zerstört! Das bedeutet, die Schattenmutter kann uns nicht zurückholen, selbst wenn Alvin und Bornus sie zu dem Friedhof und in die darunterliegende Kammer führen! Silberhaupts Siegel hätte sie bestimmt brechen können, aber ein solches Portal neu zu erschaffen, übersteigt selbst ihre Kräfte.«

Abrupt wandte sich die Hexe ab, damit er nicht die Träne sah, die sich aus ihrem linken Augenwinkel löste und die gebräunte Wange herabperlte. Bei dem Gedanken an eine ewige Gefangenschaft hinter der Zyklopenmauer geriet auch Rorns Zuversicht ins Wanken. Nagendem Hunger oder quälendem Durst war er ebenso ausgeliefert wie jeder andere. Im

Falle eines solchen Todeskampfes half ihm kein Schwert weiter, nicht einmal Grimmschnitter.

»Gibt es keine anderen Tore, die in die Freiheit führen?«, fragte er, fieberhaft nach einem Ausweg suchend.

»Alle, die ich aufspüren kann, sind versiegelt«, lautete Veneas verzweifelte Antwort. »Dabei spüre ich eine rege Präsenz von wandernden Auren; aber was hilft uns das, wenn wir nicht die richtige Losung kennen, die uns Eintritt verschafft? Doch selbst wenn, wer garantiert uns denn, dass uns die nächste Passage nicht in eine noch unwirtlichere Gegend als diese führt?«

»Schlimmer als jetzt kann es eigentlich nicht mehr werden.« Rorn bereute diese Einschätzung sofort, als Venea neben ihm verkrampfte. Zunächst dachte er, seine Worte hätten sie verletzt. Erst, als sie den Rücken wie unter großen Schmerzen durchbog und ihr Kopf haltlos zu zittern begann, begriff er, dass eine fremde Macht nach dem Verstand der Hexe griff.

Seine Rechte fuhr instinktiv zum Schwertgriff. Hastig wirbelte er zum Portal herum, in dem sich weiterhin nichts Verdächtiges abzeichnete. Falls Silberhaupt hinter diesem Übergriff steckte, mochten seine Schergen trotzdem jeden Augenblick aus dem Tor hervortreten.

»Rorn!« Die verzerrte Stimme, die sich Veneas Kehle entrang, war nicht die der Südländerin, trotzdem erkannte er sie sofort wieder.

»Schattenmutter?«, entfuhr es ihm überrascht. »Woher weißt du, wo wir zu finden sind?«

»Über einhundert Hexen haben ihre Kräfte vereint, um nach der verschollenen Schwester zu suchen«, antwortete das Zunftoberhaupt, das Venea nur als Sprachrohr nutzte. »Es war nicht einfach, doch es ist uns gelungen! Nun sag mir schnell, Bannstreiter, was euch hinter die Zyklopenmauer verschlagen hat, wo ich doch mit jeder Faser meines Körpers spüre, dass in

Myandor schreckliche Dinge geschehen! Silberhaupt – er bricht die alten Siegel, um die Rückkehr der Greifen zu ermöglichen! Noch ist der dafür erforderliche Blutzoll zu gering, um den Spalt zu erweitern, durch den sie schon körperlos auf ihn einwirken. Doch mir scheint, der Magnus hat einen Plan, um das zu ändern.«

Da Rorn sah, wie sehr Venea unter dem Zauber der Zunftmutter litt, beeilte er sich, von dem Kampf mit den Herzlosen zu berichten. Und noch während er seine Erinnerungen in Worte fasste, ging ihm selbst auf, dass die Enklave hinter der Zyklopenmauer nur der geheime Stützpunkt für Silberhaupts untote Truppen war. Die Pilger, die hierher geschickt worden waren, hatten lediglich das Pech gehabt, dass deren Reihen neu aufgefüllt werden mussten.

»Es ist gut, dass Silberhaupt seiner Herzlosen beraubt ist«, lobte die Schattenmutter, als Rorn geendet hatte. »Doch Magnus Jonar, der schon so lange unter dem Bann der Greifen steht, ist dabei, weitaus gefährlichere Streitkräfte in diese Welt zu holen. Darum müsst ihr sofort durch euer Portal nach Myandor reisen, um dort das Schlimmste zu verhindern. Nutze dafür die Blutjade, die sich in deinem Besitz befindet. Ihre Aura wird euch Zutritt verschaffen. Natürlich eilen wir euch auch zur Hilfe, doch ich fürchte, nur ein schneller Vorstoß ins Herz des Feindes vermag Silberhaupt noch Einhalt zu gebieten.«

Venea stöhnte zwischen den Worten der Zunftmutter immer wieder leise auf.

Trotzdem gab es etwas, das Rorn noch ansprechen musste: »Wird Jonar nicht spüren, wenn die Blutjade in Myandor eintrifft?«

»Vielleicht«, antwortete die Schattenmutter. »Aber vergiss nicht, dass er nicht Herr seiner Sinne ist, sondern nur das willenlose Werkzeug einer höheren, hinter den Zeiten verborgenen Macht. Mit etwas Glück bemerkt er euch erst, wenn es zu spät ist.«

»Vielleicht laufen wir aber auch direkt in eine Falle«, gab Rorn zu bedenken.

Ein dunkles Röcheln war zunächst alles, was er als Antwort erhielt. Die Schattenmutter dachte wohl erst einige Zeit nach, bevor sie eingestand: »Ich weiß nicht, was euch wirklich erwartet, sondern nur, dass wir deiner und der Blutjade bedürfen, wenn wir diese Schlacht gewinnen wollen. Es ist kein Zufall, dass ausgerechnet du die fehlende Blutjade in Händen hältst. Der Aar und seine Schamanen waren die Ersten, die unter dem Einfluss der Greifen handelten. Der Bann, den du wie eine Bürde auf deinen Schultern trägst, entstammt Kräften, die sie entfesselt haben, darum bist du wie kein anderer dazu geeignet, ihnen endgültig Einhalt zu gebieten. Die ewige Balance, sie muss zurück ins Gleichgewicht gebracht werden, oder unsere Welt gerät endgültig aus den Fugen. Geh nach Myandor, Bannstreiter, denn du bist der Schlüssel, der über Sieg oder Niederlage entscheidet.«

Ihre letzten Worte klangen leicht hohl, als kämen sie nicht mehr aus Veneas Kehle, sondern aus dem weit entfernt liegenden Ende eines langen Tunnels.

Gleich darauf erschlaffte Veneas angespannte Haltung. Schwankend versuchte sie, die Kontrolle über ihren Körper zurückzuerlangen. Doch von Hunger und Durst geschwächt knickte sie einfach in den Knien ein. Geistesgegenwärtig sprang Rorn ihr zur Hilfe. Sie landete genau in seinen Armen und klammerte sich an seine Schultern. Wange an Wange standen sie eine Weile reglos da, bis sich der Schwindel in ihrem Kopf legte.

Rorn genoss ihren warmen Atem auf seiner Haut, der ihn unwillkürlich an seine Nächte mit Neele erinnerte. Mühsam widerstand er dem sofort aufkeimenden Drang, die Hexe von sich zu stoßen, denn er wusste, dass sie auf seinen Halt angewiesen war. Und überhaupt – hatte sie bisher nicht jeden Kampf an seiner Seite schadlos überstanden?

»Danke.« Verlegen strich sie sich eine Strähne aus dem Gesicht. »Ich wollte, die Schattenmutter wüsste einen für mich weniger anstrengenden Weg, mit dir zu sprechen.«

»Bree ist leider nicht da.« Damit zauberte er immerhin die Andeutung eines Lächelns auf ihre Lippen. Das war besser als gar nichts. »Denkst du, wir können Myandor betreten, wenn ich dir die Blutjade für die Passage überlasse?«, wollte Rorn gleich darauf wissen.

»Die Schattenmutter ist jedenfalls überzeugt davon«, sagte sie, bevor sie, eine Hand fest gegen den Leib gepresst, fragte: »Denkst du, dass wir dort etwas zu essen und zu trinken bekommen?«

»Das finden wir wohl nur heraus, wenn wir den Versuch wagen«, gestand er ein, wohl wissend, dass es ein Schritt ins Ungewisse war, der von ihnen lag.

Das gleichzeitige Knurren ihrer leeren Bäuche beantwortete die unausgesprochene Frage, ob sie das Wagnis eingehen sollten. Rorn zog daraufhin die Blutjade aus der Tasche hervor und händigte den Klumpen an Venea aus.

»Uns wird schon nichts geschehen«, versuchte sie ihnen beiden Mut zu machen. »In der Zyklopenhöhle hat Silberhaupt befohlen, uns lebend zu fangen. Also lieber satt und gefangen als in Freiheit verhungert.«

Rorn zog trotzdem Grimmschnitter aus der Scheide, während die Hexe beide Hände um den roten Machtspeicher legte und ihre Gedanken auf das Portal ausrichtete. Schon wenige Herzschläge später fing der Durchgang vor ihnen an zu wabern. Die Passage zum anderen Tor war eingerichtet.

Venea ließ die Jade in der kleinen Tasche an ihrem Gürtel verschwinden und streifte andächtig über ihre Armbänder.

Derart gewappnet traten sie Seite an Seite ein, dazu bereit, allen Gefahren zu trotzen, die sich ihnen entgegenstellen mochten.

Syrk

Rabold schien wieder bei Kräften zu sein, doch seine Verletzungen hatten ihn verändert. Mit ausdrucksloser Miene saß er in dem Zelt, in das Alvin und Bornus geführt worden waren. Alle Versuche, ihn in ein Gespräch zu verwickeln, endeten schon nach kurzer Zeit in beklommenem Schweigen. Obwohl die beiden Iskander hartgesotten waren, fiel es ihnen schwer, das von einem tiefroten Geflecht aus Brandwunden überzogene Gesicht dauerhaft anzusehen.

Wie es um den Rest von Rabolds Körper bestellt war, war nicht zu erkennen. Sein weites Gewand bedeckte selbst die Hände. Mit Kräutersud getränkte Wickel brauchte er jedenfalls nicht mehr. Dabei wäre seine Gegenwart mit einem dicken, nur die Augen frei lassenden Kopfverband viel leichter zu ertragen gewesen.

Bei Hatras Eintreffen sprangen Alvin und Bornus erleichtert auf.

»Es gibt gute Nachrichten«, verkündete die Alte, deren verwittertes Gesicht noch faltiger als gewöhnlich wirkte. »Rorn und Venea sind wohlauf.«

Außer bei Rabold, der weiterhin keine Miene verzog, löste das allgemeine Freude aus, die ein abruptes Ende fand, als Bornus fragte: »Weiß der Bannstreiter inzwischen, dass *du* die Schattenmutter bist?«

»Ich wollte ihm die Überraschung nicht verderben«, scherzte Hatra, um von der guten Stimmung zu retten, was noch möglich war. Ernst fügte sie sogleich hinzu: »Die Zeit drängte zu sehr, um Rorn mit solchen Nebensächlichkeiten zu belasten.

Er und Venea haben eine Passage nach Myandor entdeckt und werden dort in Kürze eintreffen. Wir müssen uns ebenfalls sputen, damit sie dort nicht alleine gegen eine Übermacht stehen.«

»Wie stellst du dir das vor?« Alvin konnte kaum glauben, was er da hörte. »Allein bis zur Großen Öde sind es drei Tagesritte, und danach müssen wir noch durch die endlosen Weiten der Wüste! Es wird mindestens bis zum nächsten Halbmond dauern, bis wir unser Ziel erreichen.«

»Du vergisst, dass du von Hexen umgeben bist.« Hatras Augen glitzerten vor Freude. »Gebt also euren Reitern Befehl, dass sie sich im Lager sammeln und uns Schattenschwestern flankieren sollen.«

»Stimmt«, sagte Alvin missmutig. »Ich wollte dir ja melden, dass wir abmarschbereit sind.«

»Das wusste ich.« Die Alte stützte sich so stark auf ihren Holzstecken, dass sich ihre rechte Wange unbewusst an das knorrige Holz schmiegte. »Sonst hättet ihr mir schließlich nicht eure Aufwartung gemacht.«

Rabold erhob sich, ohne ein Wort zu verlieren. Mit gleichgültig wirkenden Bewegungen hängte er sich eine Ledertasche um, warf seinen Umhang über die Schultern und zog sich die Kapuze tief ins entstellte Gesicht.

Zusammen mit ihm traten auch alle anderen nach draußen.

Die pralle Hitze, die sie hinter der zurückgeschlagenen Tierhaut erwartete, ließ Alvin beinahe zurücktaumeln. »Was für ein Glutofen«, stöhnte er. »Wie soll es da erst in der Wüste werden?«

»Dieses Wetter ist ein Vorbote nahenden Unheils«, verkündete Hatra düster. »Genauso wie die sinkenden Pegel der Tausendsee. Es war nicht gelogen, was ich Horvuk bei unserer *Audienz* erzählt habe. Die Große Öde war einst von Flüssen durchzogen, doch durch die mächtigen Siegel, die in Myandor wirken, geriet die Natur völlig durcheinander. Während das Herrschaftsgebiet der Greifen ausgetrocknet ist, bekam dieser Teil des Landes überreichlich, was allen Lebewesen von größtem Nutzen ist: Süßwasser.«

Alvin fragte sich zum wiederholten Male, woher die Hexe das alles wusste. Doch wie auch immer ihre Antwort ausgefallen wäre, es hätte nichts an dem geändert, was folgen musste. Und so zog er mit Bornus los, die Männer zusammenzurufen, die von König Horvuk bezahlt wurden, aber letztlich im Sold der Sumpfhexe standen.

Ein scharfer Wind rüttelte an den Zelten, als sie zu ihren Pferden eilten, und gewann noch an Heftigkeit, während sie die Leichte Reiterei zusammentrommelten. Die meisten ihrer Männer waren mit Pfeil und Bogen bewaffnet, dazu trugen sie Schwerter an den Hüften und Rundschilder auf dem Rücken. Zweckmäßige, von abgewetzten Lederharnischen dominierte Kleidung ersetzte ihnen die einheitliche Uniform. Trotzdem agierten sie so diszipliniert wie ein stehendes Heer.

Kaum hatten die Hexen ihr Lager abgebrochen und ihre Pferde bestiegen, nahte auch schon die Reiterei, die sich auf Alvins Wink hin in zwei gleich große, ihm und Bornus unterstellte Gruppen aufteilte, die zu beiden Seiten des in Fünferreihen aufmarschierten Hexentrosses Aufstellung nahmen.

Alvin schwitzte in der brütenden Hitze.

Immer wieder wischte er sich die feuchte Stirn mit dem Handrücken ab, bis er plötzlich unzählige kleine Sandkörner auf seiner Haut kleben sah. Als er in den Himmel blickte, entdeckte er Myriaden von ihnen, die wie Insekten in der Luft umhertanzten.

»Woher kommen diese Sandwolken?«, rief er Hatra zu, die auf Rorns Grauschimmel hockte und dabei nicht die geringsten Anstalten machte, den Befehl zum Aufbruch zu geben.

»Aus der Wüste um Myandor«, erklärte sie, ohne ihre

Stimme zu heben. Die Hexe sprach jedoch so klar, dass sie auch der letzte Reiter verstand. »Sie kommen mit dem Wind, der uns an unser Ziel tragen wird.«

Ihre letzten Worte vermischten sich bereits mit einem lauten Heulen, das über ihren Köpfen erklang. Außer Rabold zogen alle Männer die Köpfe ein und sahen unbehaglich zu der dunklen Wand am Himmel, die, eben noch ein kleiner Punkt am Horizont, rasend schnell anwuchs und sich direkt auf sie zubewegte.

Nur das lederne Knarren von Zaumzeug und Sätteln untermalte die schaurige Melodie. Einige Pferde begannen zu tänzeln, doch ehe sie zu nervös werden konnten, war der Sandsturm schon heran. Hell aufpfeifend fegte er vom Himmel herab und fuhr mitten unter sie. Schmerzhaft bissen die Sandkörner in jedes Stück ungeschützte Haut. Obwohl nun viele Tiere doch in Panik gerieten, war es zu einer Flucht zu spät.

Unter ihren Hufen gab es längst keinen festen Grund mehr, der Halt zu bieten vermochte. Davonzugaloppieren war unmöglich geworden. Wie gelähmt standen sie da, dazu verdammt, das Ende dieses stürmischen Zaubers abzuwarten.

20.

Im Herzen der Ruinenstadt

Syrk war nicht das einzige Sammelbecken für Pilger gewesen, das wurde ihnen klar, als sie durch das Tor in Myandor schritten. Rorn und Venea wurden bereits erwartet, doch der Empfang sah vollkommen anders aus, als sie es sich ausgemalt hatten. Um sie herum standen zahlreiche Frauen und Männer bereit, die ihnen zur Begrüßung Schalen mit Früchten, frischem Brot und kaltem Bratenfleisch entgegenhoben. Auf einer nahen Tafel standen außerdem irdene Krüge mit Wasser und Wein zur Erfrischung bereit.

»Willkommen in der Domäne«, wurden gerade mehrere kurz vor ihnen eingetroffene Paare begrüßt, »dem Ort, an dem das Volk herrscht und nicht der König.«

Rorn nutzte geistesgegenwärtig die Gelegenheit, um sein Schwert sinken zu lassen. Er verbarg Grimmschnitter unter dem Greifenmantel und wartete, bis sich die vorderen Reihen gelichtet hatten, bevor er sich bei einigen Äpfeln bediente. Venea machte sich dagegen über einen dampfenden Brotfladen her.

»Langt nur zu, Oberer!«, ermutigte ihn ein Pilger mit aschgrauem Haarkranz, der sich sichtlich über Rorns Appetit freute. »Es soll Euch nicht wie den hohen Brüdern ergehen, die vorgestern alle vor Schwäche zusammengebrochen sind.«

Oberer? Er? Aber natürlich – die Silberspinne in seinem Ohr! Rorn hatte sie schon beinahe vergessen, doch nun leistete sie ihm erneut gute Dienste.

Mit einem knappen Nicken nahm er die Huldigung entgegen und ging weiter. Leises Summen in seinem Rücken bewies, dass der Strom der eintreffenden Pilger noch lange nicht abgerissen war.

»Was hat das alles zu bedeuten?«, fragte Venea verwirrt, während sie auf die Getränke zuhielten, um den brennenden Durst in ihren Eingeweiden zu löschen. »Warum strömen plötzlich so viele Pilger hierher?«

»Weiteres Vieh für die Opferbank«, vermutete Rorn zwischen zwei tiefen Schlucken. »Eigentlich müsste es für sie heißen, *Willkommen in Myandor, wo der Tod herrscht*, aber damit lässt sich niemand anlocken.«

Das Portal, durch das sie eingetroffen waren, ähnelte im Grunde den ihnen bereits bekannten, fiel aber um vieles kleiner aus. Es war gerade so hoch, dass auch große Menschen aufrecht unter dem glatten Marmorbogen hindurchschreiten konnten. Kein Vergleich zu den sonst üblichen Ausmaßen, die eben von wesentlich größeren Wesen geschaffen worden waren, die nicht umsonst Zyklopen hießen. Nein, dieses kleine Tor hatte eindeutig ein Mensch erbaut. Vermutlich Silberhaupt, nachdem er unter den Einfluss der Greifen oder anderer Dämonen geraten war.

Wie lange die ersten Pilger schon hier weilten, ließ sich nicht genau sagen. Neben den Essenskörben und den gefüllten Krügen mit Speis und Trank gab es noch weitere Anzeichen dafür, dass in diesem leicht abschüssigen Marmorbau seit langer Zeit fleißige Hände am Werk waren. In einigen Ecken türmte sich noch über Generationen hereingewehter Flugsand zu kleinen Hügeln auf. Weite Teile der Halle waren dagegen penibel saubergefegt und aufgewischt worden.

Als sie durch eines der großen Fenster blickten, die das Tageslicht hereinließen, atmete Rorn laut hörbar ein. Draußen waren die Trümmer einer uralten, von einem schweren Erdbeben zerstörten Stadt zu sehen, womit er allerdings gerechnet hatte.

Ein hoher Turm war auf die Seite gestürzt und hatte dabei mehrere Gebäude unter sich begraben; bei anderen, halbversunkenen Bauten hatten die Fundamente nachgegeben. Und auch dort, wo die Mauern nicht geborsten waren, war zumindest einiges aus dem Lot geraten. Sämtliche Fassaden hatten sich ineinander verschoben, sodass schon ein flüchtiger Rundumblick zeigte, dass das Gebäude, in dem sie sich gerade aufhielten, von allen am besten erhalten war.

Der Zustand der Ruinen stimmte durchaus mit den Berichten jener Karawanen überein, die die Große Öde in Konkurrenz zu den Schiffstransporten entlang der Küste durchquerten.

Was Rorn allerdings verblüffte, war die Tatsache, dass es draußen nieselte. Darüber hinaus schien es, als hätte es hier in letzter Zeit häufig geregnet. Überall in den Straßen fanden sich durchnässte Sandwehen, auf denen Gras und bunte Blumen wuchsen. Schlingpflanzen schickten sich überall an, die Ruinen einzuranken. Vor allem wurden aber an jeder lohnenswerten Stelle Hirse und andere Getreidearten angebaut, um die Versorgung der Pilger zu gewährleisten. Sträucher mit Nüssen und Beeren sowie verschiedene Frucht- und Gemüsesorten bereicherten ebenso den Speiseplan, und wer das laute Meckern hörte, das aus mancher Ruine drang, der wusste auch, aus welcher Quelle das Ziegenfleisch stammte.

»Wie geht's weiter?«, fragte Venea ratlos.

»Immer dem Strom der Menschen nach«, antwortete Rorn. »Silberhaupt hat heute sicherlich nicht umsonst die Schleusen zur Domäne geöffnet.«

Ein Blick in die Halle bewies, wie gut er damit die Lage einschätzte. Nach einer kurzen Stärkung machten sich die meisten Pilger auf den Weg ins Freie, hinaus zum Marktplatz, auf dem schon seit Äonen kein Handel mehr getrieben wurde.

Unauffällig fädelten sich Rorn und Venea in die Kolonnen der Pilger ein. Sich einfach an den Vorderleuten orientierend gelangten sie zu einer in stiller Andacht versammelten Menge, die Silberhaupt ehrfürchtig umstand. Der Besessene mit dem matt schimmernden Helm kniete auf der obersten Stufe einer marmornen Empore, angetan mit einer Kette aus rot schimmernden Steinen, die der Blutjade aus Hadiks Turm verdächtig ähnlich sahen.

Beide Hände eben noch demutsvoll zum Himmel erhoben führte er mit der Rechten plötzlich eine herrische, quer durch die Luft schneidende Geste aus. Der leichte Sprühregen, der die ganze Zeit auf sie herabgenieselt war, endete abrupt, von einem Herzschlag auf den anderen. Gleichzeitig brach die Sonne zwischen den Wolken hervor.

Die versammelte Menge stieß verzückte Laute aus, verstummte aber sofort, als Silberhaupt erneut das Wort ergriff.

»Sehet«, rief er in die versammelte Menge hinein. »Sehet den einstmals dürren Boden, über den ich es regnen ließ, auf dass er fruchtbar werde. Er soll eure neue Heimat, eure Domäne werden. Doch wisset, dass es Widersacher gibt, die uns das gelobte Land nicht gönnen, in dem das Volk herrscht und nicht der König.«

Ein einziger Laut des Missmutes stieg von der Menge auf, kurz und voller Zorn. Im gleichen Moment, da die Steine der Blutkette aufleuchteten, kehrte jedoch wieder Stille ein.

Der entrückte Ausdruck, den Rorn in den umstehenden Gesichtern entdeckte, gab ihm sehr zu denken. Er stand inmitten von Menschen, die nach Armut und Scheitern stanken. Rorn kannte den Geruch nur zu gut.

»Sie stehen alle unter Jonars Bann«, erklärte Venea dazu. »Dich erreicht sein Zauber nicht, weil dein Bann dich davor bewahrt, und mich schützen die Schlangenarmbänder. Aber um uns herum findest du kaum noch einen freien Gedanken.«

Rorn hatte plötzlich den Eindruck, unter lauter Untoten zu stehen, obwohl doch noch allen das Herz in der Brust schlug.

»Meine treuen Diener, die Oberen«, fuhr der Mann mit dem Silberhelm indessen fort, »haben versucht, meine Kraft zu mehren. Sie hatten dabei viele Widerstände zu überwinden, und manch einer von ihnen ließ im Kampf für eure Zukunft sein Leben.«

Ob er wohl selbst glaubte, was er da erzählte? Möglicherweise gaukelte der Greifenzauber dem Besessenen vor, dass er den Pilgern tatsächlich zu einem besseren Leben verhalf. Wenn Rorn eines im Laufe seines an Kämpfen und Entbehrungen reichen Lebens gelernt hatte, dann, dass Täuschungszauber besser wirkten, wenn die Menschen gerne daran glauben *wollten.*

Während Silberhaupt weitere Worthülsen aneinanderreihte, begann die Blutkette erneut zu glänzen. Der daraufhin hinter der Empore anwachsende Regenbogen stand wohl damit in Verbindung. Eine auf so engem Raum auftretende Luftspiegelung konnte unmöglich natürlichen Ursprungs sein.

»Doch auch geschwächt sind wir noch stark!«, schrie der Gesichtslose in der roten Robe auf. »Und wir wissen um Möglichkeiten, uns die fehlenden Kräfte auf andere Weise zu verschaffen!«

Jonars Stimme verfiel plötzlich in einen bisher unbekannten, von grollenden Knurrlauten untermalten Tonfall. Rorn hätte dem kaum Bedeutung beigemessen, hätte dabei die Blutjade um den Hals des Geifernden nicht heller aufgeleuchtet als je zuvor. Neben ihm schrie Venea leise auf. Als er sie ansah, wusste er auch warum.

Aus ihrer Gürteltasche drang ein roter Schimmer hervor. Hadiks Blutjade reagierte auf das Pulsieren der Steine, die Jonar besaß. War es möglich, dass seine bloße Gegenwart Silberhaupts Macht mehrte?

So viel zu Schattenmutters Weisheit und ihren großartigen Ideen.

Venea, deren Hexenkräfte sie empfindsam für alle magischen Schwingungen machte, schwitzte, als hätte sie Fieber. Ein dichtes Netz aus Schweißperlen bedeckte ihre Stirn. Trotz der Anstrengungen, die es sie kostete, wölbte sie ihre Rechte über der Gürteltasche und wirkte auf sie ein. Winzige Lichtbögen blitzten in den Augen der Schlangenarmbänder auf. Wie kleine Elmsfeuer jagten sie ihren Handrücken herab und woben zwischen den Fingerspitzen ein weißblaues Lichtpolster, das den roten Schimmer zunächst einhüllte und schließlich zurückdrängte.

Rorn, der Grimmschnitter schon halb zur Scheide heraus hatte, sah sich doch nicht gezwungen, die sie von allen Seiten einkeilenden Pilger auf Abstand zu bringen. Als Silberhaupt von einem Kraftzuwachs gesprochen hatte, war er nicht an Hadiks Stein interessiert gewesen, sondern hatte dabei etwas ganz anderes im Sinn gehabt.

In den Händen des Silberhauptes ruhte plötzlich ein Ritualmesser mit langer, spitz zulaufender Klinge sowie einem protzigen Knauf, in dem ein großer Stein aus Schattenjade eingefasst war. Noch ehe jemand begriff, was er damit vorhatte, richtete er den Stahl gegen sich selbst. Die Spitze genau auf Höhe seines Herzens ansetzend umfasste er den Griff mit beiden Händen und rammte sich den Opferdolch selbst bis zum Heft in die Brust.

Blut sprudelte aus der Wunde hervor. Es pulsierte im Schlag des hämmernden Herzens und besprühte die ersten Reihen der Zuschauer. Niemand schrie oder sprach ein Wort des Entsetzens, nur das Röcheln des Sterbenden erfüllte den Platz. Trotz der eigentlich sofort tödlichen Verletzung zerrte sich Jonar den Helm vom Kopf.

Sein Blick irrte verwirrt umher, gleichzeitig fehlte seinen

Augen der entrückte Glanz, der sie in der Zyklopenhöhle ausgezeichnet hatte. Erst jetzt, im Angesicht des nahen Todes, schien er wieder gänzlich er selbst zu sein. Zu spät, um noch zu begreifen, was eigentlich vor sich ging.

Der schwarze Knauf des Opferdolches färbte sich langsam rot. Schon nach wenigen Atemzügen, in denen Jonar blau im Gesicht anlief, pulsierte die neu geschaffene Blutjade im selben Rhythmus wie die Steine der Kette.

Magnus Jonar, einst Silberhaupt genannt, kippte vorneüber. Ohne die Möglichkeit, sich abzustützen, schlug er zuerst mit dem Knauf auf. Zwei Rippen brachen unter dem Druck des noch tiefer eindringenden Heftes.

Gleichzeitig begann die Luft über dem Toten zu knistern.

Rorn mochte kaum glauben, was da unterhalb des Regenbogens Gestalt annahm, obwohl ihn Venea über die Unterschiede zwischen Leu, Gryff und Greifen aufgeklärt hatte. Selbst die Hexe stöhnte angewidert auf, als die Umrisse eines mit Flügeln versehenen Löwenmenschen deutlich hervortraten. Trotz seiner grotesken Missgestalt strahlte er etwas durch und durch Majestätisches aus. Lederne Wickel umgaben seine Arme, ein goldglänzender Harnisch zierte Brust und Rücken, während der Waffenrock aus mit Eisenkanten verstärkten Lederstreifen den Unterleib schützte.

Das Schwert in seiner Hand glitzerte unheilvoll, als er aufrecht hinter Jonar auf dem Podest landete, den Toten herumwälzte und ihn der Kette sowie des Opferdolches beraubte. Mit einer Behändigkeit, die Rorn diesem unförmigen Wesen überhaupt nicht zugetraut hätte, streifte es sich die mit goldenen Gliedern aneinandergeschmiedeten Steine über den Kopf und schob sich die blutverschmierte Klinge des neu geschaffenen Machtsteins achtlos hinter den Leibgurt.

»Kniet nieder, elende Nacktaffen«, forderte er in einem Tonfall, dem deutlich anzumerken war, dass seine Stimmbänder erstmals menschliche Worte formten. »Huldigt Eonis, dem Herrscher über ganz Simwae, der euch die Ehre einräumt, für das große Volk der Leu zu sterben.«

Trotz dieser Todesandrohung gehorchten die Pilger dem Befehl. Die Blutjade, die am Hals und im Gürtel des Greifen pulsierte, ließ ihnen keine andere Wahl. In den Bann geschlagen machte es für sie keinen Unterschied, ob sie ihre Anweisungen von einem Menschen oder einem Dämonen aus längst vergangenen Zeiten erhielten.

Mit ausgebreiteten Fellschwingen segelte Eonis von der Empore herab. Erst knapp über den Köpfen der Pilger riss er die schweren Stiefel abrupt nach unten und landete mitten unter ihnen. Noch ehe er landete, beschrieb sein Schwert den ersten silbernen Halbkreis, dem der Hinterkopf eines vierschrötigen Mannes zum Opfer fiel. Oberhalb der Ohren rasierte die Klinge entlang und trat an der Nasenwurzel wieder aus. In einer Flut aus Blut und Hirn stürzte der Mann zu Boden.

Eonis würdigte ihn keines weiteren Blickes, sondern war schon dabei, eine Frau zu köpfen und einem weiteren Mann den Brustkorb zu öffnen. Schreie gellten auf, manchem fuhr das blutige Geschehen so in die Glieder, dass er aufsprang und davonlief. Die meisten Pilger blieben allerdings gehorsam sitzen, bereit, den Tod zu empfangen, wie ihnen befohlen war.

Wie Lämmer auf der Schlachtbank, dachte Rorn, der Grimmschnitter längst gezogen hatte. Wegen der allseits wirkenden Magie glühte die Klinge blau auf.

»Ein Blutbad!«, keuchte Venea neben ihm. »Er will so viele Pilger wie möglich opfern, um die Blutjade mit neuen Leben aufzuladen. Nur so kann er weitere Greifen in diese Welt holen. Sieh doch nur!« Bei den letzten Worten deutete sie auf den Regenbogen, der sich hinter der Empore wölbte. »Er wächst an, und die Luft unter ihm beginnt zu flimmern.«

Sie hatte Recht. Mit jedem Pilger, der unter dem Schwert des Greifen starb, wuchs die Macht der Blutsteinkette an. Die Seele eines Magiers lud die Jade zwar stärker auf, doch die Masse der Pilger wog diesen Nachteil schnell wieder auf. Abgeschlagene Arme wirbelten durch die Luft, Eingeweide quollen zwischen verzweifelt auf den Leib gepressten Händen hervor. Das Marmorpflaster zu Füßen der Bestie verwandelte sich in eine schmierige Rutschbahn, trotzdem schlug er sich weiter unermüdlich durch die Reihen der wehrlosen Gläubigen.

Rorn hielt es nicht mehr aus.

All seine Muskeln spannten sich an zum Sprung, während er Grimmschnitter nach oben schwang.

»Warte!«, hielt ihn Venea zurück. »Ich versuche lieber, ihn mit Hilfe der Schattenjade …«

»Nein!«, verbot er ihr scharf. »Gegen die Mächte, über die dieses Scheusal gebietet, kommst du mit deinen Schlangenarmbändern nicht an. Lass mich nur machen, und bring lieber Hadiks Blutjade in Sicherheit. Wenn sich Eonis die auch noch einverleibt, stößt er das Tor in die Vergangenheit auf!«

Mit einem großen Satz über die vor ihm knienden Pilger hinwegsetzend brachte Rorn sich ganz nahe an den in wilder Raserei wütenden Greifen heran. Das bluttriefende Löwenschwert zuckte gerade auf eine junge Frau nieder, die zwei kleine Kinder an ihre Brust presste, als Grimmschnitter nach vorne stieß.

Stahl prallte auf Stahl, kurz bevor Eonis der Unglücklichen die Stirn zu spalten vermochte. Die Funken, die dabei aufstoben, gingen in ihrem roten Haar nieder, ansonsten blieb sie unverletzt. Und das, obwohl Grimmschnitters Breitseite beinahe ihre Augenbrauen berührte hatte.

Zunächst schien Eonis verblüfft über die Einmischung, aber als er sah, *wer* ihm da gegenüberstand, hellten sich seine halbmenschlichen Züge auf. »Der Bannstreiter!«, freute er sich. »Dann ist auch Hadiks Blutjade nicht weit!«

Mit einem raschen Rückschwung wollte er Rorn den Kopf von den Schultern schlagen, doch der brauchte nur einen Schritt zurückzusetzen und den Oberkörper nach hinten zu beugen, um dem Schlag zu entgehen. Keine Handbreit vor seinem Hals schnitt der blutverschmierte Stahl durch die Luft. Danach federte Rorn nach vorne und stach dem Greifen knapp unterhalb des Waffenrockes in die ungeschützte Wade.

Ein grollender, von völliger Überraschung geprägter Schmerzenslaut stieg aus der Löwenkehle auf. Instinktiv breitete Eonis beide Schwingen aus und katapultierte sich mit kräftigen Schlägen nach hinten, um Grimmschnitters Reichweite zu entgehen. Ohne jede Anstrengung gewann er danach so weit an Höhe, dass er mit den Beinen über Rorns Kopf schwebte.

»Sieh an, ein würdiger Gegner!«, freute er sich. »Das wird ja immer besser!«

»Ich sehe leider nur einen Feigling, der sich dem Kampf entzieht«, gab Rorn zurück. »Und das ist sehr schlecht.«

Der Monarch ließ sich davon nicht provozieren.

»Nach Äonen der körperlosen Gefangenschaft kann ich mir keinen Stolz leisten«, erklärte er lachend. »Wichtig ist nur, dass im Einflusskreis der Blutjade kräftig gestorben wird. Wer dabei wen erschlägt, ist vollkommen gleichgültig.«

Was er damit meinte wurde deutlich, als er auf einige Pilger links und rechts des Bannstreiters deutete. Sofort erhoben sie sich, um den Bannstreiter mit bloßen Händen anzugreifen. Ob sie dabei unter Grimmschnitters Schlägen starben oder ob Rorn zu Fall kam, weil er keinen Unbewaffneten töten wollte, war Eonis einerlei. Ihn interessierte nur, dass sich die Menschen zu seinen Füßen dezimierten.

Rorn drehte sein Schwert rasch so, dass er mit der Breitseite zuschlagen konnte. Aber auch auf diese Weise würde er sich nicht lange ungefährdet zur Wehr setzen können. Noch ehe er in die Verlegenheit kam, die junge Mutter, der er eben noch das Leben gerettet hatte, mit dem blanken Stahl verprügeln zu müssen, füllte eine Feuerlohe die zwischen ihm und ihr liegende Kluft.

Die Rothaarige zuckte instinktiv zurück. Nur einen Herzschlag später klärte sich der verschleierte Blick ihrer grünen Augen gerade lange genug, dass sie ihre Kinder an sich riss und davoneilte.

Das hatte er zweifellos Venea zu verdanken, was auch dem Greifen bewusst zu sein schien. Denn Eonis suchte und fand ebenfalls den Ausgangspunkt des Feuerstoßes.

»Wenn das nicht die aparte Begleiterin des Bannstreiters ist«, höhnte der Greif bei ihrem Anblick. »Sicherlich werde ich bei dir fündig, falls Rorn nicht Hadiks Blutjade bei sich trägt.«

Die rote Kette um seinen Hals leuchtete auf. Welcher Art der Zauber auch immer war, den er bei diesen Worten ausführte – die Gürteltasche der Hexe leuchtete daraufhin von innen rot auf.

Grimmschnitters Breitseite schmetterte gegen den Kopf zweier Männer, während sich Rorn zu Venea zurückkämpfte.

»Alarm!«, erklang es da zwischen den nördlich gelegenen Häusern. »Fremde Truppen im Anmarsch!«

Hatte es eben noch so ausgesehen, als wolle sich Eonis auf einen Kampf um die Blutjade einlassen, besann er sich nun eines Besseren.

»Ah, gute alte Hatra!«, rief er mit vor Hass triefender Stimme aus. »So berechenbar! Nun gut, soll sie mir dabei helfen, möglichst viele Nacktaffen zu schlachten!«

»Er ist kein Zauberer!«, flüsterte Venea, als Rorn neben ihr anlangte. »Sonst würde er hier alles Leben auf einen Schlag auslöschen, anstatt mit dem Schwert um sich zu schlagen. Wenn ich Hadiks Blutstein einsetze, kann ich sicherlich …«

»Nein«, fuhr Rorn dazwischen. »Aus Zaubern, die solche Blutopfer einsetzen, kann nie etwas Gutes entstehen. Überlasse es lieber deiner Schattenmutter zu entscheiden, wie am besten zu verfahren ist.«

Seine Worte klangen so eindringlich, dass Venea von ihrem gefassten Plan wieder Abstand nahm. Vielleicht aber auch, weil hinter ihnen lautes Summen erklang. Als sie sich zum Regenbogen umwandten, der hinter der Empore weiter angewachsen war, sahen sie, dass sich noch zwei Greifen materialisiert hatten.

Das einzig Gute, das sich diesem schrecklichen Anblick abgewinnen ließ, war die Tatsache, dass die Blutkette von Eonis durch diesen Zauber an Leuchtkraft verloren hatte. Eine weitere Verstärkung seiner Kräfte war also zunächst nicht möglich.

»Sammelt euch zum Kampf gegen unsere Feinde!«, rief Eonis so laut, dass es jeder Pilger in Myandor hören musste. »Sie wollen euch die Domäne nehmen, das gelobte Land, für das ihr alles aufgegeben habt!«

Die Kraft der Blutjade war immer noch so groß, dass ihm alle von Magnus Jonar in den Bann geschlagenen Menschen gehorchten. Sofort strömten sie von allen Seiten herbei, um den von Norden anmarschierenden Feinden entgegenzutreten. Einige hielten Schwerter oder Messer in Händen, die meisten bewaffneten sich jedoch mit Sensen, Dreschflegeln oder Steinen, bevor sie in den Kampf zogen.

Rorn und Venea hatten sich längst durch eine Seitengasse abgesetzt, ehe die Masse der Pilger loszog. Zwischen eingesunkenen Marmorpalästen und alles überwuchernden Schwarzbeersträuchern kämpften sie sich nach Norden durch, bis sie sahen, *wer* ihnen da zur Hilfe kam. Die vereinte Schattenschwesternschaft und eine zu allem entschlossene Reiterei, die von Alvin und Bornus angeführt wurde.

Selten zuvor hatte er sich so gefreut, die beiden Iskander zu sehen.

»Hatra ist also eure Schattenmutter«, sagte er jedoch, anstatt sich seine Erleichterung anmerken zu lassen. »Wie lange sie sich wohl schon auf diesen Tag vorbereitet haben mag?«

»Seit sie in den Bitterfelsen erkannt hat, wie tief die Risse im Weltengefüge sind«, antwortete Venea. »Sie hat die Schattenschwesternschaft nur gegründet, um auf die Rückkehr der Greifen vorbereitet zu sein. Nur deshalb geben wir uns dem Jadezauber hin. Weil es die einzige Möglichkeit ist, gegen solch übermächtige Gegner zu bestehen.«

»Schon gut«, wehrte er ab. »Jetzt ist nicht die Zeit für lange Erklärungen. Lauf ihr einfach entgegen und händige ihr Hadiks Blutjade aus, damit sie nicht diesem fliegenden Fellbündel in die Hände fällt. Ich werde deinen Rückzug decken.«

Mit einem geschmeidigen Sprung erklomm er eine gespaltene Marmorwand, die sanft ansteigend in die Höhe führte.

»Eine jede von uns musste schwören, dir nicht zu verraten, dass sie die Schattenmutter ist«, rief ihm Venea verschämt nach. »Hätte es mich nicht eidbrüchig gemacht, ich hätte dir schon längst davon erzählt.«

»Schon gut.« Mit der Linken an einen Vorsprung geklammert sah er sich noch einmal zu ihr um. »Das macht jetzt keinen Unterschied mehr. Die Greifen sind unsere Feinde. Nur wenn wir bedingungslos zusammenhalten, können wir gegen sie bestehen.«

Mit ihrem erleichterten Lächeln in seinem Herzen hangelte er sich weiter in die Höhe, bis er ein von aufgetürmten Trümmern überhäuftes Dach erreichte, das einmal Teil der Stadtmauer gewesen war.

21.

Kampf der Giganten

So schnell, wie der Sturm aufgebraust war, so schnell legte er sich auch wieder. Doch nachdem sich die wogenden Sandschleier verflüchtigt hatten, war um sie herum nichts mehr wie zuvor. Plötzlich scharrten ihre Pferde mit den Hufen in feinem Wüstensand, während sich vor ihnen eine in Trümmern liegende Oasenstadt erhob.

Myandor umgab ein bis zu fünfzig Königsschritte breiter, dicht bewachsener Feuchtgürtel; doch am seltsamsten war der Regenbogen innerhalb der alten Stadtmauern. Einige nur mit Hacken und Messern bewaffnete Männer, die sich an sorgsam angelegten Beeten zu schaffen machten, gerieten bei ihrem Anblick in Panik. Unter lauten Alarmrufen zogen sie sich zwischen die Häuser zurück.

»Lasst eure Reiter Pfeile auflegen«, befahl Hatra den iskandischen Hauptmännern. »Jene, die dort geflohen sind, stehen unter fremdem Einfluss. Das macht sie zu gefährlichen Gegnern, selbst wenn sie schlecht gerüstet sind.«

Die Reiter kamen den entsprechenden Befehlen ohne zu zögern nach. Sie waren es gewohnt, gegen jede Art von Feind anzutreten. Anstatt unbewaffneter Pilger bekamen sie jedoch drei geflügelte Löwenwesen zu sehen, die über der Stadt aufstiegen und zu ihnen herüberspähten. Vieles an ihrer Gestalt wirkte menschlich. Sie besaßen Hände, die ein Schwert halten konnten, und Füße, die in Stiefeln steckten.

Eine der drei Greifen war sogar weiblich; ihr Brüste waren

deutlich zu erkennen. Alle Reiter hielten ihre Bögen auf Spannung, jederzeit bereit, den Tod in den Himmel zu schicken.

»Ich hoffe, ihr Hexen wisst, wie man diese Bestien vom Himmel holt?«, wandte sich Alvin an Hatra, während die gleiche Frage auch allen anderen Männern auf den Lippen brannte.

Die Alte, die sich auf Pferden sichtlich unwohl fühlte, war als Einzige aus dem Sattel gestiegen und stützte sich schwer auf ihren knorrigen Stab. »Wir müssen unsere Kräfte bis zum entscheidenden Schlag schonen«, erklärte sie dabei. »Noch ist der Spalt, durch den die Greifen in unsere Zeit sickern, recht klein, aber ein fehlgeleiteter Zauber könnte ihn von hier bis Uman aufreißen. Darum habe ich euch mit hierhergebracht. Und Rorn.«

Trotz ihrer greisenhaften Gestalt besaß Hatra die besten Augen von ihnen allen. Sie war die Erste, die Venea zwischen den Ruinen hervorrennen sah.

»Sie hat Hadiks Blutjade bei sich«, sagte sie. »Ich spüre es genau. So, wie ich spüre, dass die Greifen diese Kraftquelle unbedingt in ihren Besitz bringen wollen.«

Ihre Worte besaßen geradezu prophetische Bedeutung. Kaum hatte Venea den Schutz der Stadtmauer verlassen, quollen überall aus den umliegenden Trümmern Pilger hervor, die sich an die Verfolgung machten. Einzeln wären sie kaum bedrohlich gewesen, doch ihre schiere Masse machte sie zur unüberwindlichen Gefahr. Da wurde Venea auch schon von zwei besonders schnellen Läufern gepackt und zu Boden geworfen.

»Kommt ihr zur Hilfe«, befahl Hatra. »Schnell!«

Auf Alvins Befehl hin setzte sich seine Reitergruppe in Bewegung und jagte auf die Stadt zu. Noch aus dem vollen Galopp heraus verschossen sie ihre ersten Pfeile. Ein tödliches Surren erfüllte die Luft. Zahlreiche Pilger, die sich dem am

Boden windenden Knäuel aus Hexe und Verfolgern nähern wollten, sanken getroffen zusammen. Im Schatten der Ruinen entbrannte ein harter Kampf, in dem die Reiter ihre Pferde mit den Schenkeln lenkten, während sie Pfeil um Pfeil von der Sehne schickten.

Die Pilger waren keine schwer zu treffenden Ziele, aber äußerst hart im Nehmen. Selbst von fünf oder mehr Pfeilen gespickt kämpften sie sich wieder auf die Beine und rannten gegen ihren Gegner an. Alvin nahm sein Schwert zur Hilfe, um Venea von ihren Widersachern zu befreien.

»Töte sie nicht«, rief sie ihm zu. »Sie wissen nicht, was sie tun.«

»Wer weiß das schon in diesen Zeiten?«, versetzte Alvin leichthin, während einer der beiden, der nur verletzt war, unter den Hufen von Alvins Pferd das Leben aushauchte.

Er wollte Venea gerade zu sich in den Sattel ziehen, um sie zu Hatra zu bringen, als die Alte schon neben ihnen stand. Mochten die Götter wissen, wie sie das mit ihren schwachen Beinen gemacht hatte. Plötzlich stand sie da, mitten im dichtesten Getümmel, und deutete mit ihrem Stab warnend in die Höhe.

Alvin erkannte sofort, was von dort drohte.

Dicht über die Dächer hinwegfliegend hatten sich die Greifen unbemerkt genähert und stürzten sich nun auf das Schlachtfeld herab. Die ausgebreiteten Schwingen ließen sie noch mächtiger wirken, als sie ohnehin schon waren, sodass viele Krieger bei ihrem Anblick erstarrten.

Alvin wollte ihnen schon zurufen, dass sie die drei Ungeheuer gefälligst mit Pfeilen spicken sollten, als er einen Schatten sah, der sich aus der über ihnen aufragenden Trümmerlinie löste. Allein wegen des hinter der Gestalt aufflatternden Mantels wusste er, dass es sich um Rorn handelte.

Der Bannstreiter hatte sich genau auf der Höhe von Veneas

Fluchtroute verborgen, sodass er den drei Greifen, die sie packen und in die Höhe reißen wollten, im Nacken saß. Zu dicht an den Mauern waren sie herabgestürzt, um ihm zu entkommen, zumal sein Greifen- oder Gryffmantel ihn noch ein ganzes Stück trug, wo andere wie ein Stein in die Tiefe gefallen wären.

Da er Grimmschnitter weit von sich gestreckt hielt, sah es zunächst aus, als hätte er den anvisierten Greifen verfehlt. Aber aufspritzendes Blut zeigte, dass er doch einen Treffer erzielt hatte. Als eine Schwinge völlig durchtrennt war, geriet der Greif ins Trudeln.

Rorn verzögerte seinen Sturz, indem er die Mantelaufschläge umklammerte. Das aufgeblähte Leder ließ ihn langsamer fallen als den in engen Kreisen niedergehenden Löwenmann. Sobald sie auf gleicher Höhe waren, packte Rorn den anderen im Nackenfell, schwang sich auf seinen Rücken und rammte ihm Grimmschnitter unterhalb des linken Schulterblattes von hinten durchs Herz.

Der weiche Körper des toten Gegners milderte seinen Aufprall, sodass sich Rorn im Sand abrollen und sofort wieder aufspringen konnte. Mit vier, fünf langen Sätzen war er bei Venea, die gerade vor der Greifin zurückwich, die die Hexe in den Himmel entführen wollte.

Rorn sprang ihr sofort in den Rücken. Allerdings beugte sie sich dabei so schnell vor, dass er über ihren gekrümmten Buckel hinwegsegelte und zwischen Venea und Hatra im Sand landete. Auf dem Bauch liegend, das verschmutzte Gesicht verwirrt angehoben, hörte Rorn dennoch die Warnung, die ihm Alvin zurief, weil die Greifin den Spieß umdrehen und sich von hinten auf Rorn stürzen wollte.

Der Bannstreiter tat daraufhin das, was in dieser Situation das Beste war. Er packte den Schwertgriff verkehrt herum mit beiden Händen, krümmte sich im Sand zusammen und richtete Grimmschnitters Spitze zwischen der Achsel hindurch in die Höhe. Seine Gegnerin, die ihn am Hals packen und in die Höhe zerren wollte, um ihm die Kehle durchzuschneiden, konnte sich nicht mehr rechtzeitig abfangen.

Kratzend glitt die Klingenspitze über ihren Harnisch, bis sie den Spalt zwischen Brustschutz und Waffenrock fand und sich tief in den Fellleib bohrte.

Von Schreck und Schmerzen erfüllt federte die Kriegerin zurück und schwang sich flügelschlagend in die Höhe. Blut regnete auf das Schlachtfeld herab, auf dem immer mehr Pilger das Leben aushauchten.

»Kimue!« Eonis war sofort bei seiner Gefährtin, stützte sie, so gut er konnte, und flog mit ihr nach Myandor zurück.

Zufrieden wischte Alvin sein Schwert an dem Mantel eines Gefallenen sauber.

»Das ging ja leichter, als ich dachte«, sagte er zu Hatra, die die ganze Zeit über keinen Muskel gerührt hatte.

Die Alte sah ihn durchdringend an. »Das war noch nicht einmal der Anfang«, sagte sie dann.

Keuchend stemmte sich Rorn in die Höhe und stand ihr direkt gegenüber, der Frau, der er seinen Bann verdankte. Sie war immer noch eine vom Alter gebeugte, hagere Gestalt mit runzligen Händen und tiefen Falten im Gesicht, schien aber von einer Respekt einflößenden Aura umgeben.

Hatra, die Hexe.

Schwer auf einen Wanderstab gestützt stand sie da, wie von einem langen Marsch ermattet, jedoch mit einem belustigten Zug um die Lippen, der schalkhafte Freude ausdrückte.

Einen Stab wie den ihren hatte Rorn noch nie gesehen. Er war kinnhoch und von allen Seiten mir rissiger Baumrinde ummantelt, als wäre er so aus dem trockenen Astwerk gefallen. Kein von Menschenhand geführter Schnitt entstellte das Holz, trotzdem war der Stab oben perfekt abgerundet und lief nach unten hin spitz zu. Die Alte hatte da mit ein wenig Magie nachgeholfen, dessen war sich Rorn sicher.

»Wir sind zu spät«, sagte er der Schattenmutter zur Begrüßung. »Die Greifen sickern bereits in unsere Welt ein.«

»Wir sind genau zur rechten Zeit gekommen«, antwortete die Alte, ohne eine Miene zu verziehen. »Aber wir dürfen jetzt keine Zeit verlieren, oder diese dummen Leu gewinnen doch noch die Oberhand.«

Hatra nahm Hadiks Blutjade von ihrer Schattentochter entgegen, bevor sie den Befehl gab, in die Stadt vorzurücken. Sie war überzeugt davon, dass sie Eonis und Kimue auf der Empore am Marktplatz antreffen würden, behielt damit aber nur teilweise Recht. Eonis saß zwar wirklich auf den Marmorstufen unterhalb des Regenbogens, erhob sich bei ihrem Anblick allerdings in die Lüfte und flog zu einem großen Kuppelbau – dem Thronsaal, wie ihnen Hatra erklärte. Es war klar, dass er sie aus irgendeinem Grund dorthin locken wollte.

»Eure Reiter sichern hier draußen das Gelände«, forderte Hatra von Alvin und Bornus. »Rorn und wir Hexen kümmern uns um alles Weitere.«

Wie von ihr geheißen drangen der Bannkrieger, Rabold und alle Hexen in den großen, von einer hohen Kuppel überwölbten Bau ein. Eonis erwartete sie hier schon auf seinem alten, stufenförmig ansteigenden Thron, flankiert von Kimue und acht weiteren Greifen. Der Tod der Pilger hatte seine Blutkette wohl so sehr gestärkt, dass sich die Siegel weiter gelockert hatten. Aber nicht nur der Tod der Pilger hatte weiteren Greifen den Eintritt in ihre Welt ermöglicht.

»Armer Landro«, erklärte Eonis ohne jede Spur von Trauer in der Stimme. »Du hast wirklich einen meiner besten Leibgardisten erschlagen, Bannstreiter, doch auch jeden, den du von uns umbringst, nimmt unsere Blutjade als Opfer an. Deshalb kannst du diesen Krieg auf Dauer nur verlieren. Ist das Tor erst vollständig geöffnet, stehen noch Hunderte von Leu bereit, um nach Myandor zurückzukehren.«

»Das lässt sich verhindern«, entgegnete Rorn grimmig. »Ich muss dich nur schneller töten, als du das Tor mit deiner Kette beeinflussen kannst.«

Kimue wollte ihn deshalb anfauchen, doch ihre notdürftig verbundene Wunde schmerzte so sehr, dass sie sich sofort wieder gegen die aufragende Stufe in ihrem Rücken lehnte, ohne einen Ton von sich zu geben. Ihr Monarch hatte dafür nur ein Grinsen übrig.

»Dann komm und erschlag uns«, bot er Rorn an, beide Hände in einer herausfordernden Geste erhoben. »Aber bedenke, dass dir ein harter Kampf wie dieser alles abverlangen wird. Dir und deinem Grimmschnitter …«

Rorn, der an der Spitze von Kriegern und Hexen stand, wusste, dass der Greif in diesem Punkt die Wahrheit sprach. Das blau umflorte Schwert in seiner Hand zuckte schon die ganze Zeit in der begierigen Erwartung, das Blut seiner Feinde zu schmecken. Magisch aufgeheizt, wie die Klinge schon war, wählte sie aber nicht aus, wessen Kräfte sie zum nötigen Sieg anzapfte. Der Tod konnte jeden treffen.

»Tretet zurück«, bat er seine Begleiter. »Verlasst den Thronsaal, sonst könntet ihr in Mitleidenschaft gezogen werden.«

»Oh, so haben wir aber nicht gewettet«, lachte Eonis auf. »Nur du hättest die Macht, uns zu besiegen, aber deine unüberwindliche Kampfkunst brächte so viele Tote mit sich, dass die Siegel endgültig bersten würden.«

Noch ehe Rorn verstand, wie der Monarch das meinte, stieß dieser ein löwenartiges Brüllen aus. Auf dieses Signal hin schlossen sich die Tore wie von Geisterhand. Krachend fielen sie ins Schloss, sodass die Hexen nun auf Gedeih und Verderb mit ihm zusammen eingesperrt waren.

»Und nun schlag zu, Bannstreiter«, forderte Eonis, »oder stirb kampflos. Mir ist das einerlei.«

Alvin, Bornus oder einige Männer ihrer Leichten Reiterei hämmerten von draußen gegen die Tür, doch sosehr sie sich auch mühten, die magisch verschlossenen Türen ließen sich nicht einfach mit dem Schwert aufbrechen. Einige Hexen, die entsprechende Anstalten machten, mit ihren Kräften einzugreifen, wurden allerdings von Hatra zurückgehalten.

Rorns Gewissenskonflikt war so groß, dass er nichts von diesen Vorgängen bemerkte. Er haderte nur mit sich selbst, weil die Kraft, die er im Kampf gegen die Greifen aufbringen musste, garantiert Venea, Bree und vielen weiteren Unschuldigen das Leben kosten würde. Den Gedanke daran konnte er nicht ertragen.

Ohne, dass er sich wirklich bewusst darüber wurde, fällte er seine Entscheidung. Grimmschnitter polterte auf den Marmor zu seinen Füßen. Lieber wollte er sterben, als um sich herum alles in den Tod zu reißen.

Eonis lachte triumphierend auf. »Also gut«, rief er dabei. »So sterbt denn alle von unseren Händen.«

»Dummer, dummer Eonis«, sagte da Hatra mit solch durchdringender Stimme, dass das Lachen des Monarchen abrupt erstarb. »Hast du dich denn nie gefragt, warum ich nicht viel früher nach Myandor gekommen bin, um die Siegel wieder zu festigen? Ist dir denn nie in den Sinn gekommen, dass du nur in diese Welt zurückkehren durftest, weil ich die von dir ausgehende Gefahr ein für alle Mal beseitigen will?«

Bei diesen Worten packte Hatra ihren knorrigen Stab mit beiden Händen und schlug ihn mit solcher Wucht über ihr Knie, dass er in zwei Hälften brach. Das kurze Ende mit der darin befindlichen Schattenjade warf sie neben Grimmschnitter zu Boden, das andere behielt sie weiter in Händen. Als wäre das ein Signal gewesen, streiften darauf Venea, Bree und weitere Hexen ihre Armbänder ab und warfen sie mit dazu, bis ein kleiner Haufen entstand. Immer mehr Schattenjade kam auf diese Weise in Windeseile zusammen.

Nur Rabold behielt seinen Ring für sich.

»Was hat das zu bedeuten?«, rief Eonis aus und sprach damit Rorn aus dem Herzen.

»Speise für Grimmschnitter«, rief Venea aus. »Was glaubst du eigentlich, warum wir uns überhaupt auf die Schattenjade eingelassen haben?«

Inmitten der Machtspeicher liegend leuchtete Rorns Schwert heller auf denn je. Klappernd drehte es sich um sich selbst, weißblaue Funken sprühten von der Klinge in den Raum hinein.

Unter einem schrillen Aufschrei sprang Eonis auf das Schwert zu und versuchte, es am Griff zu packen. Da wirbelte es wie von unsichtbarer Hand geführt in die Höhe und sprang von selbst zwischen Rorns Finger. Es aus dem Handgelenk herumzuschwingen und auf seine Gegner loszugehen war eins. Blitzschnell war Rorn bei dem Ersten der Greifen und zog ihm die Klinge über den Hals.

Das Löwenhaupt stürzte – gefolgt vom kopflosen Torso – in die Tiefe.

Ungeschützte Schwingen waren danach sein bevorzugtes Ziel. Wieder und wieder hieb Grimmschnitter in sie hinein und trennte sie oberhalb der Schulterblätter ab. Blut pulsierte aus diesen Verletzungen hervor, und wo sich die bedrängten Greifen in die Höhe abzusetzen versuchten, trug ihn Grimmschnitter hinterher. Längst glühte die Bannklinge von innen heraus weiß auf, doch anstatt anderen im Raum die Lebenskraft zu entziehen, tat sie sich an der zur Verfügung gestellten Jade gütlich. Die vielen Levitationszauber, die mit ihnen schon durchgeführt worden waren, hatten wohl auch ihre Auswirkung auf Grimmschnitters Fähigkeiten.

Bis kurz unter den Scheitelpunkt der Kuppel sprang Rorn plötzlich empor, um den Gegnern zu Leibe zu rücken. In seinem Grimm schlug er nun auch stählerne Harnische mit einem Schlag entzwei. Leuklingen barsten, wenn sie sich mit Grimmschnitter kreuzten, und regneten als Metallspäne durch die Luft.

Alles wäre gut gewesen, hätte es nicht draußen einen solch infernalischen Lärm gegeben, dass selbst die zufriedenen Hexen zusammenzuckten. Rorn glaubte das Schreien von sterbenden Kriegern zu hören, aber noch ehe er Hatra deshalb eine Frage zurufen konnte, erzitterte das Gebäude, in dem sie kämpften.

Überall platzte die Decke auf. Risse entstanden, liefen auseinander, verästelten sich und fanden wieder zusammen. Herabrieselnder Staub schwängerte die Luft, während die große Eingangstür wie unter dem Schlag einer Riesenfaust zerbarst.

Holzsplitter schleuderten durch die Halle und verletzten so manche Hexe. Trümmerteile rutschten über den Boden, während Rorn Eonis einen Arm um den Hals schlang und ihm gleich darauf Grimmschnitter an die Kehle setze.

»Was hat das zu bedeuten?«, wollte er wissen.

»Ich … ich weiß es nicht«, stammelte der Greif verblüfft. Und schrie gleich darauf einen Namen, der sich wie *KhorAh-Tep* anhörte.

Die monströse Gestalt, die er damit bezeichnete, gehörte einem aufrecht gehenden, mit langem Zottelfell behangenen Elefanten, der sich bücken musste, um das hohe Eingangsportal zu durchschreiten. Seinem Rüssel entfuhren immer wieder dunkle Töne von zerstörerischer Wirkung. Wo seine Trompetenstöße auftrafen, zerbröckelte selbst härtester Marmor. Wie Spinnennetze breiteten sich Risse ringförmig aus, wo der Schall auf ein Hindernis traf.

Die Hexen stoben entsetzt auseinander, um dem hereinwalzenden Ungetüm Platz zu machen. Einige von ihnen wurden dennoch verletzt, aber keine so schlimm wie Kimue, die unter dem direkt auf sie gerichteten Schall regelrecht zerplatzte.

»Dummer, kleiner Eonis«, höhnte Hatra, die als Einzige ungerührt an ihrem Patz geblieben war. »Hast du wirklich geglaubt, *du* hättest Kontakt mit dieser Welt aufgenommen und alles ganz alleine für eine Rückkehr vorbereitet? Dann lass dir gesagt sein, dass du nur ein willfähriges Werkzeug für die Mamuth warst, die Millionen mal mehr über die Welt hinter der Welt und die Portale wissen als du.«

Draußen wurde immer noch gekämpft, geschrien und gestorben.

KhorAh-Tep tötete dagegen die letzten noch lebenden Greifen, bevor er anfing, auf alles Jagd zu machen, was sich bewegte. Der wie erstarrt in Rorns Griff hängende Eonis war der einzige Leu, der noch nicht zerschmettert war. Doch auch die ersten Hexen lagen schon mit verdrehten Gliedern am Boden. In seiner blinden Raserei schlug der König der Zyklopen auf alles ein, was sich bewegte. Seine ledernen Schwingen, mit deren Hilfe er in die Höhe stieg, brachten die Luft wie bei einem Sturm zum Rauschen.

Rorn musste ihm irgendwie beikommen, und er wusste auch schon wie.

Blitzschnell riss er sich die Silberspinne aus dem Ohr und zwängte sie Eonis ins offene Maul. Zunächst hustete der Greif, doch statt den Anhänger auszuspucken, schluckte er ihn schließlich hinunter. Schon nach wenigen Atemzügen begann die Verwandlung. Ein Zittern lief durch den Löwenkörper, dem plötzlich zwei weitere Armpaare wuchsen. Auch der Löwenmann wurde zur willenlosen Spinne, allerdings zu einer, der weiterhin Fellflügel aus dem Rücken wuchsen.

Diesem Tier schwang sich Rorn mühelos auf den Rücken, noch während sich dessen Skelett neu ausformte. Vor den Schwingen sitzend, beide Beine fest um den schmalen Ansatz hinter dem Kopf geschlungen, riss Rorn die Spinne zu dem wütenden Mamuth empor.

Zunächst nahm der Zyklop gar nicht wahr, was da nahte. Ein Wesen wie die geflügelte Spinne hatte er noch nie gesehen und konnte es deshalb in keiner Weise einordnen. Rorns Bannschwert dagegen schon.

Der Rüssel fuhr herum, tödlicher Trompetenschall ertönte.

Rorn zwang das Tier, das einmal Eonis gewesen war, zu einem scharfen Ausweichmanöver und warf sich schon im nächsten Moment zur anderen Seite, um sich in einer engen Wende so nah wie möglich an KhorAh-Tep heranzubringen. Wütend schlug der König der Zyklopen um sich. Wie eine Peitsche zuckte der Rüssel heran, bereit, Rorn den Kopf von den Schultern zu reißen.

Ein normales Schwert, zur Abwehr entgegengestreckt, wäre achtlos zur Seite geflogen, nicht so Grimmschnitter. Die weiß glühende Klinge schnitt wie ein heißes Messer durch einen Klumpen Butter. Abrupt ging der zerstörerische Ton in ein dunkles Blubbern über. Der abgetrennte Rüssel flog zuckend durch die Luft, bis er zu Boden fiel und sich dort noch eine Weile wie eine lebende Schlange wand, bis endgültig alles Leben aus ihm gewichen war.

Sturzbachartig schoss das Blut aus der großen Wunde hervor.

Wie wild mit dem verbliebenen Stummel um sich schlagend jagte KhorAh-Tep davon. Mit dem Kopf voran durchbrach er eine Seitenmauer und versuchte an Höhe zu gewinnen. Rorn blieb ihm durch herabfallende Trümmerstücke hindurch auf den Fersen. Draußen bot sich ein Bild des Grauens.

Zwei weitere Zyklopen waren über die Leichte Reiterei hergefallen. Fast zweihundert Bogenschützen lagen, über den ganzen Marktplatz verstreut, tot am Boden. Die Pfeile, die dafür den Zyklopen im Körper steckten, schienen diese nicht sonderlich zu stören.

Als sie KhorAh-Teps Schmerzlaute hörten, ließen sie sofort von ihren wehrlosen Opfern ab, um sich dem König zuzuwenden. Sein gekürzter Rüssel versetzte sie in Schrecken. Mit solch hartem Widerstand hatten sie nicht gerechnet. Während sie sich noch voll auf ihren Monarchen konzentrierten, schloss Rorn zu ihnen auf. Erneut sang Grimmschnitter sein blutiges Lied.

Nichts konnte der mit magischer Energie vollgesogenen Bannklinge widerstehen. Die Stiefel der Zyklopen platzten ebenso auseinander wie die darunterliegende Haut. Beine, Arme und schließlich ein Stich in die Niere waren die Ziele, die Rorn sorgsam abarbeitete.

Die Zyklopen bemühten sich, mit ihren Flügeln an Höhe zu gewinnen, doch was sie auch versuchten, der Bannstreiter ließ sich nicht abschütteln. So weit von der bereitliegenden Schattenjade entfernt zog das kampfestrunkene Schwert alle Kraft an sich, derer es habhaft werden konnte. Und das war die Lebensenergie der Mamuth.

Rorn flog immer wieder zwischen ihre gigantischen Körper, damit sie nicht trompeten konnten, ohne sich gegenseitig zu verletzen. Dort schlug er abwechselnd auf sie ein, bis es ihnen der Blutverlust unmöglich machte, sich weiterhin in der Luft zu halten. KhorAh-Tep, der die mit Abstand größte Verletzung davongetragen hatte, stürzte als Erstes zur Erde.

Mehrere Stufen der Empore zersplitterten, als er mit seinem schweren Gewicht aufprallte. Seine beiden Begleiter verloren ebenfalls an Höhe, doch als Rorn ihnen mit weit vorgebeugtem Körper folgte, um Grimmschnitter in ihren Köpfen zu versenken, richtete sich der Rüsselstummel plötzlich auf und brachte seine letzten Töne hervor. Dunkel wie nie, nur mühsam gebündelt, aber dennoch von tödlicher Wirkung.

Rorn spürte, wie etwas an seinen Beinen zupfte.

Rasch zog er die Knie an und brachte sie so aus der Gefahrenzone. Aus Eonis verwandeltem Körper drang dagegen das Knacken und Knistern von Knochen und berstendem Chitin hervor.

Während die Flugspinne ihren Todesstoß erhielt, rollte sich der Bannstreiter zur Seite ab, packte seinen Mantel an den Aufschlägen und stürzte dem harten Marmorboden entgegen. Trotz des aufgeblähten Leders fiel er viel zu schnell, doch einige nach draußen geeilte Hexen, die ihre Armbänder wieder übergestreift hatten, packten ihn mit ihren Levitationskräften und ließen ihn sanft absinken.

Die beiden verletzten Zyklopen erfuhren keine solche Behandlung.

Sie schmetterten hart auf die Empore. Einer von ihnen blieb sofort reglos liegen, der andere versuchte noch, über die Stufen zurück in den flirrenden Bereich unter dem Regenbogen zu kriechen. Grimmschnitter sorgte dafür, dass es bei dem Versuch blieb.

Wurde das Portal durch den Tod dieses Mächtigen durchlässiger oder nicht? Rorn vermochte es nicht zu sagen. Vermutlich war Hatra die Einzige, die das beurteilen konnte. Wo war die alte Sumpfhexe überhaupt? Rorn sah sich suchend um und entdeckte sie in unmittelbarer Nähe.

Seite an Seite mit Rabold, ihrem neuen ständigen Begleiter, kam sie näher und betrachtete das fragile Portal mit großer Sorge. Unablässig das verbliebene Ende ihres knorrigen Stabes in den Händen drehend wandte sie sich zu dem Magier um. »Nun brauche ich doch deinen Ring«, sagte sie dabei.

Bereitwillig zog Rabold die Schattenjade vom Finger und hielt sie ihr entgegen. Anstatt sie ihm aus der offenen Hand zu nehmen, holte Hatra mit ihrem geborstenen Stecken aus und rammte dem Magier die zersplitterte Seite tief ins Herz. Sie wusste offensichtlich genauso um das Geheimnis der Blutjade wie ihre Feinde, denn der Ring in Rabolds Hand färbte sich bereits rot ein, noch während Rabold langsam in die Knie sank.

Ob ihn sein Opfertod überraschte oder ob er mit ihm abgesprochen gewesen war, konnte Rorn dem entstellten Gesicht nicht entnehmen. Alle Schattenschwestern, die das blutige Werk ihrer Zunftmutter sahen, schrien jedenfalls gellend auf.

Hatra achtete nicht auf die Reaktionen, die ihre Handlung auslöste. Kurz bevor Rabold leblos zur Seite sackte, nahm sie ihm die frisch gewonnene Blutjade aus der Hand und verbarg sie in ihrer Linken, während sie mit rechts den Stein aus Hadiks Turm umklammerte. Derart ausgerüstet schaute sie zum Regenbogen auf, konzentrierte sich kurz und begann plötzlich auf ihn zuzuschweben.

Ihr Gesicht drückte tiefe Entschlossenheit aus. Sie trat ihren letzten Gang an, das war ihr deutlich anzusehen.

»Alles Gute«, rief sie Rorn zu, als sie ihn in einigen Schritten Abstand passierte »Und verzeih mir alles, was ich dir und der Menschheit angetan habe. Jetzt, wo jene tot sind, die seit Äonen an ihrer Rückkehr arbeiteten, bleibt mir nur noch eins zu tun: den Zeitschlund, den ich einst in Myandor geöffnet habe, wieder für alle Zeiten zu schließen.«

Noch ehe er etwas darauf antworten konnte, tauchte sie unter dem Regenbogen ein. Rorn sah noch, wie Hatra ihre beiden Hände zusammenschlug: Im gleichen Moment, da sich die in ihnen befindlichen Steine berührten, entlud sich ein gewaltiger Blitz, der nicht nur die Augen blendete, sondern auch den Regenbogen mitsamt des unter ihm entstandenen Portals für alle Zeiten aus der Welt wischte.

Grimmschnitter immer noch wie im Krampf umklammernd lag Rorn einige Zeit erschöpft auf den Stufen. Die Klinge hatte sich wieder in normales Metall zurückverwandelt, ein Hinweis darauf, dass tatsächlich keine Magie mehr in Myandor wirkte. Sichtlich erleichtert, ihn noch atmen zu sehen, kam Venea auf ihn zugerannt, um zu prüfen, ob er Hilfe bräuchte.

Alvin und Bornus ließen sich ebenfalls blicken. Sie gehörten tatsächlich zu den Kriegern, die das Gefecht mit den Zyklopen überlebt hatten.

»Ein Gutes hat es ja, dass so viele Reiter getötet wurden«, erklärte Bornus, ohne lange um den Brei herumzureden.

»Mehr Sold für die Hauptleute?«, fragte Rorn.

Der Glatzkopf kratzte sich verlegen hinter dem Ohr. Ein sicheres Zeichen dafür, dass er sich fragte, warum ihm dieser Gedanke nicht selbst gekommen war. Dann erklärte er aber, woran er wirklich gedacht hatte: »Nein, aber genügend Proviant für alle Überlebenden, die durch die Wüste zurückreiten müssen.«

Pragmatisch gedacht, aber wahr. Oder doch nicht? Venea schien zumindest anderer Meinung zu sein.

»Die Schattenschwestern existieren weiterhin, auch ohne Hatra«, erklärte sie mit Nachdruck. »Du kannst also ganz beruhigt sein. Sobald wir wieder bei Kräften sind, reisen wir alle so zurück, wie ihr hergekommen seid.«

»Außerdem gibt es hier noch ein kleines Portal, das eine Verbindung zur Zyklopenmauer und zu anderen Toren herstellen kann«, erinnerte Rorn.

»Aber das wird versiegelt«, erklärte Venea mit absoluter Bestimmtheit. »Von dieser Art des Reisens habe ich wahrlich genug.«

Rorn mochte in diesem Punkt nicht streiten, darum ließ er der Hexe gerne ihren Willen. Nach dem intensiven Kampf in den Lüften schmerzte ihm jeder einzelne Muskel im Körper.

Eigentlich wollte er nur noch seine Ruhe haben; er hatte nicht einmal mehr Lust zu lächeln. Trotzdem zuckten seine Mundwinkel in die Höhe, als er sah, wie Bree seinen Grauschimmel auf den Platz zog.

»Hallo, Gerwin!«, sagte er laut. »Schön, dich wiederzusehen.«

Venea stieß ihm spielerisch den Ellbogen in die Seite. »Was ist denn das?«, fragte sie. »Du gibst deinem Pferd jetzt tatsächlich einen Namen?«

»Ja«, gestand Rorn ein und schlang dabei einen Arm um ihre Hüfte. »Und wenn ich schon dabei bin, breche ich vielleicht auch gleich noch mit ein paar anderen Gewohnheiten.«

Epilog

Mit allem hatte Hatra gerechnet, aber nicht damit, den Zauber zu überleben, mit dem sie die Siegel in Myandor für alle Zeiten festigte. Und mehr noch, anstatt bis in alle Ewigkeit an dem Ort, an dem die Zeit nicht existierte, vor sich hin zu dämmern, fühlte sie sich zu Boden geschleudert.

Schmerzen wallten in ihr auf.

Sie hatte ihren Körper wieder. Den alten, gebrechlichen, an den sie sich schon gewöhnt hatte. Doch die Gegend, in die es sie verschlagen hatte, kam ihr nicht vertraut vor. Ihr Blick war verschleiert, da alles, das um sie herum lag, von einem nach Schwefel riechenden Qualm erfüllt war. In weiter Ferne hörte sie ein lautes Rauschen, von dem sie hoffte, dass es sich um einen Wasserfall oder eine Quelle handelte. Doch als sie die letzten Rauchschleier hinter sich gelassen hatte, blieb sie vor Schreck wie festgewurzelt stehen.

Ungläubig starrte sie auf eine graue, von feurigen Lavaströmen durchzogene Felslandschaft hinaus. Feuer und Rauch waren die einzige Abwechselung zu dem allgegenwärtigen Grau, das sich vor ihr erstreckte. An welchen Ort und in welche Zeit es sie auch immer verschlagen hatte – dies musste wirklich der unwirtlichste Flecken Erde sein, den sich ein aufrecht gehendes Wesen vorstellen konnte.

»Ihr Götter!«, schrie sie verzweifelt. »Habe ich nicht genug für meine Frevel gebüßt? Soll das wirklich meine Strafe sein?«

Ende

Bonus-Kurzgeschichte

Tödliche Mission

1.

Der Basar in den Straßen von Maron war wie immer überfüllt. Eine Masse schwitzender, stinkender, hin- und herdrängender Männer, Frauen und Kinder wand sich wie eine Echse durch das verschlungene Labyrinth des Geschäftsviertels. Hier gab es wirklich alles zu sehen und zu kaufen. Seltene Gewürze, wohlschmeckende Speisen, berauschende Getränke. Jede auch nur erdenkliche Sinnenfreude war im Überfluss vorhanden, zumindest für jene, die bezahlen konnten.

Die scharfen Gerüche der iskandischen Küche vermischten sich dabei mit dem süßlichen Aroma barosischer Zuckerbäckerei. Parfüm- und Badeölhändler lockten mit erlesenen Düften. Von Meisterhand geschmiedete Waffen waren ebenso zu sehen wie kunstvoll geformte Schmuckstücke aus seltenen Edelmetallen und kostbare Stoffe aus fernen Ländern. Aber es gab auch billigen glitzernden Tand, der die Käufer blenden sollte. Schwerter, die beim zweiten Hieb zerbrachen, oder saure Weine, bei denen sich der Mund nach dem ersten Schluck zusammenzog.

Die Menschenmenge war eine bunte Mischung aus Tugend und Verrufenheit. Seriöse Händler standen neben habgierigen Halsabschneidern. Heilkundige und Magiere offerierten ebenso ihre Dienste wie Quacksalber und Scharlatane. Sogar Sklavenhändler boten ihre menschliche Ware an. So mancher fremdländische Besucher von Maron war schon nach einem Schlag auf den Hinterkopf als Angebot der Woche wiedererwacht.

So vielfältig wie die Anbieter waren, so unterschiedlich sah auch ihre Kundschaft aus. Hagere Bettler in zerrissenen Lumpen standen neben wohlgenährten Fürsten königlichen Geblüts. Aber auch allerlei zwielichtiges Gesindel bevölkerte die verstopften Straßen, und viele von ihnen verdienten ihren Lohn auf unredliche Weise. Doch wer seinen Lebensunterhalt solchermaßen bestritt, war auch gewissen Gefahren ausgesetzt. Denn obwohl viele Einwohner der Meinung waren, dass es in Maron weder Recht noch Ordnung gab, griffen Stadtwachen und Justiz zu recht drastischen Mitteln, wenn es darum ging, die schlimmsten Auswüchse zu beschneiden – in der Regel oberhalb des Handgelenks. Einige fingerlose Hand- und Armstümpfe, meist schamvoll verdeckt, zeugten auch auf dem Markt von Maronscher Gerechtigkeit. Allerdings waren die Betroffenen durchweg arme Schlucker, die es sich nicht leisten konnten, den Urteilsspruch zu ihren Gunsten zu beeinflussen.

Arak war noch glücklicher Besitzer zweier Hände, und das war auch gut so, denn sie waren sein größtes Kapital. Er war ein überdurchschnittlich begabter Dieb, wenn auch kein Meister seines Faches. Aber er besaß dafür eine Gabe, die ihn seit Beginn seiner zweifelhaften Karriere vor einer Festnahme bewahrt hatte. Er konnte sich selbst und seine Fähigkeiten richtig einschätzen. Er erkannte geeignete Opfer und wusste, von wem er seine geschmeidigen Finger lassen musste.

Wie es sich für einen Freischaffenden seines Berufes gehörte, befand sich Arak während der heißen Mittagsstunden direkt im dichtesten Gewühle des Marktes. Der prall gefüllte Geldbeutel einer fettleibigen Kurtisane lachte ihn geradezu an, und der Dieb wollte soeben seiner verantwortungsvollen Aufgabe nachgehen, als es einen Tumult auf dem Basar gab.

Zwanzig Männer der Stadtwache marschierten in Doppelreihe durch die engen Gassen und drängten dabei jeden zur Seite, der ihnen den Weg versperrte. Wie ein stählerner Lindwurm stießen sie in das Labyrinth der Altstadt vor, drangen immer tiefer in den Basar ein und walzten nieder, was ihnen vor die Füße kam.

So mancher verkrüppelte Bettler, der nicht schnell genug war, bekam ihre Sohlen zu spüren. Die zur Seite flüchtenden Menschenmassen waren so gewaltig, dass einige Verkaufsstände unter dem Druck der schiebenden Leiber zusammenstürzten.

Die Wachen hinterließen eine Spur der Verwüstung, in deren Sog sich fluchende Basarbesucher und zeternde Händler mit Tränen in den Augen wiederfanden. Doch die Soldaten in ihrer schweren, mit Eisen verzierten Lederkluft marschierten weiter, seelenlosen Dämonen gleich, die nur den Befehlen ihres Stadtkommandanten gehorchten, der sich in ihrer Mitte befand. *Das* war es, was den Menschen so viel Furcht vor dieser Wachabteilung einflößte. Wenn einer der vier Stadtkommandanten persönlich mit seiner Leibgarde in der Öffentlichkeit erschien, bedeutete dies nichts Gutes.

Viele Langfinger, Halsabschneider und ähnliches Gesindel, ja sogar einige ehrbare Bürger ergriffen die Flucht, als sie hörten, *wer* da nahte. Niemand wollte herausfinden, ob gerade er es war, dem der Aufmarsch galt. Arak dagegen wartete ruhig und gelassen ab. Wer floh, machte sich nur verdächtig. Er konnte sich auch an keinen Diebstahl in jüngster Vergangenheit erinnern, der ein derartiges Interesse an seiner Person gerechtfertigt hätte.

Selbst als sich die Soldaten näherten, ihre Formation auflösten und einen Halbkreis um ihn und einige andere Basarbesucher bildeten, fühlte er sich nicht bedroht. Erst als sich ein Hüne, dessen Helm mit dem Federbusch der Kommandantenwürde geschmückt war, vor ihm aufbaute, ahnte er langsam, dass er einen Fehler begangen hatte.

»Arak von Ralon?«, fragte der hohe Offizier knapp.

Der Dieb überschlug in Gedanken rasch seine Chancen; doch er erkannte schnell, dass er weder fliehen noch lügen konnte. Das Beste war wohl, bei der Wahrheit zu bleiben, den Unterwürfigen zu markieren und abzuwarten, was das Schicksal für ihn bereithielt.

»Man nennt mich Arak«, bestätigte er daher. »Ich wurde auch in Ralon geboren. Trotzdem muss es ein anderer sein, dem Euer Interesse gilt, denn ich bin nur ein Gaukler, der die Menschen erfreut. Niemand, den man mit so vielen kräftigen Männern jagen muss.«

Bei diesen Worten zog er drei große, runde Äpfel hervor, die er einige Stände zuvor mitgehen lassen hatte, und begann geschickt zu jonglieren. Trotz seiner zitternden Hände ließ er die Früchte pfeilschnell durcheinanderwirbeln, während er in seinen zartgliedrigen Fingern ein unangenehmes Ziehen bemerkte, als ob bereits eine scharfe Klinge über ihnen schwebte. Wie lange würden diese Hände noch sein eigen sein?

Die Lippen des Kommandanten verzogen sich zu einem breiten Grinsen, das sein kantiges Gesicht in zwei Hälften spaltete. »Du bist genau der, den wir suchen.«

Brutal schlug er dem Dieb die Äpfel aus den Händen und stieß ihn in die offenen Arme zweier Soldaten. »Die Priester erwarten dich!«

Ein erschrockenes Murmeln ging durch die umstehende Menge. Araks Mund wurde trocken, sein Magen verwandelte sich in einen harten Klumpen, und die Knie wurden weich. *Die schwarzen Priester von den Türmen!* Damit konnte sich Arak nicht nur von seinen Händen, sondern auch gleich von einigen anderen wichtigen Körperteilen verabschieden. Eine unnatürliche Stille legte sich über den Marktplatz. Arak war ein schlanker, drahtiger Kerl, doch in dieser Situation gab es für ihn keine Möglichkeit zu entkommen. Als ihn die Wachen in ihre Mitte nahmen und fortführten, sah er die mitleidigen Blicke vieler Menschen.

Eine Begegnung mit den schwarzen Priestern wünschte man in Maron nicht einmal seinem schlimmsten Feind. Doch mit dem Verschwinden der Stadtwache verdrängten die Anwesenden auch das gerade Erlebte. Die zertrümmerten Stände wurden wieder aufgebaut, das Geschrei und Geschwätz der Händler und Kunden setzte erneut ein. Als die Mittagshitze vorüber war, hatten alle das Geschehene bereits wieder vergessen, fast so, als hätte es nie einen Arak von Ralon gegeben.

2.

Sie führten ihn durch große, dunkle Hallen, tief in das Allerheiligste. Dorthin, wo nur wenige lebend hineingelangten und noch weitaus weniger wieder heraus: in die Schwarzen Türme der Macht.

Der Tempel der Priester lag auf einer Hochebene, weit über den Dächern der übrigen Gebäude. Eine großzügige Anlage mit ausgedehnten Grünflächen und mehreren Kräutergärten für eine Handvoll Auserwählte.

Doch niemand wagte es, gegen die hier Lebenden seine Stimme zu erheben. Die Gebäude glänzten alle in dunklem Onyx, wirkten von außen aber, als seien sie aus schwarzem Elfenbein geschnitzt. Im Zentrum der geometrisch angeordneten Hallen ragten drei schlanke Türme so weit in die Höhe, dass es fast wirkte, als würden sie mit ihren Spitzen den Himmel durchbohren.

In diesen drei Türmen, die in ihrer Mitte miteinander verbunden waren, thronten die Priester von Maron. Von dort oben sahen sie auf ihre Stadt hinab, schmiedeten Ränke, nahmen Einfluss und vergrößerten ständig ihren Machtbereich. Sie beförderten Bettler zu Königen und stießen Herrscher vom Thron, ganz wie es ihnen beliebte. Sie entschieden über Aufstieg und Fall, über Leben und Tod.

Arak wusste nicht, welchen der drei Türme er bestieg, doch er zählte 352 Stufen, die er bewältigen musste, bevor ihn die Schergen in einen kleinen Raum stießen. Durch eine winzige Maueröffnung fielen die Strahlen der Nachmittagssonne herein, ohne bis zum Boden zu gelangen. Irgendetwas schien die Helligkeit aufzusaugen und dem verblassenden Licht jede Wärme und Freundlichkeit zu nehmen, um es in etwas Düsteres, Unangenehmes zu verwandeln, das ihm körperliches Unbehagen verursachte.

Es war Arak unmöglich, die Abmessungen des Raumes abzuschätzen. Alles verlor sich in dem ihn umgebenden Zwielicht, sodass er weder Wände noch Decke erkennen konnte. Als er sich herumdrehte, fand er noch nicht einmal die Tür wieder, durch die er gerade erst eingetreten war. Irgendwo im Dunklen wurden Räucherstäbchen abgebrannt, die einen betäubenden, süßlichen Duft verströmten, der sich schwer auf die Lungen legte. Die aufsteigende Atemnot versetzte Arak zusätzlich in Panik, trotzdem versuchte er so ruhig wie möglich seine Lage einzuschätzen.

Nachdem seine Augen sich an die Lichtverhältnisse gewöhnt hatten, schälten sich die Konturen einiger Gegenstände aus dem Zwielicht. Die spartanische Einrichtung des Zimmers bestand lediglich aus einem roh gezimmerten Tisch mit einem nicht sehr stabil wirkenden Holzstuhl. Zitternd ließ sich Arak darauf nieder, bevor ihm seine weichen Knie noch den Dienst versagten.

Augenblicklich ergriff ihn ein unangenehmes Gefühl der Beobachtung.

Irgendetwas war vor ihm …

Etwas Unheimliches, für den menschlichen Geist nicht Fassbares, lauerte dort, wo die Schatten schwärzer waren als die finsterste Nacht. Diffuse Schemen wischten durch die Luft und ließen ihn erschauern.

Verzweifelt versuchte er, seine überreizten Sinne zu beruhigen. Doch es gelang ihm nicht, die aufflammenden Erinnerungen an verbotene Geschichten zu unterdrücken, die sich die Bewohner von Maron zuflüsterten. Niemand ahnte, wie viele Priester es wirklich noch gab. Man wusste nur, dass sie einer alten Sekte angehörten, die im Besitz des Wissens um die in Vergessenheit geratenen Fähigkeiten war. Fähigkeiten, die in Vorzeiten nur von den Meistern der schwarzen Magie beherrscht wurden.

In so mancher trockenen Gewitternacht entluden sich schwere Blitze um die drei Türme, als ob die Magier den Zorn der Götter entfachen würden. Die Priester schienen nicht zu altern, denn es gab sie bereits, solange man in Maron zurückdenken konnte. Manche hielten sie sogar für Überlebende aus jener Zeit, da Greifen und Zyklopen herrschten. Was auch immer der Wahrheit entsprechen mochte, eins war sicher, sie waren die wahren Herrscher über Maron, denn sowohl der König als auch die Stadtkommandanten gehorchten ihren Befehlen.

Während Arak noch über seine ungewisse Zukunft brütete, bemerkte er den Hauch einer Bewegung vor sich. Er schaute in die Höhe und fuhr vor Schreck zusammen. Aus der kompakten Finsternis vor ihm lösten sich die Umrisse einer in einen grauen Umhang gehüllten Gestalt. Schweigend stellte der Unbekannte einen gefüllten Goldkelch auf die Tischplatte, wobei er für einen kurzen Moment die Sicht auf seine mageren, langgliedrigen Finger freigab, die nur aus mit Haut bespannten Knochen zu bestehen schienen. Ehe Arak auf diesen Anblick reagieren konnte, ließ der Mann seine Hände wieder in den weiten Ärmeln seines Umhanges verschwinden und baute sich drohend vor dem Dieb auf. Obwohl nur der Tisch die beiden voneinander trennte, fiel es Arak schwer, mehr als nur die Umrisse des Gegenübers auszumachen.

Die Dunkelheit des Raumes verschwamm mit der grauen Kutte, die Konturen verwischten sich, als hätte er es mit einem körperlosen Geist zu tun.

Das diffuse Licht und die einfallenden Sonnenstrahlen, die direkt auf den einzigen Stuhl des Raumes zielten, waren genau so abgestimmt, dass sie den darauf Sitzenden blendeten, um ihn einzuschüchtern. Als Arak dies erkannte, verlor die Situation etwas von ihrer unheimlichen Ausstrahlung und er fasste neuen Mut.

»Warum bin ich hier? Das muss alles ein Irrtum sein«, versuchte er zu erklären.

»Trink!«, donnerte der ihm gegenüberstehende Priester und deutete auf das mit einer roten Flüssigkeit gefüllte Gefäß.

Arak kam dieser Forderung sofort nach, denn es war der Gesundheit sehr abträglich, einem Priester der dunklen Macht zu widersprechen. Der zähflüssige, bittere Trank hinterließ ein scharfes Brennen in seiner Kehle.

»Der Saft des roten Lotus wird dich stark und ausdauernd machen. Dann bist du bereit für deine bevorstehende Mission«, brummte der Priester.

Arak spürte ein schmerzhaftes Ziehen im Unterleib, sein Magen wurde zu Stein. Eine unerklärliche, tiefe Angst stieg in ihm auf.

»Welche Mission?«, wagte er dennoch zu fragen.

»Im Norden, nur fünf Tagesritte von hier entfernt, liegt die Burg des Fürsten von Norsk. Er ist keck geworden, denn durch sein Hoheitsgebiet führen unsere wichtigsten Handelswege in das Landesinnere. Seine Zollforderungen werden immer unverschämter. Es ist an der Zeit, ihm sein gieriges Maul zu stopfen. Doch trotz seines fetten Wanstes ist er nicht dumm; er besitzt ein starkes Heer, mit dem er sein unwegsames, gebirgiges Land bestens verteidigen kann. Seine Burg ist eine ausgeklügelte Festung, die wie ein Vogelnest in den höchsten Bergen klebt und von unten so gut wie uneinnehmbar ist. Und seit dem vergangenen Sommer befindet sich ein Magier in seinen Diensten, von dem niemand weiß, unter welchem Stein er hervorgekrochen ist. Vielleicht ist er im Besitz alter Schriften oder er stammt direkt aus der Vergangenheit, jedenfalls verfügt er über einen wirksamen Abwehrzauber. Er fühlt sich unverwundbar und meint deshalb, uns die Stirn bieten, ja uns gar verhöhnen zu können. Nun, wir haben nicht vor, das Leben unserer Soldaten unnötig aufs Spiel zu setzen oder unsere magischen Energien in endlosen Duellen zu vergeuden. Deshalb wirst du zu ihm gehen und ihn töten.«

Arak spürte, wie der heiße Stich einer Nadel durch sein Herz bis zu seinen Hoden drang, kalter Schweiß rann in Sturzbächen seinen verspannten Rücken hinab.

»Wie ... Wieso gerade ich?«, stammelte er verstört.

Unter dem Schatten der grauen Kapuze glühten die Augen des Priesters verärgert auf, und seine Stimme nahm einen harten, fast hypnotischen Klang an. Seine Worte durchdrangen Araks Körper, zerrütteten sein Bewusstsein, zerbrachen seinen Widerstand.

»Unser Widersacher ist nicht dumm. Er verlässt seine Festung nicht, er empfängt keinen Besuch, gibt keine Audienzen und ist stets misstrauisch. Er hat nur eine Schwäche. Um die Langeweile seiner selbstgewählten Gefangenschaft zu bekämpfen, lädt er ständig fahrendes Volk zu sich ein. Akrobaten,

Minnesänger, Narren, Feuerschlucker und Jongleure sind die Einzigen, die bis zu ihm vordringen können. Seine ...«

»Aber es gibt bessere Gaukler als mich. Mein eigentliches Talent ist ...«

»Schweig!«, donnerte der Priester, erbost über die neuerliche Unterbrechung. »Schweig, wenn du nicht die Qualen der neunundneunzig Tode erleiden willst.«

Verängstigt fuhr der Dieb zusammen. Er hatte das Gefühl, dass sich sein Gegenüber in seinem Zorn aufblähte und schon bald die Größe eines Titanen erreichte. Was auch immer in dem Trank gewesen war, es hatte offensichtlich eine berauschende Wirkung.

Warme Schauerwellen durchzogen Araks Körper, in seinem Kopf begann sich alles zu drehen. Dann bemerkte er, wie sein gesamter Leib bei dem Gedanken an die angedrohten neunundneunzig Tode erzitterte.

Es gab uralte Gerüchte, dass die Priester ihre gefangenen Feinde folterten, indem sie ihnen jeden Tag ein kleines Stück ihres Körpers amputierten. Heute eine Fingerkuppe, morgen der große Zeh, danach ein Augenlid und immer so weiter. Neunundneunzig Tage wurde der Gemarterte am Leben erhalten, bis nur noch sein blutiger, zuckender Rumpf vorhanden war und man ihm endlich den erlösenden Todesstoß versetzte.

Eine Mischung aus Furcht und Übelkeit wühlte in Araks Eingeweiden. Die Augen des Priesters leuchteten kurz in der Dunkelheit auf. Sichtlich zufrieden mit der Angst des Diebes setzte er seine Ausführungen fort.

»Der zweite Schwachpunkt des Fürsten ist seine Frau. Früher war sie eine Schönheit. Eine Seiltänzerin, die den Fehler machte, Isak von Norsk eine Vorstellung zu geben. Sie war damals überhaupt nicht mit ihrer Vermählung und dem damit verbundenen Aufstieg zur Fürstin von Norsk einverstanden, denn ihre Liebe galt einem jungen Mann, der ebenfalls dem fahrenden Volk angehörte. Ein großer, blonder Jüngling mit tiefgrünen Augen, geschickt mit seinen Händen, ein begabter Jongleur. Isak erschlug ihn mit seinem eigenen Schwert und hält die Seiltänzerin seitdem in seinem Adlerhorst gefangen. Nun, das Weib war intelligent genug, ihr Schicksal zu akzeptieren und sich der Gewalt Isaks zu beugen. Doch es heißt, dass sie seitdem stark an Gewicht zugelegt habe, und man erzählt sich, dass sie ihren Gemahl mit jedem betrügen würde, der ihrem toten Geliebten ähnlich sei.«

Arak verfluchte innerlich die Farbe seines Haares und die seiner Augen.

Ein bleiches, lippenloses Grinsen drang durch die Finsternis, als der Priester hämisch fortfuhr: »Ich muss meinem Orakel danken, dass es mir so schnell einen Mann gezeigt hat, der sich so gut für diese Aufgabe eignet.«

Arak verfluchte auch das Orakel.

»Ich denke, du weißt nun, was du zu tun hast. Du wirst über die Fürstin einen Weg finden, den Herrscher von Norsk zu töten. Bist du erfolgreich, so werden wir dich mit Gold überschütten. Weigerst du dich oder versagst du, wirst du auf eine Weise leiden, wie es sich dein kleiner Verstand nicht einmal in seinen schlimmsten Alpträumen ausmalen kann.«

»Wie viel gedungene Mörder haben es schon vor mir versucht?«, erkundigte sich Arak leise.

»Auf *diese* Weise noch keiner.«

Araks Körper stand in Flammen. In seinem Kopf machte sich betäubende Wärme breit, aber er erkannte, dass er nicht widersprechen durfte.

»Ich werde Euren Anweisungen folgen«, krächzte er mit belegter Stimme. Wohl wissend, dass er damit sein eigenes Todesurteil fällte.

»Gut!«, antwortete der Priester zufrieden. »Du wirst dich

wieder hinab in die Halle begeben, dort warten ein gesatteltes Pferd, Proviant und ein kleiner Beutel mit Gold auf dich. Du wirst niemanden sehen und auch niemanden aufsuchen. Du begibst dich auf direktem Wege zur norskischen Grenze. Du wirst jeden Kontakt zu Menschen meiden, auch keine Wirtshäuser aufsuchen, sondern im Freien übernachten. Versuche nicht, uns zu betrügen, wir haben Mittel und Wege, dich zu überwachen.«

Arak nickte schwach. »Ich werde Euch gehorchen.«

»Dann geh und erfülle deine Mission.« Die letzten Worte waren kaum noch zu vernehmen. Der Priester war lautlos aus Araks Blickfeld entschwunden.

Der Dieb fühlte sich matt und entkräftet, trotzdem raffte er sich auf und quälte sich zur Tür. Wilde Feuerstürme tobten in seinem Innersten, doch je weiter er die Stufen der Steintreppe hinabstieg, um sich von dem Ort der düsteren Unterhaltung zu entfernen, desto besser fühlte er sich wieder. Scham machte sich in ihm breit. Er war so ängstlich und hilflos gewesen, aber was sollte er gegen einen der schwarzen Priester ausrichten?

Eigentlich hätte Arak über den ihm angetragenen Auftrag entsetzt sein müssen, denn er war ein Dieb und kein Mörder, doch seltsamerweise kamen ihm von dieser Seite nicht die geringsten Bedenken. Allein die Frage, wie er nach vollbrachter Tat seinen Kopf retten sollte, machte ihm Sorgen.

Als er die Halle erreichte, fand er ein bepacktes und gesatteltes Pferd vor. Mühsam schwang sich der Dieb auf den Rücken des Tieres und ritt davon. Niemand war zu sehen, er fühlte sich wie der einsamste Mensch auf der ganzen Welt. Von der Tempelanlage führte ein direkter Weg zu einer kleinen Pforte in der Stadtmauer. Als er sie erreichte, war kein Wachposten zu sehen und die Tür stand sperrangelweit offen. Arak ritt hindurch und ließ Maron auf einer Nebenstraße hinter sich.

Die dunkle Ahnung, dass er seine Heimatstadt nie wiedersehen würde, stieg wie ein Schatten in ihm auf. Er hatte es immer gewusst, wenn eine Sache eine Nummer zu groß für ihn war, und für gewöhnlich die Finger davon gelassen. Dieser Auftrag war nun *viel* zu groß für ihn.

Er war praktisch schon tot, lebte nur noch von geborgter Zeit. Ein lebender Toter, dazu bereit, sein Opfer mit in das kalte Tal der Finsternis zu zerren.

Entschlossen schüttelte Arak den Kopf, um seine dunklen Gedanken zu verscheuchen. Er hatte nur eine Chance, wenn er den Priestern gehorchte und den Fürsten von Norsk tötete. Dazu brauchte er einen klaren Verstand.

3.

Arak kam zügig voran. Er machte keine Rast, denn er verspürte weder Müdigkeit noch Hunger. Doch als der Abend nahte, fühlte er sich leer und ausgebrannt. Er konnte sich kaum noch im Sattel halten, alles, was er noch wollte, waren ein Krug Wein und ein Lager aus Stroh vor einem warmen Feuer. Obwohl er wusste, dass die Priester über die Mittel verfügten, ihn wirklich jederzeit zu überwachen, steuerte er eine Schenke am Wegesrand an, die von einem Wirt und dessen draller Tochter geführt wurde.

Was sollte ihm deswegen schon groß passieren?

Schließlich waren die Priester auf ihn angewiesen. Wider Erwarten hatte Arak einen festen, wenn auch traumlosen Schlaf. Als er am nächsten Tag erwachte, fühlte er sich ausgeruht und kräftig. Sogar das Brennen in seinem Leib war verschwunden, wofür sich allerdings ein leichter Juckreiz am ganzen Körper breitmachte. Nach einem kräftigen Frühstück begab sich der Dieb wieder auf den Weg. Bis zur Mittagszeit begegnete er keinem Menschen, selbst die Tiere schienen ihn zu meiden. Einsam reiste er durch ein verlassenes Land, den Tod mit sich bringend, aber auch hinter sich lassend. Als er während einer kurzen Rast in Richtung Westen blickte, sah er Rauch am Horizont.

Genau dort, wo er die vergangene Nacht verbracht hatte, dort, wo einst ein Wirtshaus stand. Der lange Arm der Priester mochte vielleicht nicht bis ins Reich der Schatten reichen, bis zu der brennenden Ruine dort hinten langte er allemal.

Vor Araks geistigem Auge erschien eine wilde, in schwarzes Leder und Eisen gekleidete Reiterhorde. Mordlust flackerte in ihren Augen, während sie den brennenden Gasthof auf ihren gepanzerten Streithengsten umkreisten, um die unglücklichen Bewohner an der Flucht aus der tödlichen Falle zu hindern. Ein kalter Schauer lief über den Rücken des Diebes, der in diesem Moment beschloss, zukünftig die Nähe von bewohnten Gebieten zu meiden.

In den folgenden Tagen begegnete ihm kein einziges Lebewesen mehr. Kein Reisender, keine Schenke, kein Dorf am Wegesrand. Bestenfalls warme, rauchende Ruinen, die vor kurzem noch bewohnte Gebäude gewesen sein mochten. In den Nächten befielen ihn fiebrige Anfälle, und er hatte fürchterliche Visionen von Ausgeburten der Hölle, von grausamen Dämonen, die ihm vorauseilten, um ihm den Weg für seine einsame Reise zu ebnen.

Selbst an der Grenze war auf maronscher Seite keine menschliche Seele zu sehen. Nach eingehender Kontrolle durch die Grenzposten des Nachbarlandes konnte Arak endlich weiter. Sein Ziel war nicht mehr weit entfernt. Am Mittag des fünften Reisetages traf er am Fuße des norskischen Gebirges auf zwei Ochsenkarren, in denen sich Angehörige des fahrenden Volkes befanden.

Er schloss sich ihnen an und erreichte kurz vor Anbruch der

Dunkelheit Isaks Adlerhorst. Die ganze Burg schien nur von schwer bewaffneten Soldaten und einer bunten Schar von Gauklern bewohnt zu sein, überall herrschte ein lautstarkes Durcheinander.

Nachdem Arak am Tor eine Probe seines Könnens abgeliefert hatte, durfte er sich im Innenhof und in den Quartieren frei bewegen. Er merkte jedoch schnell, dass die von Isak bewohnten Teile der Festung hermetisch abgeriegelt waren und es an den Wachposten kein Vorbeikommen gab.

Arak beschloss, beim Abendmahl auf seine Chance zu warten.

Obwohl er ein Bad genommen hatte, was für ihn sehr ungewöhnlich war, juckte es ihn während des Essens am ganzen Körper. Seine Haut wies bereits rote Flecken auf, die sich an den Rändern langsam dunkel verfärbten. Die meisten der Anwesenden waren bereits gesättigt, als der Fürst endlich mit einer Gemahlin erschien. In ihrer Begleitung befanden sich nur der Vorkoster sowie ein hagerer Mann mit grauen stechenden Augen, der in einen schwarzen Mantel gehüllt war.

Der Hofmagier.

Arak sah von seiner Lammkeule auf, um das Herrscherpaar genauer zu betrachten. Einige Gaukler, die bereits ihr Mahl beendet hatten, sprangen dagegen auf, um die fürstlichen Gastgeber mit ihren Darbietungen zu erfreuen.

Isak war tatsächlich ein kleiner, fettleibiger Wanst mit den Proportionen eines Fasses. Seine Kinnlinie verschwamm in einem Wulst, der direkt in seinen aufgedunsenen Hals überging. Seine breiten Gesichtszüge verstärkten noch das grobschlächtige Aussehen, doch das böse Funkeln seiner Augen wies ihn als einen Mann aus, den man nicht unterschätzen durfte.

Seine Gemahlin war einen Kopf größer als er und von breiter, kräftiger Statur. Ihr dickes Gesicht bewies, dass sie ebenfalls gerne dem guten Essen und dem Weine frönte, ihr strohblondes Haar wirkte fettig und ungepflegt. Alles in allem eine eher herbe Schönheit.

Der Weinkonsum stieg, die Stimmen der Tafelgäste wurden lauter. Über Tische und Bänke hinweg entwickelten sich lebhafte Aktivitäten. Ein aufmerksamer Beobachter bemerkte jedoch schnell, dass die fürstliche Leibwache das Herrscherpaar sorgsam von den übrigen Teilnehmern des abendlichen Spektakels abschirmte. Kein von verräterischer Hand geführter Dolch konnte bis zu Isaks aufgequollenem Fleisch dringen, keine vergiftete Speise an seinem Vorkoster vorbeigelangen. Keine Chance für einen überraschenden Anschlag, nicht einmal für einen Selbstmörder, der sich um eine anschließende Flucht nicht mehr zu sorgen brauchte.

Je mehr der Trubel um ihn herum zunahm, desto mehr verspürte Arak einen Druck unter seiner Hirnschale, der ihn glauben ließ, der Schädel müsste ihm jeden Moment zerspringen. Dann war er als Neuankömmling an der Reihe, sein Talent zu beweisen. Es blieb ihm nichts anderes übrig, als sich zusammenzureißen.

Seine Hände zitterten, und jede Pore seiner Haut begann zu brennen. Trotzdem gelang ihm eine passable Vorstellung als Jongleur. Da die Begeisterungsstürme nicht allzu mitreißend waren, zeigte er noch eine Kostprobe seines Talentes als Taschendieb. Bei dieser Gelegenheit kam er auch den Regenten von Norsk recht nahe. Arak spürte förmlich die abschätzenden Blicke der Wachen in seinem Nacken, doch er war sich nicht sicher, ob er einen tieferen Eindruck hinterließ.

Während die Fürstin ihn schlichtweg ignorierte, konzentrierte sich Isak von Norsk mehr auf eine andalusische Tänzerin, die nur spärlich bekleidet vor ihm auf dem Tisch tanzte. Isaks sichtliche Erregung äußerte sich, indem er seiner Frau zwischen die Beine griff, doch ein kräftiger Schlag der Fürstin wies ihn schnell zurecht.

Das gesamte abendliche Gelage verwandelte sich allmählich in eine Orgie, die den berüchtigten Ausschweifungen norskischer Edelbordelle in keiner Weise nachstand. Kopulierende Paare wälzten sich zwischen fettigen Essensresten und umgestürzten Weinkelchen. Unter, auf und zwischen Tischen und Bänken rieben sich erregte Leiber in kleinen oder großen Gruppen wie in einem Fiebertraum aneinander. Verschwitzte, ineinander verschlungene Körper, die sich stöhnend aneinanderpressten, sich drückten und streichelten, die Feuchtigkeit der anderen tranken, einatmeten und in sich aufnahmen. Eine zuckende, sich windende Masse menschlichen Fleisches.

Die allgemeine Erregung erreichte gerade ihren Höhepunkt, als Arak seine Vorstellung beendete. Der Applaus für ihn war recht spärlich, was nicht weiter verwunderlich war, denn die meisten der Gäste hatten mittlerweile alle Hände voll zu tun. Der Dieb aus Maron beschloss, den Saal zu verlassen.

Auf seinem Weg zum Ausgang bemühte er sich redlich, auf keine der am Boden liegenden Gestalten zu treten, doch zahllose Hände streckten sich ihm fordernd entgegen, packten ihn und zogen ihn hinab in den Kreis der warmen Leiber.

Arak zögerte kurz, denn nur die Götter wussten, wie lange er noch zu leben hatte. Bevor sich seine Gedanken im Rausch der Sinne verloren, warf er noch einmal verstohlen einen Blick auf die Fürstin, doch sie sah ihn nur an, als wäre er ein Stück Dreck.

4.

Der Dieb wollte sich gerade zur Ruhe legen, als zwei bewaffnete Wachen in sein Quartier traten. Wahre Giganten, die kein Wort sagten, sondern ihm nur bedeuteten mitzukommen.

Gegen die beiden hatte Arak keine Chance, so fügte er sich seinem Schicksal und folgte ihnen.

Anscheinend hatte Isak die drohende Gefahr sehr schnell erkannt, oder er wusste um die Gerüchte über sein Weib und wollte ihn als Nebenbuhler ausschalten. Letztendlich ließ Arak dies vollkommen kalt. Was immer ihn auch erwartete, alles war besser als das, was die Priester für ihn bereithielten.

Wenigstens hatte er vorher noch einmal seinen Spaß gehabt.

Sie führten ihn durch einen Nebeneingang in den Trakt des Fürstenpaares, vorbei an Wachen, die ihr Gesicht zur Wand gedreht hatten. Als sie ihn in ein mit Kerzen beleuchtetes Zimmer stießen, erwartete ihn nicht Isak, sondern dessen Frau.

»Wer schickt dich?«, fauchte sie ihn ohne lange Vorreden an. »Die Priester von den Türmen? Bist du aus Maron?«

Arak war überrascht, aber nicht verwirrt. Die offensichtliche Übereinstimmung der äußeren Merkmale musste eine halbwegs intelligente Person misstrauisch machen. Aber sie hatte ihn zu sich bestellt, und damit waren alle Möglichkeiten offen.

»Ich verstehe nicht, was Ihr meint!«, entgegnete er vorsichtig.

»Halte mich nicht für ahnungslos. Ich bin vielleicht hässlich geworden, aber dumm bin ich nicht. Die Priester haben schon mehrmals versucht, jemanden hier einzuschleusen, aber so dreist waren sie noch nie. Dabei hätten sie nur einmal zu mir kommen müssen. Ich hätte ihnen schon gezeigt, wie sie das fette Schwein schlachten können.«

Arak war immer noch vorsichtig. »Ihr hasst Euren Gemahl?«

Tödliche Blitze schossen aus ihren Augen.

»Ob ich ihn hasse? Dieser widerwärtige Unmensch hat mich um mein Glück gebracht! Er hat meinen Liebsten erschlagen und zwingt mich jede Nacht, ihm zu Willen zu sein. Nichts wünsche ich mir sehnlicher als seinen Tod! Aber ich kann ihn nicht selbst umbringen! Obwohl mir einige der Wachen treu ergeben sind, würde ein Anschlag auf Isaks Leben auch mein eigenes kosten. Außerdem ist da noch Zaned, der Hofmagier.«

»Den lasst nur meine Sorge sein.«

»Dann schicken dich die Priester? Du wirst ihn für mich töten?«

Arak fasste den Griff des Dolches hinter seinem Rücken fester, bevor er alles auf eine Karte setzte. »Ja, sie schicken mich, und wenn Ihr mir helft, werden Sie Euch zur alleinigen Herrscherin über Norsk machen.«

Die eben noch verärgerten Züge der Fürstin entspannten sich, Freudentränen traten in ihre Augen.

»Ich wusste es«, stammelte sie erleichtert. »Ich wusste, dass es eines Tages so weit sein wird. Morgen Abend lasse ich dich erneut holen. Du wirst dich hier verstecken, bis ich Isak hergelockt habe, dann kannst du ihn in den Tod schicken. Doch vorher wollen wir uns etwas vergnügen.«

Mit diesen Worten griff sie Arak schmerzhaft zwischen die Beine und drückte ihn gegen die Wand. Der erschöpfte Dieb aus Maron hätte diesen Teil des Planes gerne vermieden.

Bis in die frühen Morgenstunden war die Fürstin mit ihm beschäftigt, trotzdem konnte Arak später in seinem Quartier nicht einschlafen. Gedanken wirbelten durch seinen Kopf, außerdem verschlimmerte sich der anhaltende Juckreiz seiner Haut. Die Flecken verfärbten sich langsam von dunkelblau zu schwarz und warfen Beulen.

»Ich kann ihn nicht selbst töten«, hatte sie gesagt, »sonst würde es auch mein Leben kosten.«

Das bedeutete nichts anderes, als dass sie einen Sündenbock brauchte, um ihn den Wachen zum Fraß vorzuwerfen. Wer das sein würde, war nicht schwer zu erraten. Doch Arak sah darin kein Problem. Er würde sie einfach töten, bevor sie um Hilfe rufen konnte. Danach musste er die Gemächer nur auf demselben Wege verlassen wie heute Morgen. Der Weg aus der Festung heraus stellte für einen geübten Kletterer wie ihn kein Problem dar.

Die Zeit bis zum Anbruch der Nacht zog sich endlos hin …

5.

Als Arak im Zimmer der Fürstin auf sein Opfer wartete, beschlich ihn erneut eine dunkle Vorahnung seines baldigen Todes. Nervös kratzte er sich an den aufgequollenen, juckenden Flecken, die seine Arme, den Bauch und den Rücken bedeckten.

Plötzlich wurde die Tür aufgestoßen, und mehrere Wachsoldaten stürmten den Raum. Obwohl sich der glücklose Meuchelmörder hinter einem Vorhang versteckte, machten sie ihn sofort ausfindig, packten ihn und warfen ihn zu Boden. Wie ein Feldherr nach gewonnener Schlacht trat Isak ein. Mit einem abfälligen Lächeln auf den Lippen baute er sich vor Arak auf: »Was für ein miserabler Plan, ausgeführt von Stümpern. Was glaubt ihr eigentlich, mit wem ihr es zu tun habt? Hoch mit dem räudigen Hund.«

Arak wurde emporgerissen und wieder auf die Füße gestellt. Draußen wimmelte es von Soldaten. Auf dem Gang lagen die beiden Riesen, die ihn am Abend zuvor zur Fürstin gebracht hatten. Die Treue zu ihr war ihnen schlecht bekommen. Ihre Kehlen waren durchschnitten, ihr Blut besudelte den Boden. Neben dem grinsenden Tyrannen stand seine schluchzende Gemahlin. Tränen quollen aus ihren Augen, Gesicht und Körper waren grün und blau geschlagen. Mit einer kurzen Geste bedeutete Isak seinen Wachen, den Meuchler loszulassen. Arak hielt dem stechenden Blick des Fürsten stand, doch seine Hand fuhr nervös unter seinen Umhang, wo er mit seinen Fingernägeln an einer besonders brennenden Stelle kratzte.

Isak setzte ein gönnerhaftes Lächeln auf. »Niemand soll mir nachsagen können, ich hätte einen gefesselten Mann erschlagen. Du hast jetzt beide Hände frei, um dich zu wehren.«

Mit diesen Worten zog der Fürst sein Breitschwert aus der Scheide und richtete es auf seinen Nebenbuhler. Gleichzeitig zerplatzte etwas unter Araks Fingerkuppen. Als er die Schwertspitze auf seiner Haut spürte, durchzuckte ihn die Erkenntnis! Ein triumphierendes Lächeln erschien auf seinen Lippen. Erschrocken riss Isak seine Waffe zurück und trat einen Schritt zur Seite.

Arak schrie: »Ihr seid ein Narr! Ahnt Ihr denn nicht, wie groß die Weisheit der Priester ist?«

Der Dieb packte sein Hemd am Kragen und riss es mit einem kräftigen Ruck entzwei. Sein von schwärenden Blasen entstellter Oberkörper kam zum Vorschein. Eine der Blasen war aufgeplatzt, schwarzer Eiter tropfte herab.

»Die Pest!«, schrie irgendjemand voller Panik auf. »Die schwarze Beulenpest.«

»Gestern habe ich bei Eurer Gemahlin gelegen«, stieß Arak grausam hervor. »Und sicher habt Ihr sie heute Morgen nicht nur verprügelt, sondern auch geschändet. Ihr seid schon so gut wie tot, Fürst!«

Der Fürst war leichenblass geworden, klirrend prallte sein Schwert zu Boden.

»Nein!«, keuchte er ängstlich.

Verzweifelt wollte er aus dem Zimmer fliehen, doch die draußen stehenden Soldaten trieben ihn mit blanker Waffe zurück.

»Die Pest! Die Pest!«, hallte es voller Angst durch die Gänge. In ihrer Panik gingen sich die Menschen gegenseitig an die

Kehle. Denn wer mochte wohl schon alles von der Krankheit befallen sein?

Einige kühlere Gemüter warfen Fackeln in den kleinen Raum. Ob Fürst, Kamerad oder Meuchelmörder, niemand der Anwesenden wurde aus dem Zimmer gelassen. Mit Bänken und Balken wurde die Tür verbarrikadiert, während innen Vorhänge, Bett und Dachbalken in Flammen aufgingen.

Arak brach in hysterisches Gelächter aus.

Betrogen. Er hatte von Anfang an keine Chance gehabt.

Aber er würde nicht alleine in das Reich der Schatten gehen. Oh nein, viele würden ihm folgen. Er sah, wie Isak und seine Männer lichterloh brannten und sich schreiend auf dem Boden wälzten, doch es gab kein Entkommen aus dieser Kammer, die ihr Grab werden sollte.

Die Flammen griffen auch auf andere Gebäude der Festung über. Menschen flüchteten, zertrampelten jene, die zu schwach waren und zurückblieben. Während das Feuer Araks Haar versengte und seine Haut verkohlte, wurden draußen all jene erschlagen, die man in den letzten Tagen in seiner Nähe gesehen hatte.